DIE
MOTTEN
KÖNIGIN

BEATRICE
JACOBY

FSC
www.fsc.org

MIX

Papier aus ver-
antwortungsvollen
Quellen
Paper from
responsible sources

FSC® C105338

Beatrice Jacoby

Die Mottenkönigin

Außerdem von Beatrice Jacoby:

ColourLess – Lilien im Meer (Roman, feelings Verlag)

Der Kunstdieb (Kurzgeschichte, Anthologie The P-Files, Talawah Verlag)

Der unsichtbare Passagier (Kurzgeschichte, BoD – Books on Demand)

Das Gedicht »Mottenkönigin« Seite 280 f. stammt von Ella K. Valentine und wird mit freundlicher Genehmigung der Autorin abgebildet. Es wurde explizit für diesen Roman geschrieben. © 2020 Ella K. Valentine

Bibliografische Information der Deutschen Nationalbibliothek:
Die Deutsche Nationalbibliothek verzeichnet diese Publikation in der Deutschen Nationalbibliografie; detaillierte bibliografische Daten sind im Internet über http://dnb.dnb.de abrufbar.

© 2020 Beatrice Jacoby

Lektorat: Melanie Rocker
Korrektorat: Nadine Wahl
Umschlaggestaltung: © Nadine Wahl
Umschlagbilder:
© Adobe Stock, nadezhdash
© Adobe Stock, berdsings
© Adobe Stock, Karjalas
© Stutterstock, Zomko Sofiia
© Taydoo Photographic – Mike van Doorn

Herstellung und Verlag: BoD – Books on Demand, Norderstedt

ISBN: 978-3-7519-1741-4

INHALTSWARNUNG

Selbstverletzendes Verhalten (SVV)
(erwähnter) Kindstod
Emetophobie

Für den Fall, dass es bei aller Achtsamkeit auf Dich selbst zu triggernden Situationen kommt, Du Dich unwohl oder überfordert fühlst, leg das Buch beiseite und nimm Dir die Zeit und den Abstand, die Du brauchst, damit es Dir wieder besser geht.

Sprich bitte bei Bedarf mit einer Vertrauensperson, Freunden oder wende Dich an entsprechende Beratungsstellen für seelische Gesundheit, Depressionen, SVV u. ä., die Dir helfen könnten.

Für Rebecca und Annabel

EINS

Schweigend betrat Pares das Zugabteil. Das kratzende Geräusch der Schiebetür reichte aus, um das Mädchen zu wecken, das ausgestreckt auf einer der wie mit Hotelteppich bezogenen abgewetzten Bänke geschlummert hatte. Ihr Kopf war auf eine Armlehne gebettet. Als Decke diente eine gelbe Windjacke mit Rechteck-Muster, die bei diesen Temperaturen eigentlich unnötig war. Die Sonne, die durch die mit einem »Kelvin war hier«-Schriftzug zerkratzte Scheibe brannte, ließ die Hamsterbäckchen des Mädchens dunkelrosa aufleuchten. Der Farbkontrast brachte ihre prompt aufgeschlagenen husky-blauen Kulleraugen besonders zur Geltung.

Sie musterte Pares kopfüber von der Bank hängend, bis sie wach genug war, um sich aufzurappeln. Sie rutschte ans Fenster, schob ihren Krempel zur Seite und zog die Kopfhörer aus den Ohren, obwohl Pares keine Anstalten machte, mit ihr zu reden. Geschweige denn, sich neben sie zu setzen.

Er nahm entgegen der Fahrtrichtung an der Tür Platz und tat so, als würde er nachdenken. Währenddessen verfolgte er aus den Augenwinkeln, wie sie ihre zerzausten Locken notdürftig sortierte.

Sie wirkte desorientiert. Aufgekratzt. Ihre Pupillen waren noch zu geweitet für das lichtdurchflutete Abteil. Er schüttelte enttäuscht den Kopf. Man hatte die Kleine nicht gut genug ausgebildet, als dass sie das nervöse – plus unappetitliche – Nägelkauen unterdrückte, sobald sie mit ihren Haaren fertig war. Sie knabberte auf ihnen herum, als hätten sie mehr als nur die Farbe mit getrockneten Cranberrys gemein.

Ein unerfahrenes Wunderkind ohne die für gewöhnlich obligatorische Affenbande an Bodyguards herumlaufen zu lassen, fiel in die Kategorie »grob fahrlässig«. Pares war versucht, sich den Handballen gegen die Stirn zu schlagen und zu seufzen. Eine Beschriftung mit Edding quer übers Gesicht wäre kaum plakativer gewesen. Alles an ihr schrie »verhätschelter Fall für die Klapse«. Warum steckten sie ihr nicht gleich einen Apfel in den Mund und warfen sie auf ein Silbertablett mit Tomatenröschen?

Das Mädchen – K. M. M. laut den Initialen auf ihrem Goldarmband – rieb sich den Schlaf aus den Augen und den Mascara von den Wimpern. Ihre Lippen zuckten unter Silben, die sie testete. Eine Weile lang schien keine gut genug zu schmecken, um sie auszusprechen. Als sie schließlich kratzige Töne hervorbrachte, bemerkte Pares gleichermaßen entzückt wie mitfühlend die Scham darin. Die Sorte Scham, die man empfand, wenn man unter Beobachtung etwas zum ersten Mal tat, ohne einen blassen Schimmer davon zu haben. Sie versteifte sich dermaßen darauf, gelassen und normal zu wirken, dass sie verkrampfte.

»Sie haben …« Das Mädchen hielt inne. Offenbar wühlte sie in ihrem hochroten Köpfchen nach Worten. Nein, nach Mut. »Sie haben einen Sprung …«

Pares gähnte geräuschvoll und demonstrativ genüsslich, ohne sich die Hand vor den Mund zu halten. Dadurch entblößte er das eintätowierte Herz auf seiner langen, belegten Zunge. Kein Herz wie es Sechstklässlerinnen in liebevoller Kleinarbeit über alle ihre »i«-s kringeln, sondern ein Organ. So anatomisch korrekt gestochen, wie es Oberfläche und Platz auf Pares' Zunge zugelassen hatten.

Er rollte die Zunge ein wie ein Hund beim Gähnen ein und schmatzte dreimal leise, ohne seine Mitfahrerin eines Blickes zu würdigen.

»Entschuldigen Sie.« Das Mädchen klang gereizt unter ihrer Unsicherheit. Die Erwartungshaltung, die von ihren gestrafften Schultern unterstrichen wurde und die aus Pares' Sicht völlig fehl am Platz war, weckte seine Neugierde.

»Sie haben einen Sprung in Ihrem Glasauge.«

Bedacht legte er den Kopf schief. »Wie bitte?«

Seine Stimme ließ K. M. M. zusammenzucken. Sie riss die Augen auf, als hätte er ihr ein Brett vors Gesicht geschlagen. Ihm glitt ein selbstzufriedenes Schmunzeln in den linken Mundwinkel – überall die gleiche Reaktion.

Eine andere Art von Schweigen als zuvor trat ein. Diese hatte Bedeutung. Sie bestand aus unsichtbar und lautlos in der Luft schwirrenden Worten statt aus betretenem Schweigen.

Pares beugte sich vor, stützte die Ellenbogen auf die überschlagenen Knie und bettete sein spitzes Kinn auf seine verschränkten Hände. Sein Bart strich über die eintätowierten Buchstaben auf seinen Fingerknöcheln.

Zuerst testete er den Blickkontakt des Mädchens. Ihr Wimpernkranz zuckte aufgeregt, aber sie blinzelte nicht.

»Bist du dir aller Konsequenzen bewusst, wenn du das sagst?«

Anders als erwartet wich sie seinem starren, durchdringenden Blick nicht aus.

»Ein Sprung. In Ihrem Glasauge.«

Sie schien sich schnell an die Merkwürdigkeit laut ausgesprochener Worte zu gewöhnen, weil sie ständig dieselben in geänderter Reihenfolge wiederholte.

Pares schnalzte mit der einschlägig tätowierten Zunge – sie wollte es so.

»Ein Sprung?«, raunte er. »Dabei ist es vom besten Flohmarkt in Basel. Eigenartig.«

Der Satz traf das Mädchen unvorbereitet, obwohl sie ihn nicht zum ersten Mal hörte. Wach kam einem alles härter vor als im Traum. Kanten erschienen schärfer, Konturen deutlicher, Geräusche lauter. Ein paar Stunden zuvor hätte sie die Nase krausgezogen und nichts mit diesem Satz anfangen können. Auch jetzt kam er ihr schrecklich seltsam vor. Ein Teil von ihr hatte nicht damit gerechnet, dass es sich als real erwies, worüber sie im Traum eines anderen gestolpert war.

Ein Bauchklatscher vom Dreimeterbrett in 38°C warmes Wasser. Eine einzige, rot brennende Ohrfeige über den ganzen Körper. Zumindest eine Millisekunde lang. Dann die tröstende Umarmung lautloser Wellen. Als Klarabell die Augen aufschlug, war sie trocken, trotzdem spürte sie im Augenwinkel ein Zwicken wie von Chlorwasser. Drei Mal blinzeln, und es war verschwunden.

Sie ließ ihre Finger knacken, einen nach dem anderen, und genoss das Geräusch. Wie es ihr eine Gänsehaut verpasste und wie entspannt sich die Glieder danach anfühlten. Ihre Großmutter Edita hatte bis zu ihrem Tod geschimpft und behauptet, das fördere Gicht, aber das kümmerte sie nicht. Zumindest nicht hier.

Als Nächstes löste sie die pelzige Zunge, die an ihrem Gaumen klebte wie Kaugummi an einer Turnschuhsohle, und schluckte. Es half nichts, der Druck auf ihren Ohren blieb. Genauso wie das hölzerne Gefühl beim Laufen in dem fremden Körper, aus dessen Augen Klarabell den Traum betrachtete.

Es kam manchmal vor, dass sie die Position des eigentlichen Träumers einnahm, wenn sie in ihn hineinstolperte. Bizarr fand sie es trotzdem. Ihr war es lieber, den Schläfer von außen zu beobachten, um ein Gefühl für ihn zu bekommen. Seltsam, oder? Sie stöberte im Unterbewusstsein eines anderen herum und glaubte, das Angesicht-zu-Angesicht-Erlebnis zu brauchen, um die Person zu begreifen.

Obwohl die Umgebung teils verschwamm, wusste sie sofort, welche Straße sie entlangschlenderte: die Schildergasse mitten im Herzen Kölns. Bei einem Blick über die Schulter erkannte sie die Mayersche. Der bunt beleuchtete Schriftzug der Buchhandlung stach als einer der wenigen Orientierungspunkte deutlich aus der verwaschenen Kulisse heraus.

Der Träumer bog in eine unscheinbare Seitengasse ein, in der es nach verwehten Schneeflocken, kalten Abgasen und ein beißendes Bisschen nach Urin roch. Dort, wo die Straße einen Knick machte, hob sich ein renovierungsbedürftiger Kiosk in satten Farben von der Umgebung ab.

Seine abgeschaltete Neonschrift diente Stadttauben den grauweißen Schlieren zufolge nicht nur als gelegentlicher Rastplatz. Breite Spuren getrockneten Straßendrecks sprenkelten das Schaufenster und die Glastür darunter, die mit Zeitungsseiten abgeklebt worden waren. Jemand hatte sie mit einem Schlüssel längs zerkratzt und eine weiße Narbe hinterlassen. Daneben klebte ein Zettel: »*Wegen Renovierungsarbeiten vorübergehend geschlossen*«.

Auf der Stufe vor dem Kiosk saß eine eingemummelte Gestalt. Sie hatte eingefallene Wangen und indigo- bis auberginefarbene Tränensäcke unter den Augen. Der glasige Blick und der Vollbart machten es schwer, das Alter des Mannes zu schätzen. Vielleicht war er Ende dreißig? Mitte vierzig? Wie gerade die Bartkanten rasiert worden waren, stach Klarabell ins Auge, als der Träumer mit ihr vor dem Mann stehen blieb. Ebenso wie seine gepflegten Haare, die unter der löchrigen Skimütze hervorlugten wie Schnittlauch und bis zu seinen Schulterblättern reichten.

Der hagere Kerl zitterte nicht, dabei kletterte Raureif die Decke hoch, die über seinen Schultern lag. Seine fingerlosen Handschuhe entblößten die Tätowierungen auf seinen weiß hervorstehenden Handknöcheln. L-E-F-T stand korrekterweise darauf.

Zum Zeitvertreib schmorte der Mann die Sohlen seiner Mokassins mit einem Feuerzeug an. Wenn rußiger, in der Nase zwickender Rauch aufstieg, klopfte er die aufkeimende Flamme aus. Währenddessen kraulte seine rechte Hand eine Promenadenmischung hinter den Schlappohren. Sie lag auf dem Zipfel seiner Decke zu einem Donut eingerollt – hoffentlich schlafend, möglicherweise aber auch bereits erfroren.

Der Träumer passierte das Pappschild mit der Bitte um Geld, die Spendendose und die verwaiste Mundharmonika, die einen kleinen Schutzwall vor Hund und Herrchen bildeten. Eine Fußlänge vor dem Feuerteufel, dessen Bewegungen sie an einen Stop-Motion-Film erinnerten, hielt er an. Dennoch sah dieser nicht auf, bis ihm ein Pappbecher Kaffee unter die Nase gehalten wurde. Als er desinteressiert seine gezupften Brauen hob, musste Klarabell ihre vorschnelle Alterseinschätzung korrigieren. Er war höchstens Mitte zwanzig.

»Möchten Sie sich etwas aufwärmen?«

Es war nicht Klarabells Stimme, auch wenn sie ihrer ähnelte. Sie konnte nicht kontrollieren, was sie tat oder sagte. Das war nicht ihr Traum und sie war nicht geübt genug, ihn nach ihren Wünschen zu formen, wenn sie ihn in der Position des Schläfers erlebte. Also lehnte sie sich zurück und genoss den Film, in deren Hauptrolle sie festhing.

Der Zündler musterte sein Gegenüber skeptisch, bevor er den Coffee-Shop-Becher annahm. Langsam trank er einen großen Schluck des brühend heißen Getränks, wobei er Blickkontakt hielt. Ein stummes Nicken sollte als Dank reichen.

Anstatt beruhigten Gewissens nach der obligatorischen guten Tat pro Tag von dannen zu ziehen, ging Klarabell in die Hocke. Widerwillig kraulte sie den Hund durch die Hand des Träumers. Sein Fell war speckig und eiskalt, aber zu ihrer Erleichterung atmete der blonde Mischling.

Verzerrte Gesprächsfetzen blubberten aus ihrem geliehenen Mund, unverständlich wie das Nuscheln aus einem Bahnhofsmikrophon. Und dementsprechend verstand Klarabell auch kein Wort.

»Sie heißt Roxane«, hörte sie den vermeintlichen Bettler schließlich antworten.

»Wie die Frau aus Cyrano de Bergerac?«

»Wie die Hündin im Moulin Rouge.«

Der Mann schnalzte mit der Zunge, als hätte er das Wortspiel des Jahrhunderts gemacht. Gemurmelte Silben folgten, kaschiert durch den Schlaf. Die Worte, die Klarabell doch verstand, tat sie als geträumten Unsinn ab.

»Sie haben einen Sprung in Ihrem Glasauge«, sagte sie mit fremder Stimme.

Bei dem Versuch aufzustehen verlor sie das Gleichgewicht. Sie stolperte und fiel – tiefer, tiefer, tiefer.

Bevor sie auf dem Pflaster aufschlug, warf sie der Sturz aus dem Traum.

Verheddert in ihren Laken wischte sie sich mit dem Ärmel ihres Schlafanzuges die kalte, leicht nasse Stirn ab, auf der sich ihre Haare kringelten. Ein übermüdetes Stöhnen rollte aus ihrer Kehle. Schlaftrunken strampelte sie die nach Industrie-Weichspüler riechende

Bettdecke weg, damit die frische Aprilluft, die durch das gekippte Fenster hereinströmte, sie abkühlte.

Im Traum im Körper eines Fremden zu stecken war ihr oft unangenehm. Selbst wenn es niemand außer ihr erfuhr.

Das war eines der Dinge, die sie an ihrer Gabe liebte: An das Meiste erinnerten sich die eigentlichen, wildfremden Träumer nach dem Aufwachen nicht mehr. Außerdem durfte sie sich nach Herzenslust austoben, wenn sie nicht an die Position des Träumers gebunden war. Dann konnte sie auf der Spitze des Eiffelturms stepptanzen, wilde Tiere zähmen, die es nicht gab, oder unter Wasser atmen. Ohne Haken. Das Schlimmste, was ihr passieren konnte, war der Tod, der im Schlaf – wie jedes Kind wusste - zu nichts anderem führte als zum Aufwachen. Und in der Realität warteten eine Regenwalddusche, verschiedene Duschgele mit duftenden ätherischen Ölen und ein vorgewärmter Bademantel über der Heizung in dem Bad, das an ihr Internatszimmer angrenzte.

Das wache Leben war langweilig, aber bequem. Sie mochte jeden Zentimeter ihres Elfenbeinturms. So furchtlos sie sich auch in Träumen gab, in wachem Zustand pflegte sie ihre Mauern liebevoll und blieb skeptisch. Wie die meisten Menschen, die davon überzeugt waren, viel zu verlieren zu haben.

Nicht zu wissen, dass man schlief, war anders. Man sprang wie ein Krokus im Frühling aus der Erde und war sofort mittendrin, ohne sich darüber zu wundern. Egal wie grotesk oder surreal die Situation sein mochte. Alles Verdrehte kam einem völlig normal vor.

Klarabell war sich der Träume fast immer bewusst, weil es nicht ihre eigenen waren. Sie träumte nicht auf diese Weise. Niemals. Nur eigene Albträume konnten Menschen wie sie haben. Ansonsten erlebte sie die nächtlichen Fantasien anderer. Sie streifte durch ihr Unterbewusstsein und zehrte von den Bildern in ihren Köpfen. Wie ein Parasit. Ohne es zu wollen oder das Geringste dagegen tun zu können. Sie war eine Schlafwandlerin, die ihr Bett nicht verließ, sondern den eigenen Körper. Als Traumwandlerin drang sie in den Geist anderer ein.

In Gedanken entschuldigte sie sich halbherzig bei der Person, deren Schlaf sie unabsichtlich gestört hatte. Studien zu ihrer Gabe zufolge, fühlte es sich unangenehm für den Träumer an. Mit Zweien war ein

Unterbewusstsein schrecklich überfüllt, was sich in Kopfschmerzen und einem unruhigen Schlaf äußerte.

Brav schluckte Klarabell die auf ihrem Nachttisch bereitgestellten Tabletten ohne Wasser und genoss eine extralange dampfende Dusche. Sie pflegte jeden Zentimeter ihres Körpers mit Cremes und Lotionen bis sie roch wie ein kleiner Obstkorb, um einen möglichst großen Teil des taufrischen Morgens zu vertrödeln.

Es war ein Donnerstag, der sich anfühlte wie ein Montag. Er rieb auf der Haut wie ein kratziger Wollpullover und schmeckte nach purer Lustlosigkeit. In Klarabell sträubte sich alles gegen das bevorstehende Prozedere, doch keine Trödelei der Welt würde es verhindern. Für die Insassen dieses Elfenbeinturms - »Empathisch Hochbegabte« lautete der offizielle Oberbegriff - gab es viele Regeln. Das Mädcheninternat in der Severinstraße 222 verschlang einen exorbitanten Anteil des Vermögens ihrer Eltern dafür, dass sie unter den besten Umständen für Wunderkinder wie sie aufwachsen durfte. Dazu gehörte, dass Klarabell den alljährlichen Gesundheitscheck über sich ergehen lassen musste.

Auf dem Programm standen Belastungs-EGK, Rundum-Untersuchung, psychologisches Fachgespräch zu ihrem allgemeinen Empfinden, weitere ärztliche Untersuchungen und zu guter Letzt die obligatorische Sitzung mit einem professionellen Wahrsager.

Davor steuerte sie den ersten Stock an. Abgesehen vom Morgenappell vor dem Gesundheitscheck, zu dem alle Schülerinnen in exakt neunundzwanzig Minuten zu erscheinen hatten, galt es einer weiteren Verbindlichkeit nachzukommen.

Ihre ältere Cousine Cassandra vertrat die Überzeugung, dass es nur eine größere Verpflichtung im Leben einer Empathisch Hochbegabten gab als ihre Gabe für das Allgemeinwohl nutzbar zu machen. Nämlich die Familie. Darum bestand sie darauf, dass ihre Cousinen Klarabell und Morgana sich jeden Morgen vor dem Appell bei ihr trafen.

Was die beiden davon hielten, war eher sekundär. Klarabell hätte es auch nie übers Herz gebracht, Cassandra ihre Meinung zu dem inzwischen lästigen Ritual zu sagen. Diese hätte den Protest ohnehin mit einem engelsgleichen Lächeln nach einem Peitschenschlag mit ihrer spitzen Zunge abgetan.

Klarabell las ihren Fingerabdruck an Cassandras Zimmertür ein, woraufhin ein gelangweiltes Piepsen ihre Zutrittsbefugnis verkündete. Sie kam ausnahmsweise als Letzte. Normalerweise blieb diese Ehre Morgana vorbehalten, die diesmal bereits auf dem Schreibtischstuhl saß.

Das Handy zwischen Schulter und Ohr geklemmt lackierte sie sich die Fußnägel in Metallicrosa. Sie hatte die nackten Füße auf dem fast gruselig ordentlichen Schreibtisch abgelegt und balancierte das Nagellackfläschchen auf ihrem Schoß. Morganas Designerkleidung saß perfekt, ihr Nervenkostüm dagegen war wie so oft leicht überspannt. Ihre Stimme machte aufgekratzte Schlenker, ihre Zehen zuckten unruhig. Offensichtlich verlief das Telefonat zu schleppend für ihren Geschmack. Dann und wann nippte sie an ihrem Kaffee, den sie im Bücherregal neben sich abgestellt hatte. Dabei war sie der letzte Mensch, dessen Gemüt noch Koffein benötigen würde.

Im Vorbeigehen nickte Klarabell ihrer Cousine kurz zu, die wiederum nicht mehr für sie übrighatte als eine schlapp zum Gruß erhobene Hand. Klarabell schaltete auf Durchzug, was angesichts Morganas lautem Gespräch eine echte Leistung war, die viel Übung und Disziplin erforderte.

Mit einem Achselzucken setzte sie sich auf das federnde Bett, wo Cassandra bereits wie gewohnt ein Messing-Tablett mit schlicht-eleganten Teetassen drapiert hatte. Cassandra goss gerade Tee auf und bedachte Klarabell mit einem warmen Lächeln, das ihre rosigen Wangen hervorhob. Anschließend gab Cassandra ihrer jüngeren Cousine einen Kuss auf die Schläfe wie ihre Großmutter früher. Während sie sich zu Klarabell setzte, murmelte sie, vertieft in ein imaginäres Gespräch.

Wiedermal befand Cassandra sich überall nur nicht in diesem Raum.

Klarabell zuckte nicht. Drehte sich nicht um nach Stimmen oder Lauten, die im Diesseits nicht existierten. Nicht, dass sie ihre Sprache verstanden hätte. Sie tat, was sie gelernt hatte, und versuchte Cassandra so gut wie möglich das Gefühl zu vermitteln, alles sei normal. Sie sei normal.

Abwesend fummelte sich Cassandra in den dunkelbraunen Haaren herum. Als würde sie damit weben, tastete sie die Stelle ab, an der ihr in der letzten Woche eine Pechsträhne entfernt worden war.

Zunächst hatte man es auf Zufälle geschoben, bis das Pech sie so offensichtlich verfolgt hatte, dass sie zur Internatsärztin gegangen war. Pechsträhnen leuchteten nicht grün auf wie nuklearer Müll in Comics. Man machte sie ausfindig, indem man ein spezielles Schwefelpulver über die Haare gab. Es blieb an der betroffenen Stelle hängen und innerhalb weniger Sekunden überzog diese sich mit einem klebrigen schwarzen Film. In der Regel konnte man das Pech dann leicht herausschneiden. Natürlich immer in der Hoffnung, die Frisur nicht zu ruinieren.

Cassandras Strähne hatte im Nacken gesessen, darum war ihr Fehlen leicht zu kaschieren. Aber nach solchen Eingriffen verschlimmerte sich ihr Tick. Klarabell ertappte sich beim schweren Seufzen.

Ähnlich wie Krampfadern waren Pechsträhnen oft genetisch bedingt. Im schlimmsten Fall konnten sie der Grund sein, warum ehemalige Protegés wie Cassandra nach und nach verkamen, sobald sie im Abschlussjahr neben dem Unterricht zu arbeiten begannen. Das Unheil und die schlechte Energie, die sie magnetisch anzogen, schwächten Empathisch Hochbegabte und ihre natürlichen Schutzmechanismen.

Schreckensvisionen, in denen Cassandra nicht mehr war als geistiges Gemüse, flimmerten durch Klarabells Kopf. Sie verdrängte sie sofort. Noch brabbelte Cassandra bloß vor sich hin. Scheinbar harmlos. Sie konnte sich für die Arbeit neben dem Unterricht, in einer kleinen Kanzlei zweier anderer Medien zusammenreißen. Doch privat fiel es ihr oft schwer, die Stimmen abzuschalten, die an ihren Ohren zerrten. Manchmal, auch wenn Cassandra es vehement wegzulächeln versuchte, schien Klarabells zwei Jahre ältere Cousine nicht mehr sicher zu sein, ob sie mit Toten oder Lebenden sprach.

Subtil versuchte sie, Cassandra in ein Gespräch zu verwickeln, um sie von den Geistern abzulenken. Währenddessen trug sie eine Tasse zu Morgana, die weiter ins Telefon nörgelte. Sie wusste, ohne hinzuhören, worum es ging. Das Übliche. Einen der vielen Gefallen, die ihr regelmäßig beim Aufwachen in den Sinn schossen und keine weitere

Stunde mehr Zeit hatten. Süßigkeiten, die ihr strenger Ernährungsplan nicht erlaubte, am Besuchstag ins Internat zu schmuggeln. Oder Filme, die sie nicht sehen durfte. Banale Dinge eben. Am anderen Ende der Leitung war immer derselbe: Noah, Morganas Stiefbruder.

Klarabell winkte dem Telefon verhalten zu.

»Klara sagt Hi«, gab Morgana lustlos weiter und entfernte mit einer Kopfbewegung eine ihrer kurzen, wasserstoffblonden Strähnen aus dem Gesicht. Klarabell wollte sich um die Haare kümmern, die sich in den stark getuschten Wimpern ihrer Cousine verklebt hatten. Dafür erntete sie jedoch bloß einen genervten Klaps auf den Handrücken. Augenrollend stellte sie den Tee zu der inzwischen leeren Kaffeetasse ins Bücherregal und zog sich zurück.

»Wieso nicht?«, maunzte Morgana in den Hörer. »Ich hab bestimmt noch was bei dir gut. Gib dir einen Ruck, Noah … Gut … Ja, ja, klar … Danke, du mich auch. Küsschen.« Nachdem sie aufgelegt hatte, machte sie sich nicht die Mühe aufzustehen, sondern rutschte mit dem Drehstuhl zum Bett herüber, auf dem ihre Cousinen saßen.

»Hey, Klara. Becki hat mir geflüstert, dass du gestern nach der Französischprüfung umgekippt bist. Wieso wissen wir nichts davon?«

Sie hob die Augenbrauen und runzelte die Stirn. Obwohl sie nichts anderes wollte, als Klarabell ein bisschen bloßzustellen, klang sie besorgt.

Als sie jünger gewesen waren, hätte kein Blatt Papier zwischen die drei Cousinen gepasst. Siamesische Zwillinge konnten kaum enger zusammenhalten. Sie hatten ihre Namen mit wasserfestem Filzstift auf die Arme der anderen geschrieben und einander das letzte rote Gummibärchen aufgehoben. Manchmal hatten sie sich nur getroffen, um gemeinsam ein Nickerchen zu machen. Klarabell hatte keinen blassen Schimmer, warum das aufgehört hatte. Alles, was sie heute zusammenzuhalten schien, war Cassandras Bedürfnis nach Harmonie und dem Fortbestehen des Trios.

»Weil's nur eine Lappalie ist«, raunte Klarabell. »Und du brauchst dir keine Hoffnungen zu machen, Mim. Mein Durchschnitt wird trotzdem besser sein als deiner.«

»Seid nicht so schnippisch zueinander.« Was aus Cassandras Mund klang wie eine Bitte von den Lippen eines Engels, war in Wirklichkeit ein Befehl. Ihre Cousinen kannten sie genau.

Verstohlen schmollend betrachteten die beiden ihre Zehenspitzen, wodurch sie wie das Spiegelbild der jeweils anderen wirkten.

»Ein Ohnmachtsanfall also?« Plötzlich befand sich Cassandra ganz im Hier und Jetzt. »Hat das mit deinem Albtraum letzte Woche zu tun?«

»Sicher nicht. Die neuen Schlaftabletten schlagen mir ein bisschen auf den Kreislauf, aber ich nehme nach dem Aufstehen schon Vitamine dagegen. Ich habe einfach vor lauter Lernen für die Zwischenprüfung vergessen, besser auf mich zu achten. Kommt vor.«

»Du würdest es uns sagen, wenn es dir nicht gut ginge, oder?«

»Natürlich.«

Demonstrativ nahm Klarabell einen großen Schluck gesunden Bachblütentee. Etwas beschwichtigt nickte Cassandra ihr zu und schubste zwei Eiswürfel aus einem muschelförmigen Schälchen in ihren Tee, um ihn schneller abzukühlen.

»Versprochen, Sandra.«

Vielleicht war es doch gut, dass sie heute einen Rundum-Check über sich ergehen lassen würde. Dadurch konnte sie ihrer chronisch um ihr Wohl besorgten Cousine beweisen, dass es keinen Grund für die Falte zwischen ihren Augenbrauen gab.

Nur wenige Stunden später wurde sie jedoch eines Besseren belehrt.

ZWEI

Pares' Augen ruhten gelassen auf der ihm gegenübersitzenden, hadernden jungen Frau. Sie hatten nichts Glasiges an sich geschweige denn einen Sprung. Nicht einmal einen Tupfer einer anderen Farbe als leicht gräuliches, dunkles Blau. Sein Blick durchdrang Klarabells Schutzmauern mit links, während sie angestrengt versuchte, selbstsicher zu wirken.

»Möchtest du gern wissen, wer ich wirklich bin?«, fragte er, obwohl er sich gerade vorgestellt hatte. Jede Silbe wog er vorsichtig ab wie bei einer Kontaktjonglage.

Klarabell antwortete mit eindeutigem Kopfschütteln. Ihr saß ein Mann gegenüber, der etwas oder jemanden mit so gravierenden Folgen verwunschen hatte, dass man ihm die Zunge tätowiert hatte. Damit brandmarkte das Strafgericht Personen nach entsprechenden Urteilen als hochgradig gefährlich. Als jemanden, dem dadurch Stimme versiegelt werden musste, weil er mit bloßen Worten und bösem Willen einen Fluch heraufbeschworen hatte. Und trotzdem sprach Pares!

Damit wusste Klarabell bereits über ihn genug, um jeden Zentimeter ihres Körpers unter Hochspannung zu setzen. Sie erinnerte sich bewusst an die Schutzsymbole, die man ihr auf die Haut gestochen hatte. Reflexartig tastete sie das Band aus roten Perlen ab, das ihr Handgelenk als Glücksbringer zierte.

»Du siehst nicht wie eine Ausreißerin aus. Oder als hättest du viele Freunde. Dennoch kennt eine Traumwandlerin unsere Parole. Wagt es sogar, sie laut auszusprechen. Ich rate mal ins Blaue und sage, du hast sie im Schlaf gelernt?«

Sein Grinsen glich einem Zähnefletschen. Er musste sich unheimlich gern reden hören, denn sein Monolog war noch nicht beendet.

»Und du hast es bis hierher geschafft, ohne Reißaus zu nehmen. Ergo kannst du kein allzu helles Köpfchen sein.« Er zuckte gleichgültig mit den Achseln. »Kannst du dir trotzdem ausmalen, was mit dem armen Tropf passiert, der einem Wunderkind unsere Parole verraten hat? Möchtest du es genau wissen?«

Wieder schüttelte sie den Kopf.

»Aber es gibt etwas, das du willst. Du bist sicher nicht gekommen, um den Sprung in meinem Glasauge auszubessern.«

Seinem Schenkelklopfen nach zu urteilen war das ein absolut köstlicher Scherz, der winkend an Klarabell vorbeizog.

»Ich hoffe, du kannst mir helfen nicht zu sterben.«

Sein selbstverliebtes Glucksen verschwand augenblicklich.

»Meine Teure, für den richtigen Preis kannst du jedes Wunder haben, das dein schrecklich verwöhntes Herz begehrt.«

 Einige Stunden zuvor

Klarabell wusste nicht mehr, wie sie auf dem Weg in ihr Zimmer normal hatte wirken können. Geschweige denn, wie sie überhaupt zurückgekommen war. Die Bilder in ihrem Kopf schienen so weit entfernt, dass es Erinnerungen an andere Tage hätten sein können. Schließlich war sie oft den vertrauten Weg von den Beratungsräumen zu ihrem Zimmer entlang geschlendert.

Als sie in den Raum geschlüpft war, hatte sie wie ferngesteuert beide Schlösser verriegelt, bevor sie im Badezimmer auch diese Tür hinter sich zusperrte. Hellwach und hypnotisiert zugleich setzte sie sich auf den Toilettendeckel und stemmte die Füße gegen die Tür. Um ihre schweißnassen, kalten Hände zur Ruhe zu zwingen, setzte sie sich auf ihre Finger, bis sie taub wurden. Wiegte sie wirklich wenige Millimeter vor und zurück oder war ihr nur schwindelig?

Der penetrante Geruch von reinigenden Räucherstäbchen hing noch in den Fasern ihrer Bluse, deren enger Kragen ihr auf den Hals drückte.

Was jetzt?

Klarabell wiederholte es ein paar Mal, bis sie merkte, dass sie es laut aussprach. Ihr Kopf war bis zum Bersten gefüllt mit Nichts.

Ein Kloß bildete sich in ihrem Hals, so dick und fest, dass sie einen Frosch darin befürchtet hätte, wären einige ihrer Tattoos nicht erst vor zwei Monaten frisch nachgestochen worden. Sie versuchte vergeblich, die Farbe unter ihrer Haut zu spüren. Über ihren Pulsadern, die während des Termins bei der Wahrsagerin von einem Seidenüberwurf bedeckt gewesen waren, saß ein rotes Perlenarmband. Die verschnörkelte Variante von Fatimas Hand auf der Innenseite ihres linken Oberarms. Sprüche hier und da, geistlich wie weltlich. Die kleine schwarze Zahl 1214 direkt unter ihrem Haaransatz im Nacken. Ein Traumfänger an ihrem Knöchel, der aussah wie mit Wasserfarben gemalt. Schutzsymbole, gestochen mit teurer, von den weltweit renommiertesten Alchemisten hergestellter Farbe. Sie sollten sie vor Unheil wie Fröschen im Hals, den Konsequenzen zerbrochener Spiegel, dem Bösen Blick und mutwilligem oder fahrlässigem Verschreien schützen.

Wie bei Infekten oder Viren gab es auch im Übersinnlichen viele verschiedene Arten von *Erregern*, wenn man so wollte. Der absolute Schutz existierte nicht, wie Cassandras Hang zu Pechsträhnen zeigte. Aber wenn sie als Wunderkinder nicht mit allem ausgestattet waren, was der legale Markt zu bieten hatte, wer dann? Und trotzdem …

Klarabell schüttelte den Kopf. Schüttelte alle Gedanken der Sorte »Wenn …«, »Hätte …« oder »Sollte …« heraus. Sie hasste sie. Sie machten sie rasend. Sie wollte sie an der Wand zerschmettern und auf ihren Splittern herumtrampeln oder sie die Toilette herunterspülen. Solche Gedanken änderten nichts. Sie unterstrichen bloß, wie falsch alles war. Schlichtweg nicht, wie es sein sollte. Sein durfte.

Es musste ein Irrtum vorliegen. Ja! Das war es. Ein Irrtum.

Aber wem wollte sie etwas vormachen? Keine Sturheit der Welt half ihr jetzt. Diesmal würde sie sich nicht heraus argumentieren können. Niemand würde ihre Probleme für sie lösen. Selbst wenn sie es wollten. Es gab keinen Ausweg. Das hatte ihr die Wahrsagerin mit der kunstvollen Eulenmaske deutlich gemacht. An teuren und renommierten Privatschulen für Empathisch Hochbegabte durfte nicht jede Dahergelaufene die Karten legen. Wenn eine professionelle Wahrsagerin auf diesem Niveau in keiner Variante ihrer Kunst eine Zukunft für sie entdeckte, war es endgültig. Sie würde sterben.

Jetzt verstand sie immerhin, warum man sie und die Wahrsager zu solchen Terminen mit Tiermasken aus Holz, farbigem Glas oder Porzellan versah. Warum man sie darunter bis zur Unkenntlichkeit schminkte und ihre Haare unter Perücken verbarg, ihre Tattoos entweder abdeckte oder überschminkte. In ihr braute sich ein irrationaler Zorn auf ihre Wahrsagerin und deren dämliche Tarotkarten zusammen, dass sie dankbar war, nur ihren Künstlernamen zu kennen. Eine Kunstfigur ohne Identität zu hassen, fühlte sich weniger schäbig an, als einen wildfremden Menschen, der bloß seine Arbeit machte.

Wahrsager wiederholten bloß, was ihnen die Zukunft diktierte. Sie spannen sie nicht selbst.

Frustriert schloss Klarabell die Augen, um die Welt für einen Moment auszublenden.

Wie konnte es denn einfach aus sein? Sie war nicht mal achtzehn Jahre alt. Ihre Mutter hielt sie noch immer für ein Kind, wie konnte sie da schon sterben?

Die Gedanken schwirrten in Klarabells Kopf, ohne dass sie sie greifen oder verarbeiten konnte. Die Erkenntnis sickerte durch und verpuffte wieder. Sie kroch durch ihre glühenden Ohren hinein, wo Verdrängung aus blanker Panik sie verschluckte. Als sie zu hyperventilieren begann, klemmte sie den Kopf zwischen die Knie und atmete bewusst langsam. Atmete. Atmete. Atmete. Und zählte.

Wie viele Atemzüge noch?

Der Gedanke schnürte ihr die Luft ab.

Wie lange noch?

Unvermittelt begann sie zu rechnen, um sich abzulenken. Ein Monat bis zu ihrem Geburtstag am 1. Mai, den die Wahrsagerin trotz mehrerer angestrengter Versuche und Auslegungen der Tatrotkarten nicht sah. Höchstens noch dreißig Tage. 720 Stunden. 43.200 Minuten. 2.592.000 Sekunden. 2.591.999. 998. 997.

Wie oft atmet man in der Minute?

Keuchend, stumm schluchzend und immer noch rechnend stemmte sie die Fäuste gegen die Stirn. Sie tigerte durchs Bad. Verschwendete ihre abgezählten Minuten damit zu versuchen, sie zu sammeln.

Ihre eigenen Worte vom Morgen widerten sie inzwischen an – *nur eine Lappalie.* Sie wollte sich am liebsten dafür ohrfeigen. Oder besser die ganze Welt. Wer auch immer die Schuld daran trug, dass ihr Ohnmachtsanfall offenbar kein harmloser Anflug von Schwäche gewesen war, sondern der Vorbote ihres unausweichlichen frühen Todes.

Überfordert sehnte sie sich nach Normalität. Sie fasste sich ein Herz und öffnete die Badezimmertür. Wie eine echte Schlafwandlerin wankte sie durch den Raum auf der Suche nach dem Manifest des Alltages, der Chronik der Gewöhnlichkeit: ihrem Tagebuch. Drei weitere Bücher purzelten aus dem Regal, als sie es herausriss. Sie machte sich nicht die Mühe, sie aufzuheben. Keine Zeit.

Sie musste in das Tagebuch schreiben. Es war normal. Es war sicher. Es fühlte sich an, als sei alles in Ordnung. Wie der Geruch von frisch gekochter Marmelade oder Bärchen-Pflaster, die ihre Mutter verwendete und für die sie sich zu alt fühlte.

Weil ihr nichts Besseres einfiel und auch aus purem Trotz, verfasste sie eine Liste anstatt einen Tagebucheintrag. Eine Wunschliste mit Dingen, die sie vor ihrem Tod tun wollte. Hoffentlich gaben sie ihr das Gefühl, nicht um ein komplettes Leben betrogen worden zu sein, sondern nur um ein halbes. Je nachdem, wie viel sie schaffte.

Hauptsächlich schrieb sie Banales. Einiges konnte sie wahrscheinlich nur im Traum umsetzen, so sicher war sie sich nicht. Die Realität außerhalb des Internats war ihr über die Jahre fremd geworden. Konnte sein, dass sie einige Gegebenheiten mit denen aus Träumen verwechselte.

Sie hatte keine Ahnung vom Leben außerhalb ihres goldenen Käfigs, wo man nicht darauf getrimmt wurde, seine seltene Gabe zu trainieren, um später als Traumdeuter oder Schlaftherapeut verbeamtet zu werden. Das war die größte Verschwendung: Sie wusste nicht einmal, was sie verpasste. Bis jetzt.

Klarabell sprang auf. Sie raffte wahllos Gegenstände zusammen, von denen sie dachte, dass normale Frauen sie in ihren Handtaschen trugen, und stopfte sie in ihre Regenjacke. Achtlos strampelte sie ihre straffe Kleidung ab und warf sie auf den Boden. Sie schlüpfte in ihre bequeme Lieblingsjeans, die ihren Wohlstandsspeck leicht über den Bund drückte. Aus dem Wäschekorb schnappte sie sich einen Kaschmirpullover, ohne überhaupt genau hinzusehen. Sie war halb zur Tür hinaus, bevor sie ihn richtig anhatte.

Verbot hin oder her – nach elf langen Schuljahren würde sie Köln endlich auf eigene Faust erkunden. Ohne Anstandsdamen und Bodyguards. Das echte Leben spüren. Wenigstens ein einziges Mal.

Bereits am zweiten Tag fühlte sich dieser April an wie eine völlig neue Welt. Frühlingsduft mischte sich unter den Straßendreck und die Abgase in der Luft. Manche Leute verführten die milden Temperaturen dazu, sich die Jacken auszuziehen, um die letzten Sonnenstunden des Tages auf ihrer vom Winter ausgeblichenen Haut einzufangen. Der Rollsplitt aus den vergangenen Märzwochen, der unter den Schuhen der Passanten knisterte, passte nicht recht zu diesem Bild, das die Ankunft einer neuen Jahreszeit ankündigte.

Klarabell wanderte ziellos an fremden Menschen vorbei, die mit gesenktem Kopf nicht bemerkten, was links und rechts von ihnen geschah. Ihre Handydisplays hypnotisierten sie förmlich. Klarabell beobachtete die Leute in ihrer natürlichen Umgebung. Sie war selten in der Stadt unterwegs und wenn, dann eingekapselt in ihren eigenen kleinen Kosmos. Begleitpersonen kümmerten sich ausschließlich darum, sie abzuschirmen, damit Hinz und Kunz dem wertvollen Wunderkind nicht zu nahe kamen. Massenweise Blicke waren ihr also sonst sicher gewesen. Genauso wie die »Uuuhs« und »Aaaahs« neidischer Mädchen, die dafür getötet hätten, um zu sein wie sie, weil gefährliches Halbwissen aus dem Unterricht an Schulen für Normalsterbliche diese Gaben romantisierte.

Diesmal drehte sich niemand nach Klarabell um oder wich ihr aus. Ohne ihre Entourage war sie unscheinbar, trotz ihrer fuchsrot gefärbten

Locken. In ihrer Unbedarftheit vergaß sie das ab und zu und rannte versehentlich in einen älteren Herrn oder durchkreuzte eine Gruppe Teenager.

Sie fügte sich bestmöglich in die Masse der Fußgänger ein und lernte schnell, sich dem Takt der anderen anzupassen. Der Puls der Domstadt war aufgeregt. Klarabell war nie bewusst gewesen, wie gut man den Herzschlag einer Stadt spürte, wenn die Welt sich nicht allein um einen selbst drehte.

In ihren Jackentaschen schloss sie die Hände um die wenigen Dinge, die sie bei ihrem überstürzten Aufbruch hineingestopft hatte. Ihr Handy, Kopfhörer, ihr Hausschlüssel, ein Hustenbonbon und ein Päckchen Taschentücher. Darin befand sich nur ein einziges Papiertaschentuch, dafür aber jeweils ein unsauber zusammengerollter Hundert- und Fünf-Euroschein, die sie auf ihrem Schreibtisch gefunden und eilig eingesteckt hatte. Wo ihr Portemonnaie war, wusste sie nicht genau. Sie zahlte so selten selbst, dass sie regelmäßig vergaß, wo es lag.

Die Domplatte, über die sie gefegt wurde, füllte sich im Nachmittagstrubel. Sie war das Epizentrum des Windes, sein Zuhause, dachte Klarabell. Hier war es immer windig. Als würden Böen und Stürme von dieser Quelle aus in die Welt fließen. Klarabell war vom Clodwigplatz aus den Haltestellen bis hierher gefolgt. Eine Station nach der anderen hatte sie passiert, ohne die bewusste Absicht, ins Stadtzentrum zu gehen. Die frische Luft tat gut und solange niemand nach ihr suchte, konnte sie noch ein wenig draußen bleiben. Dadurch schob sie gleichzeitig heraus, ihr Versprechen Cassandra gegenüber einzuhalten.

Eine schwächelnde Sternschnuppe huschte durch ihre Gedanken – Cassandra würde immer für sie da sein, ironischerweise vielleicht später mehr als jetzt. Ein Glück, dass die Gaben ihrer beiden Cousinen nicht vertauscht waren.

Ein flackerndes Leuchtschild wenige Meter entfernt erregte Klarabells Aufmerksamkeit. Zunächst wusste sie nicht, was der vergilbte Kiosk-Schriftzug, der aus der nächsten Seitengasse lugte, Anziehendes an sich hatte. Sie blieb stehen, neigte den Kopf in verschiedene Richtungen, kniff die Augen zu und riss sie wieder auf, weil ihr dämmerte, woher sie den Anblick kannte.

Bisher hatte sie nicht in Erwägung gezogen, dass das sinnlose Gefasel aus dem vergangenen Traum mehr gewesen war als die natürliche Merkwürdigkeit eines menschlichen Unterbewusstseins. Vielleicht war es eine Erinnerung gewesen, kein frei erfundener Traum. Der Feuerteufel, der räudige Hund, die Unterhaltung – das alles konnte stattgefunden haben. Und Klarabell fiel nur eine Möglichkeit ein, wie das Gefasel von einem Glasauge Sinn machte.

Sie erinnerte sich dunkel an die Gerüchte, die ein von einer Taschenlampe beleuchtetes Gesicht vor Jahren bei einer Pyjamaparty im Internat verbreitet hatte. Sie hatten sich Gruselgeschichten vom Schwarzmarkt im Untergrund erzählt, auf dem allerlei Gerümpel und verbotene Kostbarkeiten gehandelt wurden. Dort bekam man jedes erdenkliche Wunder zum Spottpreis oder für seine halbe Seele – wenn man die Parole kannte.

Klarabells Magen begann, sich in sich zu wringen. Ihr war mulmig, als sie durch die Tür des inzwischen wiedereröffneten Kiosks trat. Ein hysterisches Glöckchen begrüßte sie in dem schmalen, vollgestopften Lädchen.

In der Ecke stand ein Retro-Kaugummiautomat, den man mit Münzen füttern musste, um eine Kugel gefärbten Zucker zu bekommen, die zum Kauen zu hart und zum Lutschen zu groß war. Daneben, über Dosenbier und billigem Modeschmuck, hingen Heilstein-Talismane für unterwegs. Außerdem lag vor der Theke eine Regenbogenpalette reinigender Räucherstäbchen für das Vertreiben böser Geister aus, hinter der sich ein faltiger kleiner Mann eine Zigarette drehte.

Sein Tabak roch selbst unangezündet so extrem, dass Klarabell einen Ärmel schützend über ihre Nase halten wollte. Aus Höflichkeit kämpfte sie den Drang herunter.

Menschen wie sie waren penetrante Gerüche nicht gewöhnt, außer von Räucherstäbchen und –kegeln. Scharfes Essen, Alkohol, Zigaretten und Ähnliches waren tabu. Wunderkinder mussten sich schonen, um ihre Gabe zu erhalten. Unvorsichtige Lebensstile erhöhten die Gefahr der Nebenwirkungen von Traumwandeln, Gedankenlesen und Ferngesprächen ins Jenseits.

Wie bei Cassandra. Der Internatsleiter hielt es für wahrscheinlich, dass ihr Zustand in so jungen Jahren derart schlimm geworden war, weil ihre Eltern jahrelang mit ihr in einer Amsterdamer Kommune gelebt und diese Regeln missachtet hatten.

Etwas daran, wie der Kioskverkäufer seine Hände stillhielt und wie sich seine Augen verengten, verriet, dass Klarabell hier nicht hergehörte. Als hätte der Mann keine Kundschaft erwartet. Oder zumindest nicht welche wie sie.

Ihre Mutmaßung über den Traum nahm weiter Gestalt an.

Sei nicht albern, Klara, schimpfte sie sich selbst.

Aber es ergab Sinn, das konnte sie nicht leugnen.

»Guten Tag.« Der Kioskverkäufer schmatzte beim Sprechen im Kölner Dialekt leicht und kraulte sich das Brusthaar, das aus dem zwei Knöpfe weit offenstehenden Hemd lugte. »Suchst du was Bestimmtes?«

Klarabell antwortete nicht. Sie reckte den Hals, sah sich um, während sie sich an die Theke anschlich, auf der Mäusespeck und Lakritzstangen angeboten wurden. Ihr war mulmig und zunehmend heißer. Wie hatte sie das nicht bedenken können? Natürlich erwartete er, dass sie mit ihm sprach. Wenn sie es nicht tat, verriet sie sich als Empathisch Hochbegabte. Denn ihnen war es verboten, wahllos mit Normalsterblichen zu reden.

Empathisch Hochbegabte, die sich in andere so intensiv hineinfühlten, dass sie beispielsweise ihre Träume teilten, strengte das unheimlich an. Es verursachte bei ihnen Nebenwirkungen wie Schwindel, Erschöpfung und Konzentrationsprobleme. Aber das war das kleinere Problem.

Gedanklich spulte Klarabell halb auswendig gelernte Vorträge darüber ab, wie sich dadurch negative Energie von einer auf die andere Person übertragen konnte. Jemand wie sie galt als besonders anfällig. Wie Kinder, Schwangere und ältere Menschen bei Virusinfektionen.

Das Sprechverbot mit Normalsterblichen hatte einen Sinn, diente es doch dazu sie zu schützen. Allerdings gab es auch einen banaleren Grund, warum sie sonst unter peniblem Schutz stand. Zu viele wussten einiges mit jemandem wie ihr anzufangen, wenn sie allein und hilflos war.

Sich zu erkennen zu geben, war keine Option.

Sie schluckte trocken, bevor sie den Mund öffnete. Zu sprechen brach Regeln, die sie seit ihrer Kindheit heiligte. Doch es schmeckte weniger brenzlig als ihre Identität preiszugeben. Klarabell blieb ohnehin nicht viel Zeit, um unter möglichen Nebenwirkungen zu leiden, die das Sprechen mit Normalsterblichen mit sich brachte. Was machte es also schon?

»Hast du dich verlaufen, Schätzelein?«, fragte der Verkäufer.

Hastig schüttelte sie den Kopf. Der Entschluss zu sprechen war das eine, ihn umzusetzen etwas anderes. Die Laute wanden sich lediglich in ihrer Kehle anstatt herauszukommen.

Ein letzter abwägender Blick über die Warenauslage. Standardprodukte. Stangenware. Minderwertige Steine und Pflanzen, eingearbeitet in günstigen Plastikschmuck. Mit ihren Sonderanfertigungen vom Juwelier konnte hier nichts mithalten. Sie trug zwei Reihen Ohrringe aus Turmalin und Rosenquarz, die sie vor Gedankenlesern wie Morgana schützen sollten. Dazu schmückten sie schmale Ringe an ihren ersten beiden Fingergliedern, ein Tragus- und ein Bauchnabelpiercing. Aber selbst diese wirkten wie Plunder verglichen mit dem Saphir-verzierten Septum ihres Gegenübers, das ihr nun bei genauerem Hinsehen auffiel. Ganz zu schweigen von dem Diamanten über dem Tunnel in seinem linken Ohr, zu dem ihr Blick als nächstes wanderte. Wäre sie nicht von all den Reizen hier überfordert gewesen, hätte sie diese ungewöhnlichen Details vielleicht früher bemerkt. Ein normaler Verkäufer in einem solchen Ramschladen konnte sich unmöglich so kostspielige Talismane leisten. Abgesehen davon – wozu?

Dieser Mann war bis unter den knittrigen Kragen seines Hemdes tätowiert, mit Symbolen, die Klarabell nicht erkannte. Es waren definitiv keine Zeichen für Empathisch Hochbegabte oder Wahrsager. Die indigofarbenen Konturen erinnerten an den Stil osteuropäischer Künstler. Die Bilder an sich sagten ihr nichts. Aber sie waren eindeutig keine Schmuck-Tattoos.

Klarabells erster Impuls war die Flucht. Auf dem Absatz umdrehen, die Beine in die Hand nehmen und rennen. Zurück zum Internat. Drei meditative Räucherstäbchen anzünden und tief durchatmen, bevor sich ein Albtraum in ihr Ohr schlich und sich verbiss. Eine bizarre Idee hatte diesen Weg bereits zurückgelegt. Sie hielt sie an Ort und Stelle.

Was, wenn es einen Grund gab, der sie hierher geführt hatte?

Du hast nichts zu verlieren, versicherte sie sich und knabberte an der Innenseite ihrer rechten Wange.

Keiner der staatlich anerkannten und geprüften Talismane, mit denen man sie schmückte, konnte das vorausgesagte Unheil von ihr abwenden. Die Schulmedizin führte ebenfalls in eine Sackgasse, wenn die Wahrsagerin eindeutig Klarabells Ende vorhersah. Beides hatte eben endliche Kapazitäten.

Aber die Abgründe jenseits der geregelten Wege bieten vielleicht noch eine irrwitzige Chance.

Allen Warnungen und inneren Alarmsignalen zum Trotz musste sie es wohl oder übel darauf ankommen lassen.

»Ich brauche etwas Tiefenreinigendes«, sagte sie so selbstbewusst wie möglich.

Der Verkäufer stand von seinem Hocker auf, der wie ein Stoppschild vor einer schmalen Wendeltreppe in den unbeleuchteten oberen Stock stand. Er legte die Handflächen auf die Theke und beugte sich vor. Mit dem Kopf deutete er zu seiner Linken.

»Das ist alles, was ich habe. Rezeptpflichtiges darf ich nicht verkaufen, dafür musst du in die Apotheke gehen.«

Damit war die Sache für ihn erledigt. Aber nicht für Klarabell.

»Ich brauche es rezeptfrei … Was ist mit dem Bettler und dem Hund? Haben die beiden vielleicht was für mich?«

Der gestauchte Mann runzelte die Stirn. Sein Mund verzog sich zu einem liegenden Fragezeichen.

»Ich weiß nichts von irgendwelchen Bettlern.«

Ihre Schultern sanken enttäuscht nach unten, weil der Kioskverkäufer sich scheinbar abwandte. Als ihr nach der Vorhersage die nächste Tür vor der Nase zugeschlagen wurde, wusste sie nicht, wie ihr geschah. Überfordert huschten ihre Blicke umher. Ihre Finger gruben sich tiefer in ihre Taschen, wühlten nach etwas Brauchbarem, das sie verkaufen konnte. Sie fand es in ihrem Ohr.

Zögerlich öffnete sie den Verschluss ihres Traguspiercings. Das filigran geschliffene Hexagon, das ihre nächtlichen unfreiwilligen Wanderungen von den meisten Albträumen abschirmte, bestand aus reinstem Mondstein. Dänische Handarbeit. Ein Familienerbstück. Klarabell legte das Schmuckstück auf den Tresen.

Der Kioskverkäufer reagierte nicht, bis sie aus einem Bauchgefühl heraus die Parole rezitierte, die ihr im Traum zugeflogen war. »Sie haben da einen Sprung in ihrem Glasauge.«

»Hömma, Schätzelein, das ist vom besten Flohmarkt in Basel.«

Mit diesen Worten nahm der Mann eine Lupe aus der Gesäßtasche seiner etwas zu engen Hose und prüfte ihr Angebot penibel.

Knurrendes Grunzen. Schweres Atmen. Erneut griff er in die Tasche und schob eine Visitenkarte über die Tischplatte. Mit der anderen Hand steckte er zeitgleich die Bezahlung in Form von Klarabells Piercing ein.

»Tut mir leid. Wie gesagt, frag mal in der Apotheke nach.«

Der teuer erkaufte Zettel nannte eine Zugverbindung, ein Abteil und eine Uhrzeit. Ohne ihre Handlungen großartig zu hinterfragen, aus Angst, sie könnte einen Rückzieher machen, folgte Klarabell den Angaben. Ihr blieb nur zu hoffen, dass man sie nicht in die Irre führen wollte. Seit sie den Kiosk verlassen hatte, verfolgte sie ein mulmiges Gefühl.

Vermutlich war es eine Sicherheitsmaßnahme, Mittelsmänner zu haben. Wie Makler. Klarabells wertvolles Piercing war seine Provision für die Vermittlung des perfekten Dealers gewesen.

Sie musste auf den letzten Metern sprinten, um den IC zu erwischen. Das Abfahrtsignal schrie gerade auf, als sie durch die Tür glitt. Der proppenvolle Pendlerzug auf dem Weg nach Dortmund über Düsseldorf roch nach überarbeiteten Menschen und muffigen Polstern. Klarabell kämpfte sich durch die beengten, mit Akten- und Computertaschen zugestellten Gänge bis zu dem Abteil durch, das auf dem Zettel stand, den sie fest in ihrer geballten Faust hielt.

Ein verwaistes Abteil in dem überfüllten Zug vorzufinden, gab ihr die benötigte Bestätigung am richtigen Ort zu sein. Mehrfach prüfte sie die Nummer, stand wie ein Mondkalb vor der Tür, bevor sie eintrat. Erst drinnen atmete sie durch – endlich umgeben von vertrauter Stille, abseits der normalen Menschen, wie sie es gewohnt war.

Sie breitete sich über einer der Bänke aus, streckte ihre verspannten Glieder. Danach entwirrte sie die Kopfhörer aus ihrer Jackentasche und schaltete »Disney's Greatest Hits« auf ihrem Handy trotz schwindender

Akkuladung in voller Lautstärke an, damit sie ihre Gedanken übertönten.

Dann wartete sie.

Und wartete. Und wartete. Während nichts geschah.

Niemand gesellte sich zu ihr, nicht einmal der Schaffner steckte den Kopf ins Abteil. Weil dieser Tag ihre Kraftreserven gierig aufzehrte, glitt sie irgendwann in den Schlaf hinüber, wo sabbernde Albträume schon ihre Zähne und Klauen wetzten. Sie lechzten nach ihr, die gerade den schützenden Mondsteine weggeben hatte.

Als die ungeduldig erwartete Gesellschaft endlich eintrat und Klarabell unvorbereitet aus ihren Fängen befreite, erkannte sie die Gestalt sofort.

Der junge Mann war geduscht, parfümiert, gekämmt, neu eingekleidet und ohne flohverseuchte Begleitung unterwegs, doch er sah keinen Tag älter aus als im Traum. Seine plakativen Tätowierungen an Händen, Hals und in den Handflächen brauchte es nicht, um jeglichen Zweifel seiner Identität auszulöschen. Klarabell erkannte ihn an der stockenden Art, wie er sich bewegte, schnippte und die Nase hochgereckt nach einer unsichtbaren Fährte schnüffelte. Wie eine Kreuzung aus Bluthund und Weberknecht.

Ob Klarabell nach Innenstadt und fremden Menschen stank? Oder nach den vielen Kilometern, die sie vom Internat aus bis zur Schildergasse zurückgelegt hatte? Plötzlich spürte sie die Blasen an ihren Fersen überdeutlich. Kalter Stressschweiß ersetzte Tränen, für die sie noch zu perplex war. Dazu kam der Hitzestau, der noch vom Hechten zum Zug herrührte. Sie hoffte, die vielen Cremes und Lotionen vom Morgen übertünchten all das, während sie die Parole erneut über ihre Lippen zwang.

Pares schnippte ungeduldig. Verwechselte er Klarabell mit einer Gedankenleserin? Anscheinend sollte offensichtlich sein, was er von ihr wollte.

Nicht bereit länger zu warten, zog er Klarabells Hand ungefragt zu sich. Er drehte ihre Handfläche zur Decke und fuhr mit dem maniküren Finger, auf dessen Knöchel ein L stand, über die Linien auf ihrer Haut. Kein Muskel zuckte auf seiner Stirn oder an seinen Mundwinkeln. Gelegentlich verengten sich seine Augen kaum merklich. Das war alles.

Es war zu ruhig, als dass Klarabell ihr hämmerndes Herz hätte überhören können. Die entrückte Melodie ihrer Nervosität machte sie kribbelig. Still zu sitzen und abzuwarten, bis die vernünftigen Gedanken hereinschwappten, juckte in ihren Muskeln. Es rieb ihre Nerven wund.

Unter Pares' Finger, der zu fest in ihre Handfläche drückte, zwickte ihre Haut wie unter heißem Wasser nach einer Schneeballschlacht mit bloßen Händen.

»Ich fürchte, mir ist kein geeignetes Heilmittel für dich bekannt«, erklärte er ohne vom Handlesen aufzusehen.

Als er losließ, blieb eine unterschwellige Kälte in den Linien zurück, die seine Finger nachgezeichnet hatten.

»Und du bist absolut sicher, dass du sterben wirst?«

»Eine Wahrsagerin hat es diagnostiziert.«

Daran gab es nichts zu rütteln. Wäre es die Diagnose eines Arztes oder eines Therapeuten gewesen …

Pares grübelte einige Augenblicke lang. Dabei nickte er sich selbst zu, ohne Klarabell aus den Augen zu lassen. Er zupfte an einer dünnen Strähne, bevor er sie hinters Ohr schob.

»Du hast Glück, dass deine Gabe nützlich sein könnte. Ich bin eventuell bereit, dir einen Handel anzubieten. Allerdings erfordert eine so vertrackte Situation wie deine entsprechend drastische Maßnahmen. Und das kostet. Die Frage ist: Wie weit würdest du gehen, um dem Schicksal ein Schnippchen zu schlagen?«

Bis gerade eben war Klarabell nicht bewusst gewesen, dass das ging - das Schicksal austricksen.

»Wie?«, platzte es aus ihr heraus.

Er lehnte sich vor und rutschte näher an die Sitzkante. Noch näher. Bis sie seinen Atem riechen konnte. Ein verführerischer Hauch aus kaltem Kaffee und Zwiebelkuchen.

»Unsterblichkeit.«

Sie schnappte nach Luft. Unsterblichkeit war unmöglich! Hochverrat an der Natur, der Menschheit selbst! Ein schmutziger Mythos, mit dem man schwache, gierige Seelen in die Irre führte.

Laut prustend fuhr der IC in den nächsten Bahnhof ein. Klarabell wusste nicht, in welchen. Sie hörte nur das Kreischen der Bremsen und sprang auf ihre zittrigen Beine. Hauptsache raus aus dem Abteil, das zu schrumpfen schien. Hauptsache weg.

»Überleg's dir«, hörte sie Pares rufen. »Solange du noch kannst.«

DREI

Als Klarabell aus dem Zug stolperte, irgendwo zwischen Köln und Dortmund, wusste sie nicht wohin.

Ins Internat? Unmöglich.

Ich kann nicht zurück.

Sie wünschte sich nichts sehnlicher, aber dort musste sie Cassandra die Hiobsbotschaft beichten und dadurch würde sie noch realer wirken.

Von innen heraus fror sie so stark, dass sie schlotterte. Dicke Tränen kullerten ihr über die Wangen und von ihrem Kinn herab in die Tiefe. Das Aufheulen der schließenden Zugtüren übertönte ihr einziges klägliches Schluchzen. Sie riss die Hand vor den Mund und unterdrückte jegliche weiteren Laute. Sie sperrte alles ein. Sperrte es weg, damit sie sich wieder bewegen konnte. Nur die Tränen und ihre Füße liefen stoisch weiter. Am nächsten Gleis überfiel sie ein nervöser Schluckauf. Sie wollte nach Hause oder zumindest wieder nach Köln, weil Klarabell immerhin wusste, wo das war.

Ich kann auf keinen Fall ins Internat zurück, bläute sie sich ein. *Was, wenn ich mich bei der Vorhersagebesprechung mit meinen Mentoren verrate und sie mitbekommen, dass ich mit dem Schwarzmarkt in Kontakt stehe? Wenn sie nur den leisesten Verdacht haben, dass ich was ausfresse, bin ich geliefert.*

Harsch sog sie durch die geschlossenen Zähne Luft ein. Hieß das, dass sie sich entschieden hatte? Nein, damit man sich entscheiden konnte, musste man eine Wahl haben.

Klara, du glaubst diesem Irren doch wohl nicht!

Die Situation war zu verwirrend. Zu kompliziert. Zu ... *einfach alles.* Also klammerte sie sich an das, was sie wusste: Dass sie heute Nacht irgendwo unterkommen musste, irgendwo anders als im Internat. Wenn das ungute Gefühl unter ihrer Haut stimmte und sie tatsächlich von Leuten vom Schwarzmarkt beobachtet wurde, konnte sie das Risiko unmöglich eingehen und diese Person zu ihren Cousinen führen.

Wie sie es vermied, dass ihre Abwesenheit beim nächsten Morgenappell auffiel, wusste sie noch nicht. Bis dahin blieben ihr jedoch noch ein paar Stunden, versuchte sie sich zu beruhigen. Ein Schritt nach dem anderen. Zunächst musste sie einen Ort finden, an dem sie sich verstecken konnte.

Plötzlich fiel ihr das Reihenhaus wieder ein, das ihre Großmutter ihren Enkelinnen heimlich vermacht hatte.

Niemand außer ihnen wusste davon, nicht einmal ihre Eltern. Immerhin waren sie der Grund, warum die Matriarchin das Reihenhaus gekauft hatte.

Im Gegensatz zu Großmutter Edita waren ihre drei Kinder nicht froh gewesen, völlig gewöhnlich zur Welt gekommen zu sein. Als Normalsterbliche hatten Onkel Oskar und seine Schwestern es schwerer, den luxuriösen Lebensstil zu halten, den die nationale Berühmtheit ihrer Mutter ermöglicht hatte. *Zum Glück* waren alle ihre eigenen Töchter besonders. Gleich drei verschiedene Gaben bei ihnen zu entdecken, versetzte sie und die Szene anscheinend in einen fast obszönen Rausch. Klarabell hatte die gesammelten alten Zeitungsartikel über ihre Familie durchgeblättert, neben denen teuer verkaufte Babyfotos von ihr und ihren Cousinen prangten. Die einzigen Bilder, die von ihnen veröffentlicht worden waren.

»Es tut mir leid, was ich aus euren Eltern gemacht habe«, hatte Großmutter Edita Cassandra auf ihrer eigenen Beerdigung ins Ohr geflüstert. Diese schluchzte damals am heftigsten von allen Trauergästen. Nicht, weil sie ihre Oma unheimlich vermisste, sondern weil sie nun die einzige war, die ihr Nörgeln hörte. Als Cassandra von der Entschuldigung aus dem Jenseits berichtete, hatte dies Klarabell und Morgana verblüfft.

»Gierige Streithähne«, hatte sie aus der Sprache der Geister übersetzt. »Präsentieren ihre Töchter wie Rennpferde und reiben einander jeden Sieg unter die Nase. Wenn sie ihn nicht selbst schnupften wie Koks … Ihr habt jetzt nur euch drei auf der Welt, die euch *bedingungslos* lieben. Vergesst das nicht.«

Darum hinterließ sie heimlich ein unscheinbares Reihenhaus in Köln Mühlheim als Refugium für ihre Enkelinnen. Einen Ort, an dem sie der Welt und ihren zankenden Eltern zeitweise entkommen konnten. Einen Platz, an dem die Cousinen sie selbst sein konnten, anstelle der Trophäen, als die man sie so oft ausstellte.

Großmutter Edita hatte Cassandra wie auf einer Schnitzeljagd zu Papieren und Schlüsseln bis hin zu einem Gebäude geführt, an dessen Klingelschild bis zu diesem Tag der Geburtsname ihres jung verstorbenen Ehemannes stand. Rupert. Drinnen befanden sich eine Küche, ein Bad und vier Zimmer. Ein eigenes jeweils für Morgana, Klarabell und Cassandra.

»Und eines für die Musik«, hatte letztere schulterzuckend ausgerichtet. Keine von ihnen spielte ein anderes Instrument als die obligatorische Blockflöte oder Triangel, sehr zum Leidwesen von Klarabells musikalischer Mutter Gloria.

Die Cousinen hatten früher viel Zeit dort verbracht. In den letzten Wintermonaten jedoch hatten sie das geerbte Haus nicht mehr aufgesucht. Nun kam es wie gerufen.

Klarabells Weg zum Rupert-Haus führte durch die Innenstadt, in der das Leben nach Sonnenuntergang im Hintergrund rauschte. Klarabell war todmüde und alle ihre Reserven - körperliche wie emotionale - waren erschöpft.

Im Licht der Straßenlaternen hatte sie sich die Seele und die Augen ausgeweint. Ihre Ärmel trieften vor abgewischten Tränen, ihre Jackentaschen quollen über an getränkten und zerknäulten Papiertüchern, die sie an einem Kiosk gekauft hatte. Ihre Zunge fühlte sich geschwollen und trocken an. Sie schmeckte eklig schal. Ein Königreich für einen Schluck Wasser!

Doch alles, was Klarabell bekam, war eine Dusche mit Alkopops beim Zusammenstoß mit ein paar torkelnden Jugendlichen, die ihren linken nicht mehr von ihrem rechten Fuß unterscheiden konnten. Entweder wurde ihr eine Entschuldigung oder eine Beleidigung hinterher gelallt.

Sie tapste in die nächstgelegene Kneipe auf der anderen Straßenseite, um auf der Toilette das klebrige Zeug aus den Haaren und ihrer Jeans zu entfernen. Sie zwängte sich durch die engen Gänge zwischen den überfüllten Tischen hindurch und schob sich an einer Dart spielenden Gruppe vorbei. Stets hielt sie den Kopf gesenkt, damit sie keinem der Kneipenbesucher ins Gesicht sah.

Auf der Damentoilette herrschten eisige Temperaturen, dank des offen stehenden Fensters. Der Boden war rutschig von dreckigen Pumps-Abdrücken und die Papiertuch-Spender natürlich leer. Nichts davon störte Klarabell so sehr wie der beißende Essiggeruch in der Luft. Kaum hatte sie sich notdürftig mit Toilettenpapier abgetupft, torkelte die Quelle des Gestanks aus einer Kabine.

Das Mädchen war viel zu jung, um derartig betrunken zu sein. Ihre Statur war das absolute Gegenteil zur kurvigen Klarabell, wobei ihr der Unterschied in diesem Licht deutlicher vorkam, als er war. Die kurzen wasserstoffblonden Haare hingen dem Mädchen wüst ins Gesicht. Ihr Mascara und Lidschatten rutschten mit jedem Blinzeln mehr von den Wimpern unter die Augen. Sie krallte sich am Mülleimer fest, um nicht durch den Rückstoß vom Würgen umzufallen. Braunoranger Schleim tropfte über den verwischten rosa Lipgloss und ihr Lippenbändchen-Piercing. Das Erbrochene klatschte zwischen ihre aufeinander zeigenden Schuhspitzen auf die Fliesen. Schlieren auf ihrem Jeansrock verrieten, dass ihr nicht eben erst schlecht geworden war. Das Mädchen ohrfeigte sich bei dem Versuch, sich den Übelkeitsschweiß von der Stirn zu wischen. Sie war derartig desorientiert, dass sie Klarabell nicht wirklich wahrzunehmen schien, die fassungslos in das kreidebleiche Gesicht starrte.

»*Mim*?!«

Bei dem Versuch, sich die Prada-Bluse wieder ordentlich in den Rockbund zu stopfen, zog Morgana das Oberteil auf der anderen Seite wieder raus. Tropfen von beißend riechendem Erbrochenen liefen ihr übers Kinn, als sie unbeholfen den Kopf hob und ihre Cousine anblinzelte.

»Du hast mich nicht gesehen, klar, Klara?«, nuschelte sie und prustete gleich darauf vor Lachen zweimal: »Klar, *Klara?*«

Ihr Atem war eine Zumutung. Klarabell wollte sich am liebsten selbst in die blaue Plastiktüte des Mülleimers übergeben, an den sich ihre Cousine klammerte, um das Gleichgewicht zu halten. Ihre ruinierten Samtballerinas quietschten auf dem nassen Fliesenboden, als sie zum Waschbecken torkelte, wo Klarabell sie auffing.

Spucke und wiedergekäute Getränke schmierte Morgana dabei an ihrer Schulter ab, auf die sie ihren Kopf bettete. Sie murmelte vor sich hin, brabbelnd zu imaginären Personen wie Cassandra es sonst tat. Hoffentlich antwortete sie nicht auf Gedanken von Menschen auf der anderen Seite der Wand. So hatten bei Großmutter Edita die Nebenwirkungen jahrelanger Arbeit angefangen, was den damals nachlässigen Bedingungen anzulasten war.

»Hey, Mim, alles klar? Mim?«

Was hast du hier verloren?

Klarabell wartete nicht wirklich auf eine Reaktion. In der Hoffnung, dass Morgana ihr Handy eingepackt hatte, wühlte sie in der winzigen Handtasche ihrer Cousine. Mit ein bisschen Glück hatte es im Gegensatz zu ihrem noch Akku übrig.

Morganas gesamtes Gewicht auf ihr war zu viel. Darum lehnte sie sie gegen eines der Waschbecken, während sie Geschichten über Leute erzählt bekam, die sie nicht kannte.

»Weiß Sandra, dass du hier bist?«

War das ein Kopfschütteln? Es hätte sie auch stark gewundert. Cassandra würde einen Tobsuchtsanfall bekommen, wenn sie erfuhr, dass ihre sechzehnjährige Cousine sich heimlich rausgeschlichen hatte, um sich bis zur Besinnungslosigkeit zu betrinken.

Klarabell wusste nicht, wen sie anrufen sollte, bis sie im elektronischen Telefonbuch auf seinen Namen stieß. Noah Küşat. Morgana hatte seinen Kontakt mit einem Herzchen versehen.

»Klara, was machst du?«, lallte diese. Sie streckte die Hand nach ihrer Cousine aus und zog an ihrem Ärmel wie ein quengeliges Kind im Supermarkt.

»Ich bring dich heim, Mim. Das mach ich.«

»Du bist nicht meine Mutter«, maunzte sie trotzig und wischte sich mit dem Ärmel ihrer schwarzen Lederjacke die Spucke und den Rest ihres letzten Drinks über die Wange.

»Hast du ein Glück.«

Klarabell drückte auf »Senden«. Wie sie Noah die Situation erklären sollte, würde sie herausfinden, nachdem sie seine Stiefschwester aus der Kneipentoilette gelotst hatte.

Draußen parkte sie Morgana auf dem Bordstein, wo diese ein Kaugummi-Papier mit ihrem Schuh über den Asphalt schob. Im Halbschlaf nuschelte sie Proteste gegen Klarabells Knie, an dem sie lehnte, bis ein alter dunkelblauer Golf vor den beiden zum Stehen kam.

Noah stieg nicht aus, sondern lehnte sich über den Beifahrersitz und drückte die Tür auf.

»Hat jemand ein Taxi gerufen?«, scherzte er. »Oh, Klarabell, mit dir hatte ich nicht gerechnet.«

Sie zuckte mit den Schultern. Dafür, dass sie ihn hierher zitiert hatte, guckte Klarabell ihn etwas zu grimmig an.

Danke, dass du gekommen bist, sagte sie in Gebärdensprache. *Kannst du uns irgendwo anders hinfahren als zum Internat? Morgana kann so nicht dahin.*

Daraufhin schüttelte Noah nur den Kopf. Er verstand offenbar kaum eine ihrer schnellen, aus Routine schlampigen Bewegungen. Zwar lernten Normalsterbliche an Schulen grundlegende Gebärden, aber es blieb eine eigene Sprache. Noah war auch bilingual aufgewachsen, allerdings mit Deutsch und Türkisch und nicht mit Gebärdensprache wie sie. Es war nicht seine Stärke.

Beim zweiten Anlauf schien er grob zu verstehen, worum es ihr ging. Gemeinsam verfrachteten sie Morgana auf den Rücksitz. Obwohl Noah es ihr anbot, während er seiner Schwester seine Jacke umlegte, wollte Klarabell sich nicht auf den Beifahrersitz setzen. Schweigend rutschte sie neben ihre Cousine, die prompt an ihrer Schulter einschlief.

Noah stellte sicher, dass die beiden angeschnallt waren, und drehte das Radio leiser, um Morgana nicht zu stören.

»Schlafende Betrunkene sind mir die liebsten«, feixte er und verstummte schnell unter Klarabells bleierner Wortlosigkeit.

Dafür, dass er im Winter zwanzig wurde, fuhr er ausgesprochen moderat. Er spielte nicht mit dem Gas oder lehnte cool den Ellenbogen ans Fenster, schnitt keine Kurven oder missachtete rote Ampeln. Stattdessen konzentrierte er sich auf die zur späten Stunde angenehm freien Straßen. Morgana hätte ihn wach sicher aufgezogen, dass es beinahe unheimlich war, wie genau er sich an die Verkehrsregeln hielt. Klarabell hingegen war für einen Moment zufrieden mit sich und der Welt. Sie hatte Verkehrsregeln, Normalität und in der Spur fahren nie so geliebt wie in dieser jungen Nacht.

Als der Wagen schließlich vor einem mintgrünen Reihenhaus mit Wildrosen im Vorgarten stehen blieb, rutschte ihr Magen drei Etagen tiefer. Sie zog die Augenbrauen zusammen, prüfte die Aussicht vor dem Fenster.

Das Licht im oberen Stock und hinter der Eingangstür brannte. Dafür sorgten Zeitschaltuhren, die die Cousinen eingestellt hatten, damit ihr Haus trotz der zugezogenen Vorhänge belebt aussah. Außerdem mochte Cassandra es nicht, in ein stockdunkles Haus zu kommen. Wenn Licht brannte, meinte sie, fühlte man sich willkommen, weil es suggerierte, dass jemand auf einen wartete.

Noah zog die Handbremse an und löste seinen Gurt.

Es muss ein Fehler sein. Niemand außer uns dreien weiß von diesem Haus.

Sie schüttelte den Kopf über ihre eigene Naivität.

»Du bist nicht zum ersten Mal hier«, hörte sie sich resigniert sagen.

Noah gab ihr lediglich ein entschuldigendes, halbgares Lächeln. Dann stieg er aus dem Auto und holte seine Krücke vom Beifahrersitz, die seinen linken, seit einem Unfall lädierten Fuß entlastete. Daran ging er um den Wagen herum. Geschickt half er seiner Schwester aus ihrem Sitz, ohne seine Stiefcousine anzusehen.

Als er die Autotür öffnete, biss kühle Luft in ihre Nase und rüttelte sie wach. Es fühlte sich falsch an, dem hinkenden jungen Mann zuzusehen, wie er seine fast bewusstlose Stiefschwester zum angeblichen Rupert-Haus schleifte. Darum beeilte sich Klarabell, über Noahs Einweihung in ihr Geheimnis hinwegzukommen und ihm unter die Arme zu greifen. Um sich zu beruhigen, trippelte sie an ihm vorbei und führte ihn zu Morganas Zimmer, als wisse er nicht bestens Bescheid.

Routiniert legte er seine Schwester in dem Raum mit den Tapeten im Stil der 1920er-Jahre ab und stellte sicher, dass sie alles hatte, was sie brauchte. Taschentücher, einen Eimer, eine Flasche Wasser, ihr ausgeleiertes Lieblings-Shirt. Er wickelte den Klammeraffen, der sich wieder um seinen Hals schlingen wollte, um eine Nackenrolle und deckte ihn zu. Dann zog Noah sich zurück. Bettwäsche für sich fand er im Bad unter der Treppe, Klarabell nebenan am kleinen Frühstückstisch in der beengten Küche.

Sie musste den unebenen Rhythmus seiner Krücke auf dem Dielenboden gehört haben, denn sie drehte sich nach ihm um. Vor ihr lagen Ringblock und Kugelschreiber bereit. Wasser kochte bereits im Kessel auf dem Gasherd. Instantkaffee und Kondensmilch waren neben der Spüle drapiert. Klarabell schenkte ihm ein höflich-distanziertes Lächeln und bat ihn mit einer Handbewegung, sich zu setzen. Auf der aufgeschlagenen Seite des A5-Blocks erwartete ihn eine Nachricht. Er konnte sich nicht erinnern, seit der Mittelstufe handgeschriebene Zettel zugeschoben bekommen zu haben.

»*Bitte entschuldige.*« Ihre Handschrift war sauber und klar. Einstudiert perfekt. Als habe sie die Nachricht zigmal ausprobiert, sodass die Schwünge der Buchstaben nun einwandfrei aussahen, wie die vorgedruckten Lettern im Übungsheft eines Erstklässlers.

Er winkte ab – es gab kein Grund sich zu entschuldigen. Wohlwollend hob er die Hände zu einer unausgereiften Version der Gebärden, an die er sich vage erinnerte, um zu sagen: »Ich hab's gern gemacht«. Noahs Schulkenntnisse in Gebärdensprache waren furchtbar eingerostet. Bevor seine Mutter Rabia Oskar Meinhardt geheiratet hatte, reichten ihm Stift und Papier für den unwahrscheinlichen *Notfall*. Der Durchschnittsbürger kam eher selten in die Verlegenheit sich mit Empathisch Hochbegabten auszutauschen, sodass er die Gebärdensprache nicht fließend beherrschen musste. Für offizielle Termine wurden auf Wunsch Dolmetscher bereitgestellt.

Seine Kenntnisse reichten demnach nicht einmal ansatzweise dazu, mit Morganas Cousinen ordentliche Gespräche zu führen. Die Familie hatte das auch nie gefördert.

Es war ein bürokratischer Marathon gewesen, ihn in Morganas Inneren Kreis aufnehmen zu lassen. So bezeichnete man die Runde der Normalsterblichen, mit denen sie verbal kommunizieren durfte. Eltern und leibliche Geschwister stellten nie eine Bedrohung dar, genauso wie andere Empathisch Hochbegabte. Bei Stiefgeschwistern verhielt es sich natürlich anders. Für die Aufnahme in Morganas Inneren Kreis hatte Noah eine Reihe von langwierigen Reinigungsritualen über sich ergehen lassen müssen. Am Schluss wurde ihr sein Name mit spezieller Tinte eintätowiert, damit die beiden eine halbwegs normale Beziehung aufbauen konnten. So normal es eben sein konnte, wenn die kleine Schwester in seinen Gedanken grub wie in einem Wühltisch, sobald er vergaß, die entsprechenden Talismane anzulegen.

Um mit Klarabell kommunizieren zu können, blieben ihm dagegen nur Briefe, Zettel oder die Gebärdensprache.

Sie empfand das Gespräch als anstrengend und umständlich, weil sie es nicht gewöhnt war, dass jemand die Gebärdensprache nicht fließend beherrschte. Noah dagegen schien sich zu amüsieren. Wie bei allem, was er tat.

Er nahm den Kugelschreiber, der mit einem Magneten und einem bunt geflochtenen Band am Kühlschrank befestigt war. Er hing neben einem Foto der Cousinen in Amsterdam. Im Hintergrund sah man verschwommen eine krumme, selbstgebackene Geburtstagstorte. Die nächste hatten sie in Köln gebacken, nachdem Cassandra auf Editas Wunsch hin zu ihren Cousinen ins Internat gezogen war. Offenbar zu spät, um keine Langzeitfolgen vom Lebensstil von Tante Astrit und Onkel Kornelius davonzutragen.

Die Geburtstagsfeier auf dem Foto kam Klarabell unendlich fern vor. Über was für belanglose Dinge sie sich damals Gedanken gemacht hatte. Zum Beispiel darüber, dass Onkel Oskar gerade seiner Freundin Rabia einen Antrag gemacht hatte, die einen Sohn mit in die Ehe bringen würde. Was es ändern würde, wenn Morgana einen Bruder bekam. Wie es wäre, Geschwister zu haben. Was sie ihrer Banknachbarin aus Amsterdam mitbringen sollte.

Plötzlich fühlte sich Klarabell schrecklich unreif.

Während sie in Grübeleien versank, beugte sich Noah über den Block. Seine kaffeebraunen Augen huschten den schlampigen Linien hinterher, die er darauf kritzelte. Sein Mienenspiel zog schließlich Klarabells Aufmerksamkeit auf sich. Wenn er das Gesicht verzog, zuckte der Ansatz seines rabenschwarzen Haars leicht. Es juckte sie in den Fingern, ihre Hände darin zu vergraben, so weich sahen die dunklen Strähnen aus.

Noah hatte etwas an sich, das Leute dazu brachte, ihm nahe sein zu wollen. Es war wie eine Aura der Behaglichkeit, von der jeder ein Stückchen abhaben wollte. Er war einer dieser Menschen, denen alles zuflog und leichtzufallen schien. Egal was er anfasste, es verwandelte sich zu Gold.

Erwartungsvoll starrte sie ihn an, wartend, dass der Stift in seiner Hand sich in glänzendes Edelmetall verwandelte, als sei er tatsächlich König Midas aus dem Märchen.

Als er ihr den Block herüberschob, bestanden dieser und der Kugelschreiber aus Plastik und Papier wie zuvor. Leicht enttäuscht las Klarabell die Notiz.

»Ich bin froh, dass du mir geschrieben hast und auf Morgana aufpasst.
Danke dir.

Halte sie nächstes Mal bitte gleich davon ab, anstatt mitzugehen, okay?«

Sie öffnete die Lippen, ohne zu sprechen. Empört schnappte sie nach Luft und verschränkte die Arme auf ihren Knien, die gegen die Tischplatte lehnten. Dachte er wirklich, dass Morgana und sie gemeinsam um die Häuser zogen?!

Mit einem matten Lächeln auf den Lippen schob Noah den Stuhl zurück. Es schmeichelte seinen Zügen. Ein anderer Ausdruck schien bei ihm gar nicht möglich. Er war wie eintätowiert in seine Wangen, in denen sich kleine Grübchen abzeichneten.

Ihr kennt euch nicht wirklich, erinnerte sich Klarabell harsch. *Und du wirst auch keine Gelegenheit mehr dazu haben.*

Sie biss sich auf die Zungenspitze. Ihr Stolz hielt Tränen und ein Wimmern zurück. Der Schock sollte geringer werden, wollte sie meinen, aber jedes Mal traf es sie wieder völlig unvorbereitet. Was für ein surrealer Gedanke es war, zu sterben! Irgendwann einmal, ja, in einer Zeit, die so weit weg lag, dass Klarabell sie nicht greifen konnte. Aber nicht mit siebzehn, ohne jemals wirklich *gelebt* zu haben.

Seine flinken Finger angelten sich den Block zurück.

»*Es wird alles wieder gut, ist kein Drama.*«

Sie stutzte kurz. Erst als Noah ihr zuzwinkerte und eine Zeile auf dem Kopf hinzufügte, begriff sie.

»*Meine Schwester zahlt ihr Lehrgeld mit einem Kater.*«

Morgana – natürlich. Noah dachte, Klarabell sei so durcheinander, dass sie ihren Daumennagel fast bis aufs Fleisch runter kaute, weil *Morgana* sich den Kopf an einer Flasche Schnaps gestoßen hatte.

Es war unfair, eingeschnappt zu sein. Woher sollte er es besser wissen? Aber weh tat es schon, niemanden zu haben, der sie auffing, weil sie niemandem sagen konnte, dass sie sterben würde. Sie hatte es Pares gesagt, weil er ein Fremder war. Nochmal würde sie es nicht über die Lippen – beziehungsweise Hände – bringen.

Sie rang sich ein höfliches Lächeln ab.

Es war besser, so zu tun, als sei alles perfekt. Oder wenigstens normal. Ihre Familie würde es sowieso früher mitbekommen, als ihr lieb sein konnte.

Je länger sie sich mit Noah die Zeit vertreiben konnte, desto besser. So war es einfacher, sich die Nacht um die Ohren zu schlagen, als an die Decke zu starren und zu versuchen solche Gedanken mit dem Mantra »Nicht schlafen. Nicht schlafen. Nicht schlafen« zu vertreiben.

Denn das war heute Nacht keine Option. Innerlich knurrend tastete sie den leeren Wundkanal an ihrem Ohr ab, wo sie gestern ein Mondsteinpiercing vor Albträumen beschützt hatte. Es war besser, krampfhaft die Augen offen zu halten, als im Schlaf dank geschwächtem Schutz von ihren eigenen Dämonen übermannt zu werden.

Ihre Gänsehaut kribbelte so stark, dass sie sich die Arme reiben musste. Sie hatte mit jemandem außerhalb ihres Inneren Kreises gesprochen. Sie hatte ihren kostbaren Talisman weggeben – um ein haarsträubendes Märchen zu hören – und das nach dieser Hiobsbotschaft. Sie glaubte zu spüren, wie die modrigen Finger der Albträume in ihren Ohren kitzelten, während sie sich einen Weg in ihre Gedanken bahnten. Dort lauerten sie. Ließen Sabberfäden aus ihren Lefzen tropfen, bis Klarabell nachgeben und einschlafen würde.

Das hättet ihr wohl gern! Ihr blieben immer noch der eintätowierte Traumfänger an ihrem Knöchel und die echten über ihrem Bett. Trotzig schnaubte sie. Als Noah sie dabei ertappte, schoss ihr vor Scham Blut in die Wangen.

Sie war sich plötzlich nicht mehr sicher, ob seine Nähe sie weiter verunsicherte oder beruhigte. War er nur eine Alternative zum krampfhaften Wachbleiben allein in ihrem viel zu stillen Zimmer oder genoss sie seine Gesellschaft sogar? Unter anderen Umständen hätte sie es aufregend gefunden, Noah Küşat - jemand normalen - ungestört aus der Nähe zu betrachten. Sie hätte sein herantastendes Lächeln erwidert. Stattdessen starrte sie ihn an wie eine Eule in der Dämmerung.

Er presste die Lippen aufeinander, ohne die Mundwinkel merklich zu senken, und wandte sich ab.

Sie beobachtete gebannt, wie er sich am Küchenschrank zu schaffen machte. Für ihren Geschmack wirkte er viel zu vertraut mit der Umgebung, denn er fand auf Anhieb, was er suchte. Die Routine, mit der er den Kaffee aufgoss und anschließend Brettchen, Brot, Butter und Marmelade heraussuchte, machte sie unruhig.

Was tue ich hier eigentlich?

Zu sitzen und die Füße baumeln zu lassen, als hätte sie ewig Zeit, versetzte sie auf einmal in Rage.

Zwischen zwei Wimpernschlägen lagen Welten. Alles war normal, bis das Licht um eine Nuance schwankte und die Welt völlig veränderte. Dieser Moment schien gewöhnlich. Klarabells Haltung, der Drei-Personen-Esstisch, der Geruch langsam ziehenden Instantkaffees, das Haus. Der sich an sie heranpirschende Tod wirkte so abwegig, dass sie in schallendes Gelächter ausbrechen wollte. Und im nächsten Augenblick verrutschte die Perspektive. Wie bei einem zur Seite gekippten Bild, für das man sich auf die Seite lehnte, bis es wieder gerade aussah oder man umkippte. Dann war die Gewissheit bald zu sterben zu erdrückend präsent und Klarabell wurde so still, dass sie fürchtete bereits tot zu sein. Schrödingers Katze schoss ihr unvermittelt in den Sinn – als wüsste sie nun, wie sich das arme Tier gefühlt haben musste.

Das Bewusstsein über ihren frühen Tod schaltete sich an und ab wie ein Lichtschalter. *Klick klack klick klack klick klack.* Bis Klarabell seekrank wurde vor Emotion und innerer Leere. Ihr Magen zog sich krampfend in sich zusammen, sodass alle Säure in ihre Speiseröhre gedrückt wurde. Zum Glück hatte sie seit dem Frühstück nichts mehr gegessen. Andernfalls hätte sie Noah auf die Schuhe gekotzt.

Sie stellte einen Fuß fest auf den gemusterten Fliesenboden, um die imaginäre Schiffschaukel anzuhalten.

Währenddessen schob Noah seelenruhig drei Marmeladenbrote in sich hinein, fragte mit Gesten und Lauten, ob Klarabell auch eines wollte. Sie lehnte stumm dankend ab.

Nach außen ungerührt rieb sie sich an ihren eigenen Gedanken auf. *Keine Zeit, keine Zeit, keine Zeit. Keine Ahnung, was jetzt.*

Noah blickte unruhig zur Decke. Zu ihr. Zum Fußboden. Nach und nach begann er das Gesicht zu verziehen, als grüble er auf einer Theaterbühne, nicht mitten in Klarabells Küche. Aus irgendeinem sich ihr nicht erschließenden Grund musste Klarabell schmunzeln. Abrupt begradigte sie ihre Haltung. Wie konnte sie in dieser Situation albern sein?

Aber auch wenn sie es verbergen wollte, fand sie es in zweierlei Deutungsweisen komisch. Also machte Noah weiter. Zeigte Schulhoftricks mit seinen Fingern, für die sie sich eigentlich zu alt fühlte, um ein Lächeln aus ihr heraus zu kitzeln. Er duellierte sich mit ihr im Ohrenwackeln, Zungenrollen, Fingerüberdehnen – und das ihrer ernsten Miene zum Trotz stets mit einem vorpubertären Grinsen im Gesicht.

Sie wollte nichts mehr, als dass er sie für einen Moment mitnahm in seine unbekümmerte Welt, in der jedem alles in den Schoß fiel wie ihm. Aber sie konnte es nicht zeigen.

Er beendete seine Show mit dem letzten Schluck Kaffee. Beim Aufstehen klopfte er zweimal auf den Tisch.

»Gute Nacht«, rutschte es ihm heraus.

»Gute Nacht«, flüsterte sie, bevor er sich entschuldigen konnte. Das war nach diesem Tag auch schon egal, oder? Sie konnte ruhig zwei Worte an ihn richten.

Sie horchte seinen tickenden Schritten auf der teppichlosen Treppe nach. Bereits in dem Moment, in dem er die Küche verlassen hatte, hatte sie seine Leichtigkeit vermisst. Sie wollte aufspringen, ihm hinterherlaufen und ihn bitten, sie nicht mit sich selbst alleine zu lassen.

Obwohl sie entgegen ihrer Erwartung einen tiefen Schlaf genossen hatte, wünschte sie sich, sie wäre wach geblieben. Der dichte Schwarm Traumfänger, der über ihrem Bett von der Decke baumelte, hatte sie zwar an der Stelle ihres fehlenden Mondsteinpiercings vor den gierenden Albträumen bewahrt, aber nicht vor einer nächtlichen Erkenntnis.

Fallschirmspringen über den Niagarafällen, nur daran erinnerte sie sich nach dem Aufwachen. Oder vielmehr an den Kick, der jede ihrer Fasern durchströmt hatte. Wach hatte sie nie etwas Vergleichbares gespürt. Sollte sie auf ihre letzten Tage eine adrenalinbepackte Weltreise machen? Ihr Erbe würde es zumindest hergeben.

Aber wie stopfte sie selbst mit allem Geld der Welt den Rest ihres Lebens in ein paar Wochen – *oh bitte, lass es Wochen sein, nicht nur Tage* – wenn sie nie gelernt hatte, was sie eigentlich wollte?

Fast achtzehn Jahre lang hatte sie darauf gewartet, dass das Leben begann, zu dem sie von klein auf erzogen worden war. Nun wirkte jede Minute davon vergeudet. Beinah wünschte sie sich, sie hätte doch einen Albtraum gehabt.

Mit diesem beklemmenden Gefühl unter der Haut und einer vagen Reiseroute im Hinterkopf tapste sie die Treppe hinunter. Nach Stärke riechender Dampf und eine aufgedrehte Wetterfrosch-Stimme lotsten sie in die Küche.

Es war bereits Mittag. Warmes Licht fiel durch das Fenster auf Noah, der zu seinem eigenen Summen wippte.

»Ich hoffe, du magst sowas«, sagte er beschwingt und winkte mit dem Kochlöffel.

Über Nacht schien er beschlossen zu haben, dass ihm Schreiben und gebrochene Zeichensprache auf Dauer zu lästig waren. Im Gegensatz zu ihr fühlte er sich auch nicht trotz ausreichend Schlaf wie gerädert durch die verbale Unterhaltung am Vortag.

Zunächst überrumpelte sie sein Vorstoß. Auch wenn sie seine Stimme bereits kannte, an sie gerichtet war es anders. Sie riss sich zusammen und versuchte Noah entgegenzukommen. In ihr war ohnehin gerade kein Platz für Protest und Formalitäten.

Neben dem Nudeltopf, in dem erschreckend wenig Wasser die fast verkochten Vollkornfussili umgab, stand eine große Tube Ketchup. Am Verschluss hatte sich eine unappetitliche braunrote Kruste gebildet, die Noah schnell mit einem Küchentuch abwischte, als er Klarabells skeptischen Blick bemerkte.

Wir sollten überhaupt keinen Ketchup im Haus haben. Keine von uns darf sowas essen.

Aber Morganas Stiefbruder hätte auch nichts von diesem Haus wissen sollen … Sie seufzte und schüttelte den Kopf über sich selbst. Wieso hatte sie angenommen, ihre Cousinen würden die Regeln so strickt befolgen wie sie?

»Ketchupnudeln sind das Einzige, was ich kochen kann«, sagte Noah und goss die glitschig gekochte Teigware in ein Metallsieb in der Spüle.

»Ich darf keinen Ketchup essen«, entgegnete sie leicht beleidigt.

»Oh.«

Enttäuscht sah er auf den Teller, den er gerade angerichtet hatte. Nudeln schwammen in chemie-roter Suppe, garniert mit getrockneter Petersilie.

»Tut mir leid«, murmelte er, wobei er bereits nicht mehr bekümmert klang. »Wusste ich nicht.«

»Schon gut.«

Sie kam endlich zu Vernunft und ruderte zurück. Es war nicht seine Schuld – das nicht und alles andere erst recht nicht. Leicht beschämt über ihr Verhalten ließ sie sich auf einem der zu dünn gepolsterten Küchenstühle nieder.

»Ich esse sie so. Kein Problem.«

Noah lächelte. *Gut*, zeichneten seine Finger in die Luft. Er wirkte stolz, sich an diese Gebärde zu erinnern.

Man muss die kleinen Erfolge feiern, dachte Klarabell und schob eine volle Gabel nackter Nudeln in ihren Mund. Kauen war nicht nötig. Die Nudeln zerfielen auf ihrer Zunge sofort zu Brei. Sie strengte sich an, nicht die Nase zu rümpfen, während Noah bedenkenlos Ketchupnudeln in sich hinein schaufelte, als wären sie seine erste Mahlzeit seit Wochen.

Er hatte sich nicht rasiert, obwohl Klarabell darauf wettete, dass er einen Rasierer hier hatte. Er trug die Kleidung vom Vortag, sie sah allerdings nicht so aus, als habe er darin geschlafen. Sie roch frisch und ein bisschen nach Sportdeo. Aus Mangel an Alternativen trug er ausgeleierte Ringelsocken seiner Stiefschwester, wie Klarabell bei einem zufälligen Blick auf seinen linken Fuß bemerkte. Er streckte ihn lässig aus, anstatt es der penibel auf ihre Haltung während des Essens achtenden jungen Frau gleichzutun.

Sie kannte ihren Stiefcousin seit Jahren und trotzdem war er ihr fremd. Klar hatte sie sich aus der Distanz ein Bild von ihm gemacht und die Lücken mit Vorstellungen und Wunschträumen gefüllt. Aber das war nicht das gleiche, wie wirklich Zeit mit jemandem zu verbringen. Dennoch wirkte er völlig entspannt in ihrer Gegenwart. Er straffte nicht seine Haltung oder schien sich unwohl zu fühlen, alleine mit einer Traumwandlerin zu sein, mit der er keine Gespräche führen durfte. Ob das an Morgana lag?

Von seiner Gabel tropfte ein Klecks Ketchup auf sein blauweiß geringeltes Shirt, als sich schleifende Schritte näherten.

»Morgen«, raunte Morgana und setzte sich auf den freien Stuhl am Tisch.

Ihre müden Augen versteckte sie hinter einer verspiegelten Piloten-Sonnenbrille mit leicht rötlich getönten Gläsern. Ihr Bob-Schnitt war zu einer Igel-Mähne geworden - frisch gewaschen, aber nicht geföhnt. Das feuchte Handtuch, mit dem sie die gröbste Nässe aus den Strähnen getupft hatte, hing um ihren Nacken und befeuchtete das Trägertop darunter. Ihre Haut roch nach ihrem Ingwer-Blaubeer-Shampoo und Cassandras Burberry-Parfüm. Ihr Atem dagegen war eine Mischung aus Zahnpasta und einer halb verflogenen Alkoholfahne.

Noah schob ihr ungefragt seinen Teller hin und holte sich einen neuen. Beim Zurückkommen wuschelte er seiner Stiefschwester durch die Haare, woraufhin sie ihn grummelnd anstupste. Er amüsierte sich köstlich, sie flippte gleich aus.

»Hast du gut geschlafen, Dornröschen?«, fragte er übertrieben laut.

Morgana drückte die Handballen gegen ihr rechtes Ohr.

»Zu kurz.«

»Zu kurz«, äffte er sie liebevoll nach. »Das wird's sein.«

Entweder hatte Morgana beschlossen zu ignorieren, dass Klarabell von ihrer Eskapade wusste, oder sie erinnerte sich nicht an den gestrigen Abend. Sie behandelte ihre Cousine wie Luft. Als sollte *sie* nicht hier sein statt Noah.

»Danke fürs abholen, Bruderherz«, sagte Morgana mit vollem Mund. »Ich kann mich nicht mal erinnern, dass ich dir geschrieben hab.«

Sie zog ihr Handy aus der Hosentasche und scrollte den Nachrichtenverlauf herunter.

»Eigentlich …« Klarabell warf ihm einen bittenden Blick zu. »… war ich auch überrascht, dass du das noch hinbekommen hast.«

Noah stupste seine Stiefschwester leicht mit dem Ellenbogen an, woraufhin sie ihm die Zunge rausstreckte.

»Ihr wisst, dass ihr wegen mir keine Show abziehen müsst oder?«, raunte sie nach dem Essen.

Klarabell nahm Noah das Geschirr ab, sobald er aufstehen wollte, und begann zu spülen. Keiner von ihnen antwortete auf Morganas stichelnden Tonfall.

»Ein bisschen Kopfweh, leichte Müdigkeit – daran gewöhnt man sich. Man verliert nicht sofort seine Fähigkeiten oder seinen Verstand von ein paar Worten und einem bisschen Ketchupnudeln, Klara. Kannst du für einen Morgen mal keine Hypochonderin sein? Ich glaube ja, es ist hauptsächlich ein PR-Gag, dass man vom Reden mit *Externen* krank wird. Dadurch wirken wir exklusiver und die nehmen mit uns mehr ein.« Sie ließ die Identität von *denen* offen.

»Man bekommt auch nicht von einer Zigarette Lungenkrebs«, konterte Klarabell. »Schädlich bleibt Rauchen trotzdem. Selbst wenn sich angeblich ein Gewöhnungseffekt nach der anfänglichen Übelkeit einstellt.«

Das war das Heimtückische daran. Die Konsequenzen bauten sich langsam auf und trafen einen nicht sofort wie Kopfschmerzen nach einem gebrochenen Versprechen.

»Hast du fein auswendig gelernt, braves Mädchen.«

»In Großmutters Jugend hatte man noch keine ausgereiften Speisepläne zum Schutz ihrer Fähigkeiten oder überhaupt die notwendigen Erkenntnisse dazu. Und was hat es ihr gebracht, Sahnetorten in sich hineingestopft zu haben?«

»Früher hat man uns auch nicht Empathisch Hochbegabte genannt, sondern Hexen oder Missgeburten – du klingst schon wie Oma!« Morgana entfuhr ein genervtes Schnauben. »Du brauchst nicht so scheinheilig zu tun. Ich hab euch vorhin reden hören.«

Morgana klang halb triumphierend und halb spöttisch. Sie stand auf, tauschte ihren Teller bei Klarabell gegen einen frisch gespülten und begann abzutrocknen. Obwohl sie das Abkommen hatten, dass keine ihre Fähigkeiten mehr auf die anderen anwendete, machte Morganas verspiegelte Sonnenbrille Klarabell kribbelig. Sie konnte ihre Augen nicht sehen und prüfen, ob sie nicht doch versuchte, den Schutz ihres Rosenquarzohrrings zu überwinden, der unerwünschtes Gedankenlesen vermeiden sollte.

Früher war das anders gewesen. Damals hatte sie kein Problem damit gehabt, dass Morgana ihre Gedanken ab und an las, im Gegenteil. Es gab ihr vielmehr das Gefühl, enger mit ihr verbunden zu sein. Nicht zuletzt, weil Morgana sie im Gegenzug ihre Träume hatte miterleben lassen. Das taten nur verhältnismäßig wenige Freiwillige, sonst landeten Traumwandler meist im Unterbewusstsein von Leuten mit qualitativ minderwertigen Talismanen.

Inzwischen konnte Klarabell sich nicht mehr daran erinnern, wann sie zuletzt mit Morgana von Herzen gelacht hatte. Oder wann diese überhaupt mal wirklich lachte. Nicht das belustigte Schnauben, das sie von sich gab, oder das gespielte Kichern, wenn Noah einen seiner Sparwitze zum Besten gab. Sondern ein ehrliches Lachen aus voller Kehle, bis ihr der Bauch wehtat.

Klarabell musste sich anstrengen, um sich an ihr kindliches Lachen zu erinnern. Ob sie mit ihren *Freunden* aus der Bar offener umging als mit ihr?

»Mit wem warst du gestern eigentlich unterwegs?«, nahm Noah ihr die Worte aus dem Mund.

»Kennst du nicht.« Morgana zuckte mit den Achseln und wandte sie sich zu Klarabell. »Du auch nicht.«

»Kanntest *du* sie denn, meleğim?«, hakte Noah mit gehobenen Augenbrauen nach.

Ihr undefinierbares Grunzen ersetzte ihre Antwort. Sie schlich sich wohl kaum aus dem Internat, weil sie neue Busenfreundinnen unter den

Normalsterblichen suchte. Es ging wahrscheinlich nur um den Kick, etwas Verbotenes zu tun.

Unter normalen Umständen hätte sie ihrer Cousine ins Gewissen geredet und darauf bestanden, dass man nicht genug achtgeben konnte!

»Was hat Sandra davon, so strikt zu leben?«, verteidigte sich Morgana, ohne angeklagt worden zu sein. »Sie gönnt sich nichts und schaut sie euch an. Wenn wir eh alle früher oder später zu Gemüse werden, sollte ich meine guten Jahre davor auskosten, findet ihr nicht?!«

»Niemand sagt was dagegen, Spaß zu haben«, lenkte Noah beschwichtigend ein. »Aber weißt du überhaupt noch, ob du Spaß hattest? Oder ist alles weg?«

Sie riss den Kopf herum und funkelte Klarabell an.

»Hab ich was gesagt?«, grummelte diese leise. »Du weißt auch so, was ich davon halte.«

Sonnenbrille hin oder her – sie mochte wetten, dass Morgana mit den Augen rollte.

»Ganz zu schweigen von Sandra«, fügte Klarabell trotzig hinzu, wobei sich ihr Magen ächzend zusammenzog. Sie würde sie anlügen müssen, was diesen Abend anging. Morgana würde sie hassen, wenn sie petzte, und wie konnte sie dann in Frieden sterben?

»Wir können nicht alle so perfekt sein wie du, Klara! Wenigstens lebe ich mein Leben.«

Sie warf das Küchenhandtuch über ihren Stuhl und tänzelte aus dem Zimmer. Schief und krumm verunstaltete sie Edith Piaffs Welthit: »Nooon, je ne regrette rien!«

VIER

Während Klarabell die Gießkanne in der Küchenspüle füllte, plätscherte das Gespräch im Musikzimmer an ihr vorbei.

Morgana verteidigte ihre Trinkbekanntschaften und Noah legte stetig den Finger in dieselbe Wunde. Er betonte, dass sie ihr nicht mal die Haare aus dem Gesicht gehalten hatten – »Sie sind kurz, was gibt's da zu halten?!« – und dass sich niemand daran gestört hatte, als ein fremder Kerl sie ins Auto packte. Sie gewann die Diskussion, die er mit bewundernswerter bis erschreckender Leichtigkeit anging, indem sie das Thema wechselte.

»Kannst du Dads Unterschrift für mich nachmachen? Ich brauch eine Entschuldigung für die Schule.«

Stimmt ja, das Internat!

»Ich hab euch beide schon entschuldigt. Über das Wochenende *kuriert ihr euch daheim aus*.«

»Mir gefällt Ihr pro-aktiver Service-Gedanke, Herr Küşat. Was ist mit Sandra?«

»Weiß nicht. Ich hab ihre Nummer nicht.«

»Ich schreib ihr lieber, wo wir sind, bevor sie völlig ausflippt. Was macht Klara eigentlich hier, hat sie dir was gesagt?«

Er überging die Frage geschickt, indem er seine Schwester über das Entschuldigungsschreiben briefte. Klarabell hätte besser lauschen sollen, um die Geschichte vor ihrer Jahrgangsstufenleiterin im Notfall wiederholen zu können. Stattdessen konzentrierte sie sich auf Morganas Worte von vorhin. Bereute sie etwas?

Ich war noch nie im Freilufttheater. Oder in einem Heißluftballon.

Kalte Nässe an ihrem Bauch riss sie aus ihren Gedanken. Die Kanne war übergelaufen. Wasser flutete die Küchenzeile und ihr Spitzenoberteil. Leise knurrend drehte sie den Hahn zu und betrachtete ihre Kleidung, unter deren nassem Stoff sich ihr mit Jade besetztes Bauchnabelpiercing mit Dermal-Anker darüber abzeichneten.

Das ärmellose Oberteil hatte ihr ihre Mutter beim letzten gemeinsamen Urlaub in Sydney gekauft. Das war gute vier Jahre her und genau genommen eine Geschäftsreise gewesen, kein Familienurlaub. Ihre Mutter hatte ihren Vater und Klarabell mitgenommen, weil sie einen Auftritt als Solistin in der Oper gehabt hatte. In alter Tradition hatte sie etwas für ihre Tochter gekauft, um die Zeit wieder gut zu machen, die sie nicht für sie aufbrachte.

Ich war seitdem nicht mehr auf einem anderen Kontinent.

Europa und Australien – zwei aus sieben war eine schlechte Abschlussbilanz.

Wovor hast du mehr Angst?, grübelte sie, als sie die ausgetrocknete Bromelie auf der Fensterbank goss. *Vor dem Ende selbst oder davor, auf deine letzten Tage anzufangen zu leben?*

Diese Frage beantwortete sie früher als gedacht durch die Auswahl ihres nächsten Ziels.

An der Ecke zur Schildergasse spielte ein Akkordeonist eine beschwingte Barmitzwa-Melodie, die sich mit dem »Wicked«-Soundtrack mischte, der aus Klarabells Kopfhörern drang. Das Geräuschgulasch um sie herum verursachte latente Kopfschmerzen und passte dazu, wie sie sich fühlte. Wie nichts Halbes und nichts Ganzes.

Sie schaltete die Musik aus, als sie den Kiosk betrat. Statt des rundlichen Mannes mit dem gewagten Ausschnitt begrüßten sie wache, eulenhafte Frauenaugen. Eine junge Mitarbeiterin, etwa in ihrem Alter, räumte umzingelt von Kartons klimpernde Plastiktalismane in die Regale. Um das Oberste zu erreichen, musste sie sich in ihren eine Nummer zu großen Pumps auf die Zehenspitzen stellen. Ihr schwarzes Haar war zu einem seitlichen Zopf geflochten, der beim Bücken über ihre Schulter rutschte, nur um beim Aufrichten wieder zurückgeworfen zu werden. Bis auf die Laufmasche in den Stumpfhosensöckchen, die sie unter einer ausgewaschenen Jeans trug, sah die junge Frau viel gepflegter aus als ihr Kollege. Sie wirkte normal, fast sympathisch. Vom ersten Moment an verströmte sie den Anschein einer natürlichen Vertrautheit. Sie musste eines dieser Allerweltsgesichter haben, denn Klarabell wusste nicht, woher sie die junge Frau hätte kennen sollen.

»Hallöchen, willkommen!« Die Stimme der Kioskmitarbeiterin erinnerte an ein Rotkehlchen.

Klarabell nickte, bevor sie begriff, dass sie reden sollte, um nicht unangenehm aufzufallen.

»Guten Tag.«

Sie ignorierte das leichte Schwindelgefühl, das sich durch das Reden mit Normalsterblichen am Vortag anbahnte, und ging zum Tresen. Dort reckte sie den Hals nach der Wendeltreppe, die ins Dunkle führte.

»Kann ich dir helfen?«

Die Verkäuferin warf ihren vorwitzigen Zopf wieder nach hinten und strich sich den Pony aus dem Gesicht. Etwas an Klarabells Verhalten verriet offenbar, dass sie nicht hier war, um die neuste Cosmopolitan zu kaufen. Ihr Händekneten, das nervöse Einsaugen ihrer Unterlippe, das Trippeln von einem Bein aufs andere oder schlicht alles davon.

»Quentin ist nicht hier, falls du ihn suchst, tut mir leid. Er hat bis übernächsten Montag Urlaub.« Die Verkäuferin zuckte mit den Achseln. »Ich hoffe, du kannst so lange warten.«

»Ich will nicht zu *Quentin*. Wo kann ich Herrn … ähm … Wolff finden?«

»Oh …« Etwas im Gesicht der jungen Frau schien zu verrutschen. Leicht zeitverzögert deutete sie auf die Stufen hinter ihr, ohne sich danach umzudrehen. Mehrfach heftig blinzelnd musterte sie Klarabell von oben bis unten. Danach griff sie zum Telefon, um den Besuch mit Pares abzuklären.

Als Klarabell sich mit einem höflichen Nicken an ihr vorbeischob, hielt sie die Verkäuferin kurz auf, indem sie ihr zwei Finger auf die Schulter legte.

»Bist du sicher, dass du dahin willst?«

Ihre Betonung ließ erahnen, dass sie nicht *oben* meinte. Oder irgendeinen Ort an sich.

»Nein«, murmelte Klarabell. »Aber ich hab keine Zeit, das großartig zu überdenken.«

Sie war ihr keine Rechenschaft schuldig und hatte aus Trotz erst nicht antworten wollen. Dass sie es trotzdem getan hatte, musste an dem Allerweltsgesicht der Verkäuferin gelegen haben. Es strahlte eine gewisse Vertrautheit aus.

Die Stufen der Wendeltreppe waren abgelaufen und schmal. Das Licht ging nicht an, bis Klarabell die Lagerräume im ersten Stock passiert hatte und die Stufen zum nächsten Stockwerk erklomm. Die Wohnungstür am Ende der Stufen stand bereits einen Spalt breit offen.

Dahinter verschluckte eine mehrlagige Schicht unterschiedlich großer Perserteppiche das Geräusch ihrer Schritte. Von der Decke baumelten etliche Glühbirnen, über die Einmachgläser in Braun und Grün gestülpt worden waren. Dadurch umringten Klarabell unzählige Schatten und Silhouetten, die um sie zu tanzen schienen, sobald sie weiterging. Ihre Schritte führten sie an eingestaubten Wandteppichen vorbei zu einer dunklen Flügeltür, hinter der sie Geräusche ausmachte. Durch die schummrige Beleuchtung wirkte der Eingangsbereich bedrückend. Einschüchternd. Sie fühlte sich wie ein Kaninchen, das sich in einen Fuchsbau vorwagte, wissend, was dort lauerte. Aber sie war wie hypnotisiert von der Gefahr und konnte nicht mehr umzudrehen.

»Es ist unhöflich, vor anderer Leute Türen herumzulungern«, hörte sie Pares gelangweilt rufen.

Ihre Hand glitt in ihre Jackentasche und umschloss den Schlüsselbund, als wäre es eine wirksame Waffe gegen jemanden wie ihn. Dann folgte sie seiner Stimme ins Nebenzimmer.

Pares saß hinter einer Zeitung versteckt in einem schwarzen Ohrensessel an einem massiven Schreibtisch. Eine dünne

Rauchschwade stieg hinter der Papiermauer auf. Er las noch einen Moment weiter, bevor er Klarabell eines Blickes würdigte. Seine Ignoranz störte sie nicht. Dafür war sie viel zu beschäftigt damit, die *Wolfs*höhle zu betrachten, in die sie gekrochen war.

Wenn er so viel Geld eintrieb, wie sie es von einem Schwarzmarkthändler für Übersinnliches und Kuriositäten vermutete, investierte er es nicht in moderne Einrichtungsgegenstände. Geschweige denn Reinigungsmittel. Die Fenster waren milchig vom Straßendreck, den der Regen verschmiert hatte. Die schweren altmodischen Vorhänge hatten einen Grauschleier, der die noch zu erahnende goldene Färbung mittlerweile dreckig braun tönte. Vom Wandschrank aus beäugten Porzellanpüppchen mit rosigen Wangen Klarabell fanatisch und jagten ihr einen kalten Schauer über den Rücken.

Das Arbeitszimmer hätte gemütlich-verquer wirken können, hätte Klarabell nicht durch ein Labyrinth aus Pares' herumliegenden Habseligkeiten waten müssen, um an den Schreibtisch vorzutreten. Überall lagen Papierstapel und merkwürdig beschriftete Schachteln herum, die wohl nicht mehr in die vollgestopften Glasvitrinen gepasst hatten.

Pares knickte die Zeitung ab und warf Klarabell einen ausdruckslosen Blick zu. Sein Mund formte ein stummes U. Im Gegensatz zu ihr, die selbst nicht fassen konnte, dass sie hierher gekommen war und sich an ihren Schlüsselbund klammerte, schien er fest mit ihrem Besuch gerechnet zu haben. Für das Ebenbild eines klischeehaften Filmbösewichts hätten bloß noch eine schnurrende weiße Perserkatze auf Pares' Schoß und ein entzückt-entrücktes »Ich habe schon auf Sie gewartet« aus seinem Mund gefehlt.

Wenn er einmal eine Katze besessen hatte, würde das zumindest den merkwürdigen Geruch erklären, der aus einem der anderen Zimmer hereinströmte. Inständig hoffte Klarabell, dass nie eine Katze hier gewohnt hatte. Schlagartig wurde ihr bewusst, in wessen Wohnung sie sich befand – mit nichts als ihrem Schlüsselbund und einem Mini-Vanille-Deo bewaffnet. Bilder aus Filmen wie »Psycho« flimmerten vor ihrem inneren Auge auf. Jetzt betete sie, dass es eine Katze war, die irgendwo in der Wohnung verweste und nicht die letzte naive Person, die hier hereinspaziert war.

Der Hausherr schien zu bemerken, was in ihr vorging. Die kribbelnden hektischen Flecken auf Hals und Dekolletee, die sie schnell bekam, wenn sie nervös wurde, mussten leuchten wie Ampeln. Es machte Pares sichtlich Spaß, Klarabell zappeln zu lassen. Er kostete den Moment aus, bis sie die Lippen aufeinanderpresste und ihre Hand zuckte. Sie wollte zur Beruhigung an ihren Nägeln kauen, doch sie riss sich zusammen.

»Du bist spät dran.«

Pares strich die Zeitung glatt und faltete sie sorgfältig, bevor er sie auf einen Papierturm an der Tischkante legte. Während er mit Klarabell sprach, band er seine langen Haare zu einem Dutt, der ein Vogelgreif-Tattoo unter seinem Undercut zum Vorschein brachte.

»Möchtest du etwas trinken?«, fragte er, ohne sich in Richtung Küche zu bewegen.

Sie hatte gelernt, dass es unhöflich war, Getränke abzulehnen. Wenigstens ein Wasser sollte man trinken, Kaffee erst, wenn man sich besser kannte.

»Nein, danke.«

»Es ist nichts Verbotenes drin« Sein Zwinkern wirkte auf sie nicht gerade vertrauenerweckend.

»Trotzdem nicht.«

Er lehnte sich zurück und überschlug die Beine, was seine enge Jeans an den Rand ihrer Dehnbarkeit brachte. Darüber fielen ein Shirt mit tiefem V-Ausschnitt und ein Flanellhemd an seinem sehnigen Körper herunter. Die hochgekrempelten Ärmel offenbarten Tätowierungen, unter denen Klarabell hier und da die gleichen vorgeschriebenen Tattoos zur Prävention vor dem Bösen Blick und anderem Unheil erkannte, die auch ihren Körper zierten. Sein rotes Band glich einer blutroten Krone mit langen, spitzen Zacken statt einem Perlenarmband. Das Schutzsymbol gegen die unheilvolle Dreizehn, die Zahl 1214, fand sich unter seinem linken Ohr, in dem er Klarabells Mondsteinpiercing trug.

»Ich bin nicht für einen Kaffeeplausch vorbeigekommen. Ich möchte über dein Angebot sprechen.«

»Bist du denn bereit zu zahlen?«

Pares runzelte amüsiert die Stirn. Die Anspannung sah sie ihm trotzdem an. Er versuchte locker und uninteressiert zu wirken, damit er mehr herausschlagen konnte. Aber ihr war nicht entgangen, wie versessen er darauf war, dieses Geschäft abzuschließen.

»Wenn du wirklich halten kannst, was du versprichst.«

Angestrengt versuchte sie stark und furchtlos aufzutreten, wie jemand, der dieser Situation gewachsen war. Sie begradigte ihren Rücken und hob das Kinn.

»Woher der Sinneswandel, Fräulein Ich-habe-Prinzipien?«

Sie zuckte mit den Achseln und kaute heimlich auf der Innenseite ihrer Wangen anstatt auf den Nägeln. Es war nicht halb so befriedigend.

»Fein. Sollen wir lieber gleich zum Punkt kommen? Ich schätze, du hast es eilig, unsterblich zu werden.«

Klarabell kommentierte Pares' Mutmaßung nicht, während er sich erhob. Er steckte etwas in seine Hosentasche, bevor er auf sie zuging, aber sie erkannte nicht, was. Im Gegensatz zu ihr bewahrte er auf dem Weg durch sein Chaos eine gewisse Eleganz. Sie stakste hinter ihm her, als sie ihm auf eine altmodische Geste hin zum Sofa im unordentlichen Wohnzimmer nebenan folgte. Wie sehr sie es hasste, sich unbeholfen zu bewegen! Man sah ihr sicher an der Nasenspitze an, wie verloren sie sich vorkam. Wenn es etwas gab, dass sie noch mehr hasste, als sich verletzlich zu fühlen, dann, dass andere es merkten.

Ihre Kehle fühlte sich trocken an. Sie wünschte, sie hätte das Glas Wasser nicht abgelehnt. Unterdessen schob Pares mehrere Schichten gemusterte Wolldecken vom Sofa herunter und bedeutete ihr, sich zu ihm zu setzen.

»Wo ist Roxane?«, fragte sie, um von sich abzulenken.

»Vor gut einer Dekade gestorben. Warum?« Dabei sah er selbst nicht einen Tag oder eine erschütternde Nachricht älter aus als in der geträumten Erinnerung.

»Ich hatte mal eine Haushälterin. Seit sie gekündigt hat, geht alles den Bach runter«, sagte Pares, weil Klarabell verstohlene Blicke auf die Unordnung warf, anstatt zu antworten.

Gleichzeitig schnalzte er mit der Zunge und griff zu einer PET-Flasche Wasser, die neben dem Sofa stand, und trank direkt daraus. Drei Tropfen verirrten sich dabei in seinen sauber getrimmten Bart.

»Wann war das? Letztes Jahr?«

»1941. Sie ist in die USA geflohen. Man kann's dem guten Fräulein Rosenberg nicht verübeln.«

»Aber das ist über 75 Jahre her!«

»Jetzt wirkt die Bude nur halb so schlimm, was?«

Mit einem erneuten Zwinkern scheuchte er ihr ein kurzes Frösteln über den Rücken.

»Soll das heißen, dass du …"

Ihre Stimme brach mit jeder Silbe ein Stück mehr. Als Pares breites Grinsen von einem sechsfach gepiercten Ohr zum anderen zu reichen schien, versagte sie ganz. Der bärtige, jung aussehende Mann breitete genüsslich seine Arme über die Rückenlehne des Sofas aus.

Sie rang nach Worten und schnappte zwischendurch möglichst unauffällig nach Luft.

»Was glaubst du, woher ich das Geheimnis kenne?«, säuselte Pares verschwörerisch.

Sie spürte, wie ihre Hände wieder zu zittern begannen. Darum ballte sie die Fäuste und presste die Fingerglieder in die Höhle ihrer Handflächen.

»Beweis es.«

»Beweis es«, äffte er sie glucksend nach.

Er hielt ihrem sturen Blick ohne sichtbare Mühe stand. Gemächlich ging er zum Fenster und öffnete es. Ein Windstoß wirbelte Wollmäuse und Klarabells Locken auf.

Mit stummem Entsetzen im Gesicht sprang sie auf, als Pares ein Bein nach dem anderen über die Fensterbank hob. Er präsentierte jede Bewegung wie eine Lottofee die heutige Superzahl.

Sie hastete zu ihm, doch ehe sie das Fensterbrett erreichte, hatte er sich bereits abgestoßen. Mit dem Kopf voraus stürzte er hinab.

Ihr Herz schien ihre Luftröhre zu verstopfen und direkt unter ihrem Kehlkopf zu pochen.

Ich habe ihn umgebracht!

Sie konnte nicht sagen, was sie dazu trieb den Kopf durch das Fenster nach draußen zu stecken, aus dem Pares gerade gesprungen war. Sie hatte den Aufprall gehört und wollte Pares' auf dem Boden zerschellten Körper nicht sehen. Bei Filmen schaltete sie an solchen Stellen immer um. Aber das hier war echt. Sie, wie sie mit offenem Mund zur Erde starrte, fassungslos und von Adrenalin berauscht zugleich. Und er, dessen verdrehte Glieder sich nach und nach wieder in die richtige Haltung zu bringen begannen.

Das Knacken seiner Knochen war bis in die Wohnung hinauf zu hören. Jedes Gelenk wurde einzeln wieder eingerenkt, bevor Pares filmreif seine Kleidung ausklopfte, seinen Haargummi vom Boden auflas und Klarabell triumphierend zuwinkte.

Sie hangelte sich an Beistelltisch und Zimmerpflanze entlang zurück zum Sofa, auf das sie wie ferngesteuert plumpste. Dort verlor sie jegliches Zeitgefühl.

Als sie schließlich aus dem Sumpf ihrer eigenen Gedanken auftauchte, konnte sie sich an keinen einzigen mehr erinnern. Ihre Kinnlade zuckte ein paar Mal, ohne dass sie Worte herausbrachte. Währenddessen öffnete Pares seelenruhig seine Haustüre, als hätte er nur schnell den Müll runtergebracht. Er knackte mit den Halswirbeln und Fingerknöcheln, was ihm sichtlich große Freude bereitete und ihr einen Schauder nach dem anderen über den Rücken jagte.

»Glaubst du mir jetzt?«, spottete er und hielt ihr ein Taschentuch hin, damit sie sich die Schweißperlen von der Stirn wischen konnte. Das mit seinen Initialen bestickte Tuch erschien ihr viel zu schade, um es mit Schweiß und Make-up zu verschmieren, darum knautschte sie es nur zwischen ihren Fingern.

»Unmöglich …«

»Wenn du das denken würdest, wärst du nicht hergekommen. Oder hast du dich bloß verlaufen?«

Sie riss den Kopf zu ihm herum, als er sich zu ihr setzte.

»Wieso bist du dann gesprungen?«

Er zog eine nichtssagende Grimasse und deutete mit einem Nicken auf Klarabell.

»Du solltest dein Gesicht sehen. Das war es wert.«

»Was, wenn dich jemand gesehen hat?«

»Dann glaubt es ihnen niemand. Unsterbliche gibt es nicht, schon vergessen?«

»Eben«, krächzte sie atemlos und kopfschüttelnd. Es würde eine kleine Ewigkeit dauern, bis sie sich fing. »Es ist zu gut, um wahr zu sein.«

»Das ist, was sie allen einreden. Damit niemand mehr verlangt, als sie mit euch teilen wollen. Aber ich verrate dir ein Geheimnis. Keine Sorge – das geht auf mich.« Herablassend wedelte er mit der Hand vor seinem Gesicht rum. »Sieh es als Appetithäppchen. Wie die Scheibe Gelbwurst an der Supermarkttheke.«

Sie zog die Augenbrauen zusammen. War das alles für ihn nur ein Spiel?

»Wir wurden nie aus dem Paradies verbannt, verstehst du? Es ist genau hier.« Er lehnte sich dramatisch vor und deutete mit beiden Zeigefingern auf den schmutzigen Boden. »Und denen, die sich nehmen, was sie wollen, liegt die Welt zu Füßen. Es wird uns alles auf dem Silbertablett serviert, wir müssen nur selbstbewusst genug sein, um zuzugreifen.«

Eher skrupellos genug.

Pares' Augen funkelten lüstern. Sie hoben das Unausgesprochene hervor wie Scheinwerferlicht.

»Was verlangst du dafür?« Klarabell traute sich kaum zu fragen.

Er wiegte den Kopf, als würde er auf dem Markt das Gewicht eines Ferkels schätzen. »Nichts Unmögliches für jemand *Hochbegabten* wie dich. Nur einen kleinen Gefallen.«

»Was für einen Gefallen?«

Kurz zögerte er, als spinne er die Antwort noch in seinem Kopf zusammen. »Ich möchte, dass du etwas für mich überbringst.«

»Du willst, dass ich einen Botengang erledige?«

Es konnte unmöglich so harmlos sein, wie es klang. Darum beobachtete sie jede seiner hölzernen Bewegungen genau, als er in seine Hosentasche griff. Wie ferngesteuert streckte sie die Hand danach aus und nahm den zierlichen Gegenstand an sich.

»Nicht irgendeinen Botengang. Einen, den man im Schlaf erledigen kann.« *Und nur im Schlaf,* schloss sie aus seinem Unterton.

Nachdem sie eine Weile geschwiegen hatte, räusperte Pares sich.

»Verstehe ich es richtig, dass du bereit bist, dein bisheriges Leben aufzugeben? Denn unsterblich zu sein bedeutet genau das. Alle sind insgeheim hinter meinem Geheimnis her. Sie jagen Unsereins, um es aus uns herauszupressen. Für den Profit oder um pseudowissenschaftliche Tests durchzuführen. Manche fühlen sich auch von irgendeiner Gottheit dazu berufen.

Irgendwann fällt den Leuten immer auf, dass du nicht so alt bist, wie du sein solltest. Menschen sind auch bloß Säugetiere, die spüren, wenn sich etwas unter sie gemischt hat, das nicht zur Herde gehört. Ich will dich nicht anlügen. Dein jetziges Leben kann keiner retten. Aber ich kann dir ein neues bieten. Wenn du es nur genug willst. Sag mir, wie viel wärst du bereit dafür zu geben, dein Schicksal zu ändern?«

»Zu leben«, korrigierte sie. »Ich würde *alles* für eine zweite Chance geben."

Ich will nicht sterben. Dieser Gedanke beherrschte ihren Verstand.

»Es ist wichtig, dass du weißt, worauf du dich einlässt.«

Pares ließ seine Halswirbel nochmals knacken. Er rollte eine Schulter vor und zurück, um zu testen, ob sie wieder an ihrem Platz saß. »Bevor wir über irgendwelche Details sprechen, will ich, dass du weißt, was es bedeutet, unsterblich zu sein.«

»Außer, dass ich mich nach Lust und Laune aus dem zweiten bis sechzehnten Stock werfen kann?«, entgegnete sie zum Fenster schielend. Pares versuchte nur halbherzig so zu tun, als amüsiere ihn ihr Sarkasmus.

»Es soll nachher nicht heißen, ich hätte falsch gespielt. Erst zeigen wir dir, worum es geht. Dann kannst du dich entscheiden.«

Gehörte er etwa zu der Sorte Gauner, die ein Gewissen besaßen? Oder war es nur Teil seiner Masche, damit sich seine Beute wohler fühlte und sich dadurch bereitwillig auffressen ließ?

»Ich bin ganz Ohr«, gab sie nicht halb so selbstsicher zurück, wie sie gerne geklungen hätte. Dafür war ihre Stimme zu dünn und zu heiser.

Unruhig sah sie auf ihre Armbanduhr. Was würde sie Morgana erzählen, wo sie die ganze Zeit gesteckt hatte? Sie wusste nicht einmal, wie sie den gestrigen Abend erklären sollte, ohne sich zu verraten.

»Den Gefallen, den du mir schulden würdest, haben wir zu Genüge besprochen, richtig? Was die Unsterblichkeit betrifft, ist es am besten, du siehst es dir an. Das macht es greifbarer als das ganze Blabla.«

Klarabell versuchte zuzuhören, doch alles klang gedämpft, als hätte sie Watte in den Ohren. Nur ihren eigenen hektischen Herzschlag nahm sie deutlich wahr.

Sie trottete Pares hinterher, den Blick starr auf seinen Hinterkopf geheftet. Sein Dutt zuckte im Takt seiner stockenden Schritte, während er die enge Wendeltreppe hinabstieg.

Die Aushilfe legte gerade eine Pause ein. Auf dem Hocker hinter der Kasse knabberte sie ein paar Kräcker, mit denen sie cremige Berge Kräuterfrischkäse aus der Packung schaufelte. Einige Krümel blieben an ihrem Lippenstift hängen oder schneiten in ihren Ausschnitt.

»Melodie, wir sind kurz außer Haus, ja?«

»Gehst du heute früher?«

Die junge Frau rutschte vom Hocker herunter und klopfte sich die Brösel aus der Kleidung. Ihre Augen streiften Klarabell flüchtig.

»Wir müssen Dr. Zhou konsultieren.«

»Oh.« Melodie dehnte den Ton unverhältnismäßig aus, als brächte ihr das irgendeine besondere Erkenntnis. Erneut musterte sie Klarabell, diesmal sichtlich wohlwollender als zuvor. Sie neigte den Kopf, als wollte sie testen, wie sie durch die Brille eines anderen sah.

»Wie unhöflich von mir, ich bin Melodie Specht.« Sie wischte sich schnell die Hände an ihren Gesäßtaschen ab, bevor sie Klarabell die Hand hinstreckte. Die Geste wirkte deplatziert, zu förmlich für das Alter der beiden. Klarabell reichte ihr trotzdem die Hand.

»Freut mich«, antwortete sie, statt ihren Namen zu nennen. Melodie war diskret genug, nicht nachzuhaken.

»Pares, was hältst du davon, wenn ich sie fahre? Ich mache eh grad Pause und Kim hab ich ewig nicht gesehen. Wir würden zwei Fliegen mit einer Klappe schlagen.«

Es war eindeutig, worum es wirklich ging – Klarabell wirkte neben Pares wie ein vor Angst winselnder Welpe, der jederzeit mit einem Tritt von seinem Herrchen rechnete. Sie gestand es sich nur widerwillig ein, wie unwohl ihr bei dem Gedanken wurde, mit Pares alleine in ein Auto zu steigen, um an einen unbekannten Ort zu fahren. Melodie musste keine Gedankenleserin sein, um das zu erkennen. Dafür genügte es, wie jeder andere die Zeitung zu lesen oder die Nachrichten zu hören. Es gab genügend Meldungen über junge Frauen, die genau auf diese Weise spurlos verschwanden. Monate später fand man sie dann vergraben im Wald. Wenn überhaupt.

»Meinetwegen.«

Es hätte Pares kaum gleichgültiger sein können. Halbseiden verabschiedete sie sich von ihm und folgte Melodie aus dem Laden.

Dass die Aushilfe ihr die Nervosität angesehen haben musste, wurmte sie. Gleichzeitig war sie erleichtert, weil sie nicht mit dem Unsterblichen in einen schwarzen Mercedes mit abgedunkelten Fenstern steigen musste. Zumindest stellte sie sich vor, dass Pares so einen Wagen fuhr. Melodies gelber Beatle mit »Ich bremse auch für Vollidioten«-Aufkleber auf dem Heck erweckte einen harmloseren Eindruck.

»Tut mir leid wegen vorhin«, fiepste sie und warf ihren Zopf nach hinten, als sie sich auf den Fahrersitz schwang. »Ich hätte dich nicht verurteilen dürfen. Es kommen nur manchmal merkwürdige Gestalten in den Kiosk. Na ja, was will man erwarten?«

Sie zwinkerte verschwörerisch, drehte den Schlüssel im Zündschloss um und fuhr ruppig los. Das Radio schaltete sich automatisch an. Melodie hob ihre Stimme, um die neuesten Charts zu übertönen.

»Ich konnte ja nicht wissen, dass du bloß einen kurzfristigen Termin bei Dr. Zhou brauchst.« Sie schüttelte den Kopf über sich selbst, als hätte sie etwas vollkommen Offensichtliches übersehen. »Jedenfalls war es nicht gerade die feine englische Art. Also 'tschuldige. Ich wollte dich nicht beleidigen.«

»Schon gut.«

Klarabells Fingerspitzen kribbelten unangenehm bei jedem laut ausgesprochenen Wort. Vergraben in ihren Jackentaschen blieben sie still, statt wie üblich das Sprechen zu übernehmen. Melodie wirkte zwar nett, offen und auf Anhieb vertraut, aber sie arbeitete in seinem Kiosk. Außerdem schien sie zu wissen, was für Leute dort ein- und ausgingen. Für Klarabell sagte das genug über sie aus, um ihr nicht über den Weg zu trauen. Lieber bezahlte sie das Gebrabbel mit etwas Schwindel.

Nach ungefähr zwanzig Minuten durch den Kölner Freitagnachmittagsverkehr parkte der Beatle in einer Allee vor einem verglasten Gebäude. Dr. Zhous Praxis wurde auf einem metallischen Schild vor dem Eingang angepriesen, das an einen stilvollen Grabstein erinnerte. Zwischen Chiropraktikern, etwas, das nach Marketingfirma klang, und einer Zahnarzt-Gemeinschaftspraxis stand: »*Dr. Kim L. Zhou & Partner – Plastische Chirurgie*«.

Sobald sie die Praxis betraten, empfing sie ein frischer Blütenduft. Überall roch es nach süßer, teurer Chemie. Aus nicht sichtbaren Lautsprechern rauschten Wellen und ferne Panflöten-Musik. Die Angestellten boten den Kunden Fiji-Wasser an, damit sich diese hofiert fühlten. Gleichzeitig erinnerten unvorteilhaft verteiltes Licht und spiegelnde Glastüren daran, weshalb sie hier waren. Für den Fall, dass das nicht ausreichte, lagen Modezeitschriften mit perfekt retuschierten Promis neben Roll-Ups mit verheißungsvollen Werbeslogans aus. Eine hübsche Frau sah darauf todunglücklich in einen Spiegel, während ein Arzt mit offenen Armen vor der Kameralinse stand. »*Ihr Weg in ein neues, glückliches Ich*«, versprach der dunkelblaue Schriftzug darüber.

»Du bist hier in guten Händen«, versicherte Melodie. »Dr. Zhou hat mir letztes Jahr die Nase gerichtet. Ich sah meiner Adoptivmutter nie ähnlicher.«

Es dauerte eine kleine Weile, bis die Praxishelferin Dr. Zhous unangemeldeten Termin aus dem Wartezimmer abholte. Bis dahin hatte Klarabell bereits drei Flaschen Wasser ausgetrunken, um sich zu beschäftigen. Darum konnte sie sich auf wenig anderes konzentrieren, als auf ihre überfüllte Blase.

»Frau Brotschneider?«, fragte die Praxishelferin in die Runde. Klarabell erhob sich hölzern. Sie folgte der nach Mandelöl duftenden Dame zu Beratungszimmer Nr. 2.

»Dr. Zhou wird gleich bei Ihnen sein, Frau Brotschneider.«

Ihr Lächeln war ein anmutiger, perfekter Bogen, nicht übertrieben groß und nicht zu verhalten. Sie hatte es sicher lange geübt, genau wie diese beruhigende Tonlage, die Klarabell schier wahnsinnig machte. Sie ließ sich nichts anmerken und nahm auf einem Stuhl Platz. Der Kunstledersitz klebte an ihrer Kleidung und verursachte unbequeme Falten.

Bis Dr. Zhou eintraf, ließ sie den Blick schweifen. Der Raum sah aus wie ein gewöhnliches Sprechzimmer - inklusive Kugelstoßpendel, gerahmten Diplomen und dem Geruch von Desinfektionsmittel und Latex-Handschuhen. Eines der Diplome war von einer chinesischen Institution ausgestellt worden, die ihr nichts sagte. Es zeichnete den plastischen Chirurgen Dr. Zhou zusätzlich als Akupunkteur aus.

Obwohl sie bewusst auf eine ruhige Atmung achtete, hielt sie kurz die Luft an, als sich die Tür zum Nebenraum öffnete. Ein großer dünner Mann mit Kittel kam herein. Dr. Zhou, der selbst von Kollegen optimiert worden war, stellte sich wie selbstverständlich in Gebärdensprache vor. Klarabell war vor Erleichterung fast überwältigt, weshalb ihre Hände leicht zitterten, als sie sich als *Frau Brotschneider* vorstellte.

Die gepflegten Hände des Arztes stellten keine unangenehmen Fragen. Man habe ihn informiert. Über was genau, verriet er nicht. Wenn man mit Pares Wolff zusammenarbeitete, setzte das vermutlich ein enormes Maß an Diskretion voraus. Klarabell fragte sich unweigerlich, ob dieser Arzt ihn zu dem gemacht hatte, was er war. Natürlich konnte das unmöglich stimmen. Es sei denn, der verhältnismäßig junge Chirurg war ebenfalls unsterblich.

Ihre Nerven begannen zu flattern.

Wie viele wie Pares gab es?

Sind Sie auch unsterblich?, fragte sie.

Nein, antwortete Dr. Zhou mit einem milden Lächeln. *Ein zu hohes Risiko. Ein gewisser Prozentsatz kommt bei der Operation um.*

Da Dr. Zhou ihn nicht konkret benannte, musste er ziemlich hoch sein. Unsterblichkeit war zu ihrer großen Überraschung ein schrecklich wissenschaftlicher Prozess, den Dr. Zhous Familie von Generation zu Generation weitergab, wie er erklärte. Den Behandlungsablauf erläuterte er knapp und mit vielen abstrakten Handbewegungen. Währenddessen wrang sie ihre Hände auf dem Schoß.

Der Körper wehrt sich dagegen, etwas zu sein, wofür er nicht geschaffen ist. Unsterbliche sind keine Menschen im eigentlichen Sinne mehr. Wir öffnen durch die Akupunktur gewisse Energiekanäle, um die Lebensader unnatürlich zu verlängern. Das operative Entfernen eines Stücks der Menschlichkeit bleibt dafür unverzichtbar. Für manche Patienten endet dieser komplizierte Eingriff nicht wie gewünscht.

Klarabell nickte mehrmals nachdenklich, als würde das alles Sinn ergeben. Als würde sie irgendetwas von dem verstehen, was um sie herum geschah. In Wahrheit verschwammen die Bilder vor ihren Augen wie auf einer rasanten Karussellfahrt. In ihren Ohren klingelte das Geschrei ihrer imaginären Mitfahrer. Auf diesem Stuhl, in diesem Beratungszimmer war alles so klar und real. Zum Greifen nah. Panik und Glückseligkeit gingen sich in ihrem Inneren gegenseitig an die Gurgel.

Was wird entfernt?, fragte sie zögerlich.

Der Chirurg verschmälerte seine Augen und wählte seine Gesten mit Bedacht.

Das kann ich ad hoc nicht sagen. Was am günstigsten zu entfernen ist, variiert von Patient zu Patient. Die Menschlichkeit ist ein schwammiges Gebilde und hoch empfindlich.

Zum ersten Mal in diesem Gespräch leuchtete Klarabell etwas ein. Mit der Schwammigkeit und dem Labyrinth in den Menschen fühlte sie sich durch das Traumwandeln vertraut. Immerhin schlüpfte sie im Schlaf in das Unterbewusstsein anderer. Sie kannte ihre Abgründe ohne Weichzeichner und Filter. Ihre Piken, Höhenflüge und Wunder. Schwammig war ein Euphemismus, dachte sie schnaubend. Es war etwas anderes, das sich ihr nicht erschloss.

Wo sitzt die Menschlichkeit?

Ihre Frage stand einige Sekunden im Raum, in denen sich Dr. Zhou zurücklehnte, die Hände faltete und einen Mundwinkel hochzog.

Das verrate ich lieber nicht. Es ist nicht so poetisch, wie du wahrscheinlich denkst.

Seltsam, wie Dr. Zhou über die Menschlichkeit sprach, als wäre sie ein Organ. Für sie war das bisher ein Begriff aus einer Sprache gewesen, die aus Herzschlägen, Pulsrhythmen und wortlosen Gedankenströmen bestand, nicht aus Fasern und Fakten. Etwas, das sie im Herzen kannte, doch niemals mit Worten klar definieren konnte.

Ihr fiel nur ein Wort ein, um diese Unterhaltung zu beschreiben: krank. Sie ließ sich erklären, wie man sie unsterblich machte und dass man ihr dafür einen Teil ihres grundlegenden Wesens herausschneiden musste. Wer konnte das wollen, wenn er eine Wahl hatte?

Ihr Blick wanderte zum Fenster hinter dem Arzt. Sie betrachtete ihr Spiegelbild darin, das hauptsächlich aus kreidebleicher Haut, wirren fuchsroten Haaren und aufgerissenen Augen bestand. Sie wollte losweinen und schreien. Sie wollte Dinge nach dem Chirurgen werfen, weil er ihr eine solche grässliche Prozedur vorschlug und anscheinend kein Problem damit hatte, Teile der Menschlichkeit aus jemandem herauszuschneiden. Jetzt wusste sie wenigstens, warum man es in den Geschichten als Hochverrat betrachtete, auch nur zu versuchen unsterblich zu werden.

Diese elegante Praxis widerte sie an, genau wie Dr. Zhou. Und Pares. Und vor allem ekelte sie sich selbst an, weil sie sitzen blieb und weiter zuhörte, während der Arzt sie über die nächsten Schritte aufklärte.

FÜNF

Als sie die Haustür aufdrückte, fühlte sich Klarabell noch wie benommen. Abwesend hängte sie ihre Jacke auf und streifte die Schuhe ab, ohne die Hände zu benutzen oder hinzusehen.

Der babyblaue BMW i3 vor der Haustür und das dritte Paar Damenschuhe im Flur verrieten, dass Cassandra sich inzwischen zu ihren Cousinen gesellt hatte. Darum stellte Klarabell die Musik lauter, bis sie in ihrem Gehörgang stach und ein Rauschen aus den Kopfhörern drang, damit jeder wusste, dass sie nichts hörte.

Ohne »Hallo« zu sagen, huschte sie in das romantisch-altbacken geflieste Bad, wo sie sich den Geruch des Verrats vom Körper und aus den Haaren wusch. Sie schüttelte sich vor Schuldgefühlen und Selbstekel, während das Wasser ihre Haut sonnenbrandrot färbte. Gleichermaßen erleichterte sie aber auch die wieder aufgewärmte Hoffnung auf einen Ausweg.

Ein gerührtes Seufzen entglitt ihr, als sie ihr Zimmer betrat, um sich frische Kleidung zu holen. Auf ihrem gemachten Bett, das sie wüst hinterlassen hatte, lag eine Reisetasche mit Kleidern aus ihrem Internatszimmer. Daran klebte ein Post-it, auf dem ihr Cassandras schockierend elegante Handschrift einen Gruß überbrachte.

Klarabell entschied sich ohne großartiges Nachdenken für eine enge, dunkle Jeans, die sie zwei Mal hochschlug, sodass ein Teil des eintätowierten Wasserfarben-Traumfängers über dem Knöchel herausschaute. Nachdem sie ein geringeltes Langarmshirt mit Spitzeneinsatz an den Schultern übergestreift hatte, brachte sie endlich den Mumm auf, zu ihren Cousinen zu gehen. Wie schwer konnte es schon sein, so zu tun, als wäre es nur ein Freitagnachmittag von vielen?

Ihre Locken schwangen schwer vor Nässe auf und ab, als sie die Stufen nach unten nahm. Mehrfach kontrollierte sie, ob ihre Haare ihr fehlendes Traguspiercing verdeckten.

Nachher muss ich endlich nach Ersatz suchen.

Das Musik- beziehungsweise Wohnzimmer war überheizt und vollgestopft mit stoffgebundenen Büchern aus Großmutter Editas Nachlass. Vor dem Wandschrank mit Kakteen und Keramikbüsten von Bach und Mozart stand ein großzügiges Sofa mit zahlreichen Schokoladen– und Saftflecken darauf.

Morgana fläzte auf der Liegewiese in einem Deckenknäuel. Sie spielte mit einer Perlenkette ihrer leiblichen Mutter. Das damenhafte Schmuckstück biss sich mit dem Stil ihres Kehlkopf-Tattoos. Dort thronte eine farbenfrohe Matroschka auf einem Bett aus roten Rosen und Dornen. Auf der Gesichtshälfte, die Morgana in eines der Kissen drückte, war ihr Make-up leicht verschmiert. Nun war sie halb Katze, halb Waschbär, dachte Klarabell. Hypnotisiert von der Vorabendsoap im Fernsehen ließ sie Cassandras Vortrag an sich vorbei plätschern.

Diese wippte kaum merklich auf einem Weidenschaukelstuhl, während sie versuchte, zu Morgana durchzudringen.

»Wieso hast du nicht Bescheid gesagt? Was glaubst du, was alles hätte passieren können? Hörst du überhaupt zu?«

»Sei nicht sauer, Sandra.«

»Ich bin nicht sauer, nur enttäuscht.«

Morgana genoss es heimlich, wie mütterlich ihre älteste Cousine beim Schimpfen klang. In wachem Zustand war Klarabell nicht besonders gut darin, andere zu lesen. Sie erkannte es nur, weil ihr das Gefühl vertraut war.

Da fiel ihr auf, dass sie ihre eigenen Eltern noch nicht angerufen hatte. Aber was wollte Klarabell sagen? Wenn sie ohne ersichtlichen Grund anrief, würden sie sicher skeptisch werden und unangenehme Fragen stellen.

»Wegen sowas kannst du von der Schule fliegen, Mim.« Cassandras Stimme klang meistens so, als würde sie gleich in Tränen ausbrechen. Selbst wenn sie fröhlich war oder sauer. Pardon, *enttäuscht*.

Ihre Gesprächspartnerin reagierte nur mit dem Zucken ihrer Augenbrauen.

»Bitte schön. Meinetwegen.« Cassandra warf die Hände in die Luft, die noch in den schwarzen Lederhandschuhen steckten, die sie immer zum Autofahren trug. »Dann geh eben ohne Abschluss von der Schule. Man kann ja auch ohne so viel erreichen. Du kannst für Erpresser Gedanken lesen und auf dem Jahrmarkt oder in Vormittags-Talkshows den Lügendetektor für Leute spielen, die Reden nicht von Plärren unterscheiden können. Ohne Regeln, ohne Schutzmaßnahmen ein kurzes, miserables Leben führen. Super. Großmutter wäre stolz auf dich.«

Morgana schnaubte verächtlich. Ihre ganze Wut prustete aus ihren aufgeblähten Nasenlöchern.

»Vielleicht mach ich das sogar.«

Es war nicht so, dass sie Großmutter Editas Messlatte jemals hätte erreichen können. Keine der Cousinen hätte das geschafft. Morgana stellte sich nicht dumm an. Sie hatte bloß das Pech, ausgerechnet mit der gleichen Begabung geboren worden zu sein wie ihre Großmutter.

Es ist nicht Cassandras Art, darauf herumzureiten, dachte Klarabell zerknirscht. Die Arbeit in der Kanzlei veränderte sie zunehmend. Sie war anfällig und überanstrengte sich dazu regelmäßig. Das mussten die Geister wittern. Allen voran ihre Großmutter, die Cassandra ständig umgab, und von Zeit zu Zeit aus ihr sprach.

Klarabell unterbrach das einseitige Gespräch ihrer Cousinen mit einem Räuspern.

»Klärchen!« Freudig überrascht stand Cassandra auf und umarmte sie zur Begrüßung.

Nicht einmal ihre weiße Hollywood-Sonnenbrille hatte sie bisher abgelegt, obwohl das halb leere Wasserglas auf dem Couchtisch mit ihrem Lippenstift am Rand zeigte, dass sie bereits eine Weile hier war. Ihr stand die Sonnenbrille, doch sie entsprach nicht ihrem schlicht-bequemen Stil, sondern mehr Großmutter Editas Modeverständnis.

»Schön dich zu sehen, Sandra. Ich wusste nicht, dass du kommst.«

»Was bleibt mir anderes übrig, als euch hinterherzurennen? Komm, mach's dir bequem.«

Morgana machte keine Anstalten, zur Seite zu rutschen, darum setzte sich Klarabell im Schneidersitz auf den Webteppich und lehnte sich am Sofa an.

»Wo warst du?«, wollte Cassandra wissen und legte endlich die Sonnenbrille und ihre Handschuhe ab.

Ihre Augen waren blau unterlaufen, gerötet und hatten etwas Gedrungenes, obwohl Cassandra sie unter ihrem Lächeln weit aufschlug. Klarabell sah ihr jede einzelne Stunde Arbeit für die Kanzlei deutlich in Gesicht und Haltung an, in der sie beispielsweise Mordopfer zu ihren letzten Momenten befragt hatte. Egal wie gerade sie sich in den Schaukelstuhl setzte oder wie klebrig-süß ihr Lächeln war. Ihr linkes Auge zuckte ab und an unter dem krampfhaften Abschotten vor den Stimmen aus dem Jenseits.

»Ich hatte einen Arzttermin in der Stadt. Entschuldige, ich habe völlig vergessen, Bescheid zu sagen.«

»Alles in Ordnung? Was für ein Arzt?«

»Schönheitschirurg«, murmelte Morgana.

Klarabells Atem stockte, bevor sie begriff, dass ihre Cousine sie nur ärgern wollte.

»Zahnarzt. Ich glaube, ich bekomme meine Weisheitszähne.« Sogar die Schauspieler in der Vorabendsoap waren glaubwürdiger als sie.

»Oh du Arme, hoffentlich nicht!« Cassandra hielt sich die Wange aus Sympathieschmerz.

»Ja, ich auch. Mit ein bisschen Glück kommen nur zwei. Tabetha hat letztes Jahr alle vier gezogen bekommen und konnte danach eine Woche lang nur durch einen Strohhalm essen. Darauf kann ich gern verzichten.«

Cassandra und Klarabell kicherten. Morgana dagegen schlug ruckartig die Decke weg und rappelte sich auf.

»Du erträgst es nicht, wenn es mal drei Sekunden nicht um dich geht, oder Klara?«

Ohne die Antwort abzuwarten, stampfte sie aus dem Raum. Klarabell sah ihr verstohlen nach, wobei ihr Fuß die Zotteln des Teppichs stupste.

Vor dem Einschlafen starrte sie die dichte Wolke aus Traumfängern über ihrem Bett an. Grübelnd drehte sie ihr Handy zwischen den Fingern. Drei Mal klickte sie den Kontakt ihrer Mutter an und schloss ihn wieder. Sie fing eine Textnachricht in dem Bewusstsein an, dass sie sie sofort wieder löschen würde, und betrachtete zwischendurch das abfotografierte Hochzeitsbild ihrer Eltern.

Schließlich gab sie seufzend auf und legte das Gerät zur Seite. Sie spürte den Albtraum in ihr Ohr kriechen, kurz bevor sie einschlief. Wäre sie doch den ganzen Abend nicht zu durcheinander gewesen, um an Ersatz für ihren Mondstein zu denken.

Alles war weiß im luftleeren Raum – wie gut, dass man im Traum nicht atmen musste. Klarabell saß auf einer Riesenschildkröte an einem massiven Schreibtisch. Ihr gesichtsloses Gegenüber schrieb eifrig ihre Wünsche auf. Wo normalerweise Fleisch und Haut das Innerste bedeckten, führte bei dieser Gestalt ein dunkelblau verschmierter Kanal in den Brustkorb hinein. An Stelle des Herzens war ein Tintenglas eingelassen. Gelegentlich tunkte der Autor seinen Pfauenfederkiel hinein und strich das silbrigblaue Herzblut am Rand ab, um nichts auf das endlose Papier unter seinem Ellenbogen tropfen zu lassen.

»Danke, dass du meine Zukunft ausbesserst. Ich bin froh, dass wir uns einigen konnten, Schicksal«, sagte Klarabell und tätschelte der Riesenschildkröte den Kopf.

Der Schreiberling sah auf und zog die Stirn kraus.

»Ich bin hier nur der *Praktikant*.«

Im nächsten Moment riss sie den Kopf herum – angelockt von ihrer eigenen Stimme aus einem fremden Mund. »*Ich* bin das Schicksal.«

Ihr böser Zwilling war wie aus dem Nichts aufgetaucht. Er drückte sie mit einer Hand fest auf den Rücken der Schildkröte. Das Glucksen des Tieres übertönte ihr Flehen und Wimmern, als Klarabells Abbild ihren Körper mit Terpentin übergoss, der wie alles hier aus Tinte bestand. Binnen Sekunden löste es sie auf.

Kaum aus dem Schlaf hochgeschreckt, prüfte sie ihre Gliedmaßen. Sie wackelte mit den Zehen und schlang sich die Arme tastend um ihren

Oberkörper. Erst als sich auch ihre Nase, ihre Lippen und schweißbenetzten Locken als unversehrt herausstellten, atmete sie durch.

Nur ein Albtraum. Die einzige Sorte Traum, die Traumwandler wie sie haben konnten. Manchmal hasste sie ihre angeborene Gabe. Wie an diesem Samstag.

Sie begann ihn damit, die Fenster aufzureißen und alles Schlechte aus den Traumfängern zu stauben, die nur schwache Albträume abwehrten. Nach einem weiteren Gespräch mit einem unsterblichen Schwarzmarkthändler wunderte es sie nicht, dass dieser Schutz nicht mehr ausreichte.

Ehe sie es wieder vergaß, durchwühlte sie ihre Schmuckschatulle nach Ersatz für ihren eingetauschten Mondstein. Ein Labradorit unterstütze vorrangig die Fähigkeiten von Traumwandlern und wehrte nur in zweiter Linie Albträume ab, aber etwas anderes war nicht da.

Sie wusch ihre Edelstein-Piercings mit lauwarmem Wasser ab, um das aufgesaugte Negative aus ihnen zu lösen. Mit zunehmender Erleichterung beobachtete sie wie der Wasserstrudel sich in den Abfluss wand.

Wenn der Albtraum sie so früh aus dem Bett riss, wollte sie den Sonnenaufgang wenigstens für Yogaübungen nutzen, wie sonst im Internat beim Morgenappell. Jedes bisschen Routine entspannte ihre verkrampften Muskeln und gab ihr die Sicherheit, die sie bitter nötig hatte.

Ihr Zimmer im Reihenhaus lag im ersten Stock gegenüber von Morganas und besaß einen französischen Balkon. Er musste reichen, um die ersten Sonnenstrahlen zu erhaschen. Das Ruppert-Haus hatte einen schmalen Garten, aber Klarabell wollte ihre Cousinen nicht beim Runtergehen wecken. Sie vermisste den üppigen Garten des Internats. Dort begrüßte man den Morgen um diese Jahreszeit immer in einem duftenden Tulpenmeer.

Vor dem offenen Fenster reckte sie sich in meditativen Bewegungen. Sie spürte die Ruhe in ihre Glieder zurückkehren. Ihre Atmung wurde gleichmäßiger, jeder Muskel spielte im Einklang mit den anderen. Ein guter Anfang, um in der nächsten Nacht nicht wieder von ihrem Unterbewusstsein heimgesucht zu werden, fand Klarabell.

Sie hob ihre aneinandergelegten Handflächen an ihre Stirn, wie man es ihr beigebracht hatte, als Bitte an das Universum um Reinheit in ihren Gedanken. Anschließend führte sie ihre Hände zu ihren leicht zusammengedrückten Lippen, für Reinheit in ihren Worten. Sie zögerte, bevor sie die Bewegung vor ihrer Brust weiterführte, als Bitte um Reinheit in ihrem Herzen.

Wie rein kann ein Herz sein, das leer ist?

Egal was Dr. Zhou impliziert hatte, in ihrer Vorstellung war das Herz das Zentrum ihrer Menschlichkeit. Welches Stück der Chirurg ungeachtet der Position herausoperieren würde, erfuhr man allerdings erst nach ein paar ausstehenden Tests. Sie schüttelte die grausigen Gedanken ab. Neid und Schadenfreude waren auch Teil der Menschlichkeit – das herausgeschnitten zu bekommen, klang nach keinem großen Verlust.

Mein Herz wäre nicht völlig leer. Nur anders.

Routine - sie musste etwas Normales tun. Etwas, das sie hunderttausendmal getan hatte, um sich zu vergewissern, dass sie alles unter Kontrolle hatte. Das stupide Leeren des Briefkastens erschien ihr dafür genau richtig.

Er quoll bereits über vor eingerollten Gemeindebriefen, Spendenaufrufen und Prospekten, die ausgelaufene Sonderangebote für Christbaumkugeln und Silvesterkracher anpriesen. Klarabell brachte gerade einen »Bitte keine Werbung«-Aufkleber auf den Blechbriefkasten an, da stieß ihr Fuß gegen eine Schachtel. Im ungemähten Rasen hatte sie sie völlig übersehen.

Sie kniete sich herunter und begutachtete das Paket. In einer braunen Papptüte, auf die das Logo eines fränkischen Weins geprägt war, steckte eine längliche Schachtel. Oben drauf thronte eine dottergelbe Schleife mit einem Kärtchen, auf dem in Druckbuchstaben Klarabells Name stand. Mehre Etiketten deklarierten den Inhalt in verschiedenen Sprachen als zerbrechlich.

»Schickt dir dein Zahnarzt schon Päckchen?«

Klarabell schreckte hoch. Sie hatte Morgana nicht aus dem Haus kommen hören. Schnell steckte sie das Kärtchen weg.

»Ist für die Nachbarn. Wurde falsch abgegeben.«

»Ich hätte auch nicht gedacht, dass du wirklich einen heimlichen Verehrer hast, der dir Geschenke schickt.«

Cassandra unterbrach ihre Sticheleien und schob sich an ihr vorbei. Ihre übergroße Designer-Jutetasche hing an ihrer Schulter und die Autoschlüssel locker um ihren Zeigefinger. Hinter ihr trottete Morgana die zwei Stufen vor dem Haus herunter. Statt Klarabell nochmal anzusehen, tippte sie desinteressiert auf ihrem Handy herum.

»Guten Morgen, Klärchen!«

»Morgen. Schon auf?«, fragte sie noch heiser von den frühen Stunden. »Es ist Samstag.«

»Ich muss in die Kanzlei. Und du?«

»Senile Bettflucht. Ich werde alt.«

Cassandra schnaubte spielerisch entrüstet. »Was soll ich dann sagen?«

Es kam in letzter Zeit häufiger vor, dass sie am Wochenende Schichten übernahm. Eigentlich machte es Klarabell vor Sorge das Herz schwer, wenn ihre Cousine Überstunden schob. Doch diesmal war sie froh, dass sie zügig Morgana in den Wagen packte und ankündigte, nach der Arbeit wieder ins Internat zurückzukehren.

»Soll ich dich nicht mitnehmen? Ich weiß, ihr seid beide krankgeschrieben und müsst nicht zum Samstagsappell. Aber dann musst du dir nachher kein Taxi rufen«, bot Cassandra an, während sie sich elegant auf den Fahrersitz schwang.

»Ich bleibe heute lieber noch hier.«

»Wird man nicht verrückt, so allein in dem großen Haus?« Ihr bereitete es stets Unbehagen, wenn sich ihre zwei Schäfchen nicht in Rufweite befanden.

»Ich will zur Beratung beim Tätowierer.«

Cassandra stutzte und legte die eine Hand aufs Schlüsselbein, um ihrem Schock Nachdruck zu verleihen.

»Ich dachte, es wäre alles okay?«

»Ist es. Wirklich. Ich dachte nur – na, meine Vorhersage war nicht so rosig um die Klausurenzeit, wie ich es mir gewünscht hatte.« Das war nicht komplett gelogen. »Eine neue Tätowierung kann nicht schaden. Nachstechen reicht vielleicht auch. Nur um auf Nummer sicher zu gehen, nicht dass ich die Prüfungen vermassle.«

Oder dass mir nicht was Dummes passiert, bevor Dr. Zhou mir helfen kann.

Cassandra nickte verständnisvoll und drückte ihre Hand, die auf dem Rahmen des offenen Autofensters ruhte.

»Okay. Wir telefonieren heute Abend, ja?«, bat sie mit einem milden Lächeln, das keine Widerrede zuließ, und fuhr die Seitenspiegel ein statt sie zu verstellen.

Sie stand in Sachen „Gefahr am Lenkrad" manchem Rentner in nichts nach. Klarabell rätselte seit Jahren, wie sie jemals einen Führerschein hatte bekommen können. Dass sie zunehmend von Unterhaltungen mit Toten abgelenkt wurde, trug nicht zu ihrer Fahrsicherheit bei. Aber auf diesem Ohr war Cassandra taub. Wie besagte ältere Herrschaften musste sie sich anscheinend beweisen, dass sie noch selbstständig war.

Morgana schien das wenig zu kümmern, Hauptsache sie musste nicht laufen. Sie zog die Schuhe aus und legte die Füße aufs Armaturenbrett. Mit einem Peace-Zeichen verabschiedete sie sich von Klarabell.

Sie winkte ihren Cousinen nach, bevor sie ihr Päckchen ins Haus trug. In ihrem Zimmer schloss sie die Vorhänge.

Sie zog skeptisch die Augenbrauen zusammen, während sie die Schachtel eindringlich inspizierte.

»Für alle Fälle eine kleine Anzahlung. Wünsch Dir was.

Pares« stand auf dem Kärtchen.

»Unmöglich.« Ihre Stimme war nicht mehr als ein Ausatmen.

Hastig öffnete sie die Schachtel. Darin lag eine gläserne, in Watte gebettete Kiste. Sie traute ihren Augen auch nach mehrfachem Blinzeln kaum. Hinter dem Glas ruhte schneewittchengleich eine Pflanze mit dickem Stiel, gekrönt von einem fluffigen, weißen Heiligenschein. Den unteren Rand zierte ein leicht gelber Schatten.

Eine *echte* Pusteblume.

Ihr Herz hielt vor Ehrfurcht kurz inne. Noch nie hatte sie so etwas Wertvolles in den Händen gehalten. Wie kam Pares an eine solche Kostbarkeit? Hob er sie seit der Zeit auf, als der Löwenzahn noch nicht kurz vorm Aussterben stand? Immerhin war er unsterblich.

Sie warf Blicke über beide Schultern, obwohl sie wusste, dass sie allein im Haus war.

Behutsam zog sie den gläsernen Sarg ein Stück weit aus der Schachtel heraus. Der Speichel blieb ihr beim Schlucken in der trockenen Kehle kleben.

Das nennt er eine kleine Anzahlung?

Natürlich nützte sie ihm nichts, wenn sie starb, bevor sie ihm einen Gefallen tun konnte. Die Angelegenheit musste ihm unheimlich wichtig sein, wenn er dafür eine echte Pusteblume hergab. Umso sicherer war sich Klarabell, dass mehr dahintersteckte, als er offenlegen wollte.

In milchigem Weiß hatte der Unsterbliche rundherum auf das Glas geschrieben:

»Wer sagt, wir sind hier nicht bei ›Wünsch dir was‹, muss ein Stadtkind sein, das nie ein weites Feld gesehen hat, gelb vor lauter Wünschen, die nur darauf warten, gepflückt zu werden. In Memoriam Taraxacum.«

Kopfschüttelnd schob sie die Pusteblume zurück und knotete die Laschen der Papiertasche zu. Sie konnte einen ordentlichen Wunsch mehr denn je gebrauchen, aber sie musste bei allem Überschwang vorsichtig sein. Wünsche wollten haargenau formuliert werden. Worte, diese trickreichen Biester, liebten nichts mehr, als Leute reinzulegen. Darum war die gesprochene Sprache prädestiniert dafür, Unheil heraufzubeschwören.

Wenn sie sich beispielsweise wünschte, nicht vor ihrem Geburtstag oder erst mit 120 Jahren zu sterben, konnte sie beispielsweise ins Koma fallen. Worte suchten immer ein Schlupfloch. Wenn sie es falsch anstellte, würde sie ihr Ende nur beschleunigen. Ihre Hände zitterten, weil sie das Risiko zu fühlen schienen, das sie hielten. Und die verführerische Chance.

Während sie die unbezahlbare Pflanze wieder entpackte, wälzte Klarabell Varianten eines Satzes in ihrem Kopf.

Stumm, die Augen geschlossen, spitzte sie die Lippen.

Sie zählte hoch von eins bis zehn, bevor sie die Löwenzahnsamen in ihre eigene Hand blies. Vorsichtig, um die Schirmchen nicht zu brechen, schloss sie die Finger darum. Der übriggebliebene Stängel hatte ein blütenweißes Köpfchen.

Erleichterung strömte mit dem angehaltenen Atmen aus ihren Lungen. Kein schwarzer Fleck - das bedeutete, es sollte funktionieren. Sie wiederholte es in ihrem Kopf, während sie die Löwenzahnsamen in eine leere Ringschachtel auf der Kommode vor dem Fenster bettete. Zwei Schichten Schaumstoff schlossen die potentiellen Wünsche ein.

Da ertönte ein gedämpftes Surren.

Klarabell griff hinter sich nach ihrem Handy und warf einen Blick auf die neue Nachricht.

»Hi Klara. Können wir reden? Es ist dringend. VG Noah«

Hat Mim ihm meine Nummer gegeben?

»Was gibt's?«, schrieb sie zurück.

Seine Antwort folgte prompt. Er musste sie bereits vor ihrer getippt haben.

»Können wir uns irgendwo treffen?«

SECHS

Als Klarabell an der Haltestelle Clodwigplatz ankam, wartete Noah bereits auf einer Bank auf der anderen Straßenseite umringt von einer Gruppe Gleichaltriger. Sie plapperten durcheinander und lachten über das, was Noah gerade sagte.

Klarabell hielt sich an der Tüte fest, die sie in der Papeterie um die Ecke bekommen hatte. Nachdem sie sich gesammelt hatte, überquerte sie die Abbiegerspur brav nach Anweisung des Ampelmännchens. Sobald Noah sie bemerkte, nahm er seine Krücke und stand auf. Mit flüchtigen Umarmungen und Handschlägen verabschiedete er sich von den anderen.

Schön, dass du Zeit hast. Wie lange er die Gebärden wohl für diesen Moment vor dem Spiegel geübt hatte?

Sollen wir?, fragte sie.

Die Sonne gab diesem Apriltag die Illusion von Sommer. Fast konnte man ihn schmecken. Vielleicht lag das auch am Blumengeschäft, das die beiden auf ihrem Weg passierten. An der Straßentheke eines überfüllten Eiscafés kaufte Noah Eis und Getränke. Rücksichtsvollerweise übernahm er das Sprechen, Klarabell deutete bloß auf die gewünschte Sorte.

Um sie herum wollte jeder ein bisschen Sonne tanken, bevor das sich anbahnende Hitzegewitter Köln erreichte. Rege Unterhaltungen mischten sich mit dem Lachen von Schulmädchen und dem Süßholzraspeln von Pärchen, die sich über Latte Macchiato und Cappuccino Luftschlösser bauten.

Klarabell gefiel es, in die Gesprächsfetzen hineinzuhören. Solange sich die Worte nicht an sie richteten, beinhalteten die fremden Stimmen, ihren eintätowierten Schutzsprüchen sei Dank, keine Gefahr für sie. Für diesen Augenblick fühlte sie sich als Teil ihrer Welt, wie eine gewöhnliche Siebzehnjährige.

Wortlos das Eis schleckend schlenderte sie mit ihm bis zu den Stufen vor der Technischen Hochschule. Im Halbschatten, den einer der Bäume auf die Stufen warf, setzten sie sich. Die Gespräche der vielen Leute auf dem Gehweg waren laut und rege genug, um den beiden eine wenig Privatsphäre zu geben.

Klarabell wischte über die Pollen, die die Stufen gelb verklebten. Die ganze Stadt hatten sie über Nacht verfärbt. Passierende Allergiker fluchten und schnieften. Auf ein paar Treppenstufen zu sitzen, gab Klarabell das Gefühl wieder ein Kind zu sein, das vor dem Anwesen ihrer Großmutter ihren Cousinen beim Seilspringen zusah, anstatt ihre Hausaufgaben zu machen. Sie streckte die Beine aus dem durchwachsenen Schatten in die Sonne. Die Wärme schmolz das Gewicht des Alters weg, das sie seit kurzem spürte. Als Kind war alles einfacher gewesen. Damals war es okay, Dummheiten zu machen, und sie hatte keine Vorträge über das Erwachsenwerden gehalten bekommen. Es war in Ordnung gewesen, sich zu verrennen und nicht zu kapieren, was das Leben mit ihr anstellte.

Seltsam, was ein paar schmutzige Stufen auslösen konnten. Wie Brausestäbchen oder die Intros von Kinderserien, die sie früher geliebt hatte, oder der Song einer alten Boy Band im Radio. Sie wurde in ein paar Wochen achtzehn und fühlte sich, als läge ihre Jugend schon Jahrzehnte zurück.

Aber sie war nicht hergekommen, um in Nostalgie zu schwelgen.

Noah öffnete seine eben gekaufte Fassbrause und reicht Klarabell eine Flasche Club Mate, auf deren Glas wie in der Werbung kühle Wassertropfen kondensierten.

»Ich dachte, ich mache den Ketchup-Nudel-Fauxpas wieder gut. Es ist vegan, also dachte ich …«

Er beendete den Satz nicht, der Klarabell unfreiwillig zum Lächeln brachte. Aus ihrer Tüte zog sie Block und Stift, um sich zu bedanken. Dafür erntete sie einen irritierten Blick von Noah. Er schwenkte hin und her zwischen ihren weit aufgeschlagenen Augen und dem Stift, der in ihrer Hand auf und ab wippte.

Noah räusperte sich und nahm einen großen Schluck von seiner Fassbrause.

»War schön, gestern mit dir zu reden«, sagte er in einem Ton, den sie wohl hätte verstehen sollen. Da sie es nicht tat, fuhr er fort. »Irgendwie hab ich gehofft, wir würden dabei bleiben. Wenn das okay für dich ist.«

Er zuckte mit den Schultern, als sei es nicht wichtig. Seine Miene sagte jedoch etwas anderes.

Was hatte Klarabell eigentlich jemals davon gehabt, den Regeln wie dem Sprechverbot außerhalb ihres Inneren Kreises blind zu folgen? Sie hatten sie nicht beschützt wie versprochen. Warum also daran festhalten? Zumindest, wenn es nicht um einen Fremden, sondern um Noah ging …

»Okay.« Sie schmeckte den leisen Ton mit Bedacht.

Wenn sie ehrlich mit sich war, verspürte sie auch den Drang, wieder mit ihm zu sprechen. Sie hatte nur eine halbwegs vernünftige Ausrede gebraucht, um ihr Gewissen beruhigen zu können.

Vielleicht hat Mim recht und ich bin übervorsichtig wegen Cassandra. Ein paar Sätze mit ihm zu wechseln kostet mich nicht sofort den Verstand.

»Worüber wolltest du so dringend mit mir sprechen?«

Eine Nuance in seinen dunklen Augen veränderte sich mit einem Blinzeln. Das schallende Gelächter, das ständig darin leuchtete, dimmte sich schlagartig.

»Sag mal, Klara, geht's dir gut?«, fragte er, während er am Etikett seiner Fassbrause herumknibbelte, um sie nicht ansehen zu müssen.

Seit wann verwenden wir denn Spitznamen?

»Wem geht's an einem sonnigen Samstag denn nicht gut?«

»Nein, ich meine, bist du in Schwierigkeiten?«

»Keine Ahnung, wovon du sprichst.«

Starr behielt sie ihr einstudiertes Lächeln bei. Sie suchte Blickkontakt, um überzeugend zu wirken, obwohl er konsequent wegsah. Ihr Herz rutschte unterdessen tief in ihren Magen.

Für einen Augenblick kehrte der sorglose Noah zurück, den sie kannte. »Warte, du hast was am Auge. Darf ich?« Er beugte sich vor, als wolle er etwas aus ihrem Wimpernkranz zupfen. Doch stattdessen wisperte er: »Ich fürchte, da ist ein Sprung in deinem Glasauge.«

Die Härchen in ihrem Nacken stellten sich auf. Eine Gänsehaut lief ihren über den Rücken und ihr Herz stolperte, als er sich zurücklehnte und aus seiner Gesäßtasche eine weiße Visitenkarte zog. Darauf stand nichts außer einer Uhrzeit und einer Zugnummer.

»Das hab ich auf der Rückbank von Paps' Auto gefunden. Du oder Morgana, eine von euch beiden muss es verloren haben. Ich möchte wissen, wer.«

Klarabell hatte ihre Zunge verschluckt. Sie steckte weit unten in ihrem Rachen und schnürte ihr die Luft ab.

»Ich weiß nicht, wovon du …«

Sie würgte sich selbst ab. Es war zwecklos, Morgana zu beschuldigen. Noah würde sie anrufen, spätestens dann flog sie auf. Vor ihm *und* ihren Cousinen.

»Ich kann's dir erklären.« *Ach wirklich? Kannst du das?*

»Also ist es deins? Und Morgana? Seid ihr zusammen dort gewesen? Bitte, du musst mir die Wahrheit sagen. Sie ist meine Schwester.«

Die brüderliche Sorge in seiner Stimme war herzerweichend.

Klarabell schlug die Augen nieder. Enttäuscht. Vielleicht sogar verletzt. Sie wusste nicht genau, was sie fühlte oder warum.

»Morgana weiß nichts davon und das soll auch so bleiben.«

Für einen Moment huschte Erleichterung über sein Gesicht. Er drückte ihr das Kärtchen etwas zu fest in die Hand. Vermutlich nicht, weil er ihr wehtun wollte, sondern vor Anspannung. Er sah genauso erschrocken über die flüchtige Berührung ihrer Hände aus wie sie.

»Egal was Pares dir erzählt hat, das sind nicht deine Freunde, *das*«, er deutete auf das Kärtchen, »sind keine netten Leute.«

Er schien bewusst das Wort *Menschen* zu umgehen. Woher kannte er den Namen des Unsterblichen? Wie viel wusste Noah?

Anscheinend genug, um sich Sorgen zu machen und Klarabell mit anderen Augen zu mustern. Sie fühlte sich nackt und schutzlos dem Urteil ausgeliefert, das er über sie fällte.

»Und was hast *du* mit solchen Leuten zu tun?« Sollte sie überhaupt noch mit ihm sprechen? Immerhin kannte er Pares. Andererseits warnte er sie. Das sprach für ihn, oder?

Noah wich ihrem Blick aus.

Trotz und Frust brachten sie auf die Beine. Sie musste sich zusammenreißen, damit ihre Stimme sich nicht überschlug. Die Leute, die sie passierten, schauten schon irritiert.

»Klara, hier geht es um *dich*.«

»Ach was!«

»Ich will dir nur helfen, das ist alles. Pares Wolff kann charmant sein und einen um den Finger wickeln, aber das bedeutet nicht, dass er es gut mit dir meint. Was er dir auch versprochen hat …«

»Du kennst ihn also näher?«

Vielleicht kam sie um unangenehme Erklärungen herum, indem sie von sich ablenkte und den Spieß umdrehte. Sie verschränkte die Arme und verlagerte ihr Gewicht auf eine Seite, sodass sich ihre Hüfte vorschob. Diese Haltung hatte sie sich von Morgana abgeschaut und hoffte auf die gleiche Wirkung. Es sei denn, er kannte die Tricks seiner Stiefschwester zu gut, um sich davon beeindrucken zu lassen.

»Bitte setz dich wieder hin, damit wir ordentlich reden können. Ich bin auf deiner Seite.«

»Weißt du überhaupt, was das bedeutet?«

»Sag es mir, dann weiß ich's.«

Als er seine Hand nach ihr ausstreckte, wich sie reflexartig zurück. Ihr Fuß knickte über der Stufenkante ab, versagte ihr den Halt. Noah wollte aufspringen, um sie zu fangen, dabei vergaß er seinen lädierten Fuß. Der Belastungsschmerz stoppte ihn mitten in der Bewegung.

Klarabell taumelte, statt zu fallen. Die Hände unbewusst hochgehoben, um ihren Beinahe-Sturz auszubalancieren, stand sie da, starrte ihn an. Peinlich berührt mied er ihren Blick und rieb sich den Knöchel.

Das war die Gelegenheit. Wenn sie einfach wegrannte, würde Noah ihr nicht schnell genug folgen können. Sie konnte einfach abhauen ohne ein weiteres Wort der Erklärung. Doch stattdessen sank sie seufzend zurück auf die Stufen, zwischen ihre kaum angerührte Mate-Flasche und Noah, der trotz Schmerzen wieder ein Lächeln aufbrachte.

Tut mir leid …

Sie war zu stur und zu sehr in sich selbst gefangen, um es laut auszusprechen. Zudem verbot sein Blick jedes Wort des Mitleids.

»Du verrätst mir auch nichts … Wie kommt's, dass *König Midas* mit dem großen bösen Wolf zu tun hat?«

Sie hielt ihm die Visitenkarte unter die Nase, bevor sie sie in Fetzen riss.

»*Hatte.* Das ist vorbei und bitte nenn mich nicht so.«

»Du weichst aus. Woher *kanntest* du ihn?«

»Na ja … Da gab es ein paar miese Entscheidungen, die erst gar nicht so übel klangen. Die falschen Bekanntschaften. Fragwürdige Schwärmereien. Sowas eben.«

»Die Klassiker.«

Die beiden teilten ein hohles Lachen, das ihr nicht wirklich behagte.

»Und was ist mit dir?«

Sie atmete tief durch, zögerte das Entweichen der Luft aus ihren Lungen so weit heraus wie nur möglich.

Wie viel kann ich ihm sagen, ohne mich völlig zu verraten?

»Ich bin in was reingerutscht. Irgendwie.«

»In was reingerutscht?«, wiederholte er skeptisch.

»Ich kann's dir nicht sagen, okay? Bitte, ich werde dich nicht anlügen, aber das kann ich dir wirklich nicht verraten. Zwing mich nicht.«

Noah hielt ihrem flehenden Blick einen Moment stand, bevor er zögerlich nickte.

»Ist die Sache wichtig?«, fragte er leise, als wären ihm die Leute um sie herum plötzlich allzu bewusst.

»Es geht um Leben und Tod.« Sie zog einen Mundwinkel hoch, als würde sie nur eine Redensart zitieren. Die Wahrheit in ihren Worten stach sie wie eine aufgebrachte Wespe. Ihre Zunge schien anzuschwellen, während ihr Brustkorb um ihr flatterndes Herz schrumpfte, bis er es quetschte.

»Und du bist absolut sicher, dass sich das – wo auch immer du reingeraten bist – nicht anders lösen lässt?«

»Nein.« Ihre Stimme begann zu brechen. »Es ist die einzige Möglichkeit. Glaubst du, ich würde mich auf *sowas*«, sie hob ihre Faust, in der sie die Überreste der Visitenkarte einsperrte, »einlassen, wenn ich eine andere Wahl hätte?«

Ihr Stiefcousin schien zu wissen, wovon sie sprach. Zu gern hätte sie mehr über seine Verbindung zum Untergrund und Pares erfahren. Doch sie traute sich nicht zu fragen.

»Wenn es nicht notwendig wäre, würde ich meinen Cousinen nichts verheimlichen. Aber ich kann sie unmöglich mit reinziehen.« *Oder zulassen, dass sie mich daran hindern, es durchzuziehen.* »Darum darfst du Cassandra und vor allem Morgana auf keinen Fall etwas verraten! Verstehst du? Du musst es mir versprechen. Bitte! Wenn du wirklich verstehst, wer Pares ist, hältst du die beiden da raus.«

»In Ordnung«, sagte er zu ihrer Überraschung. »Ich glaub dir.«

»Wirklich?«

Er nickte bedacht.

Sie hatte sich ihn nie als jemanden vorgestellt, der nachdenklich sein konnte, geschweige denn als jemanden mit einer dermaßen verregneten Miene. Er war der schelmische Puck, der alle mit seinem Lachen ansteckte. Peter Pan, der Junge, der nie erwachsen wurde und aus nichts als Streichen und Späßen bestand. Wie ein Windbeutel aus Lebensfreude und Optimismus. Aber da saß er nun, schrecklich real, mit Sorgenfalte zwischen den dunklen Augenbrauen und bohrte nach ihren unbequemen Geheimnissen.

»Aber ich schweige nur unter einer Bedingung.« Natürlich musste es ein *Aber* geben. »Lass mich dir helfen. Wenn ich meiner Schwester etwas verheimliche, muss ich sicher sein, dass du klarkommst. Sie würde mir niemals verzeihen, wenn dir was zustößt.«

Klarabell blinzelte verwirrt, leicht verärgert sogar. Sie rutschte ein gutes Stück von ihm weg und winkelte ihr Bein an, um mehr Distanz zwischen ihm und sich zu schaffen.

»Du hast es selbst gesagt, offensichtlich kenne ich mich mit diesen Leuten aus. Du bist doch froh, wenn du nicht mit Normalsterblichen reden musst. Ein Tour Guide durch die echte Welt wäre von Vorteil.«

Er wirkte selbst nicht überzeugt, was sie ihm nicht verübeln konnte. Sie sah es wie einen Fluchtinstinkt in seinen Augen aufleuchten. Jemanden an ihrer Seite zu haben, der sich nicht nur in der Realität, sondern auch in Pares' Welt zurechtgefunden und es wieder heil herausgeschafft hatte, war wie ein Silberstreif am Horizont. Andererseits - sollte sie ihn so nah an sich und ihre Geheimnisse heranlassen? Was, wenn er sie anlog und Pares ihn geschickt hatte?

»Das ist nicht die Sorte Freunde, die man zu Mutti zum Kaffee einlädt, wie du selbst festgestellt hast. Was würde deine Schwester davon halten, dass du mit solchen Leuten zu tun hast?«

»*Hattest*. Ich hab das hinter mir gelassen, verstanden?«

»Glaubst du, das macht einen Unterschied für sie?«

»Versuchst du mich zu erpressen, Klarabell Meinhardt?« Er schnaubte, zog eine Augenbraue hoch. »Du kannst mich nicht bei Morgana verpfeifen, ohne dich mit reinzureißen.«

Wie armselig … Schamesröte trat in ihre Wangen.

»Aber …« Sie warf die Hände in die Luft, öffnete den Mund zu einem lauten Protest – doch nichts kam heraus. Ihre Hände fielen unsanft in ihren Schoß zurück. Egal wie sie es drehte und wendete, er hatte recht.

In ihrer Hilflosigkeit schob sie ihren Daumennagel zwischen ihre Zähne. Bei dem Geräusch schauderte Noah leicht. *Knipp. Knipp. Knapp.*

»Es hat keinen Sinn, sich zu wehren, oder?«, raunte sie halb im Scherz.

»Nein. Ich bin mindestens so stur wie meine Schwester.« Er schnitt eine herausfordernde Grimasse. »Verrätst du mir noch, wobei ich dir helfen darf?«

Sie verengte die Augen, neigte den Kopf beim Abwägen leicht nach links und rechts.

»Wenn du mir nicht sagen möchtest, was du von Pares brauchst, meinetwegen. Aber wenn du meine Hilfe willst, sollte ich wenigstens wissen wobei, findest du nicht?«

Sie zuckte lieber mit den Schultern, als ihm zuzustimmen.

So sehr sie es genoss, mit ihm zu sprechen und so stolz sie darauf war, dass ihre Stimme nicht mehr ständig brach, dieser Regelbruch machte sie schrecklich müde. Außerdem gingen manche Dinge leichter von der Hand als über die Lippen.

Sie legte ihren Block auf die oberste Stufe und begann aufzuschreiben, was passiert war, ohne zu erwähnen, worum es wirklich ging. Dass sie sterben würde und Unsterblichkeit erlangen wollte, konnte sie unmöglich verraten. Den Rest versuchte sie möglichst wahrheitsgetreu zu Papier zu bringen.

Noah verschlang den Kurzroman, den sie in einer durch den Untergrund und den billigen Kuli krakeligen Schrift verfasst hatte. Die meiste Zeit schwieg er. Gelegentlich entglitt ihm ein Laut, den Klarabell nicht zuordnen konnte. Ein Blick hier und da. Meistens begleitet von einem schiefen Lächeln, das sie unruhig hin und her rutschen ließ.

Als er fertig war, hatte sie ihren rechten Daumennagel schon komplett heruntergekaut. Ihre Nagelhaut leuchtete empfindlich rosa.

Dass sie manchmal schroff und distanziert zu ihm war, bedeutete nicht, dass sie nicht wollte, dass er gut von ihr dachte.

Noah schüttelte leicht den Kopf. Die Einfachheit, die Pares' Gefallen vermittelte, schien ihn zu beruhigen. Aber eine Restskepsis schien zu bleiben.

»Du brauchst nichts weiter dazu zu sagen«, wehrte sie jeden Kommentar von ihm ab. »Überleg es dir. Wenn du dabei bist, komm heute um sieben zum Reihenhaus.«

Mit diesen Worten stand sie von den dreckigen Stufen auf. Das Blatt Papier, von dem sie nicht wusste, ob sie es überhaupt hätte schreiben sollen, ließ sie zurück. Sie wollte es nicht sehen. Es erinnerte sie an ihre pochenden Zweifel. Hatte sie zu viel verraten? Hatte sie sich damit selbst sabotiert?

Sie wünschte sich, sie hätte wie üblich Cassandra um Rat bitten können. Durch ihren Zuspruch gewann sie normalerweise Vertrauen in ihre Entscheidungen. Aber das ging nicht. Vor allem, seit Noah involviert war.

Die Cousinen hatten sich früher so nahegestanden, dass Pech und Schwefel vor Neid erblasst wären. Trotzdem war der in der Luft schwebende Deal mit Pares bereits das zweite Geheimnis, das Klarabell vor den anderen beiden verbarg.

Das erste Geheimnis hatte seine Wurzeln einige Jahre zuvor geschlagen, als Onkel Oskars zweite Hochzeit ins Haus stand.

Am Abend nach dem Probeessen fuhren alle zu Großmutter Editas Anwesen außerhalb der Stadt. Klarabells Mutter hatte ihre Geschwister ewig nicht gesehen und gab sich größte Mühe, sich nicht mit ihnen zu streiten. Damals wohnte Cassandra noch mit ihren Eltern in einer Kommune im Herzen Amsterdams. Morgana war eine ausgelassene, fröhliche Elfjährige und Klarabell diente noch nicht als Lieblingszielscheibe für ihre Stimmungsschwankungen.

Knapp eine Stunde nach ihrer Schlafenszeit schlüpfte sie aus dem Klappbett in der Bibliothek, das sie sich mit Morgana teilte. Den Flur entlang zu schleichen war wie durch ein Minenfeld aus Geräuschen zu tasten. Ein falscher Schritt auf den alten Dielen konnte die Stille ruinieren. Darum ging sie mit den Zehen voran wie die hübschen Frauen in den Lateintanz-Wettbewerben, die ihre Mutter gerne im Fernsehen ansah. Ihre Finger schwebten über dem polierten Geländer der Galerie, als könnte sie jederzeit die Balance verlieren.

Sie versuchte, an stille Dinge zu denken, in der Hoffnung, es würde sie leiser machen. Mäuse. Katzenpfoten. Wind auf weiten Wiesen ohne Bäume. Gedanken anderer – zumindest für alle im Haus, außer Großmutter Edita und Morgana.

An der Treppe hielt sie inne. Dieser Abend fand vor ihrem Wachstumsschub statt - wenn man ihn so nennen konnte –, trotzdem ging sie in die Hocke. Sie rutschte mit dem Hintern so nah an ihre angewinkelten Knie wie möglich. Die gitterartige Balustrade war ein dürftiges Versteck. Wenn man sie spät nachts außerhalb ihres Bettes erwischte, noch dazu, wenn sich Leute außerhalb ihres Inneren Kreises und ihrer Blutsverwandtschaft im Haus aufhielten, gäbe es ein Riesendonnerwetter. Aber sie konnte dem Lockruf nicht widerstehen, der zusammen mit einem schmalen Lichtkegel aus dem Arbeitszimmer strömte.

Mit zwölf Jahren konnte sie an zwei Händen abzählen, wie viele Stimmen gewöhnlicher Menschen sie in diesem Haus gehört hatte. Keine davon war vergleichbar mit der von Noah Küşat gewesen.

Kratzig oder fiepsig durch die Pubertät und im nächsten Augenblick dunkel wie geschmolzene Zartbitterschokolade. Sie schwankte wie Klarabells flacher Atem, während sie ihn beim Einstudieren eines Gedichtes belauschte. Immer wieder hörte sie ihn zu sich selbst murmeln. Gleich darauf kratzte ein Stift über knisterndes Papier.

Hat er die Zeilen selbst geschrieben?

Diese neue Stimme im Haus fesselte sie wie das Licht eine vorwitzige Motte. Sie kannte die Regeln, doch ihre Neugier war stärker. Zurückblickend war das einer der seltenen Regelbrüche, die sie bis zum April vor ihrem achtzehnten Geburtstag begangen hatte.

Nur dieses eine Mal, versprach sie ihrem Gewissen. Dabei umfasste sie mit einer Hand die Balustrade, die andere legte sie auf den Rücken und kreuzte die Finger. *Nur dieses eine Mal.*

Wann immer Noah von diesem Abend an mit auf eines der Familienfeste geschleppt wurde, nutzte Klarabell ihre Chance, durch ihn einen Blick auf die Außenwelt zu erhaschen. Weihnachten, ihr Geburtstag und Ostern fielen zusammen, wenn sie oben am Geländer in der Dunkelheit versteckt lauschte, während er im Flur oder auf der Terrasse telefonierte. Oder wenn er spät nachts ein selbstgeschriebenes Gedicht für einen Poetry-Slam einstudierte.

Aus den Gesprächsfetzen puzzelte sie sich ein Bild davon zusammen, wie das Leben eines normalen Teenagers aussah. Mit gespitzten Ohren horchte sie nach Veränderungen in Noahs reifender Stimme, bis sie ihr so vertraut war wie der Anfangsbuchstabe ihres Vornamens.

Schrille Töne, die von seinen Stimmbändern flohen, wichen einer soliden, märchenerzählerhaften Klangfarbe. Durch sie wünschte sich Klarabell zu schrumpfen, bis sie wieder jung genug für Gutenachtgeschichten war. Noahs Lachen vereinnahmte sie am meisten. Es ließ sie wohlig warm im Innern werden wie ein Kaminfeuer. Es brachte binnen eines Atemzugs Sterne zum Funkeln und Herzen zum Explodieren vor lauter Glück.

Es war ein Spiel gewesen, nichts weiter. Zumindest anfangs. Harmlos, versprach sie sich. Aber das sahen nicht alle so.

Ihre nächtlichen Spaziergänge nahmen ein jähes Ende, als Cassandra sie etwa drei Jahre nach Onkel Oskars Hochzeit im Treppenhaus erwischte. Ihre vernichtenden Blicke hatten sie zurück auf den Boden der Tatsachen geholt.

Mit ihrem neuen Geheimnis würde sie vorsichtiger umgehen. Auch wenn sie nicht sicher war, wie sie Noah und die ganze Wahrheit aneinander vorbei jonglieren sollte.

SIEBEN

Wie ein Wolf auf der Pirsch zog sie ihre Kreise durch das Musikzimmer. Ihre in einen Dutt gezwungenen Locken wippten unter ihrem strammen Schritt auf und ab. Sie versank so tief in ihren Überlegungen, dem Für und Wider in ihrem schmerzenden Kopf, dass sie beim Schellen der Türklingel zusammenzuckte.

War es schon so spät? Im Vorbeigehen warf sie einen Blick auf die Uhr im Flur und gab Entwarnung für ihr Zeitgefühl. Dreiviertel sieben. Noah war bloß überpünktlich.

Das komplette Untergeschoss wurde vom Dunst der Jasmin-Räucherkegel erfüllt, die Klarabell seit ihrer Ankunft im Haus ununterbrochen anzündete. Es roch so intensiv, dass ihr Stiefcousin kurz in einen Hustenanfall verfiel, als er sich auf ihre Anweisung hin aufs Sofa setzte. Sie faltete sich im Schneidersitz auf den Schaukelstuhl und legte sich die wild gemusterte Decke über die Beine, die Großmutter Edita begonnen und die Cassandra fertig gestrickt hatte. Der Übergang war durch eine harte Kante und einige Strickfehler deutlich zu erkennen.

Noah schenkte sich ungefragt ein Glas aus der Karaffe auf dem Couchtisch ein, die für eine bessere Wasserqualität mit einem Rosenquarz, einem Bergkristall und einem Achat bestückt war. Danach reichte er Klarabell ihres, an dessen Rand Überreste ihres nudefarbenen Lippenstiftes klebten.

Die Situation wirkte surreal. Ob sie eingeschlafen war? Warum sonst saß der Sohn von Onkel Oskars zweiter Frau, den sie früher immer belauscht hatte, jetzt auf ihrem Sofa und trank Wasser, als wäre es das normalste der Welt? Als kenne er nicht einen zwielichtigen Unsterblichen, der ihr einen verlockenden Deal angeboten hatte. Es musste ein verkorkster Traum sein. Fragte sich bloß, ob es seiner oder ihrer war.

»Danke, dass du gekommen bist. Und bitte entschuldige wegen vorhin.«

Und obwohl dieses luftig-leichte Lachen jemandem gehörte, der zugegebenermaßen mit Pares verstrickt war, wollte es nicht in Klarabells Kopf hinein, wie Noah und der Untergrund zusammenpassten. Wie viel war an der König Midas Geschichte dran? War er wirklich hineingeschlittert und hatte es mit seinem glücklichen Händchen geschafft, heil herauszukommen, oder täuschte er sie?

Was, wenn er nie ausgestiegen ist und Pares ihn geschickt hat, um mich im Auge zu behalten?

»Je früher wir dich aus diesem ominösen Schlamassel, in den du dich gebracht hast, rausholen, desto besser. Also, wo ist das Ding?«

Er klang, als rede er über ein Gurkenglas, das er für sie öffnen sollte. Dabei ging es um ihre Gegenleistung für Pares' Teil der Abmachung. Bevor dieser sie zu Dr. Zhou geschickt hatte, hatte er eines unmissverständlich klargemacht: Nicht nur die Unsterblichkeit hatte ihren Preis, sondern auch er.

Was der hagere Mann mit der tätowierten Zunge von ihr verlangte, daraus wurde sie nicht schlau. Noah schien es ähnlich zu gehen.

»Ich nehme an, du sollst keinen Kuchen in einen Traum bringen, um den Umsatz der Wolff-Familienkonditorei zu steigern«, feixte er ihrer versteinerten Miene zum Trotz.

Mühsam kroch sie aus dem Wollkokon, in dem sie es sich gerade bequem gemacht hatte. Aus ihrer Handtasche auf einem der Stühle am Esstisch barg sie einen Briefumschlag. Darin befand sich der Gegenstand, den Pares ihr in seiner Wohnung übergeben hatte. Ein unscheinbarer Papierkranich mit abgeknickten Ecken und unsauber gefalteten Kanten.

Eindringlich musterte Noah das harmlos anmutende Ding und tastete es nach versteckten Haken ab.

»Und *das* sollst du in einem Traum platzieren?«, zitierte er ihre Nachricht skeptisch. »Wie soll das gehen? Und wozu?«

»Prinzipiell geht das schon«, erklärte sie mit dem Daumennagel an den Lippen. »Vorausgesetzt der Eindringling …«

»Also *du*.«

»Vorausgesetzt, *ich* kann Träume beeinflussen und unabhängig vom Träumer Gegenstände einflechten. Das ist je nach Aufwand und Kompatibilität der involvierten Personen schwierig, aber nicht unmöglich. Du darfst das nicht so verstehen, als würde ich dir in echt einen Kuchen backen und im Traum servieren. Natürlich wird nur ein Abbild transportiert. Die *Idee* des Kuchens, verstehst du? Dabei musst du im Hinterkopf behalten, woraus Traumdimensionen bestehen.«

»Wieso Plural?«

Sie hielt sich bewusst davon ab, nicht mit den Augen zu rollen. Was für sie Grundwissen war, stellte für ihn verständlicherweise Neuland dar. Es war unfair, ihm das übelzunehmen, nur weil seine gelassene Art ihre Nervosität schürte. Unter anderen Umständen hätte sie sein ehrliches Interesse gefreut. Er hing förmlich an ihren Lippen.

»Nicht alle Menschen sind auf einer Wellenlänge. Ihre Geister bewegen sich in verschiedenen Sphären, die sie selbst mitgestalten. In erster Linie bilden sich Traumdimensionen aus dem Unterbewusstsein des Schläfers.«

»Moment. Mein Unterbewusstsein reist im Schlaf in eine Traumdimension, die es gleichzeitig erschafft? Wie kann ich an einen Ort reisen, der aus mir besteht? Bin ich nicht bereits da?«

Klarabell blies die angestaute Luft aus ihren Lungen und schürzte die Lippen beim Überlegen. Darauf hatte sie keine Antwort, die sich aussprechen ließ. Sie stand auf und drehte ein paar Runden, während Noahs Blick jedem ihrer Schritte folgte.

»Ich fürchte, das muss man als Traumwandler erleben, um es zu verstehen. Es ergibt Sinn, nur nicht in *dieser* Realität. Kannst du dir vorstellen, du würdest auf Luft laufen, die du dir unter die Füße pustest?«

Seine hochgezogenen Augenbrauen sprachen Bände.

»Als würdest du einen Pullover tragen, den du gerade aus deinen eigenen Haaren strickst.«

»Du hörst dich selbst reden, oder?« Sie war nicht sicher, ob er *mit* ihr oder *über* sie lachte. Als sie nicht mit einstimmte, räusperte er die Erheiterung weg.

»Wenn du was Eigenes in den Traum einbringst, heißt das, du pflanzt etwas in den Kopf von jemand anderem?«

»Salopp gesagt: ja.«

Geräuschvoll ließ sie sich zurück in den Schaukelstuhl fallen und wickelte die Wolldecke um ihre Beine. Obwohl der relativ warme Tag das Zimmer durch die großen Fenster aufgewärmt hatte, fror sie. Vor allem ihre Füße fröstelten. Sie krallte die Zehen in den grobmaschigeren Teil der Decke, zog ein Knie hoch und legte ihre Stirn darauf. Zusammengerollt wartete sie auf eine Reaktion.

»Klingt fast zu einfach«, sinnierte Noah, nachdem er die Information eine Weile hatte sacken lassen. Währenddessen betrachtete er den Papierkranich.

Wenn du wüsstest, was ich im Gegenzug bekommen soll.

»Traumhaft, nicht wahr?« Das Wortspiel schmeckte genauso schlecht, wie es war.

Bei dem Gedanken, wie verführerisch Pares' Angebot klang, stieg ihr die Magensäure die Speiseröhre hoch. Die ersehnte Rettung vor dem sicheren Tod baumelte direkt vor ihrer Nase, dekoriert mit Geschenkband und Schleifchen. Damit konnte sie das Schicksal buchstäblich im Schlaf austricksen. Es war lächerlich leicht. Beängstigend leicht.

In der hintersten Ecke ihrer Gedanken hallte ein Echo wider. Blechern scheppernd und unerträglich laut. *Greif zu. Greif zu. Greif zu.*

Nein, nicht ohne zu wissen, zu welchem Preis! Nicht ohne die ganze Geschichte zu kennen.

Sonst bin ich nicht mehr als eine Marionette, die die Drecksarbeit für Pares erledigt. Entweder das oder so gut wie tot.

Was sie von dem Unsterblichen unterschied, war ihre noch nicht zerschnittene Menschlichkeit mit all ihren Verästelungen oder was auch immer Dr. Zhou finden würde, wenn er den Eingriff tatsächlich durchführte. Es fühlte sich richtig und *intakt* an, zu zweifeln. Aber was war, wenn sie diese Prinzipien am Ende das Leben kosteten?

Ihr graute davor, Pares' Bedingung nicht erfüllen zu können, sobald sie erfuhr, was sie einem fremden Menschen antun sollte. War es doch besser im Dunkeln zu tappen, als zu viel zu wissen?

Wie würde sie eher eine Ewigkeit mit sich selbst ertragen?

Sie wusste nicht, wovor sie sich mehr fürchtete. Vor ihrem Schicksal, dem Biest, das ihr seinen feuchten, fauligen Atem in den Nacken blies, oder vor dem Monster, das in ihren eigenen Schatten lauerte? Möglicherweise hatte es immer dort gehaust, ohne dass sie es wusste. Vielleicht war sie jemand, der über Leichen ging, gesteuert von einem rohen Überlebenswillen oder gar einem angeborenen Killerinstinkt.

Selbstekel kroch in ihr hoch.

Jeder hat seinen Preis. Welcher war ihrer?

Das lechzende Ungeheuer – nichts als Klauen und Zähne und gesträubte Borsten – musste nicht ihr Ende bedeuten. Es konnte ein gewöhnlicher Albtraum sein, der auf sie wartete. Immerhin war ihrer Ansicht nach niemand durch und durch *böse*. Möglicherweise hatte Pares in einem Winkel seines Herzens etwas für diese Frau übrig, deren Traum sie manipulieren sollte. Vielleicht sollte sie bei einem Versöhnungsversuch oder Liebesbeweis assistieren. Es konnte eine letzte gute Tat für eine Verflossene sein, ein besonderes Dankeschön, das Pares nur mit einer Traumwandlerin übermitteln konnte. Liebesgrüße aus einer anderen Dimension.

Der Gedanke gefiel ihr. Er blies frische Luft in ihre zusammengezogenen Lungen.

»Klara?«

Noah! Sie hatte ihn völlig vergessen, genauso wie die Zeit. Allmählich entwickelte sich diese Tagträumerei zu einer lästigen Angewohnheit.

»Du siehst blass aus. Trink lieber einen Schluck.«

Er hielt ihr das Glas Wasser hin, von dem sie noch nichts getrunken hatte. Ihre zittrigen Hände konnten aber einfach nicht greifen.

»Es ist okay, sich zu fürchten. Aber bald hast du's hinter dir.«

»Das Reden macht mich nur müde … Es ist anstrengend. Sonst nichts.« Sie merkte kaum, dass sie den letzten Satz leise wiederholte. Es fiel ihr allmählich schwer, sich zu konzentrieren.

Tut mir leid, gebärdete Noah langsam. *Willst du dich ein bisschen hinlegen, bis es dir besser geht?*

Energisch schüttelte sie den Kopf. Schlaf – Träume – das war das Letzte, was sie jetzt brauchte. Egal wie sehr ihr erschöpfter Körper um Ruhe bettelte.

Nein, es geht gleich wieder, antwortete sie.

Sie schnappte sich das Glas und trank es beim Aufstehen in einem Zug aus. Dann flüchtete sie vor Noahs Fürsorge hinaus an die frische Luft.

Irritiert vom Hin und Her in ihrer Brust – vertrauen oder nicht, Schwäche zeigen oder bluffen – verschränkte sie die Arme. Sie blickte zum Himmel, den die Dämmerung lila, orange und rosa färbte. Zu ihrer Erleichterung wartete Noah ab, bis sie von alleine zurück ins Wohnzimmer tapste.

Ihr erster Impuls war, weiter zu gebärden, doch ihr Stolz hinderte sie daran. Sie wollte nicht zerbrechlich wirken.

»Ich dachte, es hätte geklingelt.«

Er übersah diese offensichtliche Lüge wohlwollend. Mit einem wissenden Zwinkern biss er in die bereitgestellten Hafer-Dinkel-Kekse auf dem Couchtisch. Seinem Gesichtsausdruck zufolge bereute er das sofort.

»Sag mal, hast du zufällig einen Anzug in deinem Kofferraum?«, frage sie unvermittelt.

»Nur leere Cola-Dosen, drei Kilo feinstes Kokain und eine tote Crack-Hure. Ausgerechnet heute habe ich meinen Anzug vergessen.«

Für einen Augenblick sah sie ihn entsetzt an. Beschämt wandte sie den Blick ab, als er sich vor Lachen an seinem Keks verschluckte.

»Sowas traust du mir zu?«

Wenn jemand in Verbindung zu Pares Wolff stand, traute sie dieser Person *alles* zu. Sich selbst eingeschlossen. Insgeheim betete sie, dass für ihre Zielperson das Gleiche galt. Dass sie bei näherem Hinsehen auf einen Stapel Leichen im Keller stieß, der sie scheinheilig rechtfertigen ließ, was der Unsterbliche von ihr verlangte.

Der Garagensender spielte das Duo Boy so leise, dass man es unter der Navi-Stimme kaum hörte. Gelangweilt verkündete diese, dass sie ihr Ziel erreicht hatten. »Drive Darling«, forderten die beiden Frauenstimmen im Radio dagegen, während Noah den alten Golf seines Vaters mit verblüffender Leichtigkeit in eine enge Parklücke zwängte.

»Wir sind da. Verrätst du mir jetzt, warum wir hierher gefahren sind?« Stirnrunzelnd sah er aus dem Fahrerfenster, als er den Schlüssel zog. »Die Location ist ein bisschen übertrieben für ein erstes spontanes Date, findest du nicht?«

Das schelmische Grinsen auf seinen Lippen wich einer zunehmenden Röte, als Klarabell empört nach Luft schnappte. Seine Finger trippelten unruhig auf dem Lenkrad herum und sein Blick schien geradewegs ein Loch durch selbiges bohren zu wollen.

»War bloß ein dummer Spruch, entspann dich.«

Er zwinkerte, um der angestrengten Heiterkeit in seiner Stimme Nachdruck zu verleihen. Flüchtig stimmte sie in sein Lächeln ein. Kurz war es so, als gäbe es für sie keine größeren Probleme als Wortklauberei und das empfindliche Ego junger Menschen.

»Im Ernst – was machen wir hier?«

»Hast du dich schon mal auf eine Party geschlichen?«

Eine rhetorische Frage. Dank des nächtlichen Lauschens von früher und Morganas Hang zur Plauderei wusste sie bestens über sein Hobby Bescheid. Er verkniff sich mehr schlecht als recht ein Schmunzeln und zuckte mit den Schultern.

»Ich möchte, dass du mich auf eine Party schmuggelst … Bitte.«

»Wieso?«

»Als ich Pares gefragt habe, in wessen Traum ich eingreifen soll und wer diese Adela Vendt sei, hat er so getan, als sei das nicht von Bedeutung. Wie kann das nicht von Bedeutung sein?« Sie warf die

Hände in die Luft. »Er meinte, wenn ich sie unbedingt mit eigenen Augen sehen will, soll ich heute Abend zu dieser Adresse kommen.« Sie nickte aus dem Fenster in Richtung des verglasten, romantisch beleuchteten Gebäudes am Rhein.

»Woher der Sinneswandel?«

Es war erstaunlich, wie Noah mehr Interesse für Pares' Beweggründe zu haben schien als für ihre. Was ihren Wunsch, über die Vergangenheit der beiden aufgeklärt zu werden, weiter nährte.

»Er sagte, es sei nur fair, dass ich sie vorher sehe.«

»Pares sagt man einiges nach, aber fair zu sein ist sicher nicht unter den Top fünf. Er hat ein Faible für gute Shows. Drama. Klara, keine Spur, auf die er uns lenkt, ist besonders vertrauenswürdig.«

Sie schürzte die Lippen. *Uns?*

»Tja, das ist die einzige Spur, die ich habe. Heute Nachmittag habe ich im Internet recherchiert - und absolut nichts gefunden.«

»Gar nichts?« Während er aufzählte, schüttelte sie den Kopf, dankbar, keinen Monolog führen zu müssen. »Keine Instagram-Seite? Kein YouTube-Account? Nicht mal ein eingestaubtes Myspace-Profil mit einem Titelsong, den seit zehn Jahren niemand mehr gehört hat? Hm … Hast du es mit der zweiten Seite der Suchmaschine probiert?«

Sie zog herausfordernd eine Augenbraue hoch.

»Merkwürdig, oder? Nach den Regeln des Internets existiert diese Frau nicht.« A*ls wäre sie ein Geist. Vielleicht hat sie tatsächlich etwas zu verbergen und gründlich aufgeräumt.*

»Dann bleibt uns wohl wirklich nur die Studie am lebenden Objekt«, räumte Noah ein.

Mit keiner weiteren Spur als einer Adresse und einem Dress-Code, stiegen die beiden aus dem Wagen. Er in einer dunklen Jeans und seinem einzigen Sakko, das er schnell von zu Hause geholt hatte, sie in einem Etuikleid, das ihre Kurven betonte. Sie steuerten auf ein Hochhaus am Rheinufer zu.

Klarabell reihte sich bei einer Gruppe sich rege unterhaltender Leute ein, in der Hoffnung, unter ihnen an der Einlasskontrolle vorbeischlüpfen zu können. Da schnappte Noah sie am Arm. Er brachte sie in eine kleine Seitengasse, die zum Hintereingang führte.

»Du kennst dich ja aus«, wisperte sie ihm zu. »Ist wohl nicht dein erstes Mal hier?«

»Vielleicht.« Triumphierend zog er einen Mundwinkel hoch, wodurch seine Grübchen besonders zur Geltung kamen.

Es war ein Kinderspiel für ihn, den Türsteher am Hintereingang davon zu überzeugen, dass er und seine Begleitung nirgendwo anders hingehörten als in *dieses* Gebäude, auf *diese* Wohltätigkeitsveranstaltung. Es kam Klarabell wie ein Wunder vor, wie leichtfertig ihr Stiefcousin den bulligen jungen Mann dazu brachte, ihm einen Gefallen tun zu wollen. Die beste Möglichkeit dafür war es, Noah zu ersparen sich mit dem Rest der Gäste am Haupteingang die Füße platt zu stehen. Daran, dass er eine Einladung hatte, wurde nur kurz gezweifelt. Dafür tischte Noah eine erlogene Erklärung, die gerade glaubhaft und kurz genug ausfiel, um nicht abgedroschen zu klingen.

Sein Spitzname hätte kaum treffender sein können. Was König Midas anfasste, verwandelte sich tatsächlich in pures Gold. Während andere an angesagten Clubs scheiterten, schienen ihm und seinem aufrichtigen Charme Tür und Tor offen zu stehen. Zumindest hier. Ehe Klarabell sich versah, winkte der Türsteher die beiden Hochstapler in das Gebäude.

Mit einem fröhlichen Bing schloss sich die Fahrstuhltür, begleitet von Klarabells erleichtertem Ausatmen. Eine unerwartete Wärme schmiegte sich an ihre Schulter und ließ sie kurz den Atem anhalten, bis Noah seine Hand wieder wegzog.

»Wir sind drin, das ist die halbe Miete. Wenn wir oben ankommen, tu einfach so, als würdest du dazugehören. Versuch, gelangweilt auszusehen, und alle werden denken, du begleitest ständig jemanden auf solche Veranstaltungen.«

Während sie sich bemühte, sich seine Tipps einzuprägen, stiegen die Zahlen an der Aufzuganzeige in die Höhe. Mit jedem Stockwerk sammelte sich mehr Schweiß in ihren vor Anspannung geballten Fäusten. Ihr ganzer Körper stemmte sich gegen die Fahrtrichtung des Aufzugs. Wollte sie wirklich wissen, was hinter der silbergrauen Schiebetür lag?

Bevor sie sich versah, war es zu spät, um in einem tieferen Stockwerk aus dem Lift zu hechten. Hinter den Fahrstuhltüren breitete sich eine völlig neue Welt aus. Statt unter der Glaskuppel eines Hochhauses landeten sie mitten in Shakespeares Sommernachtstraum. Die runden Tische aus verspiegeltem Glas waren eingebettet in eine üppige florale Dekoration. Bronzen angesprühte Baumstämme ragten neben dem Aufzug empor, aus dem sich Klarabell nun übervorsichtig tastete. Die bunten Glasblätter, die von den Ästen baumelten, tauchten den Raum in ein verträumtes, fast hypnotisches Licht. Die Luft roch nach reifen Beeren und sonnengetrocknetem Moos. Irgendwas war ihr beigesetzt, um den Eindruck zu vervollständigen.

Jeden Moment erwartete Klarabell, dass Oberon und Titania zwischen den fein gekleideten Gästen hervorsprangen. Stattdessen erhaschte sie einen Blick auf eine Ballerina in einem metallicgrünen Kleid, die auf einem Tisch in der Mitte des Raumes zu Harfenmusik auftrat. Ihr Make-up hätte jedem Papageien Konkurrenz gemacht und ihre Tattoos, die durch den rückenfreien Ausschnitt zur Schau gestellt wurden, tanzten unter jeder Bewegung der sehnigen Frau mit.

Ohne dass sie es wollte, klappte Klarabells Kinnlade herunter. Schmunzelnd schob Noah ihren Mund mit einer sanften Handbewegung zu. Versunken im Staunen bemerkte sie seine Berührung kaum.

Dieser Ort bot alles, was für Empathisch Hochbegabte wie Klarabell verboten war. Kräftiger Beerengeruch strömte nicht nur aus Lufterfrischern, sondern auch aus den Cocktailgläsern der Gäste, die sich am unberührten Buffet bereits Appetit holten. Die Tische bogen sich unter Häppchen von verblüffender Finesse. Wo man hinsah – Alkohol, Völlerei und Menschen, die hemmungslos miteinander sprachen, ohne über Nebenwirkungen nachdenken zu müssen. Versuchung, so weit das Auge reichte.

Wie magisch davon angezogen richtete sich Klarabells suchender Blick auf ein gestikulierendes Händepaar. Nein, nicht gestikulierend – gebärdend. Ein Schwall Erleichterung schwappte über sie bei dem vertrauten Anblick, der Sicherheit und Ordnung im Chaos vermittelte. Die gepflegten Hände gehörten einer Wahrsagerin. Unweit von ihr entfernt unterhielt die Frau die Gäste mit kurzen Prognosen und Ratschlägen. Sie trug die obligatorische weiße Porzellanmaske in Tiergestalt und eine goldene Perücke, ähnlich wie Klarabells Wahrsagerin und sie selbst zum letzten Vorhersagetermin.

Schlagartig fühlte sie sich zurückversetzt an den Tisch, auf dem Tarot-Karte für Tarot-Karte ihre Hoffnungen für die Zukunft in Schutt und Asche gelegt worden war. Sie erinnerte sich genau an den leblosen Ausdruck der Eulenmaske ihr gegenüber.

Am liebsten wäre sie zu der Wahrsagerin gegangen, um mit jemandem in ihrer Sprache zu kommunizieren und sich ein bisschen weniger wie in einem Hyänengehege zu fühlen. Doch die Nachwehen von ihrem letzten Treffen mit einer ihrer Kolleginnen schreckten sie ab.

Wäre die Welt noch im Lot gewesen, hätte sie in ein paar Jahren auf ihrer Seite der Wohltätigkeitsveranstaltung stehen können. Hinter einer eigenen Maske, die sie von den Worten der Menschen außerhalb ihres Inneren Kreises schützte und sie Unterhaltungen mit Gesten statt Geplapper führen ließ. Aber sie stand auf der falschen Seite, wo zwei Hostessen, die Zwillinge hätten sein können, sie mit eingemeißeltem Lächeln begrüßten.

Drei skeptische Schritte weiter hielt ihr eine Kellnerin ein Tablett mit Canapés unter die Nase, die verboten köstlich aussahen – und nach allem, was Zuckerflash und Albträume bereiten konnte. Klarabell spielte einen Augenblick lang mit der Versuchung, lehnte jedoch stumm dankend ab.

Jedes an sie gerichtete Wort der Fremden schoss schmerzhaft prickelnde Adrenalinschübe durch ihren Körper. Was ihr am meisten Angst machte, war, dass sie nicht mehr wusste, ob aus Furcht oder Ekstase. Sie holte tief Luft, um ihre aufkeimende Panik auszuatmen. Wenn sie diesen Abend unentdeckt überstehen wollte, durfte sie sich nicht dagegen wehren, Teil dieser Welt auf der anderen Seite der Masken zu sein.

Denk daran, was Morgana gesagt hat. Lebe, solange du noch kannst. Nimm alles mit, was dir zwischen die Finger kommt.

Das Nächstbeste in ihrer Reichweite war ein Sektglas vom Tablett einer weiteren Kellnerin. Sie stürzte es herunter und verschluckte sich prompt. Reue und kribbelnde Kohlensäure stiegen in ihre Nase.

Anders als sie sah Noah kein Problem darin, sich bereits kurz nach seiner Ankunft mit Süßigkeiten und Miniaturspeisen zu verwöhnen wie alle anderen. Niemandem schien negativ aufzufallen, dass er und Klarabell den Altersdurchschnitt deutlich senkten. Er fügte sich so wunderbar in den Menschenwald ein, dass Klarabell für einen Moment fürchtete, ihn aus den Augen verloren zu haben. Erleichterung flutete sie, als sie den zukünftigen CEO der »Strahlemann und Söhne AG« bei zwei Damen und einem eleganten Herrn wiederfand, die ihn umschwärmten.

Noah ab und an im Blick zu haben reichte ihr. Statt zu ihm zu gehen, wanderte sie tiefer in den gläsernen Wald hinein. Sie tastete sich durch Wolken schweren Parfüms und Gesprächsfetzen. Wie sollte sie Adela Vendt hier jemals erkennen?

Bevor sie merkte, dass sie sich auf ihrer blinden Suche in der Menge verlaufen hatte, riss sie das helle Geräusch eines auf Glas schlagenden Messers aus ihrer Trance.

Die Gäste setzten sich in Bewegung, schoben sich an ihr vorbei. Überfordert von der ausgearteten Reise nach Jerusalem drehte sie sich um die eigene Achse. Die Tische füllten sich und nirgendwo war Platz für sie. Gleich würde sie wie ein Leuchtturm herausstechen! Sie schlug Haken wie ein flüchtendes Kaninchen. Hauptsache raus aus der Masse, an den Rand des Getümmels. Sie stolperte gerade noch rechtzeitig durch die Schwingtür zur Damentoilette, bevor sich Stille über die Gäste legte und ein verschnupft klingender Mann das Wort ergriff.

Erst als sie sich gegen die Waschbeckenzeile aus Marmor fallen ließ, stoppte sie. In gold- und korallenfarbenes Licht getaucht, erkannte sie ihr Spiegelbild kaum wieder. Nervöse rote Flecken tüpfelten ihre Haut und ihre Pupillen waren auf Stecknadelkopfgröße geschrumpft.

Sie drehte den Wasserhahn auf, damit nicht mehr von der Rede bis zu ihr drang als Fetzen von Applaus. Mit beiden Händen klatschte sie sich das kühle Nass gegen die heißen Wangen.

Wie wollte sie Pares' Deal und dessen Konsequenzen trotzen, wenn sie wegen einem klingenden Glas die Nerven verlor?

Bei dem Gedanken schüttelte sie eine Mischung aus Würgereiz und Schluckauf. Sie klemmte den Daumen fest in ihre Faust, um sich nicht daran zu vergreifen. Abgekaute Nägel sahen nicht fein aus. Sie würden sie verraten. Alles an ihr schrie »Betrügerin«. Der Geruch von Scham und abgebrannten Brücken zu ihrem alten Leben hing an ihr wie Kaugummi in langen Haaren.

Applaus, Applaus.

Worüber die draußen wohl redeten? Sie wusste nur grob, dass es um das Sammeln von Spenden und ein paar Preise für gemeinnützige Zwecke ging.

Komm schon, reiß dich zusammen!

Ein letztes Mal Seufzen, ein letztes Mal die nassen Wangen abwischen. Das Kleid zurechtrücken, damit es an anderen Stellen kniff. Dann musste sie wieder raus.

Auf drei. Eins, zwei …

Weiter kam sie nicht.

Während sie sich mit ihren liebsten inneren Dämonen in einer Blase einkapselte, war die letzte verbliebene Person hier drin aus der Toilettenkabine getreten.

»Bitte schön.« Eine Dame im marineblauen, bodenlangen Kleid hielt Klarabell ein Spitzentaschentuch unter die blasse Nase. Dabei strich sie sich die blonden, leicht gräulich durchzogenen und zu künstlichen Korkenzieherlocken aufgedrehten Haare über die Schulter. In den oberen Teil ihrer Frisur waren viele kleine Bergkristalle eingearbeitet, die in der Bewegung funkelten.

»Alles in Ordnung?«

Einen Moment lang starrte Klarabell die Frau mit dem milden Lächeln und den müden Augen an, bevor sie sich mit dem Stück Stoff zögerlich das Gesicht abtupfte. Nachdem sie es an den Waschbeckenrand gelegt hatte, statt in die Hand der Fremden, besann sie sich auf ihre Erziehung. Sie hob ihre Hand zu den Lippen, um ein stummes »Danke schön« anzudeuten.

Gerne, gebärdete die Blondine. Leicht irritiert legte sie den Kopf schief, während sie den Wasserhahn abdrehte. *Hast du dich verlaufen?*

Klarabells Kopfschütteln wischte den mütterlich besorgten Ausdruck aus ihrem Gesicht. Je mehr er wich, desto größer wurden ihre dunkelblauen Augen.

Ich wusste nicht, dass wir heute so gehobene Gäste empfangen. Eine Empathisch Hochbegabte wie du.

Klarabell hätte sich am liebsten geohrfeigt. Warum sprach sie nicht? Wenn Morgana ständig mit Fremden redete, konnte sie es schon lange! Doch die Worte steckten ihr quer im Hals fest.

Ich bin tatsächlich gehörlos, log sie reflexartig. *Tut mir leid, dich enttäuschen zu müssen.*

»Nicht doch!«, rief die Dame ihrer Behauptung zum Trotz. *Wie unachtsam von mir. Das muss dir ständig passieren. Verzeihung.*

Beschwichtigend hob Klarabell die Hände. Sie wollte die freundliche Fremde gerne wieder loswerden. Mit Gästen ins Gespräch zu kommen, war weder geplant, noch fühlte es sich sicher an. Im Gegenteil. Mit jeder Fingerbewegung, jeder Geste wurden ihre Handflächen verschwitzter und ihre Beine unruhiger. Sie scharrten auf den gebohnerten Fliesen, bereit zum Sprint.

Hast du geweint?, fragte die Dame.

Kontaktlinsen, logen Klarabells flinken Hände erneut.

Gut. Lass uns besser wieder gehen, sonst verpassen wir die ganze Show.

Die Fremde bedachte sie mit einem herzlichen Lächeln, während sie sich bereits mit strammen Rückwärtsschritten auf die Tür zu bewegte. Gebannt folgte Klarabell den fließenden Bewegungen ihrer Hände, bis ihre perfekt manikürten Fingernägel die Schwingtür zum Saal aufdrückten und tosender Applaus und Gesprächsgewirr auf die Damentoilette strömte.

»Aaah!«, raunte es durch das Mikrophon, dessen Rückkopplung in den Ohren schmerzte. »Da ist ja die Frau des Abends! Sehr verehrte Damen und Herren – Adela Vendt!«

Ihr Herz hüpfte zu den steckengebliebenen Worten in ihrem Hals, als die Blondine unter Beifall und angedeuteten Verbeugungen zur Bühne schritt. Sie biss sich auf die Innenseite ihrer Wangen, bis die dünne Haut aufplatzte. Der Geschmack nach Eisen rang auf ihrer Zunge mit dem von Magensäure. Ihr Gehirn setzte einen Moment aus. Wie ferngesteuert schnappte sie das Stofftaschentuch und stolperte apathisch bis zum Türrahmen.

Das konnte sie unmöglich sein! Dennoch begrüßte der hagere Mann mit Schnauzer die Blondine mit zwei Luftküsschen auf der Bühne.

Während alle Augen auf diese beiden gerichtet waren, nutzte Klarabell in einem kurzen klaren Moment die Gunst der Stunde. Sie ließ das Taschentuch fallen. Als sie sich danach bückte, kroch sie unter den nahen Katzentisch, statt es aufzuheben. Umzingelt von polierten

Schuhen und schweißnassen Füßen rollte sie sich zu einem kleinen Paket zusammen.

Warum dröhnte ihr Atem so laut, dass man die Worte des Redners kaum verstand? Warum brachte sie ihren wildgewordenen Herzschlag nicht unter Kontrolle? War sie nicht genau hierfür hergekommen – um diese Frau zu sehen?

Sehen? Ja. Mit ihr reden? Absolut nicht!

Durch dieses furchtbare Versehen war Adela Vendt realer als geplant. Ein echter Mensch. Mit einer Stimme wie ein knisterndes, wärmendes Kaminfeuer, Lachfältchen um die Augen und schwerem Parfüm, das Klarabell bis ans Ende aller Tage verfolgen würde.

Statt dem Schicksal in ihre lupenreinen blauen Augen zu sehen, pferchte sie sich unter einem Tisch ein. Ohne eine Idee, wie sie rauskommen sollte. Oder ob sie es wollte. Ihre Finger glitten über das Parkett, auf der Suche nach einer Geheimtür, durch die sie fliehen konnte. Aber das war kein Traum, den man mit bloßer Willenskraft veränderte. So sehr sie sich auch wünschte, aufzuwachen, sie blieb sitzen. Sie bereute es bitter, das vertraute Reihenhaus verlassen zu haben.

Gedämpft durch das Tischtuch drang Applaus an ihre Ohren. Sie spitzte sie und reckte den Hals, um ein paar Gesprächsfetzen zu erhaschen. Nachdem sie ihr Herz gezähmt hatte und es dank geübter Atemtechniken gegen Panikattacken leiser schlug, konnte sie der Rede folgen.

»Vielen Dank, Herr Berger, für diese herzliche Begrüßung«, erklang Adelas reife Stimme. »Sehr geehrte Damen und Herren, liebe Gäste, es ist mir eine unglaubliche Ehre, heute hier zu sein.«

Wieder Applaus. Jemand klopfte Beifall auf der Tischplatte über Klarabell, die sich schnell tiefer in ihre Knie duckte. Die Sitznachbarin dieses Mannes überschlug unterdessen die Beine. Fast versetzte sie Klarabell damit einen Tritt.

»Die Stiftung besteht jetzt seit gut zwanzig Jahren. Trotzdem kommt es mir vor, als hätte ich erst gestern meine erste Tätowiermaschine gekauft. Aber bei diesen Falten im Gesicht kann das nicht stimmen.« Halbherziges Lachen am Tisch nebenan. »Diese zwei Dekaden vergingen wie im Flug. Es überwältigt mich auch nach all der Zeit noch, wenn Menschen mit Freudentränen in den Augen mein Studio verlassen. Was ein bisschen medizinische Farbe, Vaseline und Frischhaltefolie den Leuten bedeutet, rührt mich zutiefst. Ich wünschte, es gäbe Worte dafür, um Sie an diesem Glück teilhaben zu lassen.

»Diesen Preis, liebe Gäste, liebe Jury, widme ich nicht meiner Arbeit als Tätowiererin, sondern den bedürftigen Menschen, die sich die gängigen notwendigen Schutz-Tätowierungen nicht leisten können und deshalb vor meiner Tür stehen. Vielen Dank, dass sie ihr Augenmerk heute Abend auf diejenigen richten, die nicht das Geld haben, um das zu finanzieren, was für uns alle in diesem Raum selbstverständlich ist. Jede Spende und jeder Cent des Preisgeldes kommen der Stiftung zugute. Darauf haben Sie mein Ehrenwort. Danke, dass Sie mich dabei unterstützen, bedürftigen Mitmenschen zu helfen. Danke, dass Sie nicht wegsehen. Und, natürlich, danke für Ihre Aufmerksamkeit.«

Eine erneute Welle lautstarken Beifalls brach über den Raum herein, während Klarabell die roten Punkte um ihr Handgelenk betrachtete. Ihre private Krankenkasse hatte diese Maßnahme gegen allerlei Unheil bezahlt. Genauso wie den Traumfänger auf ihrem Knöchel zur Unterstützung ihrer Fähigkeiten und ein paar weitere medizinische Tattoos, die Unheil verschiedenster Art von ihr abwehrten. Es war unangenehm, sich bewusst zu machen, was für einen Luxus es bedeutete, sich darum keine Sorgen machen zu müssen. Oder darum, ob sie sich das Nachstechen leisten konnte, sollten die Tätowierungen und ihre Wirkung mit der Zeit verblassen. Sie kannte niemanden näher, dem es anders ging. Da fiel es leicht zu vergessen.

Dabei waren diese Maßnahmen wichtig für Empathisch Hochbegabte ebenso wie für normale Menschen. Nicht ohne Grund waren sie in diesem Teil der Erde quasi flächendeckend verbreitet. Denn es gab viele Möglichkeiten, wie man schlechte Energie auf sich zog. Beispielsweise indem man log, unter Leitern durchging, Spiegel zerbrach oder schwarzen Katzen von der falschen Seite begegnete. Menschen verbreiteten sie außerdem durch Hass, Neid, Eifersucht, Missgunst und geballte Wut meist unbewusst mit ihren Worten und Blicken. Dazu kam das gewöhnliche Pech, Freitage den Dreizehnten und die Dunkelziffer an Leuten, die anderen absichtlich Unheil an den

Hals wünschen wollten. Nicht auszumalen, was geschah, wenn einen so etwas schutzlos traf!

»Meine Damen und Herren, Frau Adela Vendt«, verabschiedete der Moderator seinen Ehrengast.

Jede Wiederholung dieses Namens schlug Klarabell mitten ins Gesicht. Sie hatte diese Person unbedingt hassen wollen. Warum konnte sie nicht ein noch schlechterer Mensch sein als sie selbst?

ACHT

Sie wollte unter dem Tischtuch hervor hechten und fliehen, doch ihre Glieder waren zentnerschwer. Wie eine Herde Elefanten trampelten die Gäste zum nun eröffneten Buffet. Trotzdem blieb sie zusammengekauert unter dem Tisch sitzen, als wäre sie dort festgewachsen. Dabei wusste sie genau, dass sie verschwinden sollte, bevor die Gesellschaft mit vollgepackten Tellern zurückkehrte. Erst als sich das Tischtuch hob und sich zwei Beine neben sie falteten, schreckte sie aus ihrem Gedankenlabyrinth hoch.

Knapp winkte ihr Noah zur Begrüßung zu.

Wie hast du mich gefunden?, fragten ihre Hände verhalten.

Worin bestand der Sinn, sich zu verstecken, wenn sogar Hans Guck-in-die-Luft einen fand?

Seine Anwesenheit störte sie nicht so sehr, wie sie gehofft hatte. Sie war wütend auf sich, auf die Welt und das Schicksal – nicht auf Noah mit seinen endlos tiefen, beruhigenden Augen.

War nicht leicht. Er sprach weiter, weil ihm offenbar die Gebärden ausgingen. »Du hast ja keine Brotkrumen-Spur hinterlassen.«

Bevor sie ihm ein Mitleidslächeln für den flachen Witz schenken konnte, kehrte die Tischgesellschaft zurück. Füße und Beine schlugen um sich. Sie kreierten einen dichten Wald, der Klarabell und Noah zu einem Knäuel zusammenrutschen ließ. Dabei achtete er mehr darauf, das Fleischbällchen am Spieß, das er mitgebracht hatte, nicht fallen zu lassen, als darauf, seine fettige Serviette nicht an ihrem Kleid abzuwischen. Sein lädierter Fuß schien ihm in der gedrängten Haltung zu schaffen zu machen. Selbst hinter der dicken Perlenkette aus Tränen, die Klarabell nicht mehr länger zurückhalten konnte, sah sie, wie er ab und zu das Gesicht verzog und an sich herunter schielte.

Ihr fehlte der Mut, ihn darauf anzusprechen. Stattdessen unterdrückte sie krampfhaft ein Schluchzen und wünschte sich, dass bald ein Verlangen nach Dessert die Gäste, die über ihnen schmatzten, wieder aufscheuchen würde.

»Hey«, flüsterte Noah. Die Wärme seines Atems verfing sich an ihrem Ohr und jagte ihr ein Kribbeln über die Haut. »Kann ich irgendwas für dich tun?«

Sein Atem roch nach den Leckereien vom Buffet, nach Fleischbällchen und Erdnusssauce. Sie wollte nicht mehr reden. Aber der Raum war zu beengt, um zu gebärden. Sie musste sich in sein Hemd krallen, aus Angst zur Seite in den Schoß der Dame neben ihr zu kippen.

»Nein. Mir gefällt's hier unten sehr gut«, zischte sie vor Frust.

Sie wollte nicht ständig grob zu ihm sein, es war schlichtweg ein Reflex. All die gebrochenen Regeln, die zerschmetterte Ordnung, die aufgelöste natürliche Logik, die ihr Leben immer innegehabt hatte - sie rannen durch ihre zittrigen, schwitzigen Finger. Die Hilflosigkeit schärfte ihre Krallen an Klarabells Nerven und kratzte sie auf.

Das ist nicht seine Schuld, besann sie sich abermals bei einem tiefen Atemzug. *Er hat damit nichts zu tun.* Noch nicht.

»Und ich hab mir Sorgen gemacht, wie wir diese Adela finden sollen. Da hatten wir wohl mehr Glück als Verstand, was?«

Klarabell zuckte betont unbeteiligt mit den Schultern und duckte sich tiefer in sie hinein. Sie verstand Noah schlecht vor lauter Geschirr-Geklapper und angeregten Unterhaltungen auf der anderen Seite der weißen Tischdecke. Das Licht, das hindurch schien, verlieh ihm die Züge einer unwirklichen, märchenhaften Kreatur im Dickicht, in das sie sich verrannt hatte. Diese Realität bekam ihr nicht, dafür schmeichelte sie ihm umso mehr.

»Willst du sie suchen? Dass sie einen Wohltätigkeitspreis bekommen hat, erklärt weder, was Pares von ihr will, noch was diese Origamifigur bedeutet.«

Pares. Richtig. Noah gab sich so unbekümmert, dass sie schnell verdrängt hatte, was er wusste. Bohrend verschafften sich wieder Zweifel Zugang zu ihrem Herzen. Folgte er ihr aus reiner Gutgläubigkeit ins tiefe Geäst oder war er geschickt worden, um ein Auge auf sie zu haben? Dieser Gedanke ließ sie einfach nicht los.

Ohne ein Bauchgefühl für Noahs Intentionen – ein halbwegs annehmbarer Ersatz für eine logische Antwort – ausmachen zu können, befeuchtete sie ihre trockenen Lippen. Mit einem Seufzen wühlte sie in ihrer Clutch nach einem Werbekugelschreiber und Taschentüchern. Die notdürftig zusammengekratzten Lügen in ihrem Lockenkopf auszusprechen schaffte sie nicht. Und Noah blind zu vertrauen, das wollte sie zu sehr, als dass sie es nicht über sich gebracht hätte. Der Entschluss stand fest. Sie musste ihn abschütteln.

Zögerlich schob sie ihm das Papiertaschentuch zu. Sie traute sich nicht, ihm dabei in die Augen zu sehen. Dafür musterte er sie umso deutlicher. Während er las, verblasste das unbeschwerte Lächeln, das sonst in seiner Miene herumtollte.

»Ich hätte dir die Wahrheit sagen sollen, aber ich wusste nicht wie. Weil ich nicht gedacht habe, dass du mir sonst hilfst diese Party zu crashen, um mit Morgana mitzuhalten. Nicht, wenn ich keinen ordentlichen Grund hätte. Es ist alles erstunken und erlogen. Jedes Wort über mich und diesen Pares Wilff.«

»Wolff«, korrigierte Noah stumm. Nur seine Lippen formten die Silben.

Klarabell nahm seine Hand, in der er das Taschentuch hielt, und zog sie zu sich ran. Die Linien des Kugelschreibers drückten sanft durch die dünnen Fasern auf seine Haut.

»Ich hätte diesen Mist nicht erfinden sollen, nur damit du Morgana anlügst und mir hilfst, sie mit diesem Ausflug zu übertrumpfen. Kannst du mir verzeihen?«

Er schnappte den Kuli und drehte das Taschentuch um. In seiner Eile zerriss er eine der drei Schichten.

»Du steckst gar nicht in Schwierigkeiten?!«

Die Worte hielt er ihr unangenehm dicht vors Gesicht. Skeptisch musterte er jede ihrer Reaktionen, egal wie klein. Das Zucken ihrer Unterlippe, das abgebrochene Zwinkern. Das kurze Stottern in ihrem Atemrhythmus – ihm entging nichts, fürchtete Klarabell. Ob er wirklich naiv genug war, um auf diese Farce hereinzufallen?

»Ich habe nur mitgespielt, als du gefragt hast. Dann hat sich alles irgendwie verselbstständigt«, log sie heiser.

»Die ganze Geschichte mit dieser Adela Vendt - nur wegen eurer lächerlichen Rivalität?«

Seine Wortwahl stach in ihrer Brust, als sie nickte.

»Es war dumm, das sehe ich jetzt ein. Bitte verrate Mim nichts.«

Quälend lange Sekunden verstrichen, bis ein schelmisches Lächeln auf Noahs Gesicht wuchs.

»*Dein Geheimnis ist bei mir sicher*«, versprach er und hakte seinen kleinen Finger in ihren ein. Ihre Haut war entweder viel kälter als seine oder seine heißer als üblich.

Vor Erleichterung überzog Gänsehaut ihren Nacken und kroch weiter ihr Kreuz herunter. Wer mit dem kleinen Finger schwor oder versprach, meinte es bitterernst. Kaum zu glauben, dass er ihr dieses absurde Laientheater abkaufte. Plötzlich traf es sie wie ein Hammerschlag: Ein so gutgläubiger, treuer Mensch log sie unmöglich an. Das war ihr Stil, nicht seiner.

»Du bist zu gut, um wahr zu sein«, wisperte sie.

Daraufhin schnalzte er mit der Zunge und verschlang sein Fleischbällchen.

»Tja, das ist zufällig mein zweiter Vorname.«

Kläglich versuchte sie, sein Grinsen zu erwidern. Gescheitert und erschöpft ließ sie endlich zu, dass ihr verkrampfter Körper gegen seinen sackte.

»Ich will einfach so schnell wie möglich nach Hause. Wie kommen wir hier wieder raus, Noah?«

Überrascht zuckte sie zusammen, als seine Hand an ihrer Seite hochrutschte und ihre wilden Locken tätschelte.

»Schlag deine Schuhe zusammen und sprich mir nach, Dorothy: Es ist nirgends schöner als daheim.«

Sie regte sich nicht einmal über seinen unpassenden Humor auf, sondern vergrub ihr Gesicht in seiner spitzen Schulter.

Als sie sich die zwei Stufen zum stockdusteren Reihenhaus hinaufschleppte, spürte sie seine Wärme noch immer an ihrer Wange. Nachdem sie ihm im Wagen gefühlte tausend Mal versichert hatte, dass alles okay sei, winkte sie ihm nun zum Abschied gezwungen lächelnd zu. Erst als sie drinnen war, hörte sie das Auto wegfahren. Sie war Noah wieder losgeworden. Warum freute sie sich nicht mehr über diesen Triumph?

Ohne sich auszuziehen, stellte sie sich unter die Dusche. Sie drehte sie eiskalt auf und ließ das Wasser auf ihr Gesicht hämmern, bis es sich taub anfühlte. Für die zweite Dusche warf sie ihr Kleid auf die Badfliesen. Für die dritte, vierte und fünfte drehte sie die Wassertemperatur hoch. Pfirsich, Sheabutter, Aloe Vera – keines der köstlich duftenden Bio-Shampoos wusch ihre Reue und den Schmerz in ihrer Brust davon.

Bereits im Wagen hatte sie einen Räucherkegel angezündet. Die Sitze würden tagelang nach dem penetranten Qualm riechen. Immerhin linderte er ihren Schwindel vom Sprechen und die Frischluft hatte beim Aussteigen umso besser geschmeckt.

Statt der Sehnsucht nach ihrem Bett nachzugeben, quälte sich Klarabell durch die fünf Tibeter und zehn Minuten Schläfenmassage, bevor sie sich mit Schlaftabletten auf Baldrianbasis ausknockte. Darüber vergaß sie wieder einmal völlig, ihr Handy aufzuladen und wieder einzuschalten, obwohl sie es beim Entdecken des leeren Akkus extra bereitgelegt hatte. Sobald sie ihre Lider geschlossen hatte, war sie aus der Wirklichkeit verschwunden.

Kreidestaub empfing sie auf der anderen Seite, begleitet von einem Zwicken im Rachenraum und diesem flauen Gefühl im Magen. Als sie aufsah, befand sie sich in einem Klassenraum.

Der Tafeldienst arbeitete schlampig. Buntes Wasser tropfte von der Schwammablage, ohne dass es jemanden interessierte. Die meisten ihrer Mitschüler waren bereits nach Hause gegangen. Nur ein paar blieben noch, weil sie nachsitzen mussten. Zum Zeitvertreib spielten sie Galgenmännchen.

Klarabell stellte ihren offenen Laptop zur Seite. Sie vergaß die halb durchforsteten Seiten, die virtuellen Schichten aus Homepages und Social-Media-Profilen fremder Leute, die ähnlich hießen wie Adela Vendt. Ihre wilden Locken zwirbelte sie hoch, wie sie es meistens tat, wenn sie sich konzentrierte.

»Ich nehme ein E!«, rief eine Mitschülerin aus ihrem Französischkurs am Internat. Ein anderer füllte die Striche an der Tafel mit Buchstaben auf. Rote Lettern über weißen Strichen verschmierten auf der feuchten Oberfläche.

Buchstabe für Buchstabe bauten sie den Galgen. Als vereinfachtes Strichmännchen und in echt. Jede Linie an der Tafel erschien gleichzeitig neben Klarabell. Eilig sprang sie vom Lehrerpult, auf dem sie mit überschlagenen Beinen gesessen hatte.

Bald baumelte Pares an einem Strick, der aus einem Kreidestrich bestand, vom Galgen herunter. Die weiße Linie schnitt in seinen Hals ein, wo rote Striemen den Eindruck von Schmerz vermittelten. Er plauderte und lachte über seine eigenen schlechten Witze. Röchelnd. Glucksend. Weil der Strick ihm die Kehle zudrückte, verschluckte er sich mehrfach. Er erstickte, ohne zu sterben.

Seine Füße zuckten in der Luft. Nicht vor Schmerz, sondern im Takt der schiefen Melodie, die jemand pfiff. Sie raubte Klarabell fast den Verstand.

Sie presste die Handballen gegen die Ohren, sang dagegen an.

»Lalalalalalalalalala.«

Niemand nahm Notiz von ihr.

Alle scharten sich um Pares. Gierig rissen sie Stück für Stück von ihm ab. Sie zerlegten ihn in seine Einzelteile wie einen Frosch beim Sezieren. Knochen splitterten und brachen wie Salzstangen, die einige Mitschüler vorhin in sich reingestopft hatten.

»Lalalalalalalalalala!«

Pares bestand nur noch aus einem halben Torso, aus dem Eingeweide, Blut und ein paar Flüssigkeiten tropften, die Klarabell weder definieren konnte noch wollte. Er sprach mit ihr, doch sie weigerte sich zuzuhören.

»Lalalalalalallalala!«

Ihr ging die Luft aus. Pares nicht.

Er zappelte mopsfidel am Galgen, lebendig in Stücke gerissen. Die Mitschüler prüften seine Fetzen unermüdlich auf das Geheimnis, das er in sich barg. Das Geheimnis, das jeder haben wollte. Die Unsterblichkeit, die heimliche, verruchte Sehnsucht der Menschheit.

»Lalalalalalalala!!!«

»Noch eine Runde«, rief ein Junge.

Diesmal stellten sie Klarabells Galgen auf.

Kratzen. Beißen. Treten. Schreien. Flehen. Nichts half. Keiner hörte zu, als sie kreischte, das sei ein Irrtum. Dass sie ein Mensch war. Und zwischendrin »Lalalala«, als wäre es ihr im Hals stecken geblieben.

Als die plötzlich erschienene Falltür im Pult wegklappte, stoppte sie. Mit dem Singen und dem Atmen.

Sie warf einen letzten Blick in Pares' blinzelnde Augen über seinem verzerrten Mund. Ob er lachte oder schrie, erkannte sie nicht.

Knack.

Dieses Geräusch - hatte sie sich was gebrochen? Gehörte es zu diesem widerlichen Albtraum? Klarabell tastete Hals und Arme ab. Zu ihrer unbeschreiblichen Erleichterung fand sie sich unversehrt auf dem harten Boden wieder. Der Albtraum hatte sie aus dem Bett geworfen.

Vielleicht hatte sie sich dabei den Kopf gestoßen und das ganze Gewirr war herausgeschleudert worden. Mit einem Mal fühlte sie sich viel klarer. Nur eine Erkenntnis beherrschte ihre Gedanken: So konnte sie unmöglich verbleiben!

Adela schien freundlich, aber was wusste sie sonst?

Niemals genug, um sicher zu sein, ob sie ihr das antun könnte – einen vorsätzlichen Albtraum zu säen. Schon gar keinen, der Pares zufrieden stellte.

Wenn sie Adela Vendt im Internet recherchierte, fand sie keine schmutzige Wäsche, doch ihre Stiftung war ein neuer Anhaltspunkt. Die perfekte Tarnung für dunkle Machenschaften. Für Irgendetwas. Klarabell brauchte nur den kleinsten Hauch eines Skandals, um sich besser zu fühlen. Es durfte nicht sein, dass sie auf die Jagd nach einer bewundernswerten, sozial engagierten Person ging. Adela musste etwas Schreckliches verbergen - unbedingt!

Nach dem Frühstück schob Klarabell den Papierkranich in die Gesäßtasche ihrer Jeans, warf Cassandras schwarze, unauffällige Regenjacke über, die an den Armen zu lang war und an der Brust eng saß. Mit einer eingebildeten Fährte in der Nase machte sie sich auf in einen Wald aus Plattenbauten, auf die Pirsch nach dunklen Geheimnissen.

Chorweiler stand der regnerische Vormittag nicht gut zu Gesicht. Die feinen Tropfen legten sich wie ein Schleier zwischen die kargen Gebäude, aus denen teilweise Flaggen von Fußballvereinen hingen, zwischen Spitzengardinen und abgeblätterten Window-Color-Bildern. Unscheinbar, an der Ecke hinter einem Kleintierhandel und einem Nageldesigner wies ein schlichtes Schild das Tattoo-Studio aus.

Es war in keinem guten Zustand. Details wie die besprayte Fassade – auch hier war Kelvin bereits gewesen, der alte Globetrotter – betonten, wie nötig das Herzensprojekt von Adela Vendt die Spenden des Vorabends hatte.

Zügig schritt Klarabell zur Tür. Verschlossen. Kein Wunder an einem Sonntag. Eine bessere Chance, sich umzusehen, hätte sie sich nicht erträumen können – Kunststück. Noahs Vorliebe für flachen Humor schien bereits auf sie abzufärben, stellte sie halb schmunzelnd, halb entsetzt fest, während sie auf Samtpfoten um die Ecke ging.

Mit dem Rücken an die Hauswand gepresst sah sie sich drei Mal in jede Richtung um, bevor sie ausholte. Mit der Hacke trat sie gegen das Kellerfenster am Boden. Fester beim nächsten Mal. Erst beim dritten Versuch klirrten Scherben.

Alarmiert ging sie in die Hocke. Sie wickelte die Jacke um ihre Faust, wie sie es an gräulichen Apriltagen wie diesem in Büchern gelesen hatte. Damit brach sie den Rest der Scheibe ein. Fast zärtlich riss sie die Glaswand nieder, breitete die Jacke aus und robbte mit den Füßen voran durch das schmale Fenster.

Kurz bekam sie Schnappatmung aus Panik, bäuchlings stecken zu bleiben, bis dieser Adrenalinschub ihr hindurchhalf. Ihre Seite zwickte, als sie nach ihrem kleinen Lederrucksack griff und ihn mit in den dunklen Kellerraum zog. Dabei verfingen sich ihre Locken in den Überresten der Scherben.

Zum Glück ertönte keine andere Alarmanlage als die ihres Rechtsbewusstseins und die Angst davor, erwischt zu werden. Untermalt von ihrem dumpfen, lauten Puls und dem Knirschen von Steinchen und Scherben unter ihren Füßen schlich sie los. Ein schwacher Lichtstreifen unter der Tür wies ihr den Weg. Der Kellerraum war nicht verschlossen, sondern führte sie widerstandsfrei über eine Gittertreppe ins Erdgeschoss.

Die Räumlichkeiten, durch die sie sich tastete, erinnerten an jedes x-beliebige medizinische Tattoo-Studio aus den Neunzehnhundertachtzigern. Von den Bänken im Wartebereich über die abgegriffenen Esoterik-Zeitschriften und Infobroschüren bis hin zu den Motiven und Tapeten, jedes Detail ließ eine Zeitreise vermuten. Immerhin war das Studio sauber. Penibel sauber. Jedem Mitarbeiter des Gesundheitsamts wäre das Herz aufgegangen. Nur Klarabell wollte die Begeisterung für steriles Besteck in den beiden Behandlungsräumen in kränklichem Grünbeige nicht teilen.

Zu normal.

Zu friedlich.

Anders als die Welt in ihr, durch die ein Flächenbrand tobte. Händeringend suchte sie nach Hinweisen auf Leichen im Keller, aus dem sie gerade gekrochen war.

Da –

Für einen Moment machten ihre Ohren mehr als das Rauschen ihres Pulses aus. Ein Plätschern. Aber nicht vom Sprühregen draußen.

Klarabell wirbelte herum. Am Ende des Ganges, hinter dem Büro in einer besseren Besenkammer war ein Durchgang. »*Privat*« stand darüber.

Sie schluckte. Als sie beschlossen hatte, im Tattoo-Studio dem Phantom Adela Vendt auf die Schliche zu kommen, wollte sie dem Menschen dahinter nicht so nahe sein, dass es schmerzte. Damit, dass ihre Wohnung an die Sozialstation angrenzte, hatte sie nicht gerechnet.

Sie wusste, dass es eine dumme Idee war. Trotzdem trieb es sie auf das Plätschern zu. Wenn auf der anderen Seite des bunten Perlenvorhangs im Durchgang ein privater Bereich lag, durch den man schnüffeln konnte, umso besser. Was ihr Tätowiermaschine und Röhren-PC nicht verrieten, erzählten vielleicht Fotoalben oder der Anrufbeantworter. Alles, was zwischen ihren sich zusammenziehenden Lungen und den ersehnten Antworten stand, war die Quelle dieses Plätscherns, auf das sie zusteuerte.

Sie zog vorsichtig ihre Turnschuhe aus, weil man auf Socken besser schleichen konnte.

Neugier und ein Quäntchen Angstlust - ein neues Gefühl für Klarabell – schoben sie durch den Flur voller unprofessioneller Urlaubsfotos.

Plötzlich schmatzte etwas unter ihrem rechten Fuß. Erschrocken von der unerwarteten Nässe zuckte sie zusammen. Sie stand mitten in einer dunkelroten kleinen Pfütze, mit der sich ihre Socke vollsog. Hastig wich sie zurück. Für einen Augenblick war sie fest überzeugt, in Blut zu stehen, bis ihr einfiel, dass sie der Einbrecher war und nicht das Opfer.

Nur eine farbige Wasserlache, beteuerte sie ihrem gehetzt auf und ab hüpfenden Brustkorb.

Ihre Augenbrauen zogen sich zusammen, während ihr Blick der Pfütze folgte. In Miniaturseen und einem Rinnsal schlängelte sich die Flüssigkeit unter der Badezimmertür durch. Hier und dort wechselten die satten Farben in bräunlich-schwarze Töne.

Vorsichtig schob sich Klarabell an den offenen Spalt in der Tür heran.

Hinter Nebel aus Wasserdampf führte die Spur zu einem schlachtfeldartigen Waschbecken. Es war voller verschmierter Farben, die an Fliesen und Keramik abperlten. Wie ein kunterbuntes Mordszenario aus einem Sonntagskrimi. Ein verfärbter Waschlappen lag lose vor der Duschkabine. Aus dem Wäschekorb daneben hing das Kleid, das Adela Vendt am Vorabend getragen hatte.

Die preisgekrönte Dame räkelte sich unter der Dusche, leise summend. Völlig blank.

Klarabell hielt den Atem an. Die Hände vor den Mund gerissen taumelte sie zurück, als die nackte Frau aus der Dusche trat. Nicht ein winziges Bild, kein einzelner Schriftzug zierte ihre Haut. Die Überreste ihrer vermeintlichen Tattoos schmatzen unter Adelas Füßen. *Hütet euch vor den Ungezeichneten,* zitierte Klarabell innerlich eine alte Volksweisheit.

Adela hielt inne, mitten im Einsetzen ihrer Ohrringe.

Erwischt!

Panisch polterte Klarabell los.

»Hey!«, tönte es schrill aus dem Bad. »Bleib stehen!«

Verfolgt von donnernden Schritten bog Klarabell um die Ecke, wo ihre nasse Socke der Verfolgungsjagd ein jähes Ende bereite. Kläglich japsend stürzte sie in den Holzperlenvorhang.

Sie strauchelte bei dem Versuch, sich zu befreien – ein Ding der Unmöglichkeit in ihrer kopflosen Hysterie. Kaum war ein Arm frei, packte sie eine klitschnasse Frauenhand.

Adela, die sich einen Bademantel übergeworfen hatte, zerrte sie fluchend herum. Schützend riss Klarabell ihren anderen Arm samt Perlenvorhang vors Gesicht. Da stoppte die Blondine mitten in der Bewegung.

»Du bist die *Gehörlose* von gestern.«

Lange hielt sie nicht still, ebenso wenig wie Klarabell. Sie wand sich und zappelte, während Adela sie tiefer in die Wohnung schleifte. Sie wollte um Hilfe rufen. Kreischen, schreien als würde sie aufgespießt werden. Aber sie schluckte alles herunter. Nie und nimmer würde sie die Stimme im Angesicht einer Untätowierten erheben!

Sie wusste, was man über die Ungezeichneten sagte, über Menschen wie Adela, die sie unsanft auf das kratzige Sofa schubste und die Wohnzimmertür abschloss.

Sofort zog sich Klarabell in der Ecke der Couch zu einem Knäuel zusammen, alle Fenster hinter zwei Lagen Vorhängen im Blick.

»Was zum Henker hast du hier verloren?« Adelas Stimme entgleiste.

Die Frau stürmte auf Klarabell zu, als wolle sie sie ohrfeigen. Stattdessen packte sie ihre Schultern. Klarabell wurde schlecht von dem heftigen Schütteln und Adelas Worten. Ihr Herz und ihre Gedanken rasten um die Wette.

Sie schien den Tränen genauso nah wie Klarabell. Fürchtete sie sich etwa vor ihr wie sie vor der Untätowierten? Sie starrten einander einen Moment lang an. Prüfend. Testend. Zweifelnd.

»Antworte«, befahl Adela, doch Klarabell schüttelte den Kopf. Vor lauter springenden Locken sah sie kaum noch das purpurrote Gesicht vor sich. »Jetzt antworte schon, ich *weiß*, dass du mich hörst!«

Bitte, lass mich gehen, flehte Klarabell mit unsauber ausgeführten Gebärden. Die Kontrolle über ihre Hände schwand mit dem wachsenden Bewusstsein, wer ihr gegenüberstand. Was an ihrem untätowierten Körper alles haften und auf sie springen mochte! Selbst wenn sie hier rauskam, lief sie Gefahr, draußen jemanden zu kontaminieren. Es gab einen Grund, warum diese Eingriffe mit impfender Tinte gang und gäbe waren, obwohl es Heilsteine gab. Mit Flüchen, dem Verschreien und dem Bösen Blick war nicht zu spaßen – das hätte eine *sozial engagierte* Tätowiererin wie Adela am besten wissen sollen. Hier hatte Klarabell ihren heißersehnten Skandal!

Sie dankte dem Universum inständig dafür, dass ihre Vielzahl an Tattoos und Edelsteinen zwischen ihr und Adelas blanker Haut standen. Ein Stoßgebet, dass sie nicht heute umkam, folgte in derselben Sekunde.

Trocken schluckte sie diese Befürchtung herunter. Daran durfte sie jetzt nicht denken. Aber sie hatte Adelas Geheimnis gelüftet. Die ungestochene Tätowiererin würde sie nicht einfach gehen lassen.

Sie schmeckte ihre zurückgezwungenen Tränen auf der Zunge und im Rachen, als Adela zu einem Sideboard trampelte. Aus einer Schublade holte sie einen Brieföffner. Das Werkzeug fest in ihre zitternde Faust geschlossen wie einen Dolch kaute Adela auf unausgesprochenen Gedanken herum. Klarabell sah sie in ihren Augen vorbeihuschen.

Wieder hielt sie die Luft an. Würde das ihr letzter Atemzug sein? Reflexartig sprang sie über die Armlehne, hinter das Sofa.

Ich sage es niemandem! Dein Geheimnis ist bei mir sicher, nur BITTE, fuchtelte sie.

Wohin? Was tun? Auf keinen Fall war sie schnell oder kräftig genug, um zu fliehen oder sich zu wehren. Aber kampflos aufgeben?

»Sie haben dich geschickt, stimmt's?«

Trotz des gezückten Brieföffners in ihrer Hand machte Adela keinen weiteren Schritt auf Klarabell zu, die verzweifelt an den Fenstern rüttelte.

Hör auf! Bitte! Sie presste zwischen diesen hastigen Gesten die Handballen gegen ihre Ohren. Warum wollte Adela nicht aufhören zu sprechen?! Jedes Wort stach wie Nadeln in ihrem Gehörgang.

»Das heißt, ich bin ihnen auf der Spur! Wo sind sie? Wer von diesen Ungeheuern hat dich geschickt?«

Ich weiß nicht, wovon du redest, beteuerte Klarabell. *Mich hat niemand geschickt.*

»Tss! Spar dir die Lügen, mir kannst du nichts vormachen.« Mit dem linken Zeigefinger tippte sich Adela an ihre Ohrmuschel. Sie trat dabei so nah an Klarabell heran, dass sie die Wolke ihres Lotus-Shampoos ebenfalls einzuhüllen schien.

»Ich habe mir in München einen Floh ins Ohr setzen lassen. Das Tierchen wittert Unsterbliche. Und so wie es gerade hustet, bist du entweder selbst eine oder steckst mit diesem Abschaum unter einer Decke. Raus damit – wer hat dich geschickt? Sollst du mich töten, weil ich ihnen zu dicht auf den Fersen bin?«

Adela hatte sich nach dem Duschen keinen Ohrring eingesetzt – sondern diesen Floh? Hieß das, dass sie bereits auf der Party Bescheid gewusst hatte?

»Wie nah bin ich dran? Stehe ich tatsächlich vor einer?« Mit diesen Worten ritzte die aufgebrachte Frau Klarabells Haut ein. Ein Brennen loderte in ihrer Handfläche auf.

»Du blutest ja …« Enttäuschung legte sich über ihr Gesicht, als rote Tropfen aus der Wunde quollen.

Natürlich blute ich! Klarabell entzog ihr energisch die Hand. *Ich bin ein Mensch, du Wahnsinnige!*

»Wenn du blutest, bist du jedenfalls keine Unsterbliche.«

Und du nicht tätowiert, entgegnete sie. *Bitte! Mich schickt niemand, ich schwöre es dir, wenn du willst.* Sie bot ihr den kleinen Finger dar wie eine weiße Flagge. *Nur bitte bring mich nicht um!*

Zum ersten Mal lockerte Adela ihren verkrampften Griff um den Brieföffner.

»Traust du mir sowas zu? Du bist doch fast noch ein Kind.«

Ihre Augen wurden glasig, sodass sich Klarabell darin spiegelte. Sie wusste nur zu gut, was in ihrem Gegenüber vorging, während sich Adelas Muskeln sichtbar anspannten und wieder erschlafften. Sie kannte es aus eigener Erfahrung. Die Untätowierte haderte mit dem, was aus ihr wurde. Damit, was sie bereit war, für ihr Ziel zu opfern.

»Mensch oder nicht, du stinkst bis zum Himmel nach Unsterblichen.«

Das letzte Treffen mit Pares war bestimmt zehn Duschen her. Wie war es möglich, dass der Floh ihn noch witterte? Angewidert schlang Klarabell die Arme um sich und rieb ihre Oberarme. Plötzlich schoss ihr eine Idee durch den Kopf. Mit einer Hand zur Ergebung erhoben fischte sie mit der anderen in ihrer Hosentasche nach dem Papierkranich. Wie einen unbezahlbaren Schatz holte sie das zierliche Tier hervor und hielt es Adela hin.

Ich soll das hier überbringen. In dieser Lüge steckte genug gebogene Wahrheit, um sie glaubwürdig rüberzubringen. Dass sie bereit gewesen war zu schwören, niemand habe sie geschickt, genügte, um ein kurzes Stechen hinter ihren Schläfen zu verursachen.

Adelas kräftiger Körper wand sich kurz, bis sie sich wieder fing. Sie nahm die Origamifigur behutsam an sich. Wie hypnotisiert rang sie mit Gedanken, die nur jemand wie Morgana hätte übersetzen können. Sie betrachtete das Papierkunstwerk intensiv. Klarabell spielte mit dem Gedanken, wieder wegzurennen, doch bevor ihre butterweichen Beine reagierten, blinzelte Adela ihre Tränen weg. Sie biss die Zähne so fest zusammen, dass sie knirschten.

»Das sieht ihnen ähnlich. Ein verirrtes Mädchen als Botin zu missbrauchen. Bist du von daheim weggelaufen? Haben sie dich wegen deiner Begabung vor die Tür gesetzt? Man hört, das kommt vor.« Kurz hielt die Blondine inne und ließ das Origamitier in ihrer Bademanteltasche verschwinden. »Wie können Eltern das tun?«, murmelte sie zu sich selbst.

Was wirst du mit mir machen?

Erleichtert atmete Klarabell aus, als ihr Gegenüber endlich mit geschlossenem Mund antwortete.

Das kommt darauf an.

Worauf?

Adela zögerte einen Moment. *Ob du mir helfen wirst, diese Monster zur Strecke zu bringen.*

NEUN

Durch verengte Augen musterte Klarabell ihr Gegenüber, das behutsam den Brieföffner auf die Rückenlehne des Sofas legte. Zum Friedensangebot hob Adela die Hände mit altrosa lackierten Fingernägeln – das einzige Bunte an ihr.

»Unsterbliche mögen schwerer zu töten sein als schlechte Angewohnheiten. Aber es ist nicht unmöglich.«

Impliziert das nicht die Definition von Unsterblichkeit?, entgegnete Klarabell, während sie sich vorsichtig aus der Ecke wagte. Mit kreuzenden Schritten begann sie einen Tanz um das Sofa, in den Adela einstimmte.

Deshalb musst du mir helfen, einen Weg zu finden, sie wieder sterblich zu machen. Zumindest das Exemplar, von dem du weißt.

Das war möglich?!

Die Vorstellung schlug Klarabell härter ins Gesicht, als Großmutter Edita es jemals für eine verpatzte Traumübung fertiggebracht hatte. Jetzt sehnte sie sich förmlich nach dem im Vergleich sanften Streicheln. Hieß das, das Schicksal konnte sie auch als Unsterbliche einholen?

Egal was man dir angeboten hat, ich kann es auch.

Ungläubig rollte Klarabell mit den Augen, obwohl sie nicht leugnen konnte, dass diese Gebärden einen Nerv trafen. Selbst wenn die Tür nicht abgeschlossen gewesen wäre, hätte Klarabell nun hören wollen, was sie zu bieten hatte. Offensichtlich brauchte sie ein zweites Netz zusätzlich zur Unsterblichkeit. Eine Alternative gab es schließlich nicht. Nur den Tod.

Sie atmete tief durch.

Ich muss mein Schicksal umschreiben. Bist du dazu in der Lage?, fragte sie, jederzeit bereit wieder ein paar Schritte zurückzuspringen.

Das ausgedehnte Lächeln von Adela bestärkte ihre verzweifelte Hoffnung auf eine alternative Lösung. Sie wünschte sich von Herzen eine weniger verwerfliche Rettung als gewaltsam in der Psyche dieser Frau herumzupfuschen, und sei es nur für eine Nacht.

Inwiefern musst du dein Schicksal ändern?

Schweigend wog Klarabell ab. Sie wollte die Wahrheit nicht preisgeben und sich angreifbar machen, aber was blieb ihr für eine Wahl? Um zu wissen, ob diese groteske Situation, in die sie hineingeschlittert war, eine echte Option bot, musste sie die Karten auf den Tisch legen.

Nie zuvor hatte sie sich so nackt gefühlt, trotz mehrerer Lagen Stoff am Körper.

Nach einigem Zögern berichteten ihre Hände von ihrem jüngsten Horoskop. Dabei sah sie vor sich nicht mehr die Furie mit einem Brieföffner, in deren Haus sie eingebrochen war, sondern die sanftmütige Dame vom Vortag. Diejenige, die ihr ein Taschentuch angeboten hatte. Adela blinzelte eine Träne weg, als Klarabell die Hände sinken ließ.

Dass sie in Betracht zog, unsterblich zu werden, um dem Schicksal zu entgehen, verschwieg sie. Stattdessen beteuerte sie, der Unsterbliche ohne Namen wolle ihr Schicksal mit einer Medizin vom Schwarzmarkt verändern.

Adela schnaubte verächtlich. *In keiner Ewigkeit dieses Universums hatte er genug Zeit, um das zu lernen. Selbst wenn deine Schicksalsfäden frei lägen. Nur wenn du dein Schicksal erfüllst, kannst du ihm entkommen.*

Was sollte das nun wieder heißen?!

An ihren Fingern hängend neigte sich Klarabell vor. Ihr Herz schlug nicht mehr, es bebte vor Erwartung und Scheu.

Wenn du mir die Identität dieses Unsterblichen lieferst, bekommst du im Tausch eine Tollkirsche von mir. Keine Gewöhnliche. Eine, die dich in einen

Scheintod versetzt. Das sollte genügen, um das Schicksal zu befriedigen. Egal was der Unsterbliche glaubt, für dich tun zu können, diese Variante ist tausendmal erfolgsversprechender.

Wenn Adela gewusst hätte, wovon sie sprach …

Diesmal bot sie Klarabell den kleinen Finger an.

»Wenn du schwörst, niemals jemandem von meiner unberührten Haut zu erzählen, schwöre ich, diesem Angebot treu zu bleiben. Aber schwören musst du so oder so.«

Schweren Herzens hakte Klarabell ihren Finger ein und formte die Worte lautlos. Damit war die Untätowierte sicher. Nur Einfaltspinsel und solche, die für den Rest ihres Lebens unter lähmender Migräne leiden wollten, brachen einen Schwur. Manche erzählten von jemandem, der schwor, ihn solle der Blitz treffen, wenn er log. Dieser hatte keine zehn Sekunden später eingeschlagen.

Ich brauche Zeit zum Nachdenken, gebärdete sie.

Verständnisvoll nickte Adela, erhob sich und führte sie zur Tür. Klackend drehte sich der Schlüssel darin. Die beiden hielten kurz inne, um einander abschließend zu mustern. Nach einer Weile öffnete Adela ohne ein weiteres Wort die letzte Barriere zwischen Klarabell und deren Freiheit. Die milde Aprilluft draußen schmeckte süßer als Würfelzucker.

»Überleg's dir gut«, beschwor Adela ihren ungebetenen Gast, der auf Socken und mit den Turnschuhen in der Hand hinaustrat, ohne der falschen Tätowiererin den Rücken zu kehren. »Meine Tür steht dir immer offen. Aber wenn du vorhast, nochmal in ihrem Auftrag hier aufzutauchen, denk dran: *Du* bist nicht unsterblich.«

Mit einem mulmigen Gefühl im Bauch und ihrem rechten Zeigefingernagel zwischen den Schneidezähnen floh Klarabell aus Chorweiler. Auf dem Weg übergab sie sich in den nächstgelegenen Mülleimer. Kein Wunder, denn was Regelbrüche anging, war sie von einem auf den anderen Tag von einem tibetanischen Mönch zur Kettenraucherin mutiert.

Das Kribbeln unter dem eintätowierten roten Perlenarmband bedeutete, dass die Inhaltsstoffe der Farbe wirkten. Ein Problem weniger, dachte sie und drehte behutsam ihre Ohrpiercings und Ringe. Wie man glauben konnte, sich ausschließlich mit solchen Talismanen schützen zu können, blieb ihr schleierhaft. Darüber, was Adela mit dieser Einstellung ihren Kunden unter die Haut stach, dachte sie lieber nicht nach. Schützende Tattootinte wahrscheinlich nicht.

Dann wäre sie eine Untätowierte und *eine Betrügerin …*

Viel Zeit, um darüber zu grübeln, blieb ihr sowieso nicht. Bereits im Windfang des geerbten Reihenhauses schwang ihr der penetrant süßliche Duft des medizinischen Marihuanas entgegen, das Cassandras Leiden kurzweilig linderte.

Vertieft in einen holländischen Zählreim, den sie unermüdlich wiederholte, hörte sie Klarabell nicht hereinkommen. Eilig streifte sie sich den Sweater ab und zupfte die knittrige ärmellose Bluse zurecht, die sie aus Gewohnheit daruntergezogen hatte. Sie trippelte zu Cassandra in die Küche, als wäre es ein völlig normaler Sonntagmittag.

»Du hast nicht angerufen, Klärchen« Sie nahm gerade Großmutter Editas pfeifenden Teekessel von der Herdplatte, dabei stand der elektrische Wasserkocher keine Armlänge von ihr entfernt.

»Tut mir leid. Ich bin gestern beim Lesen eingeschlafen.«

Dass ihre Cousine die vierte Tasse Bachblütentee zur Seite stellte, bevor sie sich zu ihr umdrehte, deutete auf einen ihrer schlechten Tage hin. Cassandra wirkte, als wolle sie sich gleich nach jemand anderem umdrehen. Das Zucken ihres Kinns war fast plakativer als der ausgedrückte Joint im Aschenbecher auf dem Fenstersims.

Im Spagat zwischen verschiedenen Unterhaltungen aus zwei Dimensionen versäumte sie über die Hälfte von Klarabells zusammengereimten Erklärungen.

»Setz dich, Klärchen, setz dich. Ich mache gerade Tee, möchtest du auch einen?«

»Gerne.« *Aber du nicht.*

Cassandra trank nie Heißgetränke. Nicht ohne sie vorher mit Eiswürfeln abzukühlen. Ihr missfiel das Gefühl an ihrem Gaumen, betonte sie oft. Großmutter Edita dagegen hatte es geliebt.

Besorgt zupfte Klarabell an ihrem Ärmel.

»Lass uns auf dem Sofa ein bisschen reden, okay?«

Mit dieser Bitte stellte sie den Teekessel weg. Im selben Atemzug schaltete sie die Herdplatte aus und versuchte ihre Cousine aus der Küche zu lotsen.

Cassandra verstrickte sich in Erzählungen über das Internat und die Kanzlei. Dass Klarabell nicht ewig schwänzen könne, dass Lehrer und Mitschüler nach ihr fragten und sie es hasste, für sie zu flunkern – was sie ohnehin nicht tat. Eher ging sie ohne eine müde Handbewegung, aber es ging ums Prinzip. Wenn sie lügen würde, bekäme das ihrem Allgemeinzustand nicht. Wollte Klärchen das etwa? Bestimmt nicht! Ach, aber keine Schuldgefühle, keine Vorwürfe. Pure Sorge. Da fiel ihr ein – wie war ihr Termin beim Tätowierer gewesen? Und was trieb sie heute eigentlich? Was war das für ein Geruch an ihren Kleidern, was für ein Schlachtfeld, wo ein Fingernagel sein sollte. Schnell die Feile holen.

Schon verschwand Cassandra im kleinen Badezimmer. Seufzend nahm sich Klarabell einen bereits ausgekühlten Bachblütentee. Sie wollte gerade im Musikzimmer zur Ruhe kommen, bevor ihre Cousine mit der Nagelfeile zurückkam, als Morgana hereinstolzierte.

Bedacht, Klarabell nicht in die Augen zu sehen, weil sie nur wegen Cassandra hier war, warf sie sich aufs Sofa. Ein Klick und die Werbung vor der Wiederholung ihrer Lieblingssoap vermischte sich mit dem Gesang aus dem Bad unter der Treppe.

»Was macht ihr hier? In diesem Zustand gehört Sandra ins Bett, nicht ins Auto. Sag mir bitte, dass ihr ein Taxi angerufen habt.«

Unbeeindruckt streckte sich Morgana zwischen den Sofakissen.

»Hättest du wie versprochen angerufen, wäre sie da auch. Und ich wäre überall, nur nicht hier.«

»Meinetwegen dürft ihr gerne wieder fahren, ich brauche keinen Babysitter.«

Cassandra meinte es nur gut, das war ihr bewusst. Doch je weiter ihre Cousinen weg waren, desto weniger musste sie etwas verheimlichen und sich daran erinnern, dass ihre Entscheidung auch Einfluss auf die beiden haben würde. Sie konnte nicht einfach aus ihrem Leben verschwinden – so sehr Morgana sich das wünschen mochte. Cassandra damit das Herz zu brechen, war keine Option. Eine brauchbare Alternative hatte sie allerdings nicht parat.

»Tantchen hat dir übrigens geschrieben«, sagte Morgana beiläufig und deutete zum Sekretär. »Die Postkarte liegt da drüben.«

»Von Mama?«

»Nein, von Tante Petunia. Sie will nicht, dass du nach Hogwarts gehst und Hexe wirst.«

»Bist du nicht zu alt für Harry-Potter-Witze?«

»Ketzerin.«

Ohne ein weiteres Wort holte sich Klarabell die Postkarte. Statt sie zu lesen, drehte sie das Pappkärtchen ein paar Mal. Auf der Vorderseite lächelten sie generische Touristen vor der Oper in Sydney an.

Eigentlich wollte sie auf den schnippischen Tonfall ihrer Cousine hin kontern, aber das unterschwellige Wanken in Morganas betont gelangweilter Stimme hielt sie zurück.

Ungefähr eine Karte alle zwei Monate und vereinzelte Fünf-Minuten-Anrufe bekam Klarabell von ihren Eltern im Ausland. Mit auffallend ähnlichem Text. »*Du machst das wundervoll*«, oder etwas Vergleichbares stand meistens darauf. Keine Ahnung, woher sie das wissen wollten. Schließlich waren sie nie da. »*Wir sind so stolz, du bist so talentiert. Wir können leider nicht zu deinem [Bitte Anlass einfügen] kommen, deine Mutter gibt ein Konzert. Küsse, Mama und Papa.*«

Immerhin meldeten sie sich. Der Einzige, der Morgana regelmäßig anrief, war Noah. Seit der Scheidung genoss ihre Mutter in der Karibik La Dolce Vita von dem erstrittenen Geld und Onkel Oskar floh in seine Arbeit an der Frankfurter Börse. Je mehr Morgana betonte, dass es sie einen Dreck kümmerte, desto mehr quälte Klarabell das Mitgefühl für sie. Darum biss sie sich auf die Zunge.

»Hör einfach auf, meine Post zu lesen.« *Das tut dir nur weh.* »Schon mal was vom Briefgeheimnis gehört?«

»Schon mal was von ›mach dich locker‹ gehört? Niemanden interessiert deine blöde Post.«

»Dann kannst du ja aufhören sie zu lesen.«

Morgana schaltete den Fernseher lauter und schmollte die restliche Werbepause hindurch. Währenddessen war Klarabell hin und her gerissen zwischen der Sehnsucht nach mehr Nähe zu ihren Eltern, die ihre Drei-Zeilen-Postkarte fütterte, und der Überzeugung, dass sie die beiden nicht brauchte. Sie kam ohne sie klar! Sie hatte ihre Cousinen. Also Cassandra. Zumindest physisch.

Kurz darauf tänzelte diese in das sture Schweigen der beiden anderen. Freudig wedelte sie mit einer Schweineborstenbürste.

»Ich hab sie gefunden! Jetzt haben wir alles oder? Lasst uns endlich wieder fahren.« Sie schauderte, für einen Moment völlig bei sich. »Dieser Ort geht mir unter die Haut.«

»Dann fahrt bitte.« Klarabell trippelte zu ihr rüber und nahm Cassandras zierliche Schultern in beide Hände. »Mir geht es hier super, siehst du? Du brauchst nicht auf mich aufpassen.«

»Es dreht sich nicht alles um dich, Klara«, warf Morgana ein. Sie sprang vom Sofa auf, untermalt vom Geklimper ihrer unzähligen Piercings, Kreolen und Halbedelsteinketten. »Sandra *wollte* herkommen, sei nicht undankbar!«

»Mim, hör auf, bitte.«

»Und die Bürste hast du nicht gesucht, Sandra, sondern eine Nagelfeile.«

»Muss das sein?«, schnaubte Klarabell. »Kannst du es nicht einmal gut sein lassen?«

»Ich?! Wegen wem fahren wir denn ständig durch die halbe Stadt, weil sich die Dame plötzlich zu gut fürs Internat ist?«

»Das sagt die Richtige!«

Während sie sich aneinander hochschaukelten, geriet Cassandra für sie einen Augenblick in Vergessenheit. Umringt von Stimmen um und in ihrem Kopf presste sie die Handballen gegen die Schläfen. Ihr Mantra runterbetend. Sich schüttelnd und taumelnd.

»Hört auf«, winselte sie leise. Als würde sie ihre Stimme testen, bevor sie die Grundfesten des Gebäudes erschütterte. »Hört auf zu streiten! So sind wir nicht! Wir passen aufeinander auf. Wir sind eine Familie. Wir kümmern uns umeinander.«

»Sandra, machen wir uns nichts vor.« Resigniert warf Klarabell die Hände in die Luft. »Streiten ist *alles*, was wir tun.«

Morganas affektiertes Prusten unterbrach sie.

»Tu nicht so abgeklärt, Pumuckl.«

»Nenn mich nicht ständig so!«

»Schluss jetzt! Alle beide! Ich ertrage das nicht mehr.« Wie eine gebrochene Welle ebbte Cassandras Stimme Wort für Wort ab.

Sichtlich erschöpft vom Kampf gegen das Flüstern aus dem Jenseits und dem Gekreische ihrer Cousinen ließ sie sich in den Schaukelstuhl sinken. Sie vergrub ihr gerötetes Gesicht in den Händen.

»Sandra, bist du okay?«, fragten Klarabell und Morgana unisono.

Binnen eines Wimpernschlages waren sie an ihrer Seite. Klarabell rutschte mit einem Stuhl an sie heran, bis ihre Knie aneinanderstießen. Die Jüngste dagegen blieb hinter Cassandra stehen. Sie faltete die Hände auf ihrer Schulter und gab dieser einen sanften, bestärkenden Druck.

»Genug jetzt«, stöhnte Cassandra und presste die Handballen gegen ihre Augenhöhlen. »Dieser Ort treibt mich in den Wahnsinn und ihr helft fleißig – das ist so ermüdend.«

»Willst du frische Luft?«, fragte Morgana bereits auf halbem Weg zum Fenster, bedacht darauf, ihr nicht länger als nötig von der Seite zu weichen.

»Ich wünschte, wir könnten von hier verschwinden. In diesem Haus spukt es. Oma lauert in jedem Winkel.«

»Dann fahrt bitte. Ich halte euch nicht hier fest, im Gegenteil.«

»Ich kann dich nicht zurücklassen, auf dich allein gestellt. So sind …«

»So sind wir nicht«, antworteten sie und Morgana erneut gleichzeitig.

»Goldrichtig.« Zufrieden atmete Cassandra aus. »Also, bitte, Klärchen, möchtest du mir nicht die Schweineborstenbrüste bringen, damit ich endlich deine Locken kämmen kann? Und Mim, sei ein Schatz und hol mir mein Riechsalz.«

Durch die fuchsroten Wellen zu streichen, sie zu frisieren, beruhigte Cassandra oft mehr als Riechsalz oder heiße Bäder. Darum zögerte Klarabell nicht, ihr die Bürste heimlich abzunehmen und wieder in die Hand zu legen. Selbst wenn Cassandra grob an die Arbeit ging. Der Druck, mit dem die Borsten in Klarabells Kopfhaut piksten, trug eher die Handschrift ihrer Großmutter. Doch das verflog Strich für Strich.

Morgana übernahm unterdessen ohne Murren den Abwasch und entsorgte Cassandras Teevorrat im Blumentopf. Ein untypisches bisschen Einsicht ließ sie sogar Klarabells Handy an den Strom stecken. Als Morgana später daran vorbeilief, brummte es kurz. Das Display erwachte und zeigte die Kurzvorschau einer Nachricht.

»Wer stört?«, fragte Morgana mit den Händen in den Gesäßtaschen.

»Valleri aus dem Kunstkurs. Nicht wichtig«, log Klarabell wie aus der Pistole geschossen und schnappte ihr Handy.

»Na dann.«

Morgana machte kehrt und nahm ihre Velourslederjacke von einer Stuhllehne.

»Ich hol schnell die Post«, rief sie über die Schulter.

Doch über eine Stunde später war sie noch nicht zurück.

ZEHN

Noah rang eine Weile mit sich, bevor er die SMS abschickte. Seit dem zweiten Mokka schrieb er diese Nachricht schon das fünfte Mal neu und das Beste, das ihm einfiel, lautete: »*Hi Klara, geht's dir besser? Hoffe, der Ausflug in die Außenwelt hat dir wenigstens etwas gefallen. Wir crashen nächstes Mal lieber eine kleinere Veranstaltung. Gemeindefest? ;) VG, Noah.*«

Nach Zwanzig Minuten folgte die Antwort.

»*Ist Mim bei dir?*«

Straßendreck und Scherben knirschten unter den Reifen des alten Golfs, als er aus der Seitenstraße bog. Klarabell fielen nicht viele Ort ein, an denen sie ihre Cousine vermutete. Schließlich hatte sie bisher abgeschottet in ihrem Elfenbeinturm gelebt. Dass Noah Cafés und Plätze abfuhr, die ihr fremd waren, streute Salz in die Wunde, die der ständige Streit mit Morgana aufriss.

Wie hatte es nur soweit kommen können? Als Kinder waren sie unzertrennlich gewesen und nun kilometerweit voneinander entfernt. Aber noch blieb Zeit, das zu kitten, oder?

Hoffnungsvoll zog Klarabell den zerknautschten Zettel aus ihrer Hosentasche, den sie als Mahnung stets bei sich trug. Im Handschuhfach wühlte sie nach einem Stift. Zwischen Landkarten, zerknüllten Einkaufszetteln und Parktickets wurde sie tatsächlich fündig. Mit einem fast leeren Werbekuli ritzte sie »*Mim*« mehr in die Liste ein, als dass sie schrieb. Ihr war, als graviere sie diesen Spitznamen gleichzeitig in ihr reumütiges Herz ein. Bei der Gelegenheit hakte sie »*eine Party crashen*« ab, wobei sie eine verrutschte Locke aus ihrem Gesicht blies.

»Was schreibst du?«, fragte Noah den Takt des Radiohits auf dem Lenkrad mittrommelnd. An einer roten Ampel wagte ihr Stiefcousin einen vorwitzigen Blick auf die Liste.

Eine To-do-Liste, erklärte Klarabell. Sie war ein bisschen stolz auf sich, dass es irgendwie stimmte.

»Jane Austens ›Emma‹ fertig lesen
Ins Kino gehen und Karamell-Popcorn essen
Pfeifen lernen
Im Kaffee verbal bestellen, ohne die Nerven zu verlieren
Ins Ausland fahren und eine Postkarte verschicken
Den Eiffelturm besteigen und ein Schloss an die Spitze hängen.
Eine Nacht unterm Sternenhimmel verbringen
Eine Pflanze über zwei Wochen am Leben erhalten«

»Das ist keine To-do-Liste. Das ist eine ausgewachsene Bucketlist.«

Unsinn, gebärdete sie und faltete den Zettel schnell zusammen. *Es ist übrigens grün.*

»Und ob!«

Am Steuer konnte er sich nicht in Gebärden ausdrücken. Wenn man Übung hatte wie Empathisch Hochbegabte, echte Gehörlose und Gebärdendolmetscher, reichte oft eine Hand dazu. Doch er brauchte beide. Darum hatte er beim Einsteigen vorgeschlagen, statt Klarabell die Windschutzscheibe anzusehen. Dann redete er mit dem Glas, nicht wahr? Das sollte reichen. Ihr war alles Recht gewesen, solange sie sofort losfuhren. Sie wollte Morgana unbedingt finden, bevor es jemand tat, der weniger Wohlwollendes mit einer Gedankenleserin vorhatte.

»Wenn du ›Bucketlist‹ in einem Wörterbuch nachschlägst, findest du ein Beispielfoto hiervon«, neckte Noah mit einem leicht hochgezogenen

Mundwinkel. Ob er sich das angewöhnt hatte, um seine Grübchen absichtlich zu betonen, oder war das Zufall? Klarabell schüttelte den Gedanken ab. Es gab gerade Wichtigeres!

Als sie das umstrittene Papier wegpacken und über Morganas möglichen Aufenthaltsort sprechen wollte, schnappte Noah es aus ihrer Hand. Um seinen Standpunkt zu unterstreichen, wedelte er ihr damit vor ihrer Nase herum, ohne den Blick von der Straße zu nehmen. Sie wimmelte ihn mit einem Winken ab, als sei die Liste eine lästige Mücke.

»Was, wenn es so wäre?«, murmelte sie, weil er durch einen Schulterblick ihre Gebärden nicht sah.

Er konnte nicht ahnen, dass sie mit dem Gedanken spielte, seinen Namen auf die Liste zu setzen. Allerdings schien jemand anderem zu vertrauen als ihren beiden Cousinen ein übergroßes Projekt für die begrenzte Zeit, die ihr eventuell blieb. Darum zögerte sie.

Er legte die Liste auf ihren Oberschenkel.

»Ist das nicht ein bisschen morbide für jemanden in deinem Alter?«

Unsinn, wiederholte sie und biss ein gutes Stück aus ihrem Daumennagel. *Ich bin bloß gut organisiert. Wer früher anfängt, schafft mehr.*

Angestrengt versuchte er ihren flinken Bewegungen im Augenwinkel und Rückspiegel zu folgen. Die Ampel, die vor ihnen auf orange sprang, kam gerade recht.

»Wenn da nicht jemand an der weltlängsten Bucketlist arbeitet.«

Ich versuche, meine Zeit im Diesseits voll auszukosten. Besser spät als nie.

»Solltest du auch.« Offensichtlich zufrieden mit ihrer Antwort zwinkerte er ihr flüchtig zu, als er wieder anfuhr. »Vielleicht geht das besser, wenn du dich nicht die ganze Zeit auf eine olle Liste konzentrierst, sondern auf die Dinge und Menschen vor deiner Nase. Vertrau mir, Klara, ich lebe schon ein, zwei Jährchen. Würde mich nicht als Experten bezeichnen, aber ich bekomme den Dreh langsam raus.«

Vor lauter Verzweiflung, was sie mit ihm und seinem Humor anfangen sollte, schmunzelte sie.

Zu ihrer Erleichterung schloss er das Thema damit ab.

Wieder einmal bewunderte sie ihn für seine Blindheit für die Müßigkeit der Welt. Junge Mädchen starben nicht in seiner unbeschwerten Realität. Die Menschen lebten glücklich und zufrieden bis ans Ende ihrer Tage, nachdem das Universum ihnen gegeben hatte, was sie sich wünschten. Mit Kirschen und Sahne obendrauf, einfach weil sie nett waren.

Was für ein fabelhafter Ort König Midas' Reich sein muss. Durch solche Träume zu wandeln …

In all den Jahren war das nie passiert. Wehmütig schob sie den Gedanken weg und setzte an, die zusammengefaltete Liste wegzupacken. Da fiel ihr eine Zeile auf. Ein abgeknicktes Eselsohr legte die Inspiration frei.

»*Postkarte verschicken.*«

Eilig tippte sie Noah an, um seine Aufmerksamkeit zu erregen.

Ich weiß, wo Mim steckt!

Bis sie an dem abgelegenen Teil des Rheinufers ankamen, nieselte es. Die Scheibenwischer des Golfs verschmierten das Wasser eher und verursachten ein kratziges Geräusch auf dem Glas. Die hinterlassenen Schlieren verzerrten die Sicht auf das Mädchen auf einer nahegelegenen Bank ein wenig. Trotzdem erkannte Klarabell den wasserstoffblonden Schopf sofort.

Noah reckte den Hals, um sich umzusehen, nachdem er das Auto vor einem schlecht besuchten Café abgestellt hatte. Außer besagtem Café, einem Businesshotel und einem leuchtend gelben Briefkasten gab es nicht viel zu sehen.

Wo sind wir? Jetzt wo sie standen, bemühte Noah sich wieder in der Gebärdensprache.

In der Nähe von einem Kongresszentrum, antwortete sie auf ihre Cousine fixiert, die ihnen den Rücken zuwandte.

Vor dem Aussteigen atmete sie tief durch. Noah kam nicht mit. Dafür gab er ihr einen bestärkenden Blick und ein Grübchen betonendes Lächeln mit auf den Weg. Das Gras jenseits des Bordsteins schmatzte unter ihren Schuhen und kündigte sie an.

Morgana drehte sich nicht um. Wie eine Statue blieb sie auf der Bank am Rheinufer sitzen, die Knie angezogen und die Füße auf die angewetzte Fläche gestellt. Obwohl die feinen Regentropfen ihren Mascara lösten, wischte sie sich die schwarzen Tupfen nicht wie sonst weg. Nicht mal eine ihrer Fingerglieder zuckte, als Klarabell sich neben sie setzte.

Sie überschlug die Beine und legte die Hände in den Schoß, den Blick auf das stetig treibende Wasser gerichtet. Schweigend. Weil sie nicht wusste, was sie sagen sollte. Als sie Cassandra abgewimmelt hatte, damit diese sich ausruhte, und mit Noah ins Auto gestiegen war, hatte sie ihren famosen Plan nicht weiter als bis zu diesem Punkt gesponnen. Warum blieb er im Wagen, statt sie heimzuholen? Er drang ohnehin besser zu ihr durch.

»Für einen geselligen Menschen willst du auffallend oft alleine sein.«

Dafür erntete sie ein genervtes Augenrollen von Morgana. »Was willst du hier, hast du dich verlaufen?«

»Nein«, gab sie gereizt zurück. Wieso fragten sie das auf einmal alle? »Sandra macht sich Sorgen, weil du abgehauen bist.«

»Und du?«

»Ich komm dich heimholen, damit alle wieder ruhig schlafen.«

»Alle außer dir.«

Sie knirschte mit den Zähnen und schluckte einen Kommentar herunter.

»Wie hast du mich gefunden?«

»Hier hast du Onkel Oskar das letzte Mal getroffen, oder?«

Ein klägliches Seufzen rutschte Morgana heraus. Dabei sanken ihre schmalen Schultern.

»Auf einen Coffee-To-Go und einen Bagel in der Meetingpause.«

Beinah wurde das ungewohnt leise Stimmchen vom Rasseln des Bettelarmbandes übertönt, das Morganas Vater ihr zum sechzehnten Geburtstag geschickt hatte.

»Für mich gab's nur eine Pappkarte. Die Runde gewinnst du, Mim.«

Eine kleine Weile sagte niemand mehr etwas. Klarabell hatte das Ende ihres Fadens erreicht und kam vor ihren inneren Barrikaden zum Stehen, die die Chinesische Mauer wie einen Krötenzaun aussehen ließen. Sie blockierte den Weg zu den richtigen Worten und den auf Morgana zu.

»Vielleicht hat Sandra recht«, rang sich diese ab. »Vielleicht sind wir uns wirklich ähnlicher, als wir möchten.«

»Lass uns heimgehen und ihr von dieser Epiphanie erzählen. Du weißt, wie sie es genießt, recht zu haben.«

»Und darauf herumzureiten«, fügte Morgana weniger trübselig hinzu. Trotzdem stimmte sie nicht mit in ein verhaltenes Kichern ein. Der Regen verblasste und der vorsichtig heitere Ausdruck in ihrem Gesicht gleich mit, als ein Gedanke vorbeihuschte.

»Geh vor. Ich brauch noch etwas.«

»Noah wartet oben im Auto auf dich und Sandra daheim.«

»Du hast Noah mitgebracht?!«

Über die Schulter sah sie auf die Straße, wo er in diesem Moment das Café mit einem wackeligen Pappkarton und drei Kaffeebechern darin verließ. Als sich ihre Blicke trafen, winkte er seiner Stiefschwester und Klarabell zu. Er machte jedoch keine Anstalten, zu ihnen zu gehen. Stattdessen ließ er sich von einem Passanten mit Kamera und Stadtplan in ein Gespräch verwickeln.

»Sag mal, was läuft da neuerdings zwischen dir und Noah?«, zischte Morgana wie aus heiterem Himmel.

»Bitte?!« Eben hatte Klarabell ein bisschen Zuversicht zusammengekratzt und jetzt das. Sie fühlte sich wie ein Kind, dem man seinen Lolli abnahm.

»Halt dich fern von ihm, klar? Er ist *mein* Bruder und du willst ihn nur, weil du keinen hast. Du bist neidisch.«

»Du weißt, warum ich ein Einzelkind bin, Mim. Sei nicht unfair.«

»Unfair ist, dass du mir meinen Bruder nicht gönnst.«

»Spinnst du jetzt? Noah hat mir bloß geholfen *dich* zu suchen.«

»Ach, tu doch nicht so.« Morgana verschränkte die Arme und drehte sich weg. »Ich hab vorhin gesehen, dass er dir geschrieben hat, nicht Valleri.«

»Du bist unmöglich, Mim, weißt du das? Alle rotieren um dich und du bekommst den Hals nicht voll. Du hast nie genug, um dich zu beklagen, oder?«

Ein vertrautes Lied unterbrach sie. Abbas »Money Money Money« dröhnte aus Morganas Handy, ihr Klingelton für Onkel Oskar. Wie wildgeworden wühlte sie in ihrer Jacke. Es sah aus, als wolle sie gleich hineinkriechen.

Sie schlug förmlich auf den grünen Telefonhörer ein, riss den Hörer ans Ohr und japste außer Atem: »Hallo? Daddy?«

Ihre erwartungsvoll aufgerissenen Augen wurden wässrig, als kratziges Nuscheln aus dem Telefon drang.

Wie man sich über die komischsten Töne freuen kann.

Klarabell blieb sitzen, als ihre Cousine aufstand. Sie tigerte umher, während sie sich durch die kurzen Haare strich und die Hände immer wieder hochwarf. Nach wochenlanger Funkstille riss die Freude über den Anruf ihres Vaters sie sichtbar aus der Bahn. Allem Anschein nach ging es nicht um die Arbeit oder ein Anliegen, das Morgana erledigen sollte. Dafür keifte sie nicht genug, fand Klarabell und schmunzelte. Wer konnte seine Tochter wieder heimholen, wenn nicht Onkel Oskar höchstpersönlich?

Sie war selbst erleichtert, dass er anrief. Denn sie wollte nicht glauben, dass ihm seine Tochter lästig oder gleichgültig war. Nicht weil sie die Zeichen ignorierte, sondern weil Morgana in ihren Augen einen besseren Vater verdiente.

Ihre Cousine schien genauso freudig-irritiert wie Klarabell, als sie ihr einen Blick zuwarf. Sie musste ihren Turmalin-Schmuck nicht ablegen und Morgana nachlesen lassen, um zu wissen, dass sie das Gleiche dachten. Für den Hauch eines Augenblicks spürte sie wieder diese Verbindung von früher.

Mit einem verhaltenden Lächeln drehte sie sich um, um Noah zu signalisieren, dass es bergauf ging. Auch Morgana ließ für eine Millisekunde ihre Schutzmauern sinken. Sie legte den Kopf in den Nacken, schon rollte ein mildes Glucksen aus ihrer Kehle. Nur ein einziger Laut – das reichte schon.

Noch während er in der Luft hing, klatschte ein schwarzer Federball gegen die Autoscheibe des Golfs. Reflexartig ließ Morgana ihr Handy fallen und riss die Hände vor den Mund. Ihr Vater rief ihren Namen, aber bekam keine Antwort. Sie sah wie hypnotisiert auf den regungslosen Vogel zu Noahs Füßen, der im falschen Moment die Fahrertür geöffnet hatte.

Den kompletten Heimweg gab Morgana keinen Ton mehr von sich. Nicht, als Klarabell vor Ekel quietschte. Nicht, als Noah sich hinkniete und den Tod der Amsel attestierte. Nicht, als er die Cousinen in den Wagen verfrachtete oder als Klarabell ihr den tausendsten stechenden

Blick zuwarf, der fragte: »Was zur Hölle war das eben?«. Sie blieb ebenso mucksmäuschenstill wie der leblose Vogel.

»Es war ein langer Tag. Für uns alle«, sagte Cassandra, sobald sie die Haustür zwischen sich und Noah geschlossen hatte. Seine Proteste hatte sie mindestens so konsequent ignoriert wie Morgana Klarabells bohrende Blicke die ganze Fahrt über.

Während sie geschäftig den Flur auf- und ablief, blieben ihre Cousinen mit gesenkten Köpfen und in voller Montur stehen. Sie sahen zu, wie der Straßendreck von ihren Schuhen tropfte. Dabei klammerte sich Klarabell an den Schuhkarton aus dem Kofferraum. Eingewickelt in Lumpen vom letzten Ölwechsel ruhte darin der Amsel-Leichnam. Morgana hatte in Gebärdensprache darauf bestanden, ihn mitzunehmen. Tragen konnte oder wollte sie ihn jedoch nicht.

»Geht schlafen«, forderte Cassandra. »Morgen früh geht es ohne Umwege zurück ins Internat. Für euch beide. Jetzt ist Schluss mit dem ständigen Weglaufen und dieser Anarchie!«

Klarabell hob den Blick vom Karton.

»Nein!«, japste sie, ohne Argumente folgen zu lassen.

Ausgeschlossen. Sie konnte unmöglich zurück!

»Es tut mir leid«, schniefte Morgana.

»Was meinst du?«

Anstatt die Antwort abzuwarten, schlenderte Cassandra mit ihrem eingemeißelten seligen Lächeln auf den Lippen in die Küche, um Tee aufzusetzen. Fünf kalte Tassen waren nicht genug.

Klarabell tippte ihre jüngere Cousine an der Schulter an.

Beruhig dich, gebärdete sie, damit Cassandra nichts mitbekam. *Wir müssen Sandra nicht beichten, was passiert ist. Das belastet sie nur unnötig.*

Morgana schüttelte den Kopf. Darum ging es nicht.

»Die Amsel ... Ich wollte das nicht ...«

»Das warst also doch du?« Für diesen geflüsterten Kommentar kassierte sie einen frostigen Blick. Er schmolz zwar wieder in Morganas wässrigen Augen, aber das Stechen in ihrem Brustkorb blieb. Wenige Sekunden später wich es einem, dumpferen, tieferen Schmerz, als ihre Cousine die Hände über den Mund legte - und nickte.

»Wurdest du …«

Sprich's nicht aus! Sag's nicht!

Doch sie konnte nicht anders.

»Auf dir liegt ein Fluch oder?«

Unbewusst wich sie einen halben Schritt zurück. Im selben Moment zerbrach etwas auf dem Küchenboden.

Morganas Handy vibrierte in ihrer Hosentasche und sang wieder »Money Money Money«. Diesmal hastete niemand danach. Jetzt gab es Wichtigeres als ihren Vater, wegen dem sie weggerannt war und sogar gelacht hatte. Es zählte nur die eine Frage aus Cassandras schmalem Mund:

»Mim, Liebes, ist das wahr?«

Bitte nicht, flehte Klarabell innerlich und taumelte zur Treppe. Dort sank sie auf die zweite Stufe und schob den Amselkarton so weit von sich, wie es ihre Armlänge erlaubte. *Bitte lass das einen ihrer unpassenden Scherze sein!*

Der Blick in Morganas wässrigen grünen Augen zerschmetterte jegliche Hoffnung.

Klarabells Wimpern fächerten die aufquellenden Tränen weg. Solange nur sie davon wusste, war es praktisch nicht real. Halb so wild. Solange sie nicht weinte, gab es auch keinen Grund dazu.

Ihre jüngere Cousine schien eine ähnliche Taktik zu verfolgen. Sie biss sich lieber auf die Unterlippe, als die angestauten Emotionen herausprudeln zu lassen, während sie schleifenden Schrittes und mit hochgezogenen Schultern auf die anderen beiden zuging.

Cassandra war im Begriff, vor Fassungslosigkeit das Gleichgewicht zu verlieren. Doch bevor sie auf die Treppenstufe sackte, zog sie sich am Geländer hoch.

»Wir müssen Onkel Oskar informieren«, sinnierte sie auf dem Weg zum Telefon, das zwischen Küche und Wohnzimmer in der Wand hing.

»Warte!« Panisch entriss ihr Morgana den Hörer und schlug ihn zurück in die Halterung. »Willst du, dass er mich nie wieder anruft?«

»Er ist dein Vater, er würde …«

»Bist du Traumwandlerin oder Hellseherin, Klara?«

»Mim, sie hat recht. Onkel Oskar wird keine Kosten und Mühen scheuen, um die besten Ärzte …«

»Er wird sehen, was für eine Schande ich bin! Genau wie der Rest dieser gehässigen Familie. Oh nein, den Gefallen tu ich euren Eltern nicht. Ich brauche nicht noch einen unfähigen Arzt! Ich komme zurecht! Ohne die, ohne irgendwen.«

Sie stand kurz vorm Hyperventilieren. Die zuvor in ihren Lungen eingesperrte Luft peitschte inzwischen heraus. Ihr Brustkorb hob und senkte sich unregelmäßig. Klarabell zerriss der Anblick das Herz. Am liebsten hätte sie sie in den Arm genommen und gehalten – Fluch hin oder her.

Trotzdem blieb sie wie angewurzelt sitzen. Sicher würde ihre Cousine sie wegstoßen …

Nie war Morgana ihr so weit außerhalb ihrer Reichweite vorgekommen wie jetzt, mit nichts als dem Amsel-Sarg und dem Treppengeländer zwischen ihnen. Und offenbar Welten kilometertief vergrabener Geheimnisse.

So aufgelöst sah Morgana wieder aus wie das Kind, dem Cassandra die Schultern streichelte, weil es zu schluchzen begonnen hatte. Wie das kleine Mädchen, das seinen Namen mit wasserfestem Filzstift auf Klarabells Unterarm gekritzelt hatte, das Seilhüpfen gemocht und unentwegt gelacht hatte.

Daran erinnerte sie sich: *dass* Morgana es getan hatte. Das Geräusch fiel ihr nicht mehr ein. Nur ein blasses Echo des sympathischen Lautes hallte in ihren Gedanken wider. Morganas Lachen fehlte schon zu lange. Der Geschmack auf ihrer belegten Zunge war eine Begleiterscheinung davon, dass sie nun ahnte warum. Das Mädchen von damals war fort. Ein weiterer Geist, der durch dieses Haus spukte. Seite an Seite mit Cassandras Freunden und Großmutter Edita.

Zurück blieben die drei Cousinen, die nicht wussten, wohin mit sich. Plötzlich schien ihnen allen schrecklich bewusst zu sein, dass sie einander aus den Fingern geglitten waren. Allen voran Morgana.

Diese lehnte sich an den Türrahmen und rutschte in Zeitlupe daran herunter. Ihre nassen Schuhe verursachten dabei ein unangenehmes Quietschen auf dem Fußboden.

»Was ist passiert, Liebes?«, wisperte Cassandra mit einer Hand an ihrer Schulter.

Fest an ihre Hand geklammert begann Morgana zu erzählen: Von einer Nacht in einer Bar, als sie sich aus dem Internat geschlichen hatte, um etwas Freiheit zu schnuppern. Von dunkelrotem Lippenstift, den sie Cassandra heimlich entwendet und nie den Mut aufgebracht hatte, ihn zurückzugeben. Von einem mit diesem Lippenstift verschmierten Zigarettenstummel und einem Drink, den Morgana nicht haben wollte. Nicht bei der ersten Frage. Nicht bei der fünften. Nicht als sie den Zigarettenstummel in das Glas dieses penetranten Kerls schnippte.

Vielleicht, würgte Morgana heraus, hatte sie über sein purpurnes Wut-Gesicht gelacht, nachdem sie ihm im Fingeralphabet buchstabiert hatte: *Nein heißt nein.* Möglich, dass er das anders gesehen und gebrüllt hatte, ihr solle das dämliche Lachen im Hals steckenbleiben.

»Ich hab seine Stimme nicht wiedererkannt, von einem Moment auf den anderen …«

Was Morgana schilderte, kannte Klarabell nur aus dem Unterricht – zu ihrem Glück. Statistisch gesehen kam es äußerst selten vor, dass jemand eine solche Masse an bösem Willen und negativen Gedanken in sich anstaute, dass sie ein Eigenleben entwickelten und in der Gestalt von Worten - im schlimmsten Fall von Blicken - auf andere übersprangen. Aber was hieß schon die Statistik für den Einzelfall?

»Ich weiß, das Verwünschen ist zu variabel für speziell darauf zugeschnittene Tattoos. Aber ich wünschte, ich wäre weniger nachlässig mit dem Nachstechen meiner Symbole gegen Unheil allgemein gewesen. Vielleicht hätten sie besser geholfen.«

Im Nachhinein war das nicht festzustellen. Schon gar nicht, solange man den Täter nicht studieren konnte.

Ob dieser junge Mann ihr Lachen absichtlich verwunschen hatte, erfuhr Morgana nie. Als sie nicht mehr das Gefühl gehabt hatte, zu ersticken, war er bereits verschwunden.

ELF

Es fühlte sich falsch an, weiter neben dem Amselkarton zu sitzen. Also begruben sie ihn im Garten hinter dem Haus in einem der Beete. Alle schwiegen dabei. Anschließend wurde Klarabell zu ihrem eigenen Schutz in ihr Zimmer verbannt.

Cassandra ignorierte, dass Morgana beteuerte, sie sei nicht ansteckend und bereits bei sämtlichen Spezialisten gewesen. Sie schrubbte sie von oben bis unten ab und räucherte sie in ihrem Zimmer bis spät in die Nacht mit weißem Salbei aus. Natürlich half es nichts. Diese Art Fluch fürchtete sich nicht vor einer laienhaften Räucherung und Kräuterseife, egal wie rein und von wie vielen stummen Nonnen hergestellt. Er haftete an Morgana wie eine zweite Haut. Das Verwünschen beziehungsweise *Verschreien* war kein Alltagsfluch wie »verdammt« oder »verflixt« bei einem angestoßenen Zeh. So etwas trug oft die frische Luft fort, wenn ihn nicht schon eine Entschuldigung das Fürchten lehrte. Morganas Fluch spielte jedoch in einer völlig anderen Liga als versehentlich gutes Wetter oder Erfolg bei einer Prüfung zu verschreien.

Umso besorgter starrte Klarabell von der Bettkante aus an die Wand. Immerhin war der Fluch nicht per se so endgültig wie ihr vermeintliches Todesurteil. Das bedeutete, es gab Hoffnung, oder?

Sie seufzte schwer und ließ ihre Traumfänger mit einer sanften Handbewegung schwingen.

Was für ein Tag. Was für ein verkorkster Tag.

Sie wollte die Zeit zurückdrehen. Zu dem Punkt, an dem ihre einzigen Probleme der Tod, ihr Gewissen und ihre Bucketlist waren. Sie zog den Zettel aus ihrer Hosentasche. Aufgefaltet und auf ihrem Oberschenkel glattgestrichen lasen sich die Stichpunkte besser. »Mim« fand sie am Ende der Liste und stolperte stumm über ihren eigenen Optimismus.

Warme Tränen kullerten ihre Wangen hinunter. Sie machte sich nicht die Mühe, sie abzuwischen. Der ganze angestaute Frust, alles was sie nicht verstand und verarbeiten konnte, quoll über. Wie passte so viel in einen einzigen Tag? Wie bekam man diese riesigen Knoten aus Herz und Gehirn heraus, ohne bei dem Versuch mehr hinein zu flechten?

Ein Film entfaltete sich vor ihrem inneren Auge. Wie sie die Zimmertür öffnete und zu Morgana rüber lief, bloß drei Schritte über den Flur. Im Drehbuch stand sich zu ihr setzen. Sanft, fast malerisch ihre Hand drücken. Ein Schluchzen. Ein tiefer Blick, so schwer von Bedeutung, dass er kaum zu ertragen war. Neu geknüpfte Bande überdeckten verkohlte Brückenreste und schenkten die Gewissheit, ab jetzt immer füreinander da zu sein. Sie würden genau wissen, was zu sagen war. Das wussten immer alle in Filmen, die einem die richtigen Worte für jede Gelegenheit vorkauten.

Leider war das Klarabells Leben, kein Familiendrama auf Arte. Das Abbrennen von Brücken entpuppte sich als deutlich leichter als das Errichten, wenn man kein Drehbuch in den Händen hielt. Es war kein neunzigminütiges Projekt zur Primetime, sondern eine Lebensaufgabe. Hätte sie das doch nur früher begriffen.

Sie drehte sich um und lief ein paar Schritte weg von der Tür.

Egal was für ein Albtraum nach diesem Tag auf sie warten mochte, sie fürchtete ihn nicht. Nicht bei dieser Realität.

Sie schloss den Rollladen an beiden Fenstern. Ihre Straßenklamotten tauschte sie gegen ein frisches Baumwollnachthemd, das nach Schrank, Mottenkugeln und verflogenem Hibiskus-Weichspüler roch. Nach dem Umziehen strich sie durch die Federn ihrer Traumfänger, bevor sie sich auf ihrem Bett niederließ wie auf ein Nagelkissen. Obwohl sie sich in ihre Winterdecke einwickelte und die Tagesdecke über ihren zusammengerollten Körper zog, fröstelte sie. Diese Kälte kam nicht von der zickigen Heizung, sondern von innen.

Zunächst tapfer wischte sie die Überreste ihrer Tränen am Kissen ab und schloss die Augen. Mit Kopfhörern verschloss sie auch ihre Ohren. Sie wurden mit ihrer »Best of Musicals Worldwide«-Playlist beschallt, der heilen Welt in wenigen Tonleitern. Aber anstatt sie zu beruhigen, kratzten die heiteren Melodien ihr Nervenkostüm weiter auf. Sie presste ihr Gesicht in das Kissen und schrie. Schrie und schrie in die Daunen, bis ihre Kehle brannte und ihr die Luft ausging. Doch natürlich bewies die Playlist den längeren Atem.

Resigniert und ein Hecheln unterdrückend gab Klarabell auf. Sie drehte sich auf den Rücken und steckte diese dämlichen Kopfhörer aus. Keine weiteren vier Atemzüge später gewann die psychische und physische Erschöpfung die Oberhand. Ehe sie sich versah, glitt sie in den Schlaf.

Zunächst wirkte der Morgen harmonisch, ohne scharfe Kanten und Ränder. Sie hätte es für den Traum eines friedlichen Menschen gehalten, wäre da nicht dieses vertraute Ziehen in ihrer Magengrube gewesen. Oder die staubige Luft, die nach Unlust und Leistungsdruck schmeckte. Das Wort dafür lag Klarabell auf der trockenen Zunge. Sie erkannte jede Note, die bitterste und die süßeste, aber sie kam nicht darauf. *Vertraut*, war alles, was ihr einfiel. Bloß woher?

Ein klassischer Trick von hartnäckigen Albträumen. Denn wenn sie gewusst hätte, dass sie träumte oder dass sie es schon einmal durchgestanden hatte, wäre es halb so wild gewesen. Nur halb so viel Spaß für das nachtaktive Untier, dass ihre geschwächten Schutzmauern untergrub.

Darum führte es die unwissende Klarabell über die Tartanbahn. Als sie an dem Startblock ankam, erkannte sie die weißen Markierungen auf der Rennstrecke. Den feuchten Rasen ihrer Grundschule daneben, auf dem das gemeinsame Aufwärmtraining stattfand und später die Siegerehrung der Bundesjugendspiele.

Sie war nicht sportlich. Sie gewann nie eine Urkunde. Wenn sie an die letzten Jahre dachte, zog sich ihr Magen zusammen.

Applaus und Johlen dröhnten bereits über den Sportplatz. Eltern, Lehrer, Schaulustige, Fremde. Ein undefinierbares Meer aus Menschen krakelte auf einer Tribüne, so hoch, dass sie sich in das Himmelszelt bog und einen dunklen Schatten auf die Rennbahn warf. Jubel verkam zu Gebrüll. Klarabell war sich nicht mehr sicher, ob ihnen gefiel, was sie sahen, als der Startschuss ertönte. Er schoss durch ihre Brust, aber sie fiel nicht zurück, sondern vor, direkt in den Sprint. Das klaffende Loch in ihrer Lunge zwang sie zu hecheln. Aber sie blieb nicht stehen.

Hinter ihr trampelten Schritte. Hufe. Sie donnerten über die Tartanbahn wie ein wütendes Gewitter aus Metall und Horn.

Dreh dich nicht um!

Doch sie hatte sich schon zu ihrer Linken umgewandt und starrte in eines der stechend grünen Augenpaare eines prustenden Tierwesens. Es wandte sich, um sie mit all seinen drei Pferdeköpfen anzustarren, über denen mächtige Geweihe prangten. Aus den geblähten Nüstern stieß das Ungetüm dichten schwarzen Rauch aus. Als das Untier drohend wieherte, kochte der Qualm hoch. Das Ungeziefer, das um sein Maul herumkrabbelte, wurde in die Luft und in Klarabells schweißbenetztes Gesicht geschleudert. Den dabei ausgestoßenen, verzerrten Laut erkannte sie erst drei quälende Runden später. Es war Morganas Lachen, überzeichnet wie eine zynische Karikatur.

Das Hirschpferd jagte Klarabell Runde um Runde. Unter dem Tosen seiner Hufe und der Massen peitschte es sie über jegliche Schmerzgrenzen hinweg.

Die beiden hechteten um die Wette. Nasenlängen voneinander entfernt. Dann wieder Kilometer. Zehe an Huf, Ohr an Ohr. Ein Wimpernschlag, und der Gegner war nirgendwo mehr zu sehen …

Weiter. Weiter. Weiter.

Bis einer von ihnen tot umfiel.

Blutende Füße. Brennende Sohlen. Glühende, zum Zerreißen gespannte Muskeln. Ein Rennen auf Leben und Tod, nur dass Klarabell in diesem Traum bereits unsterblich war.

Das Hirschpferd wieherte erneut auf – ob vor Scherz oder Schadenfreude, wusste sie nicht.

Sie konnte nicht mehr. In ihrer Lunge war kein Sauerstoff mehr übrig. Ihr blieb keine Kraft in irgendeiner ihrer Fasern. Trotzdem rannte sie.

Das abgemagerte Ungetüm ebenfalls. Statt nachzugeben, nahmen sie sich selbst gefangen in einem ewigen Wettrennen, das niemand gewann.

Obwohl ein unerträglicher Druck auf Klarabells Herzen lastete, raste es beim Aufwachen wie verrückt. Sogar flaches Atmen tat so weh, dass sie glaubte, ihr Brustkorb bräche gleich auf.

Ganz gleich, was sie mitten in der Nacht geweckt hatte, sie war ihm unendlich dankbar. Leise hauchte sie das Wort aus.

Ich hätte meine Baldriantabletten nehmen sollen, stöhnte sie innerlich. Dabei knipste sie ihre Nachttischlampe an und schob die Füße über die Bettkante. Eilig – nicht hastig, um nicht das Gefühl zu vermitteln, dafür gäbe es einen Grund – streckten sich ihre Zehen nach dem Boden.

Sobald sie merkten, dass sie nicht mehr liefen, wurde es besser. Die unzähligen durchlittenen Kilometer verschwanden aus ihrem Körper und flohen zurück in die Unwirklichkeit des Dunkels, wo sie hergekommen waren.

Klarabells Mund schmeckte trocken wie von einem Marathon, sodass ihre Zunge unangenehm am Gaumen klebte.

Ein Schluck Wasser. Ein Stück gehen. Das half in der Regel.

Mit einem Pochen in den Schläfen schleppte sie sich zur Zimmertür und schloss sie leise hinter sich. Den Flur erhellte nur das Licht, das darunter hervorlugte, abgesehen von dem hellen Streifen unter Morganas Tür. Wie hypnotisiert starrte sie auf die weißgelbe Linie am Boden, durch die ab und an ein Schatten huschte.

Mim kann wohl auch nicht schlafen …

Ihre Finger ballten sich zu einer lockeren Faust. Bereit zu klopfen, um das Drehbuch nachzuspielen, das sie in anderer, fiktiver Leute Leben auswendig gelernt hatte. Doch ihr eigener Schatten, der zwischen ihren Füßen und Morganas Türschwelle lag, versperrte ihr den Weg.

Sie seufzte schwer, bevor sie sich über die verräterisch knarzende Treppe zur Küche schlich. Der Schmerz hinter ihren Schläfen verschwand trotz der angenehm kühlen Fliesen unter ihren nackten Füßen und drei Gläsern Wasser nicht. An die Tischplatte gelehnt, legte sie ihren schweren Kopf in den Nacken. Sie spürte bewusst, wie sich ihre Wirbel einer nach dem anderen verschoben, während sie mit ihrem Schultergürtel spielte.

Am liebsten hätte sie ihr Wasserglas in die Spüle geschmettert. Wie wohltuend der Klang der brechenden Splitter gewesen wäre! Wie gut es getan hätte, die Kochbücher aus dem Regal zu reißen, alles Geschirr auf den Boden zu schmeißen, bis die Außenwelt chaotischer aussah als ihr Inneres. Endlich all die angestauten Gewitter, die sich in ihr zusammenbrauten, befreien, damit sie hier draußen weiter wüteten.

Doch was blieb außer Scherben? Ihre Cousinen würden aufwachen. Und dann? Wie sollte sie ihren Tobsuchtsanfall erklären? Nein, sie musste sich zusammenreißen. Es war das Beste für alle, weiter alle Wut in sich einzuschließen.

Auch wenn sie beim besten Willen nicht verstand, warum das Schicksal es auf sie und ihre Cousinen abgesehen hatte. Wieso stieß ihnen all das zu? Reichte es nicht, dass sie jung sterben sollte? Dass Cassandras Verstand sich Schritt für Schritt auflöste? Musste ausgerechnet ihr Nesthäkchen Morgana noch von einem solchen Fluch getroffen werden? Je mehr sie diese Gedanken zuließ, desto wütender wurde sie. Auf die Welt, auf die Nacht und vor allem auf sich selbst.

So geräuschvoll, wie Klarabell es verantworten konnte, stellte sie das leere Glas ab. Der zu große letzte Schluck drückte dabei von innen auf ihren Kehlkopf. Sie musste sich beruhigen, ohne Wenn und Aber!

Fürs erste musste Tigerbalsam gegen Kopfschmerzen reichen, wenn sie schon nichts um sich werfen durfte. Sie beugte sich vor zur Theke, um in der Schublade danach zu kramen, da fiel ihr etwas auf der anderen Seite des Fensters ins Auge. Durch die Spitzengardine schien viel zu niedrig ein Lichtpunkt. Neugierig und alarmiert zugleich schob Klarabell den Stoff mit zwei Fingern weg.

Auf der anderen Seite der Straße stand ein dunkler Golf mitten im Parkverbot. Auf dem Heck klebte ein größtenteils abgeblätterter »Baby an Board«-Aufkleber, den sie überall wiedererkannt hätte.

»Was machst du denn hier?«, wisperte sie und zog ihre Augenbrauen zusammen.

Die Müdigkeit lähmte ihren Verstand zunehmend. Jeder Gedanke kostete mehr und mehr Energie und Konzentration. Bloß keine Entscheidungen mehr. Kein Abwägen. Dieser Bereich in ihrem Gehirn fühlte sich schrecklich geschwollen und überlastet an. Wie ein gezerrter Muskel. Wahrscheinlich verursachte das diesen unterschwelligen Kopfschmerz, zusammen mit all den Regelbrüchen der letzten drei Tage und dem Kontakt mit einer Untätowierten.

Sie hatte es satt, vorsichtig abzuwägen und ständig die Füße stillzuhalten. Diesmal folgte sie ihrem Bauchgefühl. Sie gab sich einen Ruck und holte die eingestaubte Magnet-Zaubertafel, die sie aus Nostalgie behielten, aus dem Spielefach im Wohnzimmer. Von der Garderobe schnappte sie sich Mantel und Regenschirm. Der Hausschlüssel raschelte verdächtig, als sie wie in Zeitlupe aufsperrte. Sie warf einen allerletzten prüfenden Blick die unbeleuchtete Treppe hinauf, doch das Haus schien noch immer seelenruhig zu atmen.

Draußen peitschte ihr der Wind dicke Regentropfen an die nackten Beine. Sie unterdrückte einen erschrockenen Laut, als sie bemerkte, dass sie ihre Schuhe vergessen hatte. Die Steinstufen vor der Tür waren so kalt, dass ihre Fußsohlen unangenehm kribbelten. Trotzdem drehte sie nicht um. Die Bedenken, dass sie sich nochmal hierzu durchringen würde, überwogen.

Der zugehaltene Mantel flatterte im steifen Wind, während sie über den Bordstein tapste. Den Schirm hielt sie verkrampft in der Hand, die Magnettafel mit fehlendem Herzchen-Stempel und kaputten Pigmenten in einer Ecke klemmte unter ihrem Arm.

Die von Straßenlampen und entferntem Hundegebell durchzogene Nacht behagte ihr berufsbedingt nicht. Nach den letzten Stunden kroch außerdem ihre frühkindliche Angst vor der Dunkelheit zurück in die Glieder. Sie konnte nicht schnell genug in die Seitenstraße einbiegen und über die verwaiste, im Regen glänzende Fahrbahn huschen.

Ihr Klopfen ließ den dunklen Schopf, der gegen die Scheibe lehnte, aufschrecken. Verdutzt, beinah belustigt blinzelten sie Noahs Augen an und ließen ihren Atem kurz stocken.

Gemächlich kurbelte er das Fenster herunter. Regen drang herein, aber nicht Klarabells Stimme - sehr zu seiner Enttäuschung, wie sie aus dem leichten Zucken in seinen Mundwinkeln las.

Zur Begrüßung winkte sie verhalten, bevor sie den Regenschirm umständlich zwischen Kinn und Schulter klemmte. Sie stützte die

Magnettafel in ihren Bauch und begann zu schreiben: »*Kannst du nicht schlafen?*«

Noah drehte das Handy, das sein Gesicht bis eben in ein unnatürliches Blau getaucht hatte, zu der Tafel. Er nahm den angekauten Sternen-Stempel und malte damit ein Ausrufezeichen, das Klarabell an eine Sternschnuppe erinnerte. Dabei vergrößerte er sein Lächeln und schüttelte den Kopf, entweder als »Nein, kann ich nicht« oder über ihren neuen Einfall, wie sie nicht mit ihm reden musste.

Beim Anblick der Sternschnuppe schmunzelte sie, besann sich jedoch schnell. Es fühlte sich unpassend an, sich nach den jüngsten Erlebnissen über Noahs zugegebenermaßen liebenswerte Kindereien zu amüsieren. Sie biss sich auf die Zunge und löschte die Magnet-Nachricht, um Platz für neue zu schaffen. Noch beim ersten Buchstaben unterbrach sie seine von der Schlaflosigkeit und dem Wetter angeraute Stimme.

»Wie soll ich ruhig schlafen, wenn ich Morgana nicht helfen kann?«

Betreten sahen die beiden einander an, teilten ihren Schmerz und ihre Unsicherheit mit Blicken. Klarabell presste die Lippen aufeinander, in einer Mischung aus mitfühlendem Lächeln und Ratlosigkeit. Heimlich schluckte sie unangenehme Worte, bevor diese an die kühle Aprilluft flohen.

»*Du hast geholfen, sie heimzubringen*«, schrieb sie und fügte schnell hinzu: »*Danke.*«

Noah setzte an zu sprechen, aber sie schüttelte den Kopf. Sie schob die Magnettafel durchs Fenster und streichelte mit dem Handrücken ihre Wange hinunter. *Bitte.*

Als er nicht verstand, deutet sie die Geste mit beiden Händen, die ausgekühlten Fingerspitzen aneinander tippend, an.

Dabei spürte sie selbst, wie sich Worte in ihrem Hals zusammenbrauten. Sie wollte mit ihm reden, seine Stimme hören, für die sie sich früher ähnlich aus dem Bett geschlichen hatte. Aber sie konnte sich nicht überwinden, wieder mit ihm zu sprechen.

»*Ich kann nicht schlafen, solange sie es nicht kann*«, schrieb Noah, wobei er zu fest auf das Plastik aufdrückte. Mit einem Nicken deutete er auf das Fenster hinter Klarabell. Das Licht, das dort durch die Vorhänge schien, zeichnete Morganas Silhouette nach. Sie saß in der Fensternische, ohne herunterzusehen.

Noah räusperte sich, um Klarabells Aufmerksamkeit zu bekommen. Er legte die Magnettafel auf das Armaturenbrett und klopfte auf den Beifahrersitz, um sie einzuladen. Abermals blockte sie mit vehementem Kopfschütteln ab.

Ich stehe lieber, erklärten ihre Hände.

Bei dem Versuch, ihre routiniert-schlampigen Gebärden in der Dunkelheit zu verstehen, schnitt er ein verständnisloses Gesicht. Er hatte kaum eine Chance ihnen zu folgen. Als er nach der Magnettafel griff, rang sie sich den Satz noch einmal aus den Stimmbändern. Sie sprach so heiser und leise, dass es gerade noch hörbar war.

In Gedanken wiederholte sie Morganas Worte vom Frühstückstisch neulich wie ein Mantra. Sollte sie nachgeben und weitersprechen? Nicht, obwohl sie einen grauenhaften Tag hinter sich hatte, sondern gerade deswegen?

Noahs Stimme brachte aufgrund Klarabells sorgsam gehegten und gepflegten Kindheitserinnerungen etwas Beruhigendes mit sich. Ähnlich wie die Magnettafel. Sie vermittelten das Gefühl von Geborgenheit und einer potentiell heilen Welt, in der es Raum für Späße und Leichtigkeit gab. Früher hatte sie zu viel Ehrfurcht vor den Regeln der Traumwandler erfüllt, um auf ihn zuzugehen. Aber jetzt hatte sie neue, größere Ängste. Und Albträume ohnehin.

»Du versperrst mir die Sicht auf das Zimmer meiner Schwester.«, wisperte Noah seinem Rückspiegel zu. Seine Stimme schmolz in Klarabells Ohren wie Schokolade in der Sommersonne.

»Herrje, wo sind Ihre Manieren geblieben, werter Herr Meister-Stalker? Wie heißt das Zauberwort?«

»Wingardium Leviosa!«

Was hatte es nur mit diesen Geschwistern und Harry-Potter-Witzen auf sich? Ein neuer Trend? Ein unerforschter Virus und wenn ja, war er ansteckend? Hoffentlich vertrug er sich mit der Erkältung, die Klarabell sich hier draußen bestimmt einfing. Beim Schreiben war ihre rechte Seite klitschnass geworden. Ihre Haare klebten in dicken Strähnen an ihrer Wange und der Schulter, wobei das Wasser ihre Locken etwas herauszog.

»Willst du nicht lieber mit ins Haus kommen?«, flüsterte sie.

C-A-S-S-A-N-D-R-A, buchstabierte er erstaunlich flüssig und zog die Augenbrauen zusammen, woraufhin sie abwinkte.

»Großmutter hat uns das Haus als Schutz vor Menschen geschenkt, die uns ausnutzen wollen und denen wir gleichgültig sind.« Sie musste kurz tief durchatmen, bevor sie weitersprach. Die Worte verlangten ihr weiterhin Mühe ab, aber sie wollte es so sehr, denn: »Du, Noah, gehörst nicht zu diesen Menschen. Du liebst Morgana, als wäret ihr euer ganzes Leben Geschwister gewesen.«

Laut ausgesprochen, begriff sie es endlich selbst. Noah Küşat war vertrauenswürdig. Von Zeit zu Zeit ein Clown, aber verlässlich wegen seiner Fürsorge Morgana gegenüber. Sie hatte ihm zu Unrecht wegen seiner ungeklärten Verbindung zu Pares misstraut.

»Und eure Matriarchin sieht das auch so?«

»Cassandra schläft wie ein Stein und vor 6:30 Uhr klingelt ihr Wecker nicht. Dir bleibt genug Zeit, um unbemerkt in der Dämmerung zu verschwinden.«

»Wie es ein guter Stalker eben macht.«

»Exakt.«

»Und woher weißt du, dass sie nicht auch wachliegt?«

»Sie schnarcht«, verriet Klarabell mit einem Zwinkern. »Wie eine Kettensäge.«

Wenn sie vertraute Blicke austauschten oder dieses gedämpfte Kichern teilten, wirkte die Dunkelheit nicht mehr so monströs. Das Leuchten in seinen Augen wies die Nacht in ihre Schranken und gab ihr auf wundersame Weise für einen Moment den Mut, das Gleiche zu tun.

Noah wollte Cassandra gegenüber nicht respektlos sein, doch Klarabell beschloss, dass es genauso ihr und Morganas Haus war und sie ihn eigenständig einladen durfte. Sie hielt ihm den Regenschirm über und badete dabei ihre bisher trockene Seite im Regen. Im Wohnzimmer schüttelte sie Kissen für ihn auf und holte zwei Wolldecken aus dem Bastkorb hinter dem Sofa. Sie stellte ihm einen der frischeren ausgekühlten Tees auf die Sofalehne und huschte Richtung Flur, wobei sie ihm beiläufig in Gebärden *eine gute Nacht* wünschte.

Im Türrahmen fing er sie ab.

Seine Hand an ihrem Oberarm brachte ihre Haut selbst unter dem Mantel zum Kribbeln. Sanft strich er ihr eine nasse Strähne aus dem

Gesicht, während sie einander gleichermaßen schockiert von diesem Vorstoß anstarrten.

»Jetzt wird alles gut, oder? Cassandra bringt Morgana und dich zurück ins Internat, wo ihr sicher seid.«

Betreten schlug sie die Augen nieder. Sprechen war das eine, wieder zu lügen etwas anderes. Für einen Moment gewann der wachsende Teil in ihr die Oberhand, der es leid war, alles in sich anzustauen. Sie schob die Wohnzimmertür vorsichtig zu.

»Was, wenn ich nicht zurückgehen *will*?«

»Hast du noch was zu erledigen in der Außenwelt?« Sein Kopf und seine Schulter lehnten gegen die Raufasertapete, um die Krücke und sein lädiertes Bein zu entlasten.

Unsicher rang Klarabell ihre Hände vor der Brust. Allmählich häuften sich zu viele Baustellen in ihr an: Pares' Deal, Adelas Vorschlag, sie selbst zwischen den Stühlen, zwischen Leben und Tod. Dazu kamen Morgana und Cassandra. Sie fühlte sich wie eine tickende Zeitbombe. Allmählich verlor sie den Überblick, welches Kabel es zuerst zu kappen galt. Wer von was wie viel wusste.

Es war zu spät, um so weitreichende Entscheidungen zu treffen, und sie war viel zu müde. Doch ihr Mundwerk war ausnahmsweise schneller als ihre Bedenken, die Angst vor der Ausweglosigkeit im Internat zu groß.

»Wenn ich dich bitten würde, mich morgen früh mitzunehmen, nur ein Stück, würdest du mir helfen?«

Noah zog einen Mundwinkel hoch.

»Ich hab dich auch auf diese Party geschleust oder nicht?«

»Heißt das ja?«

Daraufhin fischte er sein Handy aus der Hosentasche und hielt ihr das Display vor die Nase. Mit zusammengekniffenen Augen versuchte sie den Text auf dem grellen Bildschirm im ansonsten nur durch eine Stehlampe beleuchteten Raum zu entziffern.

»Morgana hat mich das Gleiche gefragt. Wer hätte das gedacht?«

»Tust du ihr den Gefallen?«

»Nein«, gab er zu ihrer Erleichterung zu und drehte seine Krücke um die eigene Achse. Als Spiel. Zur Ablenkung. Vielleicht aus Gewohnheit.

Seine Stimme klang rauer als sonst. Er klang wie ein richtiger Erwachsener nicht wie ein Kindskopf im Körper von einem.

»Das ist zwar, was sie will, aber nicht das, was sie braucht. Da besteht ein Unterschied. So hart es ist, ihr einen Wunsch abzuschlagen – meine Schwester bedeutet mir zu viel, als dass ich nachgeben kann.«

Wissend nickte Klarabell. Vorsichtig sah sie von unten zu ihm hoch, ohne das Kinn zu heben.

»Und bin ich dir egal genug, dass du es für mich tust?«

Sie war nicht sicher, worauf sie hoffte. Ihr Herz schlug nervöse Salti, bis Noah sich zu einer Antwort durchrang.

»Tut mir leid, Klara … Ich fürchte nicht.«

Schweigend sahen sie einander tiefer in die Augen, als es ihr angenehm war. Sie konnte sich nicht losreißen. Das war das Rührendste, was man ihr seit Langem gesagt hatte. Das Erschütternde daran war nicht diese Erkenntnis, sondern dass sie es bloß wehmütig hinnahm.

Wie gut man sich einreden konnte, dass man etwas nicht brauchte, weil es unerreichbar schien. Dinge schönreden, darin war sie olympische Meisterin. Sie hatte sich selbst derart an der Nase herumgeführt, dass sie tatsächlich angefangen hatte zu glauben, Postkarten mit dem Abdruck eines sündhaft teuren Lippenstiftes ihrer Mutter seien eine ausreichende Form der Zuneigung. Wie Applaus für den Gewinn unzähliger Runden im Stellvertreterkrieg gegen Morgana.

Noah brauchte nur einen einzigen Satz, damit diese Wunde in ihrem Inneren aufriss wie ein tiefer Papierschnitt. Sie hatte ihre Zeit wirklich leichtfertig verschwendet. Nicht, indem sie nicht durch Bars zog wie Morgana oder indem sie Hauspartys verpasste. Sondern auf eine Weise, die nicht mit einer durchzechten Nacht nachzuholen war.

»Du solltest zu Mim hochgehen«, flüsterte sie, doch Noah schüttelte schwach den Kopf. Sie sah es gerade so an seinem Schatten, der die Bewegung überlebensgroß spiegelte.

»Sie braucht *dich*, Klara.«

»Ich bin die Letzte, die sie jetzt sehen will.« Ihre ewige Rivalin seit – wann hatte dieser Irrsinn eigentlich begonnen?

»Sie kann es nicht zugeben. Aber ich weiß, dass sie dich vermisst. Und andersrum.«

Sein selbstsicherer Tonfall machte sie rasend. Was wusste er schon darüber? Trampelte hier rein und wollte ihr Leben auf den letzten Metern umkrempeln!

Sie umschloss den Türknauf fest mit einer Hand. Es wurde Zeit zu gehen, bevor dieses Gespräch weiter in eine Richtung ging, die ihr ungestüm flatterndes Herz nicht ertrug.

»Du träumst wohl schon«, murmelte sie, als sie aus dem Zimmer schlüpfte. Die Ukulele an der Wand gab kurz Laut, als sie die Tür schloss.

Noah hatte keine Ahnung, wovon er sprach! Vielleicht hätte sie ihn doch draußen im Auto frieren lassen sollen.

Als sie die oberste Treppenstufe erreichte, kam sie trotzdem nicht umhin, zu dem Licht unter Morganas Tür herüber zu schielen.

Unentschlossen warf sie einen Blick die Treppe hinauf, wobei sie ihre Hand über das Geländer rutschen ließ – vor, zurück, vor, zurück. Konzentriert auf Cassandras nasales Schnarchen zwang sie ihre Fingerknöchel gegen Morganas Zimmertür.

Weil wie erwartet keine Antwort folgte, trat sie einfach ein.

Wäre es irgendeine Nacht gewesen, wäre sie vorbeigegangen und hätte sich gesagt: »Heute ist nicht aller Tage Abend. Zum perfekten Zeitpunkt regelt sich das.« Aber es war drei Tage nach der Hiobsbotschaft der Wahrsagerin. Ihr lief die Zeit davon.

»Ich bin mir nicht sicher, ob wir gerade miteinander reden«, begann sie und fühlte sich prompt schuldig wegen des angedeuteten Lachens in ihrer Stimme. »Darf ich reinkommen?«

»Bist du schon drin oder nicht?«, raunte es von der Stirnseite des Raumes.

Morgana saß im Schneidersitz in der Lesenische, die das Fensterbrett ersetzte. Auf ihrem Schoß balancierte ein Scrabble-Brett auf einem altrosafarbenen Kissen. Das war die hier vorherrschende Farbe, die Großmutter Edita für ihre jüngste Enkelin ausgesucht hatte. Die üppigen Vorhänge über den hauchdünnen Gardinen hätten aus ihrem Anwesen stammen können. Im Saum dieser Vorhänge waren verschiedenfarbige Turmaline eingearbeitet worden, um ein Refugium ohne fremde Gedanken zu schaffen. Sogar der Schminkspiegel über der Kommode besaß einen dünnen Vorhang. Solche Details im matronenhaften Stil hatten auch Großmutter Editas Schlafzimmer vor ihrem Tod geschmückt.

Dadurch übte der Raum einen unangenehmen Druck auf Klarabells Brustkorb aus. Sie holte tief Luft, um sich dagegen zu stemmen, und setzte sich andächtig neben ihre Cousine. Diese schnaubte, verscheuchte sie aber nicht. Klarabell rang nach Worten, während Morgana ihre acht Spielchips auf verschiedene Weise sortierte.

Wo soll ich anfangen? Was wollte sie überhaupt sagen?

»Wer gewinnt?«, fragte sie schließlich.

»Ich«, gab Morgana schlicht zurück. »Überrascht?«

Vielleicht sollte ich wieder gehen?

»Was willst du hier, Klarabell?«

Dass sie ihren ganzen Namen verwendete, tat weh, aber sie versuchte, sich nichts anmerken zu lassen. Sie grub ihre Finger in das nächstbeste Kissen, bis die empfindlichen Gelenke taub wurden, um die Spannung in ihrem Inneren irgendwohin abzuleiten.

Ich ertrage es nicht länger, wie wir miteinander umgehen. Siehst du nicht, was aus uns geworden ist? »Ich wollte nach dir sehen, Mim.«

»Hast du nicht genug über mich gelacht? Du hast gewonnen, okay?! Du bist die perfekte Klarabell, die alles richtig macht und besser weiß. Und ich hab mich verwünschen lassen. Die Schande der Familie! Das Universum ist im Lot.«

Es war nicht deine Schuld! Sondern seine!

Bei dem Gedanken, was dieser Kerl mit Morgana angestellt hatte, dass er ihr einen essentiellen Teil ihrer Persönlichkeit entrissen hatte, drehte sich Klarabells Magen auf links. Unter ihrer Haut begann es zu brodeln und zu jucken vor Tatendrang, während sie absolut still dasaß. Ihre Gedanken drehten sich um sich selbst, rannten im Kreis und wild durcheinander, ohne an ein Ziel zu gelangen. Als Traumwandlerin hatte sie einige famose Tricks im Ärmel, doch das überstieg ihre Fähigkeiten. Ein Gefühl der Ohnmacht überkam sie. Wie sie all das ausdrücken sollte, wusste sie beim besten Willen nicht.

Diese Grübeleien brachten den penetranten, unterschwelligen Kopfschmerz hinter ihren Schläfen zurück.

»Es ist keine Schande, darüber zu reden.«

Kaum ausgesprochen kribbelten die Worte auf ihrer Zunge. Auch sie schwieg lieber, ganz gleich, ob ihr Geheimnis sie noch zum Platzen brachte. Sollte sie Morgana nicht am besten verstehen?

Warum empfand sie dann das Gegenteil?

Frustriert warf Morgana ein *E* auf das Spielbrett. Vor lauter Wucht prallte das Plättchen ab und sprang im hohen Bogen zu Klarabells Füßen. Sie hob es auf, um kurz eine Beschäftigung zu haben, und hielt Morgana das kleine Spielplättchen hin. Als sie nicht reagierte, legte Klarabell es resigniert an »*Gallenstein*« an, damit wenigstens der Buchstabe wusste, wo er hingehörte.

»Es hätte nichts geändert, euch einzuweihen. Mein Lachen steckt zwar nicht mehr in meinem Hals fest - Daddys Kreditkarte und der ärztlichen Schweigepflicht sei Dank. Trotzdem passieren schlimme Dinge, wenn ich es zulasse. Nicht nur mit Amseln.«

»Was meinst du?«

»Erinnerst du dich an Sandras gebrochenen Arm letztes Jahr?«

»Sie ist beim Eislaufen hingefallen.«

»Meinetwegen.«

»Weil sie tollpatschig ist.«

»Nein, weil ich über einen von Noahs dämlichen Witzen gelacht habe. Ich spüre, wenn der Fluch wirkt, Klara. Du kannst das nicht wegdiskutieren.«

Morganas Wangen leuchteten vor Scham. Sobald ihr Tränen in die Augen traten, biss sie sie zurück. Ein Trick, den Klarabell gut kannte. Sie wollte das Scrabble-Brett wegschieben und ihre Cousine in den Arm nehmen. Ihr versprechen, dass sie den Kerl finden und anklagen würden, der ihr das angetan hatte. Dass sie ihm, wenn sie ihm jemals bei einem nächtlichen *Spaziergang* begegnete, den Traum verbog wie eine Brezel, bis er wünschte, er wäre niemals eingeschlafen.

Ab diesem Moment wusste sie, dass sie das Potential dazu in sich trug. Sie hatte genug angestauten Zorn und Frust in sich, um ganze Schwärme von Albträumen zu erschaffen, die Hitchcock höchstpersönlich das Fürchten gelehrt hätten. Daran würde der Deal mit Pares nicht scheitern.

Mit allem gesammelten Mut steckte sie die Hand nach Morgana aus, nur um sie weggeschlagen zu bekommen.

»Lass gut sein, ja?«

Ratlos warf Klarabell die Hände in die Luft. Mit einem Seufzen stieß sie allen alten Atem aus sich heraus, nur nicht die richtigen Worte.

»Ich will dich nur verstehen, Mim. Ist das so absurd?«

»Ja!«, schoss sie zurück und sah zum ersten Mal richtig auf. Mit ihrem Blick spießte sie Klarabell regelrecht auf. Dank ihres Turmalin-Schmucks, der ihre Gedanken schützte, musste Morgana jedoch auf die herkömmliche Art nach Antworten graben.

»Woher kommen plötzlich diese Rührseligkeit und das Interesse? So eine Heuchelei. Als würdest du mit mir mitfühlen, weil deine Eltern genauso mies sind wie meine.«

»Du irrst dich. Es ist weil …«

»Weil *was*?«

Weil ich dich bald verliere. Entweder als Unsterbliche oder durch meinen Tod. »Weil ich es jetzt erst sehe, okay? Dir geht es offensichtlich miserabel und …«

»Und ich brauche dein ver…« Die beiden zuckten zusammen, verschreckt von dem Fluch, den Morgana beinah ausgespien hätte. »Ich pfeife auf dein Mitleid.«

Es kostete Klarabell Unsummen an Kraft, nicht zu explodieren.

»Warum bist du so stur? Ich bin deine Cousine, nicht deine Gegnerin.«

»Das sagt sich leicht, wenn man den Vergleich gewinnt.«

»Du verstehst wie immer gar nichts«, knurrte Klarabell und rieb sich die Schläfen. *Ich will doch überhaupt nicht mehr mit dir wetteifern!*

»Was du nicht sagst!« Nach einem alarmierten Blick zum Stockwerk über ihnen, zügelte sie ihren Ton. »Erleuchte mich, bitte.«

Klarabell blieb die Spucke im Hals stecken. Ein riesiger Teil von ihr wollte das imaginäre Schloss an ihren Stimmbändern brechen und Morgana die Wahrheit sagen, im Austausch gegen ihr Vertrauen. Aber die Bedenken wuchsen ihr über den Kopf. Was, wenn ihre Cousine dazwischenfunkte? Wenn sich ihre Hoffnung bewahrheitete, dass sie Morgana nicht egal war, und diese wie Noah glaubte, besser zu wissen, was gut für Klarabell war?

Sie wollte aufspringen und weglaufen, damit dieses Ping-Pong-Spiel eines Gesprächs endete, dieser Teufelskreis aus Fragen und

Gegenfragen. Während sie auf der Stelle trippelte, schien sich ihr Inneres zu entzünden, bis jeder Zentimeter brannte wie frisch an Kies aufgeschürfte Haut. Wie damals, als sie beim Heuschreckenfangen hingefallen war.

Sie erinnerte sich gut an solche unbeschwerten Tage. An winzige krabbelnde Beine auf ihren Handflächen und sanftes Zirpen. An ungezügeltes Lachen, das ständig durch den Garten und das Anwesen ihrer Großmutter schallte. Klarabell und Morgana hatten die Beine von der Küchentheke baumeln lassen und frisch gekochte Brombeermarmelade von Kochlöffeln geschleckt, während ihre Großmutter geschimpft und Tier-Pflaster auf die aufgeschürften Knie geklebt hatte. Die Heuschrecken hatten sie trotz Betteln und Krokodilstränen nicht behalten dürfen. Dafür blieb Klarabell eine Narbe am Knie. Wenn sie sich nicht irrte, trug Morgana eine am Schienbein. Vom Schlittenfahren im selben Jahr.

Benommen vom Gespräch und den plötzlich aufkeimenden Kindheitserinnerungen beschwor sie unzählige weitere solcher Bilder herauf, um sich daran zu erinnern, warum sie blieb. Sie hob das Kinn für einen letzten Versuch. Biss die Backenzähne aufeinander und quälte die seit Jahren angestauten Silben heraus. An der Luft klangen sie völlig anders als nach der millionsten Wiederholung im eigenen Kopf. Brüchig und viel unscheinbarer und nicht mehr so gewaltig. Aber nicht weniger bedeutsam.

»Wir standen einander mal so nahe, Mim. Was ist passiert?«

Morgana zuckte bemüht unbeeindruckt mit den Achseln. Sie rutschte aus der Nische und ging schnurstracks auf die Tür zu.

Du hast es versucht, darauf kommt es an, redete sich Klarabell ihren kläglichen Versuch schön, während sie zur Tür trottete. Ein letzter Blick in die feuchten, aufgewühlten Augen ihrer Cousine, dem diese sich schnell entzog.

Nach einem Schritt vor der Türschwelle schien etwas von Morganas Körper Besitz zu ergreifen. Vielleicht eine glückliche, längst zu den Akten gelegte Erinnerung, die Nostalgie aufkeimen ließ. Was es auch war, es rang ihr ein Murmeln ab.

»Es ist nicht deine Schuld.«

Klarabell kämpfte den Impuls nieder, ihr einen Abschiedskuss auf die blasse Wange zu drücken. Sie hätte ihn ohnehin mit dem Ärmel abgewischt und ein angewidertes Geräusch von sich gegeben.

Diese Vorstellung hallte in Klarabells Gedanken nach, als sich die Zimmertür beinah lautlos hinter ihr schloss.

ZWÖLF

»So sind wir nicht«, flüsterte das Echo von Cassandras Stimme in ihrem Kopf, als sie ihre Sporttasche über die Fensterbank schob. Dumpf prallte sie im Blumenbeet hinter dem Haus auf, direkt neben dem Amselgrab. Ein bisschen Dreck vom Begräbnis hing noch unter Klarabells Fingernägeln. Er steckte fast so tief wie der imaginäre Dorn in ihrer Brust, der ihr das Atmen erschwerte. Aber selbst er hinderte sie nicht daran, eilig ihrer Tasche zu folgen.

Der kleine Garten hinter dem Reihenhaus war vom Wohnzimmer aus nicht einzusehen. Dort schlief Noah noch, obwohl es bereits zaghaft dämmerte. Zumindest hatte er keinen Laut von sich gegeben, als Klarabell auf ihrem Weg zum Badfenster an seiner Tür haltgemacht und eine kurze Weile gelauscht hatte. Sie musste sich dennoch beeilen, wenn sie vor seinem Erwachen verschwinden wollte.

Geduckt huschte sie durch die Ginsterbüsche, über den Zaun und auf die menschenleere Straße, wo die Straßenlaternen in den letzten Zügen ihres allnächtlichen Dienstes lagen. Es schnürte ihr die Kehle zu, wie einfach es ihr gelang, unbemerkt in den Aprilmorgen zu verschwinden. Doch das war nichts im Vergleich dazu, ihre Cousinen ohne ein weiteres Wort zurückzulassen. Niemals zuvor hatte sie etwas innerlich mehr zerrissen.

Was für eine Wahl habe ich denn schon, wenn ich weiterleben will? Ich bin noch nicht bereit zu sterben …

Es würde Jahre dauern, um zu reparieren, was Morgana und sie an ihrer Beziehung zerstört hatten. Wenn überhaupt. Wie konnte irgendein Preis für eine allerletzte Chance zu hoch sein?

Es zählt nicht, was du dafür tust, sondern, was du dadurch gewinnst. Danach kannst du es wiedergutmachen, redete sie sich ein. Darin war sie gut. Im Wegrennen allmählich auch.

Bis sie durch die Kiosktür polterte, hatte sie ihren keuchenden Atem wieder im Griff.

Sie klopfte an Pares' wüste Wohnung und wartete. Nach all ihren Fehltritten wollte sie sich beweisen, dass sie Anstand besaß. Irgendwo da drin, wo ihr Herz noch vor physischer und psychischer Belastung hämmerte. Sie streckte ihr Rückgrat durch. Weil niemand auf ihr erneutes Klopfen reagierte, ging sie einfach hinein. Mit ihren Fingern strich sie durch den daraufhin klimpernden Glühbirnen-Dschungel im Flur, um sich bemerkbar zu machen. Vor Schreck zerquetschte sie beinah eine in der Hand, als Pares urplötzlich aus einem Zimmer sprang.

»Da bist du ja!«, flötete er so dicht vor ihr, dass sie seinen Atem auf ihrer ausgekühlten Haut spürte.

»Immer noch keinen Respekt vor der Privatsphäre anderer?«, krächzte sie gegen die fettige, ergraute Wand gepresst, eine Hand auf ihrem entrückten Herzen.

»Oh-ho, Madame hat geübt?

Du kommst etwas früh zum Essen, Klarabell.«

»Eigentlich bin ich nur zum Reden hier«, raunte sie naserümpfend. Sie hasste es, wenn er ihren Namen sagte.

»Da du persönlich kommst, gehe ich davon aus, dass es gute Neuigkeiten sind?«

»Das kommt auf den jeweiligen Standpunkt an.«

Pares zupfte seine Spitzenschürze zurecht, knotete seine langen braunen Haare in einen Dutt und schob Klarabell in die Küche. Aus einem verbeulten Topf, der über einem Bunsenbrenner am Fensterbrett stand, strömte ein würzig-fleischiger Geruch. Ihr knurrender Magen schwieg sofort, als sie den Rest des Raumes begutachtete. Mit viel

Fantasie konnte sie unter den Stapeln dreckigen Geschirrs, Töpfen und Pfannen voller modernder Spaghetti Napoli und Kapern einen fettverschmierten Herd und eine Spüle ausmachen. Aktuell dienten sie als Stundenhotel für allerlei Insektenarten.

Auf einen Gartenstuhl gedrückt wagte sie es kaum, sich weiter umzusehen. Sie starrte wie mit Scheuklappen zu Pares, der in dem Kühlschrank kramte und davon faselte, dass der Eintopf mindestens drei weitere Stunden köcheln müsste. Aber es fände sich schon was, damit ihr ohrenbetäubendes Magenknurren ihm keine Migräne bereitete. »Zu meiner Zeit wusste man noch, wie man Gäste bewirtet. Nicht dass früher alles besser war.«

»War das vor oder nach der Hinrichtung von Maria Stuart?«, fragte sie ohne eine Antwort zu erhalten.

Enttäuscht fummelte sie die glimmende Zigarette aus dem Kochbuch auf dem Küchentisch, die als Lesezeichen diente. Auf einer fleckigen Untertasse drückte sie den Glimmstängel aus und kehrte mit dem Ärmel demonstrativ die Brösel von der zerkratzten Oberfläche.

»Et voilà!« Mit einem falschen französischen Akzent servierte der Unsterbliche ein paar angetrocknete Selleriestreifen auf einem kleinen Teller. Mit einer gekühlten Wasserflasche in den Spinnenfingern nahm er auf dem Stuhl gegenüber Platz.

»In meinem Haushalt gilt: Du bist, was du isst. Die Mimosen sind mir gestern ausgegangen, aber zum Nachtisch hole ich dir gern Vanilleeis.«

Hinter dem Berg aus Geschirr und Büchern sah sie ihn kaum, was ihr auch lieber war. Sie wurde nicht gerne beobachtet, wie sie mit der letzten sauberen Gabel dieser Wohnung Essen hin und her schob und abwog, ob sie wieder fliehen sollte.

Noch ist es nicht zu spät.

»Klappe, Jiminy Grille. Sonst gehen wir beide drauf«, murmelte sie bei sich.

»Wie bitte?«

»Ich habe eine Bitte.« Aus ihrer Hosentasche zückte sie einen kleinen Schminkspiegel. Sie klappte ihn auf und lehnte ihn gegen einen Tellerstapel auf dem Tisch. Noah hatte sie dazu inspiriert. »Wenn wir reden sollen, sprich mit meinem Spiegelbild.«

Amüsiert verzog Pares das Gesicht. Obwohl er diese Maßnahme offensichtlich für übertrieben und lächerlich hielt, ging er darauf ein.

»Also?«, drängte er Klarabells Spiegelbild.

»Ich wollte mir dir übers Geschäft sprechen.«

»Wunderbar. Soll ich dir zeigen, wo du unterschreibst?«

»Zeig mir lieber die Garantie, dass es funktioniert«, blaffte sie zurück, was ihr kostbare Reserven an Mut abverlangte.

»Pardon?«

»Man munkelt, dass Unsterblichkeit genauso vergänglich ist wie Rosenblüten. Weiß nur ich davon oder ist das Schicksal eingeweiht?«

Pares lachte laut auf und hielt sich den Bauch. Dabei spritzte ihm Wasser aus der Nase in den Bart.

»Du hast Adela besucht, nicht wahr?«

»Stimmt es, was sie sagt?«

Sein Glucksen verschwand abrupt, was sie schmerzlich an die zurückgelassene Morgana erinnerte und ihren Fluchtinstinkt erneut wachrüttelte. Sie rang ihn nieder, während Pares mit dem Ärmel seine Nase abwischte.

»Glaubst du denn, dass der Humbug, den sie dir verspricht, bessere Bilanzen aufweist als mein Vorschlag?«

Darauf fielen ihr nur Antworten ein, die sie nicht aussprechen wollte. Er genoss dieses Treffen ohnehin viel zu sehr. Seine jugendlich-attraktiven Augen strahlten mit jedem Blinzeln siegessicherer.

»Sieh es ein, Kindchen, ich bin das Beste, was dir aktuell passieren kann.«

Mit diesen Worten barg er aus einer blechernen Tee-Box auf einem Regalbrett einen Vertrag. Das Schriftstück war leicht wellig von der feuchten Luft, durch die Fliegenschwärme kreisten. Die Insekten brummten so laut, dass es sich anhörte, als würden ihre Flügel zwischen Klarabells Ohren schlagen.

Sie nahm den Vertrag und einen Füllfederhalter aus der Geschirrschublade nickend an. Beim Lesen der winzig gedruckten Zeilen legte sie ihre Stirn in Falten. Ihr Vater predigte stets, man müsse das Kleingedruckte beachten. Er hätte deutlich weniger Kunden in der Kanzlei, wenn Menschen das täten.

Als ihre Konzentrationsblase zerplatzte, hob sie das Kinn.

Pares. Hatte er etwas gesagt?

»Ich freue mich auf deine Gesellschaft«, wiederholte er. »Du kannst dir sicher vorstellen, dass es nur eine Handvoll Unsterblicher auf der Welt gibt. Nach Jahrhunderten wird es langweilig mit immer den gleichen Einfaltspinseln hinter ihren operierten Gesichtern.«

Sein Kichern stellte ihr die Nackenhaare auf. Nicht aus Angst vor ihm, daran gewöhnte sie sich inzwischen. Sondern weil sie sich für einen kurzen Moment auf der anderen Seite des Tisches sah. Eine Klarabell, auf die Pares binnen weniger Epochen abgefärbt hatte, und die Teenagern Fesselverträge und falsche Talismane anbot.

Keine Panik! Wenn dieser Albtraum überstanden ist, bist du wieder du selbst. Bleib tapfer!

Dafür musste sie bloß jemandem schaden, der ihr nichts getan hatte, und ihre Prinzipien verraten. Was hielt sie auf?! Ihre Rettung lag nur eine Unterschrift entfernt. Doch jedes Mal wenn sie den Stift ansetzte, zuckte ihre Hand und ein Kloß bildete sich unter ihrem Kehlkopf.

»Sollten wir nicht erst herausfinden, ob ich es überhaupt umsetzen kann?« Sie konnte kaum fassen, dass sie das sagte. »Lass mich bei dir wohnen und üben, Träume zu verändern. Womöglich bin ich eine Niete darin und breche mir mit einem nichterfüllten Deal das Genick.«

Pares zuckte mit den Achseln. »Dann stirbst du sowieso bald.«

»Bitte.« Um dem Wort Nachdruck zu verleihen, legte sie Füller und Vertrag neben den Teller Sellerie, über den sich bereits die Fliegen hermachten. »Ich ziehe dein Angebot ernsthaft in Betracht und bin bereit, meine Fähigkeiten für dich zu testen. Reicht das nicht?« Weil Pares grübelte, fügte sie schnell hinzu: »Sieh es als Anzahlung.«

Drei Wochen blieben ihr noch im Schutz des Wunsches, den ihr die Pusteblume gewährt hatte. Diese Bedenkzeit stand ihr ihrer Ansicht nach zu. Mit jeder Sekunde in dieser Wohnung schwand ihre mühsam erarbeitete Entschlossenheit. Sie brauchte Zeit - das Einzige, was sie nicht hatte. Wäre es nur Geld gewesen, davon hatte ihre Familie genug. Aber Zeit …

Drei Wochen sind genug, um einen Weg zu finden, wie du beide überlistest, das Schicksal und Pares. Du windest dich da schon raus, Schritt für Schritt. Du hast gar keine andere Wahl.

»Einverstanden.« Geräuschvoll schob Pares beim Aufstehen den Stuhl zurück und schleuderte die Spitzenschürze auf den Tisch. »Lass uns gleich zur Tat schreiten!«

Klick klack, klopften seine Schuhe über den Flur, in den er mit ihrer Sporttasche verschwand. »Tick tack, tick tack«, verspottete er Klarabell, die ihm widerwillig ins Arbeitszimmer folgte.

VIERZEHN

Mit einer zierlichen Teetasse in der Hand stürzte sie dem nicht vorhandenen Boden entgegen, ein Stück über dem johlenden Träumer. Während des freien Falls juckte es in ihrer Nase. Sie holte Luft, wieder und wieder, bis ein erdbebengleiches Niesen ihren Körper schüttelte. Angeekelt wollte sie den auf ihrer Hand kribbelnden Rotz wegdenken, als ihr Blick auf etwas Pelziges fiel. Die Flügel der desorientiert taumelnden, in einem silbrigen Lila schimmernden Motte klebten an ihrem Rücken, während sie Klarabells Daumen hinaufkletterte.

Kaum hatte sie das Insekt durch das Niesen in die Freiheit entlassen, verschwand das penetrante Pochen aus ihrem Kopf. Es hatte sie begleitet, seit sie den ersten ihrer Albträume zum Teufel gejagt hatte. Seitdem sabberten und lechzten die lästigen Biester nur noch in den schattigen Winkeln ihres Unterbewusstseins. Sie hielten sich bedeckt, denn bloß dort konnten sie existieren. Wenn Klarabell starb, verschwanden ihre Monster mit ihr, und die verfügten über einen mindestens so verzweifelten Überlebensdrang wie ihr Frauchen.

Die Motten dagegen waren neu.

Klarabell hatte im Internat davon gehört, dass Traumwandler nicht selten solche Begleittiere oder wiederkehrende Werkzeuge verwendeten, um durch sie ihre Fähigkeiten zu kanalisieren. Allerdings hatte sie erwartet, aktiv darauf hinarbeiten zu müssen. Ihre Motten jedoch tauchten wie selbstverständlich auf, als hätten sie schon immer in ihr geschlummert.

Die Nachtfalter flatterten um Klarabells Kopf, benutzten ihre fuchsroten Locken als Nest und hörten auf jedes Seufzen ihrer Königin. Aus den silbrigen Fäden, die sie zogen, ließen sich, wie Klarabell bald feststellte, die wundervollsten Dinge formen. Das klebrige Gewebe haftete hervorragend in anderer Leute Träumen.

Der süße Geschmack des Triumphs verwandelte die Übungsstunden beim Traumtraining fast in einen Genuss. Zumindest solange sie schlief.

Wenn sie die Augen aufschlug, kamen das Ächzen in ihrer Brust und das hohle Grollen in ihrem Magen zurück. Zusammen mit einer Flut an Zweifeln, Selbstekel und dem Grauen vor der zugemüllten Wohnung, in der sie seit neuestem hauste. Doch wo sollte sie sonst hin?

Immerhin leistete Pares ihr nur selten Gesellschaft, auch wenn sie keinen blassen Schimmer hatte, wo er ständig sein Unwesen trieb.

Sie wischte sich das leicht fettige Gesicht ab, presste die Augen zusammen und schlug die Decke zurück, um dem Hitzestau darunter zu entkommen. Ihr war schwindelig und ihr Mund schmeckte trockener als die Sahara. Ein Königreich für einen Schluck Wasser und Zahnpasta!

Nach gut einer Woche, die sie dank Pares' Beruhigungstabletten und Räucherstäbchen mehr schlafend als wach verbracht hatte, empfand sie das Aufstehen als merkwürdig ungeübt. Ganz zu schweigen von der nötigen Feinmotorik beim Anziehen eines Sweaters zwischen dem mit Traumfängern behangenen Kerzenständer und der Couch, von der sie im Schlaf gerollt war. Die vergangenen Tage und Nächte über hatte sie kaum einen Augenblick mit offenen Augen verbracht. Nach dieser Zeit stach das Tageslicht in ihren Augen, welches durch einen schmalen Spalt zwischen den Vorhängen schien. Sie kippte das Fenster, um die vor lauter Pizzakrusten-Aroma, Staub und verflogenem Raumerfrischer stetig dicker werdende Luft aus dem Raum zu lassen.

Zum Glück sah sie nur flüchtig in der Scheibe, wie fahl ihre Haut geworden war. Alle anderen Spiegel wurden vorsorglich abgedeckt. Wer so viel schlief, dürfe nichts riskieren, hatte Pares betont.

Nur eine Lektion schien ihm noch wichtiger zu sein, denn er wiederholte sie stets, wenn er ausnahmsweise mal in der Wohnung war.

Es würde nicht ausreichen, frei nach Belieben Details in Träumen einzufügen oder aufzulösen. Klarabell müsse mit handfesten Albträumen üben, hatte Pares neulich gepredigt, während er an einem der überfüllten Wandschränke gelehnt war. Monate alter Staub war auf ihn herunter gerieselt, als er den Hinterkopf bei Klarabells immer gleicher Antwort entnervt gegen den Schrank geschlagen hatte.

»Auf keinen Fall«, hatte ihre aus der Übung geratene Stimme gekrächzt. »Ich werde nicht mehr Unschuldigen Schaden zufügen als notwendig. Wenn du willst, dass ich meinen Teil der Abmachung erfülle, lass es mich auf meine Weise tun.«

»Falls ich zusage«, fügte sie hastig hinzu. Den weiterhin unberührt in der Tee-Box zerknitternden Vertrag hatte Pares nicht angesprochen. Stattdessen hatte der unsterbliche Schwarzmarkthändler seine Aktentasche aus Nappaleder geschnappt und Klarabell mit ihren Gedanken zurückgelassen.

Seitdem führten sie dieses Schmierentheaterstück jeden Tag auf.

Als er diesmal verschwinden wollte, bevor Klarabell den restlichen Schlaf aus ihren Augen gerieben und ihren Vortrag beendet hatte, stellte sie sich ihm in den Weg. Ihre wackligen Knie erinnerten sich nur dumpf an solche schnellen Bewegungen. Sie taumelte und musste sich an der Wand abstützen.

»Es geht nicht darum, dass ich mir keine Albträume ausdenke.«

»Sondern?«

»Dass ich nicht weiß, woraus er bestehen soll.« Sie zog einen an der Seite eingerissenen, falsch gefalteten Papierkranich aus der Tasche des weinroten Männersweatshirts, das sie trug. »Was bedeutet das hier wirklich?«

Pares schob das nachgebastelte Papiertier weg, mit dem sie ihm vor der Nase herumfuchtelte. Prüfend zog er die Augenbrauen hoch und knackte mit seinen tätowierten Fingergliedern. Sein entrücktes Lächeln wie aus Picassos Pinsel barg etwas gleichermaßen Schauriges wie Faszinierendes in sich. Gebannt versuchte Klarabell, es zu entschlüsseln. Ihr Unterkiefer klappte leicht herunter, während sie in sein unergründliches Gesicht starrte.

Sie fühlte sich beinahe davon geschmeichelt, dass Pares seine Aktentasche ablegte und ihr den rechten Arm anbot. Als sie ihren zögerlich hindurchschob, erinnerte sie sich bewusst daran, wie unglaublich alt Pares sein mochte. Eine neue schicke Angewohnheit neben Versuchen, mit der beiläufigen Nennung historischer Ereignisse sein Alter zu erraten. Wann immer ihr unfreiwilliger Mitbewohner annähernd nett oder interessant wirkte, stellte sie sich vor, er hätte ein Porträt wie Dorian Gray, das sein wahres, von der Zeit gezeichnetes Gesicht offenbarte. Das half jedes Mal.

Vor einem massiven Eichenschrank machte Pares Halt und öffnete die Türen grob mit einem Schlüssel, den er an einer angelaufenen Silberkette um den dürren Hals trug.

Instinktiv zog Klarabell ihren Arm von ihm weg und trat einen Schritt zurück.

Vor ihren weit aufgerissenen Augen präsentierte der Hausherr das Schrankinnere nahezu feierlich, ähnlich wie ein Zauberer auf eine frisch zersägte Assistentin hinwies. Dabei hatten die unzähligen Zettel in dem Schrank, der geräumig genug war, um sich darin zu verstecken, rein gar nichts Besonderes an sich. Der muffige Geruch von Druckerschwärze und Holzpolitur unterstrich diesen Eindruck.

Vorsichtig schob Klarabell die Origamitiere zur Seite, die von der Schrankdecke baumelten wie am Galgen. Einige davon waren aus Zeitungsartikeln und Notizzetteln gefertigt, andere aus Fotos. Durch das offene Fenster strömte der Wind herein und brachte die Zettel zum Rascheln, die an Reißzwecken befestigt worden waren.

Eines der Bilder packte sie. Es ließ sie vergessen, wie unangenehm es war, Pares im Nacken zu haben, während sie in ein verschließbares Behältnis kletterte. Sie musste näher heran. Doch sobald sie mit der Fingerkuppe über Adelas Arm auf einem der Fotos strich, wollte sie so weit weg wie möglich. Denn die blonde Frau hielt ein Kind an der Hand. Klarabell vermutete aufgrund der kurzen Haare, dass es sich um einen Jungen handelte, der sie da vom Bild aus anstarrte und einen Papierkranich in der freien Hand hielt. Seine Kapuzenjacke mit einer Zeichentrickfigur am Ärmel erinnerte Klarabell an ihre eigene Kindheit. In der vierten Klasse hatte sie etwas Ähnliches besessen.

Sie schüttelte ungläubig den Kopf, suchte die Zettel und Artikel nach Hinweisen ab. Nach einem Bild mit einem älteren Gesicht darauf, aber mit dem gleichen unbekümmerten Lachen aus einem weit aufgerissenen Mund.

»Was ist das?«, wisperte sie.

»Eine Hommage an Adelas Hexenjagd«, erwiderte Pares monoton.

Sichtlich rastlos fuhr er sich durch die Haare, während er zusah, wie sie Adelas Briefe an ihren Sohn überflog. Er hatte sie aus dem Versteck am Baggersee gestohlen, wo die Mutter sie vergraben hatte, gestand er. Klarabell ignorierte die Kommentare in den Zeitungsartikeln zur *Verschwörungstheorie*, Unsterblichkeit existiere und Gesellschaft und Politik seien nur auf diesem Auge blind. Sie wusste die Pseudonyme, hinter denen sich Adela Vendt verbarg, nicht zuzuordnen, bis der Hüter des Papierkranich-Schreins sie ihr erklärte.

»Aber in der Wohnung war kein Kind.«

Es klang, als habe sich ihre Zunge aus Widerwillen zu sprechen in sich selbst verknotet. Als Klarabell aus dem Schrank sprang, verfing sie sich in zwei Fäden. Sie strauchelte und prallte ungelenk gegen Pares' Oberkörper.

»Stimmt. Adela lebt allein.«

»Wohnt das Kind bei seinem Vater?«, drängelte sie, obwohl sie sein leichtes Kopfschütteln bereits erwartet hatte.

Übermannt von schlagartiger Übelkeit, stieß sie ihn weg. Ihr Magen und ihr Herz fühlten sich an wie in einem Schraubstock.

»Wieso lebt sie dann allein?«, quietschte sie, wobei sie sich am Schrank abstützen musste. Ihre Beine waren nicht so wach wie ihr sich überschlagender Verstand. Pares dagegen blieb völlig gelassen. Wie bei einem Gespräch über das Wetter zuckte er mit den Schultern.

»Jedes Kind weiß, dass es fahrlässig ist, von grundlegenden medizinischen Tätowierungen abzusehen. Man hätte in seinem Alter wenigstens mit dem roten Band anfangen sollen. Hat Adela das ausgelassen, als sie dich abwerben wollte? Sie bestreitet nicht nur den Schutz von Tätowierungen, sondern behandelt ihre Kunden deswegen mit wirkungsloser Farbe. Sie ist eine Betrügerin *und* eine leichtsinnige Mutter!«

Er drehte eine Runde durch das Zimmer, während er erklärte, dass es die Schuld der Eltern sei, wenn sie ihr Kind nicht schützten. Adela habe mit ihrem Vertrauen auf Steine und Talismane keinesfalls verhindern können, dass ihr Junge über einen Unsterblichen stolperte. Und damit zum neuen Wirt des Fluches wurde, der sich an jenen Unsterblichen geheftet und über Jahrhunderte geduldig gewartet hatte. Für diesen war ein Kind ohne irgendeines der hierzulande gängigen Schutzsymbole ein gefundenes Fressen.

»Ein unglücklicher, fataler Zufall, dass ausgerechnet diesem heutzutage leicht vorzubeugenden Fluch ein Unsterblicher unterkam, der ihn bis in die Neuzeit trug.«

Unweigerlich stahl sich das Bild einer räudigen Katze in Klarabells Gedanken. Wie ihre Großmutter sie immer geschimpft hatte, wenn sie Tiere auf der Straße hatte streicheln wollen. Sie würde sich etwas einfangen! Um den Fluch zu übertragen und sein trauriges Schicksal zu besiegeln, brauchte der Unsterbliche den ungeimpften Jungen nicht zu beißen. In manchem Fällen reichte ein grimmiger Blick, verbunden mit einem unachtsamen, genervten Gedanken wie: »Verschwinde!«, wenn der Fluch hungrig und das Gegenüber anfällig genug waren.

Unweigerlich musste Klarabell an Morgana denken.

»Was ist mit dem Jungen passiert?«

»Der Fluch war wohl tückisch. Man erkannte ihn erst, als es zu spät für eine Behandlung war. Am Anfang wurde das Kind nur heiser, Adela hielt es wohl für eine Erkältung. Ich bin nicht mit allen Details zum Verlauf dieses speziellen Fluches vertraut. Wie du weißt, ist keiner wie der andere und wirkt sich spezifisch für den Betroffenen aus.«

»Kurz gesagt resultierte er darin, dass nicht nur die Stimme des Jungen verschwand. Er löste sich komplett in Luft auf.«

»Warst du das? Hast du diesen Fluch mit dir rumgeschleppt?«

»Ich kenne zumindest diejenige, die es getan hat«, gab Pares widerwillig zu, »Aber das macht mich nicht verantwortlich dafür, was mit Adelas Sohn passiert ist oder dass seine übergeschnappte Mutter jetzt einen Kreuzzug gegen alle Unsterblichen führt. Mit diesem dämlichen Floh aus München hat sie sich die Idee ins Ohr gesetzt, uns umzukehren. Nicht jeder ist unreinlich, wie diese Unsterbliche. Meine alten Flüche bin ich vor über drei Menschenleben losgeworden.«

Er knirschte mit den Zähnen und steckte die geballte linke Faust in die Hosentasche seiner zerrissenen Skinny-Jeans. Seine unnahbare

Fassade bröckelte. Die dicke, pulsierende Ader auf seiner Stirn verriet seinen Zorn.

Klarabells Blick huschte hektisch hinüber zu den Papierkranichen im Schrank. Sie wollte sich übergeben bei dem Gedanken daran, was dieses Symbol für den Verlust ihres Kindes in Adelas Psyche anrichten würde.

»Das wird kein einzelner Albtraum«, flüsterte sie aus Angst vor ihren eigenen Worten. »Das wird eine Epidemie.«

»Eine unendliche, wenn möglich. Damit Adela Vendt endlich lernt, mit wem man sich besser nicht anlegt. Ich habe es auf die sanfte Art versucht, aber wer nicht hören will, muss fühlen.«

»Ihr Sohn ist tot! Ist das nicht Strafe genug? Musst du sie damit Nacht für Nacht quälen? Findest du keinen abartigeren Weg, dich an ihr zu rächen?«

»Nicht ich, sondern *du*, Kindchen.«

»Das ist unmenschlich!«

Sie schlug sich die Hand an die schmerzende Stirn, strauchelte zum Flur. Hauptsache raus aus dem Arbeitszimmer und vor allem weg von dem bizarren Schrein im Schrank.

Pares holte sie ein, packte sie an den Schultern und zwang sie, ihn anzusehen. »Adela Vendt ist eine Gefahr für alle wie uns!«

Seine Spucke sprenkelte ihre heißen Wangen. Sie wandte sich unter seiner Stimme, die wieder in ihren Gehörgängen ätzte.

»Du tust mir weh!«, japste sie.

»Das ist reine Selbstverteidigung! Du wirst es verstehen, wenn du die Operation hinter dir hast. Wenn diese Irre hinter dir her ist, wie hinter dem Rest von uns.«

Endlich schaffte sie es, sich loszureißen.

»Ich werde niemals sein wie du!«, kreischte sie so laut, dass es ihre eigenen Knochen erschütterte.

Pares antwortete mit einem abfälligen Glucksen. Der Unsterbliche wirkte wie ein Riese - ein Meter für jedes seiner unzähligen Lebensjahre.

»Ach wirklich? Ich möchte behaupten, du hast Potential.« Seine säuselnde Stimme ließ ihre Nackenhaare in die Höhe schießen. »Gib dir ein, zwei Jahrhunderte, dann reden wir weiter.«

»Noch hab ich den Vertrag nicht unterschrieben.«

Sein kräftiges Lachen ließ sie noch mehr erschaudern, als seine süffisante Art zuvor.

»Eine Frage der Zeit, wie alles im menschlichen Leben. Du tust, als ob dich der Preis für dein Überleben interessiert, dabei hast du dich bereits im Zugabteil entschieden.«

»Wenn du das glaubst, machst *du* dir etwas vor«, krächzte sie und kämpfte gegen Tränen der Wut an.

Er holte tief Luft für den nächsten Streich. Bäumte seinen hageren Körper vor ihr auf, deren flinke Augen nach Halt und Zuflucht suchten. Als wolle er sie mit einem Happs verschlingen, riss er den Mund auf.

Da schellte eine Glocke.

Zunächst wussten weder der Hausherr noch Klarabell das Geräusch einzuordnen. Beim zweiten Schellen der Türklingel atmete sie die angestaute Luft aus ihren Lungen aus. Ohne abzuwarten, ob Pares noch etwas zu sagen hatte, spurtete sie den Flur entlang.

Klarabell wusste nicht, wovor sie überhaupt flüchtete – vor dem Unsterblichen, sich selbst oder dem Geheimnis hinter dem Papierkranich. Hauptsache das Läuten gab ihr eine Gelegenheit davonzurennen. An ihrem inzwischen radikal gekürzten Ringfingernagel knabbernd, stolperte sie die Stufen zum Kiosk hinunter.

Desorientiert vom inneren Ringen rannte sie den ihr entgegenkommenden, jungen Mann um ein Haar um. Mit einem gekonnten Satz auf die Zehenspitzen fing er ihren Schwung ab. Brust an Brust, Nase an Nase mit König Midas kam sie zum Stehen. Sie traute ihren wässrigen Augen kaum.

Blinzelnd tasteten sich die beiden die letzten Stufen hinunter. Ungläubig legte sie den Kopf schief, als wolle sie fragen, ob ihr Gegenüber echt sei. Vielleicht schlief sie noch. Vielleicht waren seine Anwesenheit in diesem vermeintlichen Kiosk und Adelas erschütternde Geschichte nichts weiter als ein verkorkster Traum.

Wie sehr sie sich wünschte, in einem Albtraum zu stecken!

»Besuch für dich«, raunte der Verkäufer Quentin unweit entfernt und verschwand mit zwei Kisten unter dem Arm im Lager.

Hallo, winkte Klarabell, als sie unten angekommen waren.

Hey, formten Noahs Lippen lautlos, als er sich in einen angemesseneren Abstand zurückzog.

Sobald ihr Verstand wieder anlief und sie aus ihrer Verblüffung erwachte, schob sie ihn mit ihrem gesamten Körpergewicht Richtung Ausgang.

»Was hast du hier zu suchen?«, flüsterte sie mit einem unruhigen Blick zur Treppe und stolperte beinah über seine Krücke.

»Dich natürlich.«

»Aber wieso *hier*?«

Wie dumm die Frage schien, fiel ihr auf, als Noah eine seiner Augenbrauen hochzog und den Mund zu einem halbherzigen Lächeln zusammenpresste. Wie hatte sie nur glauben können, dass er auf die Ausrede hereinfiel, die sie ihm nach der Charity-Veranstaltung aufgetischt hatte?

»Hab ich was im Auge?«, fragte sie zögerlich, als wüsste sie nicht über ihn Bescheid. Es war ihre Art, ihre Lüge einzugestehen.

Sein sanftes, wissendes Nicken war schwer zu ertragen. »Einen Splitter, fürchte ich. So groß, dass du nicht siehst, was für eine schlechte Lügnerin du bist.«

»Tut mir leid, dass ich gelogen habe, gelogen zu haben, okay? Es war zu deinem Besten, wirklich. Bist du hier, um das zu hören?«

»Was glaubst du wohl?« Er seufzte mehr, als dass er sprach.

Es tat gut, nach einer gefühlten Ewigkeit wieder ein vertrautes Gesicht zu sehen. Am liebsten hätte sie ihm die Arme um den Hals geworfen. Sie fühlte sich so verlaufen, dass er offene Türen mit seiner Bitte einrannte:

»Wenn du nicht nach Hause willst oder ins Internat, meinetwegen. Ich bitte dich lediglich um fünfzehn Minuten. Lass uns kurz reden und einen Kaffee trinken - du darfst auch bestellen. Das steht auf deiner Weltrekord-Liste, nicht?«

Sie nickte, versuchte zu lächeln. Nie war ihr das schwerer gefallen. In ihr stritten widersprüchliche Prioritäten um die Vorherrschaft.

In seinen bittenden Augen musterte sie sich erstmals seit Tagen bewusst selbst. Ein einziges wüstes Haarknäuel ohne Make-up, mit trockenen Lippen und Schlabberklamotten, mit dem Geruch von zwei Nächten, ohne sich umzuziehen. Sie grub die Nägel mit abgeblättertem

Lack in ihre Leggins, weil sie sich plötzlich ihres ständigen Zitterns bewusst wurde. Hier spiegelte sich nicht Klarabell Meinhardt in den Augen ihres Stiefcousins, sondern eine verwahrloste Fremde.

Hast du dich verlaufen?, wollte sie fragen, besann sich jedoch rechtzeitig. Ein klägliches Schluchzen rollte dafür aus ihrer Kehle.

Noah hob einen Arm, wie um sie an sich zu drücken, aber kurz davor hielt er inne. Er fürchtete vielleicht, sie damit zu verschrecken. Und sie war nicht mutig genug, sich an ihn zu kuscheln wie in einer warmen Decke. Also schluchzte sie weiter, während er hastig in seinen Hosentaschen nach Taschentüchern wühlte, die er nicht hatte.

»Ich hol schnell meine Sachen«, unterbrach sie seine Suche. Sie wischte sich das Gesicht mit dem muffigen Ärmel ab und stolperte die Treppen hinauf. Es hätte geholfen, sich nicht mehrfach nach Noah umzudrehen, um sicherzugehen, dass er nicht ohne sie verschwand. Sobald sie ihn nicht mehr sah, spurteten ihre müden Beine los.

Ihre Muskeln zwickten fast so sehr wie ihr Inneres, als sie sich an Pares vorbeischob. Er hatte sich keinen Millimeter von der Stelle wegbewegt, an der sie ihn zurückgelassen hatte.

»Ich brauche eine Auszeit«, rief sie, ohne eine Antwort zu erhalten.

Während sie ihre Habseligkeiten zusammenkratzte, sich aus seinem Sweater schälte und ihn angewidert auf den dreckigen Boden warf, spazierte Pares wie einstudiert gelassen in das Arbeitszimmer. Dort riss er einen Kranich von der Schrankdecke ab und band ihn vor ihren Augen ans Knopfloch ihrer Jacke.

»Damit du mich nicht vergisst«, spottete er, die Jacke wie ein Gentleman anbietend.

Wütend riss Klarabell sie ihm aus der Hand und stopfte sie zwischen die Henkel ihrer Tasche, die nicht recht auf ihrer angespannt hochgezogenen Schulter halten wollte.

Sie wollte nur noch weg von ihm. Bevor sie sich ihm aus purer Angst um ihr Leben weiter annäherte. Bevor sie so wurde wie er. Je weniger sie darüber nachdenken wollte, was das für ihre Zukunft bedeutete, desto mehr tat sie es.

»Nimm dir so viel Zeit, wie du entbehren kannst, kleine Klara.«

Mehr Gegenwehr folgte nicht. In seiner Stimme lag die Gewissheit, dass sie so oder so zu ihm zurückkommen würde.

FÜNFZEHN

Auf der kühlen Oberfläche des Rheins schimmerte die Sonne wie flüssiges Gold, als wäre es bereits Sommer. Im Gegensatz dazu ließ der stramme Wind jeden frösteln, der wie Klarabell nur im T-Shirt unterwegs war. Die Hausboote schaukelten auf den Wellen, als ahmten sie sie nach, die Noah ungelenk über den Steg zu einem blauen Boot mit weißen Fensterläden folgte.

Für ein Café oder Menschenmengen allgemein fühlte sie sich zu ranzig. Obwohl Noah betont hatte, dass ihn ihr Aussehen nicht weniger kümmern könnte, hatte sie nicht von der Bedingung abgelassen, vorher zu duschen und sich umzuziehen.

Der ganze Schmutz der letzten Tage und Stunden musste abgewaschen und -geschrubbt werden, bis entweder nichts von ihm oder von ihrer Haut übrig war. Vorher konnte sie unmöglich einen klaren Gedanken fassen.

Alles wird gut, redete sie sich unentwegt ein. *Solange du atmest, kannst du noch ein Hintertürchen finden.*

Auch wenn sie noch keinen blassen Schimmer hatte, wie oder wo.

Einen wackligen Schritt nach dem anderen. Wie schaffte es Noah bloß, in diesem schaukelnden Haus zu leben? Wurde man nachts nicht seekrank? Der schwarze Schäferhund, der drinnen neben der Tür schnarchte, merkte davon offensichtlich nichts. Um das Tier nicht zu wecken, schlich Klarabell auf Zehenspitzen an ihm vorbei. Während Noah ihre Jacke an einem Haken hinter der Tür aufhängte, wies er ihr den Weg zum Bad.

Es glich mehr einem Wandschrank, aus dem die Feuchtigkeit trotz gekipptem Fenster nicht richtig wich. Im Spinnennetz an der Scheibe sammelten sich feinste Wassertröpfchen und der Spiegel trug Spritzer von Rasierschaum. Klarabell fand das Bad irgendwie charmant. Eine typische Männerbude mit zwei Zahnbürsten im Wasserglas am Waschbecken, schockierte sie nach Pares' Behausung nicht mehr.

Eilig schlüpfte sie aus ihren Kleidern und schrubbte sich hastig ab, als würde eine Stoppuhr ihre Zeit dabei messen. Als sie merkte, wie gut das Duschen tat, wie ihre Glieder wieder zu neuem Leben erwachten und Gefühl in ihre Fingerspitzen zurückkehrte, begann sie es doch zu genießen.

Den Kopf in den Nacken gelegt ließ sie alle Gedanken herausfließen. Zu einem Ohr rein, zum anderen raus. Vielleicht wusste sie ja, was sie Noah sagen sollte, wenn sie auf den Badvorleger trat. Aber die langersehnte Erleuchtung blieb wiedermal aus.

Seufzend zog sie die letzten frischen Klamotten aus ihrer Tasche an. Weil ihr nach Geborgenheit und einem Zuhause war, das sie schmerzlich vermisste, borgte sie sich einen Frottee-Bademantel. Auf ihrer Brust stand »Papa des Jahres«, als sie ihre blasse Nase aus dem Bad streckte.

An ihrem Knie, das das modische Loch in ihrer Jeans teilweise entblößte, spürte sie unvermittelt etwas Warmes, Feuchtes. Unter der Berührung der rauen Hundezunge zuckte sie zusammen.

»Azrael, pfui«, lachte es aus der Kochnische.

Der Begriff war ein Euphemismus, denn eigentlich stand Noah in der Stube des Hausbootes, vor einer Theke, auf der ein Spülbecken installiert und eine Campingkochplatte abgestellt war. Darüber hingen selbstgetrocknete Gewürze und stritten mit dem Geruch nach Schäferhund um die Vorherrschaft in der Luft. Von Räucherstäbchen und abgestandener Luft keine Spur.

Klarabell gönnte sich einen tiefen, ausgedehnten Atemzug, bevor sie sich zu dem schwanzwedelnden Tier herunterbeugte, das um sie herumwuselte. Unschlüssig schwebten ihre Finger einige Zentimeter über dem Hund, sodass sie nur die Spitzen seines Fells berührte. Wach hatte sie seit der Grundschule kein Tier mehr gestreichelt. Ihre Klauen und Zähne flößten ihr einen Heidenrespekt ein. Es stand nicht auf ihrer Liste – diesem dämlichen Ding, das vergessen in der Tasche vor sich hin knitterte und sie verhöhnte –, aber sie wollte versuchen, Azrael zu streicheln. Sie gewöhnte sich unverhofft schnell an die Bewegung und den Zuspruch, den ihr sein tiefes, zufriedenes Grunzen gab.

Noah ist also ein Hunde-Typ, schmunzelte sie in sich hinein.

»Ich hab dich angelogen«, murmelte sie Azrael zu und meinte sein Herrchen, der sich wortlos zu ihr umdrehte. »Wieso gibst du mich trotzdem nicht auf? Ich weiß, du hasst Lügen.«

Er unterdrückte ein sanftes Lachen mehr schlecht als recht.

»Hat dir Mim das verraten?«

Ihre Wangen wurden heiß. Das war eines der Details über ihn, die sie nicht kennen durfte. Wie sollte sie ihm erklären, dass sie ihn früher belauscht hatte, ohne als Irre dazustehen? Er würde nicht verstehen, warum er sie fasziniert hatte. Wie neidisch sie auf Morgana gewesen war, wie sehr sie sich Geschwister gewünscht hatte, seit sie erfahren hatte, dass sie als kleine Schwester zur Welt kommen sollte. Hätte ihre Mutter nicht ihre erste Tochter durch plötzlichen Kindstod verloren.

Wenn Klarabell ehrlich mit sich war, gab es noch mehr Gründe, warum sie Noah hatte nahe sein wollen.

Sie zuckte mit den Achseln und sah stumm auf ihre Finger im Hundefell. Konzentriert auf das Tier und darauf, ihre Nerven im Zaum zu halten, hatte sie nicht bemerkt, dass Noah zu ihr rübergekommen war. Auf einmal saß er auf der breiten, mit Kissen bestückten Fensterbank, nur eine Armlänge von ihr entfernt.

Er machte sie nervös, aber auf eine andere Art als Pares oder Adela. Die Härchen auf ihrem Unterarm stellten sich auf, wenn seine aus Vorsicht gedämpfte Bariton-Stimme in ihren Ohren kitzelte. Sie wollte, dass es aufhörte, weil es ihr einen kleinen Schrecken einjagte. Weil sie keine Zeit dafür hatte! Gleichzeitig wünschte sie sich, ihm ewig zuzuhören. Wie damals, als sie den Kopf heimlich an das Treppengeländer gelehnt und gelauscht hatte, während er Gedichte vortrug.

»Ich bin froh, dass wir heute reden«, gab er leise zu. »Wegen deiner Frage von eben … Klara, wir kennen uns seit mein Vater deine Tante geheiratet hat. Zumindest flüchtig. Ich kann mich nicht dazu durchringen zu glauben, dass das Mädchen von damals eine skrupellose Kriminelle geworden ist. Du würdest dich nicht mit Pares abgeben, wenn du einen anderen Ausweg sehen würdest, hab ich recht?«

Er hasste Lügen, darum nickte sie wahrheitsgemäß, solange er sie noch leiden konnte. Im Gegensatz zu ihr selbst.

Müde vom ständigen Schlafen und der mangelhaften Ernährung der letzten Tage kletterte sie in die bunte Hängematte, die vor der gepolsterten Fensterbank hing. Unterdessen suchte Noah in der Kochnische nach Alternativen zu Leitungswasser. Den geplanten Café-Besuch erwähnte keiner mehr.

»Tja, ähm … Was darfst du denn trinken?«, fragte er wenig optimistisch.

»Das, was du trinkst.«

»Steht türkischer Mokka denn auf deinem strengen Speiseplan?«

»Nein, aber ich möchte nicht, dass mich das heute interessiert. Morgana hat recht, von einem Mal verliert man nicht gleich seine Fähigkeiten oder den Verstand.«

Sie zwinkerte ihm ermutigend zu, woraufhin er mit den Achseln zuckte und den Kaffee herauskramte. Aus sicherer Distanz beobachtete Klarabell die Zubereitung, die für sie wie das Brauen eines Zaubertranks anmutete. Das Röstaroma des Kaffees erfüllte kurz darauf den gesamten Raum.

»Wie geht es Mim?« Sie legte Wert darauf zu klingen, als sei es eine beiläufige Frage und nicht etwas, dass ihr seit seiner Ankunft im Kiosk auf der Zungenspitze lag.

»Ruf sie doch an.«

Wenig amüsiert blickte sie von ihren baumelnden Beinen auf und zog eine Augenbraue hoch.

»Im Ernst, Cassandra und sie drehen bald durch vor Sorge um dich. Melde dich lieber, bevor sie eine Vermisstenanzeige aufgeben.«

»Ich habe Sandra eine SMS geschrieben, dass es mir gut geht und dass ich eine Auszeit vom Lernstress brauche. Dem Internat liegt eine

Entschuldigung vor. Es gibt keinen Grund eine Vermisstenanzeige aufzugeben.«

»Sie sorgen sich trotzdem, selbst wenn sie dich decken.« Noah reichte Klarabell den ersten Mokka ihres Lebens. Sie hing die Nase in den aromatischen Dampf. Was für ein Duft!

»Ruf sie bitte an, Klara. Morgana geht bestimmt ran.«

»Das befürchte ich auch«, murmelte sie in ihr brühendheißes Getränk. Etwas Vergleichbares hatte sie nie zuvor geschmeckt. Es drehte ihr den Magen auf eine wohlig-aufregende Weise um. Zügig nahm sie einen weiteren, viel zu großen Schluck. Die Hitze, die langsam ihre Speiseröhre herunterlief, schmerzte leicht, aber das war es wert.

»Also schön, Morgana geht es den Umständen entsprechend gut. Cassandra hat sie überredet, über eine Therapie nachzudenken, solange die Sache unter uns vieren bleibt. Damit sie lernt, mit ihrem Schicksal umzugehen.«

»Das freut mich zu hören«, antwortete Klarabell gedankenverloren. *Ob Dr. Zhou ihr helfen könnte? Aber zu welchem Preis?*

»Und was darf ich meiner Schwester ausrichten?«

»Gar nichts! Du hast mich nie gesehen, Noah Küşat. Wenn dich jemand nach mir fragt, sagst du: Klara *wer*?«

»Hey, keine Panik. Ich hab mein Versprechen nicht vergessen.«

Beschwichtigend hob er die freie Hand hoch. Gleichzeitig begann Azrael zu seinen Füßen geräuschvoll zu schnüffeln.

»Er erkennt Pares, glaube ich«, erklärte er Klarabell, die den schwarzen Hund verunsichert beäugte.

»Weil der Geruch früher öfter an dir hing?«

Diesmal war es Noah, der auswich. Zusammen mit der halben Tasse Mokka schluckte er einen Satz herunter und räusperte sich.

»Wir wollten beim Kaffee über *dich* sprechen, schon vergessen?«

Kaum hatte er den Satz beendet, stand er auf, zupfte den Origamikranich von Klarabells Jacke und strich das dünne Papier glatt. Für einen Moment wusste sie nicht mehr, wie man blinzelte. Oder protestierte. Ein wachsender Teil von ihr wollte, dass Noah ihr auf die Schliche kam - und sie aufhielt.

Noah brauchte nur wenige Augenblicke, um den Zusammenhang zwischen dem Kranich und dem Nachruf für Adelas Sohn herzustellen, aus dem das Tier gefaltet worden war. Ungläubig, zunehmend ruppig drehte und wendete er den Zeitungsausschnitt, in dem eine Vorstadtschule sich von dem Kind verabschiedete. Sein linker Daumen lag auf einem Klassenfoto, auf dem alle Kinder Papierkraniche hielten. Während er nach seiner Stimme suchte, begann Klarabell, Pares' Plan vor ihm auszubreiten. In allen Einzelheiten.

Währenddessen zog sie sich tiefer in die Hängematte zurück. Sie rang ihre zittrigen Hände ineinander, damit sie nicht wieder herzhaft in einen ihrer Fingernägel biss. Sie wusste nicht wohin damit. Oder mit sich. Denn indem sie Pares' Vorhaben ans Licht zerrte, leuchtete sie ihre eigenen finstersten Winkel aus.

»Klara … Ich kann dich das unmöglich durchziehen lassen. Wenn du nicht auf mich hörst, dann vielleicht auf deine Cousinen.«

»Du hast es versprochen!« Ihre verzweifelte Stimme überschlug sich.

»Ich nehme die Kopfschmerzen für das gebrochene Versprechen gerne in Kauf. Jemanden absichtlich mit einem Albtraum zu belegen, das ist schlimm genug. Aber ein Perpetuum Mobile der Albträume zu schaffen? Was in aller Welt kann Pares dir bieten, dass du so etwas Grässliches überhaupt in Betracht ziehst?«

Sie wandte sich ab und schlug die Augen nieder, um nicht in sein erblassendes, fassungsloses Gesicht sehen zu müssen.

»Du würdest das nicht verstehen.«

Den Blick mitten durch ihr mattes Spiegelbild im Fenster gerichtet, wartete sie darauf, dass er sie anbrüllte. Rauswarf. Verriet. Ein paar nervöse Wimpernschläge später stand er neben ihr und bat mit sanfter Stimme:

»Gib mir wenigstens eine Chance dazu.«

»Unsterblichkeit«, hörte sie sich selbst wispern.

»*Was?*«

»Mit Pares' Hilfe kann ich unsterblich werden. Bist du jetzt zufrieden?!«

Sie wirbelte herum, die Augen bis zum Wimpernkranz mit dicken Tränen gefüllt. Sie wusste weder, warum sie Noah anschrie, noch, warum sie sich umgedreht hatte. Sie war sicher, dass er sie nie wegen ihrer Fähigkeiten für einen Freak gehalten hatte. Jetzt wusste sie nämlich, wie er dabei aussah. Der erschütterte Ausdruck auf seinem Gesicht, das wortlose Zucken seiner Lippen, der feste Griff um seine Krücke, als wolle er sich damit gegen sie verteidigen. In seinem Blick lag mehr Enttäuschung, als sie ertrug.

»Ich hab das vorhin ernst gemeint – ich dachte wirklich nicht, dass du so bist wie das Klischee der Empathisch Hochbegabten. Narzisstisch. Bis zum Überlaufen vollgestopft mit allem, wonach ihr verlangt. Allem voran mit der Gewissheit, dass ihr was Besseres seid.«

»Da spricht doch bloß der Neid aus dir.«

»Ich beneide dich höchstens darum, dass du nach dem Bus rennen kannst. Klara, wir sind nicht dazu geschaffen, ewig zu leben. Weder Empathisch Hochbegabte noch sonst irgendein Mensch.«

»Aber was, wenn dieses Verbrechen an der Natur meine einzige Chance ist, achtzehn zu werden?«

Stille.

Als hätte jemand ein Loch zwischen die beiden gerissen, wo nun ein Vakuum klaffte, das alle Laute verschluckte. Alle außer Klarabells aufgeregtem Atem.

»Ob du es glaubst oder nicht, ich will gar nicht unsterblich sein, weil ich es *verdiene*.« Sie zeichnete Gänsefüßchen in die Luft. Dabei verdrehte sie die wässrigen und noch brennenden Augen. »Oder weil ich glaube, die Welt kommt nicht ohne mich aus. Ich will nur achtzehn werden.«

Jedes Wort schmerzte sie so sehr, dass sie es nicht nur in der Seele, sondern bis in die Knochen spürte. Doch sie wollte nicht schweigen, solange er sie für ein Monster hielt. Es reichte, dass sie sich nicht mehr sicher war.

»Was soll das heißen?«

»Ich sterbe bis Ende des Monats, sagen die Tarot-Karten. Du hast mich verzogenes Ding also nicht mehr lange am Hals. Zufrieden?«

Ihre Stimme bestand inzwischen aus kaum mehr als Krächzen und leisem Weinen. Ihre Schultern sanken unentwegt Richtung Boden, in den sie am liebsten hineingekrochen wäre.

Noah fing sie auf. Wie selbstverständlich schloss er sie in die Arme. Behutsam, als wäre sie eine Glasfigur, drückte er sie an sein Herz. Sie spürte es durch seine und ihre Kleidung pochen. Hörte seinen Schmerz an ihrem Ohr pulsieren, das auf seinem Schlüsselbein ruhte. Dort, wo ein türkischer Segensspruch eintätowiert stand. Ihr war, als würde sein Herz die Buchstaben gegen ihre Wange trommeln.

»Ich bin so ein Idiot«, flüsterte er in ihre feuchten Locken.

»Mir tut's auch leid …«

Unvermittelt hob er die lockere Faust, um sich gegen den Kopf zu klopfen.

»Was machst du da?«

»Auf Holz klopfen, damit dir nichts passiert.«

Gerührt spiegelte sie seinen Versuch zu lächeln.

»Nimm lieber meinen. Du klopfst bloß auf einen Idioten und in meinem Elfenbeinturm hat uns niemand mit der Legende vom Unheil abwendenden Idioten *vollgestopft*.«

Sie vergrub ihr Gesicht wieder an seiner Brust, tiefer als zuvor, und verdrückte ein paar Tränen.

»Ich bin ein dressiertes Raubtier wie Azrael. Ein Biest mit einem Motiv, entsprechend zu handeln. Wie kannst du in meiner Nähe so ruhig bleiben?«

»Erstens: Azrael ist viel friedlicher als du. Und zweitens vertraue ich dir, weil …« Er stockte, schien ernsthaft nachzudenken. »Na, weil du *du* bist.«

Das ergab kaum Sinn, aber es linderte das Stechen in ihrer Brust. Sie gab einen kleinen Laut von sich, als eine ihrer letzten Mauern einstürzte. Obwohl sie im Hinblick auf Pares und Adela keinen Schritt weiter war, fühlte sie sich im Schutz des Hausbootes und Noahs angenehmer Körperwärme ein bisschen weniger verloren.

SECHZEHN

Dieses Gefühl verflog viel zu schnell. Kurz nachdem Noah sie losgelassen hatte, war es darum geschehen. Ihren Daumennagel zwischen den Schneidezähnen mahlend rang sie mit dem Drang, ihre Sachen zu schnappen und davonzulaufen. Aber sie war es leid. Damit hatte sie eine kostbare Woche verschwendet. Sieben unersetzbare Tage.

Für Yogaübungen gegen ihre Konzentrationsschwierigkeiten und zur Ablenkung lieh Noah ihr eine Sporthose, die er zweimal umkrempelte, damit sie nicht auf den Saum stieg. Innere Balance fand sie dennoch nicht. Ihre Muskeln ließen sich leicht lockern, die Knoten in ihrem Geist dagegen nur schwer. Es kam ihr vor wie der Versuch unzählige ineinander verhedderte, feingliedrige Kettchen zu trennen. Indem sie eine Schlaufe löste, band sie drei neue hinein.

Was, wenn Pares recht behält? Wenn meine Entscheidung von Anfang an feststand?

Bewusst spürte sie das unterschwellige Ziehen in den Waden beim herabschauenden Hund.

Womöglich fände Dr. Zhou meine Menschlichkeit bereits lückenhaft und ohne Gewissen vor, wenn er mich für die Operation aufschneiden würde. Dass ich weiter über Pares' Angebot grüble, sagt doch genug über mich aus, oder?

Trotz bewusstem Atmen nahm der Druck auf ihrem Kehlkopf zu.

Es muss eine andere Lösung geben. Eine, bei dem ich es verdiene, zu überleben. Einen Weg, Pares dazu zu bringen, mir Unsterblichkeit zu bieten und mich trotzdem eine Ewigkeit lang selbst zu ertragen.

Als sie in den heraufschauenden Hund wechseln wollte, verließ sie die Kraft. Unsanft plumpste sie auf die Dielen und blieb liegen. Statt sich aufzurappeln, bettete sie ihren Kopf in die verschränkten Arme, sodass sie zum Fenster blickte. Die letzten goldenen Sonnenstrahlen, die vor den heraufziehenden Wolken flohen, streichelten König Midas' Wangen, seine dunklen Wimpern und nackten Füße. Ausgestreckt über die Kissen auf der Fensterbank ließ er nur sein lädiertes Bein über die Kante hängen. Im Schlaf hob und senkte sich sein Brustkorb in einem friedlichen Rhythmus, der das Ringbuch auf seinem Bauch wiegte.

Es handelte sich um den neuen Manuskriptentwurf seines Vaters, eines eher mäßig erfolgreichen freien Journalisten, Kolumnisten und Autoren. Letzteres hauptsächlich für Schulbücher.

Noahs Finger klemmte als Lesezeichen zwischen den Seiten. Auf seinen Lippen spielte ein im Schlaf eingefangenes mildes Lächeln über die letzten Worte, die er gelesen hatte.

Wovon er wohl träumt?

Wie sehr sie sich nach einem entspannten Traum sehnte. Nach den weniger verworrenen Gedanken eines anderen. Die Versuchung wirkte zu verlockend auf ihren ausgelaugten Körper und Verstand, als dass sie hätte widerstehen können.

Sie warf einen Blick zu Azrael, der alle viere von sich gestreckt zwischen Bad und Stube schlummerte. Tief im Schlaf versunken witterte er ihre Absichten bestimmt nicht.

Keine große Sache, versprach sie sich. *Nur kurz schauen, nichts anfassen und wieder raus. Er wird nicht merken, dass ich seinen Traum besucht habe. Das bisschen Zwicken hinter der Stirn könnte auch vom Wetter kommen, wenn ich nicht lang bleibe.*

Außerhalb ihrer regelmäßigen Übungen mit Mentoren am Internat oder längst in der Vergangenheit verblasster Pyjamapartys mit ihren Cousinen hatte sie nie versucht, absichtlich in einen bestimmten Traum hineinzuschlüpfen. Es war knifflig. Wenn man sich zu sehr verkrampfte, gab es einem angeblich das Gefühl einen halben Liter Eis in zwei Minuten verschlungen zu haben. Allerdings ohne den sahnig-süßen Geschmack auf der Zunge.

Ein letztes Mal lockerte sie ihre Schultern und ihren Nacken. Sie fokussierte sich darauf, nicht fokussiert zu sein – was bekanntlich eher das Gegenteil bewirkte –, und kramte die Notfallration Baldriantabletten aus ihrer Tasche. Optimal wäre dazu etwas Stresslösendes gewesen, aber sie fand auf den ersten Blick keine Räucherstäbchen und bezweifelte, dass Noah und sein Vater Passionsblumentee besaßen.

Als sie mit sich haderte, seine Hand zu berühren, spürte Klarabell, wie sich eine prickelnde Mischung aus Nervosität und Aufregung unter ihrer Haut ausbreitete. Zentimeter für Zentimeter. Das Epizentrum waren ihre zwei Finger, die sie in seine gehakt hatte. Wenn ihr nicht die richtigen Mittel zur Verfügung standen, erhöhte der Kontakt bloßer Haut die Wahrscheinlichkeit, dass es gelang.

Zu ihrem Glück gab Noah nur ein Grummeln von sich und drehte das Gesicht aus der Sonne, als sie sich im Schneidersitz gegen die Fensterbank lehnte.

Sie besann sich auf die Übungsstunden und die Bücher im Internat.

Tief durchatmen.

Augen schließen.

Die in der Stille laut werdenden Geräusche ausblenden. Wie den tropfenden Wasserhahn und Azraels Fiepen in dessen ganz eigenem Traum.

Die Schwere ihrer Muskeln bewusst fühlen und lockerlassen.

Deutlich spüren, wie die Wärme der Sonnenstrahlen verblasste, als die Wolkendecke sie schließlich einholte. Wie die Luft schmeckte, in der ein Hauch Mokka und die Note eines nassen Schäferhundes verharrten.

Ihrem eigenen Atem lauschen und sich davon in die Meditation spülen lassen. In Flüssen statt in konkreten Gedanken …

Die Bäume streckten sich in blütenweiße Unendlichkeit.

Die meisten Menschen träumten in einem schwarzen, nebligen Rand. Undefinierbar. Noahs Unterbewusstsein dagegen floss in pures Licht, das dennoch nicht in den Augen stach. Ölfarbe tropfte aus der Decke, zäh wie flüssige Zuckermasse, die sich zu einem dichten Birkenwald verhärtete. Nachdem sich die Umgebung vollends entblättert hatte, verschwand das Wattegefühl in Klarabells Ohren.

Das Laub raschelte unter ihren nackten Füßen, als sie sich hinter einem Baum versteckte. Um nicht entdeckt zu werden, strich sie zwei Motten aus ihren Locken heraus. Mit dem Senken ihrer Hand begannen die beiden um ihr knielanges Trägerkleid zu flattern. Wo ihre Flügel den Stoff berührten, versickerte das Metallicblau des Kleides zu Birkenweiß.

Ohne Verdacht zu schöpfen, spazierte Noah nur einen halben Meter an ihr vorbei. Im Traum brauchte er seine Krücke nicht. Klarabells Herz schmolz vor Freunde beim Anblick seiner leichtfüßigen Bewegungen dahin. Und aus Wehmut.

Die Wange an die Rinde gelegt, die er weder als rau noch als hart austräumte, blickte sie ihm hinterher. Sie beobachtete ihn beim Bau eines Konstrukts aus Streichhölzern und Kastanien, bei dem ihm zwei Freunde halfen. Es glich den Tieren, die er mit Morgana früher gebastelt hatte, nur überdimensioniert. Sie legten konzentrierte Mienen auf und nahmen ihre zusammenhanglosen Unterhaltungen sehr ernst.

Kein Sinn. Kein Drama. Kein Schmerz, außer Noah stach sich versehentlich mit einem der Zahnstocher in den Finger. Nur die ungehemmt wabernde Fantasie eines unbekümmerten Geistes.

Hier fühlte sich Klarabells Brustkorb nicht an wie eine tickende Zeitbombe, sondern federleicht wie die fallenden Birkenblätter. In diesem Wald mitten in Noahs Gedanken musste sie keine Entscheidungen treffen oder Richtiges und Sinnvolles abwägen.

Hingerissen von der natürlichen Merkwürdigkeit des Traumes trieb es sie dichter an das Geschehen heran. Von Birke zu Birke, über feuchten Laubboden, den Noah verblüffenderweise viel deutlicher erträumte als die Rinde der Bäume. Manchmal glitt Klarabell ein Regenwurm oder eine Assel zwischen die Zehen.

Alarmiert wirbelte sie herum, als ein kehliges Grollen aus dem Geäst hinter ihr drang.

»Ssssch! Bleib«, zischte sie ihren Albträumen zu. Seltsam, dass das Rudel ausgerechnet jetzt wieder seine Grenzen austestete. Klarabell musterte das Geäst. Da kein weiterer Laut herausdrang, zuckte sie mit den Achseln und wandte sich wieder Noah zu. Sein Kastaniengerüst erreichte inzwischen die Höhe der Baumwipfel.

Plötzlich sah Noah auf. Auch seine zwei Freunde rissen die Köpfe hoch und starrten Klarabell an. Für einen Moment fürchtete sie, dass Noah ihre Fremdartigkeit erkannte und sie beide aus dem Traum schleuderte. Zu ihrer Erleichterung setzte er ein breites Grinsen auf und winkte sie heran.

Obwohl sie es besser wusste, tastete sich ihr linker Fuß einen Schritt weiter. Sie konnte kaum glauben, dass sie ihn tatsächlich absetzte – und den anderen nachzog. Ehe sie sich versah, lief sie zu den drei Freunden auf der Lichtung.

Noah hielt sie für eine erträumte Klarabell, nicht für die echte. Unbekümmert arbeitete er an ihrer Seite weiter. Dank ihrer Unterstützung stellte das Kastaniengerüst bald ein halbes Arbeitszimmer dar. Sobald die letzte glänzende Kugel gesetzt, der letzte Zahnstocher hineingestochen war – erst in die Fingerkuppe, dann an den Bestimmungsort –, verschmolzen die windigen Gestelle zu vollendeten Möbelstücken. Die minimalistische Kulisse eines Auftakts zu einem britischen Klischee-Krimi erschien mitten im Wald.

Nach getaner Arbeit verabschiedete Noah seine beiden Freunde mit einem vertrauten Handschlag. Klarabell ruhte sich unterdessen auf seinen Wunsch hin auf der Schaukel an der Birke nahe dem Schreibtisch aus. Einer der Äste schubste sie an, damit sie nicht aus eigener Kraft zu schwingen brauchte.

Pendelnd gegen den Strom des lauen Windes sah sie ihrem Stiefcousin zu, wie er anstelle seines Vaters wichtige literarische Meisterwerke in eine Schreibmaschine hämmerte. Statt auf Papier erschienen die Buchstaben in den Rinden der umliegenden Bäume. Die abgeplatzten Späne rieselten auf Laub und Wurzeln. Harzgeruch strich Klarabell um die Nase, zusammen mit ihren Motten. Eine von ihnen war unvorsichtig genug, um gegen die Schreibtischlampe zu fliegen. Benommen taumelte sie zurück zu ihrer Königin auf der Schaukel.

So viel zu ›nichts anfassen‹.

Sie schmunzelte und freute sich insgeheim, dass Noahs Unterbewusstsein die Motte nicht verbrannt hatte. Das lädierte silbrige Insekt landete gerade auf ihrem Handrücken, als es begann.

Zunächst betraf es nur eines der Blätter. Dann die Rinde des Baumes, der Klarabells Schaukel anschubste. Einmal Blinzeln und er erstarrte zu makellosem Gold.

Überall an ihren Körper stellten sich feinste Härchen auf, wie bei einer fauchenden Katze, die ihr Nackenfell sträubte.

»*Midas*«, las sie schaudernd im harzverklebten Baumstamm. Wieder und wieder die gleichen fünf Buchstaben: »*Midas, Midas, Midas* ...«

Unermüdlich hämmerte Noah auf die Tasten der Schreibmaschine, die sich - kaum von seinen Fingern berührt – in mattes Gelbgold verwandelten. Je mehr von ihnen zu Edelmetall wurden, desto schneller verblasste sein Lächeln. Drei hektische Wimpernschläge später strahlte sein Gesicht bloß noch durch den Schein der goldenen Schreibmaschine vor ihm.

Endlich verstand Klarabell, woher das Grollen im Gebüsch vorhin gekommen war. Die Erkenntnis trieb ihr die Galle hoch. *Noah* war der letzte Mensch, bei dem sie das in Betracht gezogen hätte. Er war fleischgewordene Lebensfreude. Hatte eine Schwester, die ihn anhimmelte. Ihm gelang alles. Was sollte ihn schon in seinen Träumen verfolgen?

Da - wieder dieses Hecheln und Knurren. Im Dickicht neben Klarabell. Es schlug Haken, führte sie an der Nase herum. Es tauchte auf und verschwand Sekunden später. Zurück blieben Goldfetzen auf den Blättern.

Klarabell warf sich gerade noch rechtzeitig auf die Knie, als der Baum, der ihre Schaukel hielt, zerfloss. Das Seil fing kurz Feuer, bevor es zu Asche zerfiel und in einer Pfütze heißen Goldes verschwand.

Sie wollte weinen und schreien zugleich, um das Zerbrechen der friedlichen Traumidylle zu übertönen. Sie hatte gefunden, wonach sie suchte: den Jungen, dessen Hände alles zu Gold verwandelten. Doch so quälend wörtlich hatte sie es nie gemeint.

Schier blind vom Goldschein, der sie zwei rasende Herzschläge später umringte, warf sie einen Blick zu König Midas. Er floh gerade vor einem schmelzenden Baum auf den Schreibtisch.

»Noah!«

Ihre brechende Stimme erreichte ihn nicht. Dafür drang das tiefe Grunzen wieder an ihre Ohren. Es schnaubte direkt zwischen ihren bloßen Füßen. Instinktiv stürzte sie sich auf das ölig-schwarze wabernde Ungetüm. Krallte ihre Finger in den formlosen Körper von Noahs Albtraum. Zischend schrie er auf.

Traumwandler hatten eines mit Bluthunden gemein – sie witterten Furcht. Albträume stanken nach faulen Eiern, eiternden Wunden und Angstschweiß. Klarabells einziger Fehler war, dass sie diesen für ihr eigenes Monster gehalten hatte.

Sie packte das sich windende, tausendfüßlerartige Biest dort, wo sie den Nacken vermutete. Es knackte, als sie ihm den wirbellosen Hals umdrehte. Vor Ekel kam ihr das Frühstück wieder hoch, das Noah ihr anscheinend in den Magen geträumt hatte.

Konzentrier dich!

Obwohl es ihr die Zehennägel hochrollte, biss sie beherzt zu. Der Geschmack, der aus dem Albtraum strömte, gab *Bitterkeit* eine neue Bedeutung. Diese Fäulnis reifte bereits seit langem. Noahs Furcht vor seinen penetrant wiederkehrenden Albträumen hatte sie genährt, verriet ihr Traumwandler-Instinkt. Das machte es nicht einfacher, den aufkommenden Würgereiz zu unterdrücken. Hastig schlang sie den Albtraum herunter, bevor alles um sie herum zu kochendem Gold zerschmolz, das bereits von sämtlichen Birken tropfte.

In widerlicher Langsamkeit drängte sich der Albtraum ihre Speiseröhre herunter.

Du bist nicht wirklich hier, erinnerte sie sich. *Das ist nicht dein Körper! Deine Schmerzen sind nicht real!*

Aber sie fand die lähmende Hitze in ihrem Magen überzeugender als dieses Mantra. Keuchend und schweißgebadet vom inneren Ringen mit dem Biest, das sie unzerkaut verschlungen hatte, sackte sie gegen eine Stehlampe. Sie riss sie mit um und rollte vor Noahs Füße, der versuchte, das herabtropfende, heiße Gold abzuschütteln. Bei ihrem erbärmlichen Anblick erstarrte er.

»Klara! Was hast du?«

Ohne zu antworten, folgte sie der lediglich theoretisch einstudierten Routine. Sie schnappte sich den nächstbesten halbwegs soliden Gegenstand. Gleichzeitig schüttelte sie einen Schwarm Motten aus ihrem dröhnenden Kopf, damit sie Goldschlieren darauf in Tau und das Buch in eine Pistole wandelten.

Tief Luft holen - und anhalten.

Peng.

Ein Schuss zerstörte die Ruhe des Waldes. Die Kugel schoss durch Klarabells Bauch, dem Albtraum mitten durch den vermeintlichen Kopf.

Ohne zu zögern, stürzte Noah zu ihr auf den Boden. Er riss ihr die Pistole aus der Hand, die augenblicklich zu Gold zerfloss und Midas' rechte Hand damit überzog. Verzweifelt schüttelte er Klarabell mit der Linken. Unter dem Rütteln spuckte sie kleine Bäche schwarzen Schleim aus, der wie Säure auf ihrem Zahnfleisch brannte. Noah flehte sie mit brechender Stimme an, mit ihm zu sprechen. Als würden Worte ihre Schusswunde schließen.

Sie sollte mausetot sein. Oder besser gesagt: hellwach in der Realität. Doch Noah ließ das nicht zu. Bei aller Panik davor, im Gold zu ertrinken, fokussierte er sich darauf, sie am Leben zu halten.

»Was hast du getan?«, winselte er und presste beide Hände auf ihre klaffende Bauchwunde. Die Berührung seiner goldenen Finger war ihre Rettung. Unter seinem herzzerreißenden Flehen erstarrte sie zu leblosem Edelmetall.

Sie schlug die Augen auf und warf sich ans offene Fenster.

»Wasser«, stöhnte sie noch, dann übermannte sie die Übelkeit. Der Würgereflex schüttelte ihren Körper in unkontrollierten Wellen. Doch alles, was herauskam, waren Mokka, Magensäure und Spucke. Zurück blieben das unbefriedigende Gefühl, nicht genug hochwürgen zu können, um ihren Ekel loszuwerden, und ein säuerliches Brennen im Rachen.

Azrael sprang erschrocken auf und kläffte das Mädchen an, das die Nase in die hoffentlich lindernde Frischluft hielt. Anders als der Schäferhund brauchte Noah nach dem Aufwachen einen Moment, um sich zu orientieren.

Er klang besorgt, als ihm ihr Name über die Lippen glitt. Ohne seine Krücke hinkte er zur Spüle, um ihr Wasser zu bringen. Auf dem Rückweg verschüttete er vor lauter Eile die Hälfte. Kühle Tropfen rannen von seinem Handgelenk herunter, als er das Glas in ihre schweißnassen Hände gab. Sie brauchte länger als üblich, um es richtig greifen zu können. Beschämt vom Durcheinander in ihrem Kopf, das man ihr sicher ansah, wandte sie sich ab.

»Was ist los?« Die Erinnerung schien ihn zu treffen wie einer der Blitze, die draußen aufleuchteten. »Ich hab geträumt, dass du … und jetzt … Warst du das etwa *wirklich*?«

Statt zu antworten trank sie das Wasser in einem Zug aus.

»Warum?«

Sie war sich nicht sicher, ob er schon wach genug war, um alles in den passenden Kontext zu bringen. Ob er wusste, dass es eine gängige Albtraumtherapie war, dass Traumwandler diese Ungeheuer verschlangen. Natürlich nach einer fundierten Ausbildung und mit Bedacht, nicht so überstürzt wie sie es gerade getan hatte.

»Warum hast du dieses *Ding* verschluckt?«

»Weil ich weiß, wie es ist«, gab sie zu, den Kopf leicht geneigt, um ihn mit dem sauer schmeckenden Atem nicht anzuhauchen. Hitze stieg ihr in die Wangen. Sie fühlte sich auf einmal schrecklich nackt. Wie unter tropisch heißem Scheinwerferlicht. Trotzdem bereute sie nicht, seinen Albtraum verschluckt zu haben.

»Woher hast du ihn?«, fragte sie, während sie langsam an der Wand hinunter in den Schneidersitz rutschte. Ihre Instinkte erkannten einen chronischen Albtraum, wenn sie ihm begegnete.

Sie erinnerte sich vage an die Geschichte von König Midas. In einem ihrer Märchenbücher, eingestaubt in der Villa ihrer Großmutter vor der Stadt, wurde sie mit filigranen Bildern und Schlagmetall verziert erzählt.

Noah, ausgerechnet das Goldkind der Familie, schilderte eine andere Version, durch die sich Klarabells Organe zusammenzogen. Still hörte sie zu, während er immer wieder abdriftend und bemüht unbekümmert seine Geschichte erzählte. Dafür setzte er sich zu ihr auf den Fußboden, knapp unter der Kinnhöhe seines Schäferhundes, der sich nur langsam beruhigte. Er schaffte es kaum, von seinem lädierten Bein wegzusehen, das er von sich streckte.

Seine Grübchen zeichneten sich in einem milden Lächeln auf seinen leicht vor Scham geröteten Wangen ab. Sie versprühten nicht ansatzweise den gleichen ansteckenden Charme wie sonst.

Wenn sie seine Züge im blassen Blitzlicht von draußen und dem des Aquariums im Wandschrank betrachtete, erinnerte sie sich gut an den Jungen vor ein paar Jahren, der im Gästezimmer ihrer Großmutter Verse geübt hatte. Damals hatten weichere Linien sein Gesicht gezeichnet, das Grinsen und die Grübchen aber waren gleich geblieben. Während er davon erzählte, fiel es ihr erstaunlich leicht, sich vorzustellen, wie dieser verblichene Noah zwischen seinen Freunden auf einer Bowlingbahn hin und her getrieben war.

»Heute ist der Laden aus hygienischen Gründen geschlossen. Das ist wahrscheinlich besser so«, schweifte er kurz ab, um Zeit zu schinden.

Sie roch bei seiner folgenden Schilderung förmlich die schwitzigen, angeblich desinfizierten Hallenschuhe, in denen mehr Füße gesteckt hatten, als Pares Jahre zählte. Das angebrannte Frittierfett. Das Deo-Gemisch in der stickigen Luft rund um die Bahnen, über die Noah gleichermaßen euphorisch wie miserabel Kugeln jagte.

Seine ansteckende Fröhlichkeit musste allen Anwesenden aufgefallen sein, so wie Klarabell bei ihrer ersten Begegnung. Und seiner Sommerliebe.

»Ich wusste, dass er älter war. Wie alt, interessierte mich nicht. Er wirkte wie ein Student. Mit siebzehn fand ich das schrecklich intellektuell und anziehend.«, sagte er mit schlaffem Achselzucken. Er ließ es klingen, als läge das ewig zurück, dabei wurde er diesen Winter gerade zwanzig.

»Wir fuhren ständig zum See, aßen Unmengen an Eis. Er nahm mich in coole Szene-Clubs mit und ich hab ihm sogar ein paar meiner Texte zum Probelesen gegeben. Es war aufregend, dass niemand von uns wusste. Wir waren wild und frei. Bis zum Herbst.«

»Was war dann?«, fragte Klarabell, obwohl sie sich ausmalen konnte, was mit einer Sommerliebe im Herbst geschah.

»Als ich herausfand, wie alt er tatsächlich war, stritten wir uns. Ich hab ihm einiges an den Kopf geworfen und er mir meinen Spitznamen. Weil ich angeblich nicht verstand, dass nicht jedem alles so leicht fiel wie mir. Dass er seine Gründe gehabt hatte, mir das zu verschweigen.«

»König Midas …«

Er zuckte bei dem Namen leicht zusammen, was er mit einem schnellen Nicken kaschierte.

»Keine Ahnung, ob es ein Versehen war, oder meine Strafe für die Trennung.«

Sein linker Fuß zuckte, als Noah sichtlich angestrengt dessen Beweglichkeit und seine Schmerzgrenze ausreizte.

»Den Autounfall hat es also nie gegeben?«

»Anne wollte mich mit der Notlüge schützen. Sie ist die Einzige, der ich mich anvertraut habe. Meine Mutter anzulügen ist unmöglich - sie hat Superkräfte – und mir gefiel ihre Version besser als die Wahrheit. Dass mein Ex mir mit seinem Fluchen ein paar Mittelfußknochen und den kleinen Zehn in pures Gold verwandelt hat, klingt doch schäbig.«

Protestierend, fast wütend darüber, dass er sich schämte, schüttelte Klarabell den Kopf.

Wie Mim. Als wären sie Blutsverwandte …

Wortlos zog Noah seinen Pullover ein Stück hoch. Ihr Herz machte irritiert einen Satz, bevor sie begriff, dass er ihr die Tätowierung auf seinem Rücken zeigen wollte.

Mehrere Augen des Nazar zierten seine Haut. Eines davon war geschlossen, eines blinzelte. Die Pupille darin schimmerte golden statt blau.

»Ohne sie wäre ich vielleicht komplett zu Gold erstarrt.« Mit diesen Worten zog er seinen Pullover wieder herunter.

Die Schatten zwischen ihr und Noah wurden immer länger, während der Regen unermüdlich gegen die Scheiben des Hausbootes prasselte und die Wellen den Boden unter ihnen wiegten. Unüberwindlich schienen sie nicht mehr. Klarabell sammelte all ihren Mut und streckte die Hand nach ihm aus. Legte sie auf seine Faust. Behutsam strich sie über seine Fingerknöchel, die vor Anspannung weiß angelaufen waren.

Kurz blickte er irritiert und gleichzeitig geschmeichelt zu ihr auf. Sie sahen einander tief in die Augen, während sie nach Worten suchte, die er stumm verstand. Es überraschte sie, jemanden an ihrer Seite zu finden, der einen Schmerz kannte, von dem sie sich eingebildet hatte, damit allein zu sein. Noah schien es ähnlich zu gehen. Jahrelang hatten sie einander aus der Ferne betrachtet, sich eifrig Trugbilder voneinander aufgebaut. Und da waren sie nun. Hand in Hand. Zu zweit, verirrt und ein bisschen weniger allein.

Die ganze Tragweite dieses Gefühls begriff sie noch nicht. Nur, dass sie nicht loslassen wollte.

Vorsichtig schloss er seine Finger um ihre, als hätte er Angst, sie zu zerdrücken.

»Wie sehen deine Heilungschancen aus?«

»Ärzte treffen ungern konkrete Aussagen, wie du weißt. Durch Reinigungsrituale und eine neue Tätowierung an der Wade konnte immerhin die Ausbreitung gestoppt werden. Herausschneiden kann man das Gold nicht. Wo es nicht meinen Knochen ersetzt, wuchert es nach, sobald man es entfernt.«

»Hast du Anzeige erstattet?«, fragte sie leise in der Sorge, sein Schicksal könnte weitere Parallelen zu dem seiner Stiefschwester aufweisen.

»Sie haben ihm die Zunge tätowiert. Trotzdem spricht er. Wie ein Wasserfall. Dass es bei Unsterblichen nicht wirkt, konnte keiner wissen … und ich konnte ihn nicht verpfeifen. Nicht, was das angeht.«

Klirrend fiel der Groschen hinter Klarabells ungläubig blinzelnden Augen.

Pares … Vielleicht hatte er als Unsterblicher die Wirkung der Tätowierungen besser umgehen können und Noah deshalb besonders schwer verwunschen. Das Tattoo auf seiner Zunge wirkte auch nicht.

»Ich habe mich die ganze Zeit gefragt, woher du ihn und die Parole kennst.«

»Tja, jetzt weißt du's.«

Da überkam sie ein zweiter Geistesblitz. »Noah, ich fürchte, ich habe eine Idee.«

SIEBZEHN

Es war nichts weiter als ein Funken Hoffnung, dem Klarabells Ausweglosigkeit eifrig Sauerstoff zupustete.

Es ist absurd, aber wenigstens nicht aussichtslos.

Sie ließ das Gefühl in ihrem Inneren gären. Bis ihr Handy am Abend aus heiterem Himmel Glindas »Popular« sang. Wie ein Hieb aufs Zwerchfell verschlug ihr das blau leuchtende Display die Sprache. Den Besprechungstermin bei Dr. Zhou hatte sie völlig aus ihrem Gedächtnis verbannt.

Die Handyapp zeigte einen Termin außerhalb der Öffnungszeiten. Ein kleiner Freundschaftsdienst von Pares. Wie bereits betont, sollte sie nicht die Katze im Sack kaufen. Dr. Zhou wollte prophezeien, welchen Teil von sich Klarabell zugunsten der Unsterblichkeit einbüßen musste.

Müsste, erinnerte sie sich hastig. Immerhin hörte sie Dr. Zhou schon das Operationsbesteck schärfen.

Bevor sie Noahs Albtraum verschlungen hatte, hätte sie sich nicht einfach die Jacke überwerfen und gehen können. Etwas Gutes mit ihrer Gabe angefangen zu haben, linderte das allgegenwärtige Brennen unter ihrer zunehmend dünneren Haut. Als verspräche die Welt ihr, dass sie ihre Schuld später abarbeiten durfte. Vor allem, weil sie inspiriert von Noahs Dankbarkeit glaubte, eine Lösung in der Ferne zu erspähen.

Vage und blass.

Aber existent.

Damit redete sie sich unentwegt Mut zu, als sie in eine Wolke abgestandenen Parfüms trat, das jemand im Wartezimmer der Praxis zurückgelassen hatte. Dafür, dass die Praxis seit gut einer halben Stunde geschlossen war, ließ Dr. Zhou Klarabell unverschämt lange im eigenen Saft schmoren. Als endlich die Glastür aufsprang, begrüßte sie der Chirurg persönlich, denn alle seine Mitarbeiterinnen waren bereits gegangen.

Pares schuldet mir eine Tüte Gummibärchen. Er meinte, du würdest nicht kommen, gebärdete er.

Klarabell zuckte mit den Achseln und erwiderte nichts. Sie glaubte nicht, dass der Unsterbliche wirklich daran gezweifelt hatte. Vielleicht hatte er gehofft, Noah würde sie begleiten und Dr. Zhou ihm eine Nachricht überbringen können. Noah, der wegen ihm hinkte. Wegen dem seine Zunge tätowiert worden war. Mit dem er einen anscheinend unvergesslichen Sommer verbracht hatte. Sie würde eine Zeit brauchen, um die Vorstellung von dem Unsterblichen und Morganas Stiefbruder zu verdauen.

Im Beratungszimmer bot Dr. Zhou ihr den Stuhl vor seinem Schreibtisch an. Der Moment war ein einziges Déjà-vu.

Auf Dr. Zhous Bitte hin begann Klarabell ihre geliebten Steine und Piercings abzulegen. Klirrend landete ein Schmuckstück nach dem anderen in einer Nierenschale, von der sie die komplette Untersuchung über nicht die Augen nehmen konnte. Voll angezogen fühlte sie sich nackt und den unangenehm kalten, behandschuhten Händen des Chirurgen ausgeliefert.

Eine Ewigkeit später verließ sie die Praxis wieder. Sie trat vom blendenden Behandlungslicht in die von Werbeanzeigen und Bushaltestellen durchzogene Dunkelheit. Mit einem Pflaster über dem Einstich in ihrer rechten Armbeuge und dem flauen Gefühl vom Blutabnehmen.

Sie wollte sich ein Hotelzimmer suchen. Sich ausruhen und sammeln, fernab von Pares, Noah, ihren Cousinen oder irgendwem, zu dem sie irgendwelche Bindungen hatte. Sonst würden sie sie nur daran erinnern, wer sie war. Beziehungsweise, wer sie *gewesen* war. Um ein solches Verbrechen durchzuziehen, musste sie die alte regelbewusste Klarabell hinter sich lassen.

Nur die stärkere von uns beiden kann überleben, sinnierte sie auf der Suche nach ihrer Geldbörse. *Das ist reiner Darwinismus.*

Über Leichen zu gehen, um nicht zu sterben, war das eine. Darüber nachzudenken, dass eine davon die ihres früheren Ichs werden würde, stoppte ihr bleiernes Herz für einen Augenblick.

Der Schock über ihre fehlende Geldbörse versetzte es wieder in Bewegung. Sie musste sie auf dem Hausboot vergessen haben.

Als sie dort ankam, war Noah nicht zuhause. Auch von Azrael war nichts zu sehen. Der Ersatzschlüssel lag wie drapiert im Blumentopf neben dem Eingang. In Klarabell keimte verstohlen die Hoffnung auf, dass er ihn für sie dagelassen hatte. Dass er sich wünschte, sie würde zurückkommen. So wie der Teil von ihr, der absichtlich das Portemonnaie aus der Tasche hatte rutschen lassen.

Vertieft in diese Gedanken vergaß sie völlig, auf ihre Umwelt zu achten. Zum Beispiel darauf, welche Autos in der Straße parkten. Oder dass ihre Piercings in der Hosentasche winzige Abdrücke in ihren Oberschenkel stanzten. Nur ihre Fingerringe hatte sie in der Eile wieder angelegt.

Bereits mit beiden Füßen im schwankenden Hausboot, besann sich Klarabell ihrer Kinderstube und klopfte an die offene Eingangstür.

»Hallo?«

Sie knipste das Licht an und bereute es prompt.

Im selben Augenblick öffnete sich Noahs Schlafzimmertür und keine geringere als seine Stiefschwester auf spontaner Stippvisite starrte in ihre weit aufgerissenen Augen.

»Was machst *du* hier?«

Der Schmerz in Morganas heiserer Stimme nährte ihre Schuldgefühle. Auf der Suche nach Ausreden und mit der Hand am Türknauf, verheddert sie sich in sich selbst.

Als wäre sie nicht überfordert genug gewesen, trat auch noch Cassandra aus der Nische. Ihr blasses Gesicht war mit reichlich Rouge aufgepäppelt worden.

»Immerhin wissen wir jetzt, wie Noahs Schal in unser Musikzimmer geraten ist«, sagte sie mit hauchdünner Stimme und urteilendem Blick auf den dünn gestreiften Männerschal in ihrer Hand.

»Du fängst was mit meinem Bruder an, Klara? Ernsthaft?!«

Ihre Wangen glühten vor Scham, als sie erkannte, wie sie wirken musste. Mit der Reisetasche über der Schulter spät abends in einem fremden Haus. Zuletzt ohne ein Wort verschwunden in einen nasskalten, gähnenden Morgen, auf den nur eine kurze SMS gefolgt war.

»Es ist nicht so, wie ihr denkt.« Sie erkannte, wie sie ungewollt unzählige mittelmäßige Liebesfilme zitierte, und kam sich unheimlich dämlich vor. Sie konnte Morgana nicht verübeln, dass diese ungläubig prustete.

»Warum Noah?« Ihr Blaffen erstarb zu einer Art zornigem Winseln, während sie sich von Cassandra die Schultern zur Beruhigung streicheln ließ. »Von den 83 Millionen Menschen in diesem Land, von allen Leuten auf diesem Planeten – ausgerechnet *mein Bruder*!«

Mit dem Zeigefinger fuchtelte Morgana in Klarabells Richtung, als könne sie sie damit erstechen. Ihr Blick gab sich damit größte Mühe.

»Musst du dir denn wirklich alles unter den Nagel reißen?!«

»Ich reiße mir gar nichts unter irgendwas. Spinnst du jetzt komplett?«

Wenn sie unschuldig war, warum fühlte sie sich dann so ertappt? Nervös trippelte Klarabell von einem Bein aufs andere, während ihre jüngere Cousine auf die Fensterbank sank, auf der Noah ein paar Stunden zuvor geschlafen hatte. Neben der Klarabell seine Hand gehalten hatte – erst heimlich, später fest in seine geschlossen. Wie sollte sie Morgana davon überzeugen, dass sie nichts für ihren Stiefbruder empfand? Vor allem, wenn sie zweifelte, ob dem nicht tatsächlich so war …

Ihre Cousinen zu hintergehen zerschlug ihre Selbstachtung in Milliarden feine Splitter. Sie hörte förmlich, wie sie an ihrer Sturheit, sich dem Schicksal nicht ergeben zu wollen, zerschellte.

Hätte mich doch bloß niemand vorgewarnt, dass ich sterben muss! Dann stünde ich jetzt nicht vor diesen Entscheidungen.

Ein einziger fahrlässiger Gedanke reichte, um ihr Geheimnis zu verraten. Zu spät erkannte sie Morganas konzentrierten Blick. Klarabells Hand schnellte zu dem verkapselten Wundkanal, in dem ihr Turmalin-Ohrring vor Gedankenlesern schützen sollte. Hätte er nicht in ihrer Hosentasche geschlummert.

»Du stirbst?« Damit riss Morgana Cassandra aus ihren steten Zwiegesprächen mit den Verstorbenen.

Binnen Sekunden füllte sich die Atmosphäre mit dem Gestank eingemotteter Geheimnissen an der frischen Luft. Er breitete sich schneller aus, als der dünne Film kalten Schweißes in Klarabells Nacken.

Hör auf, daran zu denken!

Sie wusste, es brachte nichts, Morgana den Rücken zuzudrehen. Sie spürte ihre Cousine trotzdem in ihren Gedanken wühlen. Vor lauter Hektik bekam sie den Ohrring in ihrer Hosentasche nicht richtig zu fassen. Klirrend fielen die Kugeln und Stecker auf die rauen Dielen und Klarabell stürzte hinterher auf die Knie.

»Was soll das heißen, du *stirbst*?«, wiederholte Morgana.

»Was geht hier vor, Klärchen?«

»Das ist ein schlechter Witz oder? Das meinst du nicht ernst!«

»Sagt mir bitte mal einer, was los ist? Mim? Klarabell?!«

»Hey, Klara, wir reden mit dir«, bohrte Morgana nach, während sie nach den stummen Wahrheiten ihrer Cousine griff. »Wer ist *Pares*?!«

Klarabells Schuh flog durch den Raum. Schützend riss Morgana die Arme vors Gesicht, obwohl das Wurfgeschoss ihren Oberschenkel weit verfehlte.

»Raus aus meinem Kopf!«, kreischte Klarabell und drückte die Hände auf ihre Ohrmuscheln wie Korken. Kurz darauf spürte sie, wie Morganas Bewusstsein sich zurückzog. Ein dumpfes Hallen hinter ihrer Stirn wirkte noch nach und erlosch zwei Atemzüge später. Doch sie nahm ihre Hände keinen Zentimeter weg. Im Gegenteil. Sie presste ihre Fingerkuppen fester auf die Ohren, während sie gegen die Tränen ankämpfte.

»Klara, beruhige dich.«

»Nein! Ich halte mich aus deinem Kopf raus, wenn du schläfst, also bleib du gefälligst aus meinem, solange ich wach bin!«

Schnaubend warf Morgana den Blick zur Seite, wobei sie die Schultern hochzog, um zu sagen: »Ich habe es nicht immer im Griff.«

»Ich kenne unsere Abmachung«, raunte sie stattdessen mit einem Schritt auf sie zu. »Es ist einfach passiert, klar? Entschuldige. Aber wenn du uns erklärt hättest …«

Mit einem Schwung stand Klarabell wieder aufrecht, ihrer nur wenige Zentimeter größeren Cousine entgegen. »Hätte ich das *gewollt*, hätte ich es getan.«

Cassandras zittriges Schniefen unterbrach sie. »Soll das heißen … du möchtest nicht, dass *irgendeine* von uns ihr Talent an dir verwendet?«

Zunächst verstand Klarabell nicht recht. Auf der Suche nach Hinweisen wanderte ihr Blick über Cassandras feine, ständig in neue Schattierungen huschende Gesichtszüge. Gerade als sie die Antwort erhaschte, überwand sich die Älteste der Drei, sie auszusprechen.

»Wenn es wirklich stimmt, dass du … dass du … Soll ich dann nicht mit dir auf der anderen Seite reden?«

»Was? Nicht doch!«, keuchte Klarabell, als hätte man ihr in den Magen geboxt.

Sie nahm Cassandras kühle Hände fest in ihre, die schier zu glühen schienen. Dieses Gewirr aus Fingern legte sie an ihr pochendes, schmerzendes Herz.

»Nein, nein, nein! Natürlich will ich *immer*, dass du mit mir sprichst.« Cassandra rollte ein vorsichtig erleichterter Laut aus der Kehle, bis sie fortfuhr: »Aber vor allem will ich gar nicht erst sterben.«

»Es ist also wahr?«

Wissend nickte Morgana, ohne vom Boden aufzusehen. Im Hintergrund hörte Klarabell ihr Kartenhaus aus Ausreden und Flunkereien in sich zusammenklappen.

Ohne viel gesagt zu haben, hatte sie eine unverhältnismäßig lange Zeit gebraucht, um ihre Geschichte zu erzählen. Wie ein Kloß steckte sie in ihrer Kehle fest.

Die Cousinen kauerten auf dem handgeknüpften Teppich aus der Heimat von Noahs Mutter Rabia. Von außen betrachtet musste es wie die Versammlung eines Hexenzirkels wirken.

»Was es auch sein mag, es ist unheilbar. Oder unabwendbar. Wie wirst du …« Weil Morgana es nicht fertigbrachte, den Satz zu beenden, sprang Klarabell ein.

»Ich hab mir was überlegt. Es ist weit hergeholt, aber die einzige Chance, die mir bleibt.«

»Und die wäre?«

»Kann ich nicht sagen. Je weniger ihr wisst, desto besser.«

Entschieden schüttelte Cassandra den Kopf. »Wieso bittest du nicht unseresgleichen um Hilfe? Das Internat? Die Vereinigung?«

»Weil es mit an Sicherheit grenzender Wahrscheinlichkeit nichts ist, was sie gutheißen würden.«

Man hatte Klarabell gesagt, dass die Wahrheit das Herz erleichterte. Doch in diesem Moment luden sich nur weitere Tonnen auf. Sie schnappte unauffällig nach Luft. Rüstete sich innerlich für die Verurteilung in Cassandras und Morganas Augen.

»Mein Vorhaben ist, sagen wir … nicht ganz legal.«

»*Nicht ganz* wie …?« Morgana zog ihre Augenbrauen hoch und die letzte Silbe unangenehm lang.

»Unsterblichkeit.«

Für einen Moment hielten alle drei die Luft an.

»Bist du von allen guten Geistern verlassen? Wie naiv kann man denn sein?«, winselte Morgana schließlich und packte Klarabell an den Oberarmen, damit sie nicht wegrannte. Sie hatte das unruhige Zucken in den Knien ihrer Cousine richtig gedeutet. »Glaubst du, Sandra hätte so viel Gesellschaft, wenn es Unsterblichkeit wirklich gäbe? Die hauen dich übers Ohr!«

Sie wollte sich von dem herzzerreißenden Ausdruck in Morganas weit aufgerissenen smaragdgrünen Augen losreißen. Sie hatte ihre Cousine nie aufgelöster gesehen, nicht einmal nach dem Tod der Amsel. Als Morgana kraftlos ihre Arme losließ, versetzte der Anblick ihrem Magen einen weiteren Schlag.

Wieder drang das merkwürdig blecherne Geräusch ihrer eigenen Stimme an ihre Ohren.

»Ich kenne einen Unsterblichen. Ich habe ihn kopfüber aus dem Fenster springen sehen. Aus dem zweiten Stock. Seine Beine waren verdreht und sein Hals und …«

Die Erinnerung verursachte ihr Übelkeit. An das Fenster in Pares' Wohnung zurückversetzt, durchlebte sie diese Minuten erneut. Den Schock zu glauben, gerade Zeugin eines Selbstmordes geworden zu sein. Das Gefühl, sich nicht von dem grausigen Anblick abwenden zu können, bis Pares sich mit an eine Spinne erinnernden Bewegungen aufgerichtet hatte und durch den Hof stolziert war, als sei nichts gewesen. Und an seine sadistische Freude über ihren Schrecken.

»Ich mache mir nichts vor. Er ist keine nette Person, die mir einen Gefallen tut, weil er ach so viel Mitleid mit mir hat. Aber … was bleibt mir sonst?«

Vor lauter Schluchzen bekam sie kaum Luft. Außerdem schüttelte sie ein Schluckauf, weil sich ihr Zwerchfell verkrampfte. Cassandras leichenblasses Gesicht gab ihr aber den Rest. Wort für Wort fühlte sie sich kleiner. Elender. Als würde sie sich auflösen, bis sie aus nichts als Selbstmitleid und Furcht bestand.

»Ich bin noch nicht bereit zu sterben«, flehte sie förmlich. Sie kam sich schrecklich erbärmlich vor, wie sie die Hände ins Gesicht schlug, um ihre hochroten Augen und strömenden Tränen zu verbergen. Es soll Menschen geben, die anmutig aussehen, wenn sie weinen. Klarabell gehörte nicht dazu. Sie verzerrte ihre Züge unfreiwillig zu einer schiefen Grimasse mit zusammengequetschten Augen und überdehnten Mundwinkeln.

Cassandra schloss ihre dünnen Arme um sie und drückte sie sanft an ihr Herz. Klarabell klammerte sich fest an ihre Cousine. Dabei drückte sie versehentlich ihre abgeknabberten Fingernägel in Cassandras papierdünne Haut.

»Ich hab solche Angst …«

»Das ist nur menschlich«, flüsterte Cassandra.

Ein Seufzen entglitt Klarabell. *Menschlich ist das Letzte, was ich gerade sein will …*

ACHTZEHN

Als Noah wenig später nach Hause kam, brannte Licht im Hausboot. Klarabell hätte er erwartet, in der letzten verstaubten Ecke seines Herzens vielleicht sogar Pares, aber nicht das Knäuel aus Cassandra und ungebändigten fuchsroten Locken in der Nische am Fenster.

Seine Schwester fand er auf dem Deck des Bootes, auf das man am schnellsten gelangte, wenn man durch sein Schlafzimmerfenster kletterte. Bis zum bunten Matroschka-Tattoo über ihrem Kehlkopf eingewickelt in seine Lieblingsjacke trotzte sie Sprühregen und Wind. Die Arme hatte sie um sich geschlungen.

Morgana zuckte zusammen, als er sie begrüßte. Kopfschüttelnd und mit roten Augen sah sie ihn an. Selbst im schwachen Licht, das von drinnen aufs Deck drang, schien sie ihrem Bruder sofort anzusehen, dass er über alles Bescheid wusste. In ihrem wehmütigen Blick spiegelte sich der Schmerz darüber, dass Klarabell sich ihm zuerst anvertraut hatte.

»Wie konnten wir es so weit kommen lassen?«, fragte sie leise.

»Geh rein, meleğim. Rede mit ihr.«

Sie zog ihren Kaschmir-Cardigan, den sie unter seiner Jacke trug, zurecht und schlang ihn enger um sich. Während sie sich anstrengte, gerade zu stehen, wirbelte der Wind durch ihre kurzen, platinblonden Haare. Einige davon blieben im Rest ihres Lipgloss hängen, den ihr

Ärmel noch nicht zusammen mit verstohlenen Tränen abgewischt hatte. Die verklebte Strähne zitterte unter ihrem Atem. Ihre Stimme klang kraftlos, als hätte sie Gewichte gestemmt.

Noah seufzte. Hätte sie Klarabell ihre Emotionen doch nur offenbaren können wie ihm und den Sternen, deren Licht der Rhein reflektierte.

Er wusste, es brachte nichts, Morgana zu drängen. Sie würde sich ihm entziehen, sobald sie auch nur ein wenig Druck verspürte. Darum murmelte er ihr nur ein »Du musst es wissen!« zu, legte seine Krücke ab und kletterte ungelenk durch das Fenster zurück in sein Schlafzimmer.

Da Cassandra beschlossen hatte, Klarabell nicht mehr aus den Augen zu lassen, schritt diese ihr hinterher, als die älteste der Cousinen den nächsten Versuch unternahm, zu Morgana durchzudringen. Das Kinn fast bis zur Brust gesenkt, versteckte Klarabell ihr fleckig-rotes Gesicht hinter Cassandras schmalem Rücken. Kühler Wind strömte durch das Fenster hinein. Morgana musste dort draußen auf ihren Flamingo-Socken furchtbar frieren. Trotzdem konnte Cassandra sie nicht überreden hereinzukommen, bis ihr Großmutter Edita einen Einfall zuflüsterte.

»Und wenn wir morgen erst fahren?«

So entzückt wie es die jüngsten Neuigkeiten zuließen, nahm Cassandra Morganas Hand und half ihr hinein. Augenblicklich zückte sie ihr Handy und gab per Mail im Internat Bescheid, man bleibe über Nacht bei Verwandten. Familiäre Dringlichkeiten, wegen denen Klarabell bereits fehlte. Am nächsten Morgen zur ersten Stunde wären Cassandra und Morgana zurück.

Die beiden jüngeren Cousinen blickten unterdessen verstohlen zueinander herüber und schnell wieder weg, sobald ein kurzer Blickkontakt zustande kam. Klarabell wusste nicht, wo sie ansetzen sollte. Bevor sie etwas verschlimmbesserte, ließ sie es lieber bleiben und schwieg.

Noah hielt sich im Hintergrund, um die empfindliche Dynamik der drei *Wunderkinder* nicht zu stören. Er schüttelte innerlich den Kopf und schmunzelte. Mit kreisenden Bewegungen seiner linken Hand kraulte er Azrael hinter den Ohren, während die rechte umständlich sein Bett frisch bezog. Mit dem Schlafsack seines Vaters, seinem eigenen, einer Isomatte auf dem Boden und drei Wolldecken darüber machten es sich die Cousinen in Noahs Koje bequem.

Azrael schlief auf ein Zwinkern des Herrchens hin vor der angelehnten Tür, sodass Klarabell ihn erspähen konnte. Sie gab es nicht laut zu, aber er glaubte, dass der Schäferhund sie beruhigte.

Noah zog sich in die Nische seines Vaters zurück, die man hochklappen konnte, damit tagsüber darunter ein Schreibtisch entstand. Zum Glück für die Vier befand sich sein Vater gerade auf einer Reise, um Recherchen anzustellen.

Eine Weile starrte er an die Decke, auf die fluoreszierenden Plastiksterne, die er als Grundschulkind mit seiner Mutter dort angebracht hatte, als dies sein Reich gewesen war. Aus Nostalgie und Faulheit hatte sein Vater sie nie entfernt. Die Hände auf dem sich unruhig hebenden und senkenden Bauch gefaltet haderte er damit, die Augen zu schließen. Ob er noch Angst vor dem Einschlafen haben sollte? Fast wartete er darauf, dass sein Spitzname ihn wieder heimsuchte. Nun streckte Pares die Finger auch nach Klarabell aus – wie sollte er da ruhig schlafen?

Er schielte zu der orangenen, mit Schlaftabletten gefüllten Dose neben ihm. Der Wunsch, Klarabell und ihren Fähigkeiten blind zu vertrauen, brachte ihn schließlich dazu, sich ohne Tabletten umzudrehen. Tatsächlich fiel er in einen sanften Traum aus Watte und Wasserfarbengemälden. Es war nicht das kleinste Staubkörnchen Gold zu sehen.

Auf der anderen Seite der dünnen Wand lag Morgana noch weit nach Mitternacht wach. Cassandras grunzendes Schnarchen übertönte ihr testendes »Psssst«.

Keine Reaktion.

Die Decke in den Händen wringend, rollte sie sich zur Seite, sodass der harte Holzboden durch die Isomatte in ihre Schulter und ihren Hüftknochen drückte. Sie zupfte an Klarabells Ärmel, deren Arm über die Bettkante baumelte.

»Psssst!«

Wieder nichts.

Diesmal schob sie sich hoch, rüttelte kräftig an Klarabells Schulter. Als das erste widerwillige Murren ertönte, schlüpfte Morgana erschrocken bis zu den glühenden Ohren in den Schlafsack, in dem sie trotz Noahs Sportklamotten fror. Liebend gerne hätte sie mit Cassandra die Rollen getauscht. Nicht weil es im Bett wärmer war, sondern um Klarabell mitzuteilen, was sie nicht über die unruhig zuckenden Lippen brachte.

»Schläfst du schon?«, wisperte sie.

»Jetzt nicht mehr«, grummelte Klarabell leise, um Cassandra nicht zu wecken.

Sie rutschte bis an den Rand des Bettes vor und lehnte sich zu Morgana runter, sodass ihre offenen Haare wie ein dunkler Wasserfall über ihre Schulter flossen. Ihr Gesicht lag verborgen im Schatten der Nacht.

»Was ist los, Mim?«

Übermüdet massierte sich Klarabell die Nasenwurzel. Sie musste sich anstrengen, nicht wieder in einen fremden Traum abzurutschen, denn sie wollte wirklich wissen, warum Morgana sie geweckt hatte. Ihr Herz trommelte vor überraschter Freude darüber, dass sie endlich freiwillig mit ihr sprach.

»Du kommst morgen früh mit ins Internat, nicht wahr?«

Die Freude von eben wich einem schmerzlich vertrauten Druck, unter dem ihr Brustkorb knackte, kurz davor zu zerspringen.

»Du weißt, dass das nicht geht.« *Wenn einer der Betreuer oder Lehrer auch nur ahnen würde, was ich vorhabe …*

»Hey«, wisperte sie Morgana schnell zu und hob die Daunendecke hoch. Dabei rutschte sie ein Stück zurück, um ihr Platz zu machen.

Für einen Moment fürchtete sie, dass ihre Cousine sie am langen Arm verhungern ließ. Zu ihrer Erleichterung schmiegte sich bald ein dünner, warmer Körper an sie. Morgana war schon als Kind wie ein kleiner Heizofen gewesen. Glühender Torso, eisige Füße. Diese streckte sie unter Klarabells. Wie die Erdmännchen im Winter klebten die drei Cousinen aneinander. Überall Ellenbogen, Knie in Wirbelsäulen und fremde Haare im Mund. Klarabell fand, es hätte nicht bequemer sein können.

Sie erinnerte sich nicht daran, wann sie das letzte Mal gekuschelt oder sich überhaupt von Herzen umarmt hatten in den letzten Jahren. Im Mondschein, der durch das Fenster hereinfiel, erkannte sie ein breites Lächeln auf Morganas herzförmigen Gesicht. Dennoch sah sie aus, als würde sie sich jeden Moment an Klarabells Schlüsselbein vergraben und losheulen.

»Es tut mir leid …« Sie musste zweimal hinhören, um die hauchdünnen Silben zu verstehen. »Es tut mir leid, dass ich nicht geantwortet habe. Es lag nicht an dir. Nie.«

Klarabell rutschte ein wenig runter, hob die Decke wie ein Zelt über sich und Morgana, damit die Daunen ihre Stimmen abfingen. Ihr Atem sammelte sich im stockdunklen Raum unter der Decke, füllte ihn mit einer leicht feuchten, stickigen Wärme. Es roch nach Zahnpasta und Mundwasser.

»Du hast gefragt, was passiert ist, weißt du noch?«

Natürlich.

Die Angst vor der ehrlichen Antwort war seitdem stetig gewachsen. Ihr hämmerndes Herz war sich nicht mehr sicher, ob es nicht eher aus der Brust springen wollte, als der Wahrheit ins Auge zu sehen.

Das Bettlaken raschelte leise unter ihrem wortlosen Nicken. Als ein nasses Schniefen die folgende Stille unterbrach, merkte sie, dass Morgana weinte. Die Tränen machten ihre Worte undeutlich. Es klang, als säße noch etwas anderes als der Fluch in ihrem Hals fest.

»Ich weiß es nicht mehr genau, wie es angefangen hat, Klara. Bloß, dass ich eifersüchtig auf dich war. Dass ich es nicht zugeben konnte. Du hast mich eingeschüchtert … Na ja, und dann war's irgendwie zu spät, schätze ich.«

Wieder raschelte das Lacken, vielleicht unter einem Schulterzucken. Morganas weiter angezogene Knie drückten Klarabell unsanft in den flauen Magen, doch sie beschwerte sich nicht. Stattdessen robbte sie einen Zentimeter näher, in das dumpfe Unwohlsein hinein.

»Ich wollte das nicht, Mim. Das war nie meine Absicht.« Sondern das, was von ihnen erwartet wurde. Wie schnaubende, überhitzte

Rennpferde hatten ihre Eltern sie dazu angestachelt, einander bei jeder Gelegenheit zu übertreffen. Und sie hatte ihnen gefallen wollen.

In der Dunkelheit kamen Geheimnisse leichter heraus. Dadurch blieben sie im Schatten verborgen. Sich das einzureden, tat gut und ermutigte Klarabell. Sie wusste nicht, wohin mit ihren Händen. Wusste nicht, ob sie Morgana wieder in den Arm nehmen sollte oder besser nicht.

»Du warst du, das hat gereicht. Die *perfekte* Klara. Während ich, na ja … *ich* blieb.«

Morgana sagte die fragile Silbe wie eine wüste Beschimpfung. Klarabell hörte fast, wie ihr Herz brach. Sie drückte ihre leicht verschwitzte Stirn frustriert ins Laken.

»Sag sowas nicht. Du bist keine halb so große Schande, wie du denkst«, versuchte sie unbeholfen komisch zu sein. »Und ich bin bei weitem nicht so perfekt, wie meine Eltern glauben.« Vorsichtig wanderten ihre Finger. Sie fanden Morganas zierlichen Arm.

»Immerhin bist du schlau«, fuhr sie fort. »Du hast mich durchschaut und gesehen, wie unzulänglich ich bin.«

»Du hast dir das auch nicht ausgesucht, Klara. Du bist nur ein Mensch.«

Wie ein heißes Messer stach das letzte Wort in ihren Bauch. *Noch.* Einen Wimpernschlag später merkte Morgana, was sie gesagt hatte. Stumm beschlossen die beiden, so zu tun, als wären diese Worte nie gefallen. Die Dunkelheit verschluckte sie zusammen mit allem anderen, was ihnen auf dem Herzen lag.

Ein Wort zu ihrem Abschied brachte keine über sich. Ab morgen würde alles anders ein. Morgana und Cassandra würden in ihr altes Leben zurückkehren, dass nie wieder wie früher schmecken konnte. Es würde durch das Wissen getrübt werden, dass die ihnen so vertraute Klarabell bald nicht mehr existieren würde. Auf die eine oder andere Weise.

Mit Steinen im Bauch, schwer wie Kleinwägen, kuschelten sie sich wieder aneinander. Sie rückten dicht an Cassandra heran, die sich im Schlaf umdrehte und ihr langes, knochiges Bein quer über ihre beiden Cousinen warf.

Als sie aus ihrem Zelt hervorlugten, wirkte der Raum frisch. Auf Klarabells grummelnden Bauch, unter der Decke verborgen, blieben die ineinander gehakten Finger der beiden liegen. Mit ihm hoben und senkten sie sich immer regelmäßiger.

Gähnend nahm Morgana ihren Aquamarin-Ohrring heraus, der Traumwandler weitestgehend fernhielt. Er ging irgendwo in der Deckenwulst verloren, bevor sie ihn auf dem Nachttisch ablegen konnte. Die Überdosis intensiver Emotionen und das Gesagte hatte sie scheinbar so sehr erschöpft, dass sie der Schlaf mitten in der Bewegung übermannte. Sekunden später folgte ihr Klarabell.

In Morganas Traum schlüpften die beiden zurück in ihre Kindheit, in einen klebrig-heißen Sommer voller Insekten im Garten hinter dem Haus. Mit den Füßen im Planschbecken, dem Bauch voll mit heißen Himbeeren zu Vanilleeis und wohliger Übelkeit von zu viel Sahne saßen sie da. Anders war das Wetter nicht zu überstehen.

Cassandra pflückte in Rufweite Beeren. Zurück kam sie gesprenkelt von Mückenbissen und mit rosa verschmierten Händen.

Ungehemmtes Gelächter erfüllte die schwüle Luft.

Als ihre Eltern kamen, krallten sie sich an den Beerensträuchern fest. Als diese beschlossen, Wetten auf ihre Kinder abzuschließen, wer mehr Eis in sich hineinstopfen konnte, ohne sich zu übergeben, liefen sie davon.

Hand in Hand rannten sie ins surrende Sonnenblumenfeld hinter dem Wald. Die Blumen reichten weit bis über ihre Köpfe, über denen emsige Bienen Nektar und Pollen sammelten. Sie versteckten sich in dem gelbgrünen Gewimmel. Jede hatte ihre eigene Reihe zwischen den dicken Stängeln, über die sie mit Dosentelefonen kommunizierten. Keine der schlimmen Sachen aus der Realität passierte ihnen dort. Nicht eine einzige.

NEUNZEHN

Der Morgen kam viel zu früh. Klarabell gelangte als Erste zurück an die Oberfläche von Morganas Unterbewusstsein und streckte sich genüsslich der Mittagssonne entgegen, die ihre in den Decken verhedderten Beine wärmte. Sie hatte ewig keine so erholsame Nacht mehr gehabt. Gestört wurde der Frieden nur durch Cassandras leicht gurgelndes Schnarchen und Azraels neugieriges Schnüffeln an Morganas nacktem Fuß. Murrend zog diese ihn wieder unter die Decke. Dann klaute sie ihrer Cousine das Kissen und legte es sich über den Kopf.

Für einen Moment war sich Klarabell sicher, dass der Traum eine Zeitreise gewesen war.

Aber früher als ihr lieb war, musste sie der Realität dann doch ins Auge blicken. Sie musste aufstehen. Und sie musste den Traum und ihre Cousinen loslassen. Der Abschied war zu ihrem Besten. Das Monster, zu dem sie immer mehr zu werden drohte, wollte sie ihnen gerne ersparen. Sie sollten sie lieber in Erinnerung behalten, wie sie früher gewesen war.

Klarabell brannte sich jedes Detail dieses Morgens in Verstand und Herz ein. Zum Beispiel wie Cassandras Nase manchmal leicht zuckte, wenn sie schnarchte. Wie ihr Blick Noah durchbohrte, als er sie ansprach und er schnell tat, als rede er mit seiner Schwester, die ihn natürlich auflaufen ließ. Oder wie Morgana mit ihren kurzen Strähnen spielte und vergeblich versuchte, sie um ihren Zeigefinger zu wickeln. Ihre Augen wurden glasig, als sie alle sich bemühten, aus dem Abschied keine große Sache zu machen. Den Kopfschmerzen zum Trotz versprach Klarabell ihren Cousinen, sie habe alles im Griff.

»Vertrau mir«, bat sie, als sie Cassandra zum zehnten Mal umarmte.

»Tu ich ja, Klärchen. Nur dem Schicksal traue ich nicht über den Weg.«

Im Tageslicht versiegelten sich Morganas Lippen wieder. Sie nickte, den Mund zu einem schmalen Schlitz zusammengepresst und die Hände tief in den Taschen ihres grau geringelten Blazers vergraben. Sie gab vor, schnell zur Mathestunde gehen zu müssen, weil sie den Abschied nicht ertrug. Klarabell durchschaute sie, aber drängte sie nicht. Noah hingegen blies Morgana drei Küsschen auf die Wangen.

Während Klarabell ihren Cousinen vom Türrahmen aus nachwinkte, begleitete Azrael sie schwanzwedelnd bis ans Ende des Steges. Er schien die Tragik dieses Morgens als Einziger für nicht so schlimm zu halten.

Lebt wohl, flüsterte Klarabell klammheimlich in sich hinein.

Als sie wieder mit Noah allein war, fühlte sich das Hausboot komisch leer und ausgehöhlt an. Wie ihr Inneres.

Noah begann das Frühstück vom rollbaren Kaffeetisch abzuräumen. Der Anblick der Eierschalen, die Noah gerade entsorgte, verursachte ihr immer noch ein unangenehmes Gefühl im Magen.

Jeder Bissen des leicht flüssigen Dotters hatte sie Überwindung und Willenskraft gekostet. Wie er vom Löffel getropft war, hatte sie an Eiter erinnert. Dank dieser Assoziation hatte ihr Bauch rumort und jedes Schlucken rief schauderhaften Ekel hervor. Sie hatte das Ei bloß gegessen, um die anderen zu beruhigen. Nicht den geringsten Appetit empfand sie. Dafür knurrte ihr Magen so laut, dass Azrael sich zu ihr umdrehte und die Ohren fragend aufstellte.

»Danke, dass du deinen Schal vergessen hast«, murmelte sie und lehnte sich ans Fenster. Heimlich winkte sie, die Hand hinter ihrem Oberschenkel versteckt, den hechelnden Schäferhund zu sich. Wie seine raue Zunge über ihre ständig frierenden Finger schleckte, beruhigte sie.

»Ich dachte, einen Versuch ist es wert«, sagte Noah beiläufig und vertiefte seine Grübchen, als ihm ein lässiges Grinsen misslang.

Sie zog unbeholfen die Schultern hoch und vergrub ihren Hals darin wie eine verschreckte Schildkröte.

»Und danke, dass du meine Cousinen gerufen hast, statt die Polizei. Ich weiß ja, was du von all dem hältst.« *Von der Unsterblichkeit und mir.*

»Glaub mir«, schnaubte er halb lachend, »sähe ich einen anderen Weg, dass du nicht … dann würde ich dich eigenhändig zur Polizei schleifen, damit sie dir den Kopf waschen.«

Mit diesen Worten fischte er eine Kopfschmerztablette aus der Aluverpackung.

»Danke«, wiederholte sie leiser. Mit einem Blick auf die leere Schmerztablettenschachtel wechselte sie prompt das Thema. »Hast du wieder schlecht geschlafen?«

Beschwichtigend schüttelte er den Kopf, die Backen mit Wasser gefüllt und mit sich hadernd, ob sich die große Tablette damit hinunterspülen ließ. Ein kurzes Zucken mit dem kleinen Finger - der, mit dem man schwor – und Klarabell verstand. Es war kein ausgewachsener Bruch seines Versprechens gewesen. Immerhin hatte er ihre Cousinen nicht angerufen oder sich verplappert. Aber sie mit Absicht herzulocken, damit sie auf Klarabell trafen, reichte bestimmt aus, um ein unterschwelliges Pochen zu verursachen.

»Freut mich, dass es nicht an einem Albtraum liegt.«

»Ich habe geschlafen wie ein Murmeltier. Dank dir.«

In seinem Blick schwangen unzählige ungesagte Sätze mit, die eine Weile zwischen ihnen im Raum zu schweben schienen.

Irgendwann war Noah die bedeutungsschwere Stille leid. Mit drei großen Schritten überbrückte er die Distanz zwischen ihm und Klarabell. Überrascht blieb sie stehen, als er seine Hand auf ihren Oberarm legte. Behutsam strich sein Daumen über ihre bloße Haut, dort wo ihre Strickjacke über die Schulter gerutscht war. Ihr Herz war schlagartig hektisch wie ein aufgeschreckter Taubenschwarm. Ansonsten bewegte sie sich keinen Zentimeter, bis sich Noahs Lippen öffneten.

»Darf ich mich revanchieren? Du kannst dir nicht vorstellen, was das für mich bedeuten würde, wenn ich von jetzt an …«

Sie legte den Kopf schief und zog den linken Mundwinkel hoch, um ihn daran zu erinnern, dass sie nur zu gut verstand.

»Ich würde mich wirklich gerne revanchieren. Verrätst du mir wie?«

»Es war ein Gefallen. Den gibt's umsonst.«

»Nein«, protestierte er plötzlich so ernst, dass sie aufhorchte. »Kostenlos meinetwegen, aber nicht umsonst.«

Beharrlich sah er sie aus seinen braun-schwarzen Augen an. Für diesen Moment glaubte sie zu wissen, was eigenes Träumen bedeutete.

Sie schüttelte den Gedanken hastig ab. Er brachte ihre Knie zum Schwanken und ihre Entschlossenheit zum Schmelzen. Nichts davon konnte sie sich leisten.

Auch wenn sie sich das, was sie in ihrem Brustkorb ausbrütete, vehement verbot, gab es etwas, um das sie Noah bitten wollte. Etwas, das die Operation und ihre bevorstehende Schandtat überdauern würde, die wie ein Damoklesschwert über ihr schwebte. Etwas Stabileres als ihr Gewissen. Etwas Echtes: Erinnerungen.

Sie ging in sein Zimmer und fummelte die zerknüllte Bucketlist aus ihrer Tasche. Sie hätte schwören können, den Zettel darauf liegen gelassen zu haben, als sie gestern »*Azrael bürsten*« mit Bleistift hinzugefügt hatte. Nicht nur die Position der Liste war geändert worden. Hinter »*Mim*« hatte jemand ein Herz gemalt. Darunter stand in Morganas schnörkeliger Handschrift »*to be continued – hak mich bloß nicht ab*«.

Mit einem Seufzer presste Klarabell den Zettel an ihre Brust. Beim Aufstehen wischte sie sich eine Träne aus dem Augenwinkel.

Genug geweint.

Tränen halfen nichts. Sie weichten ihr nur die Wimperntusche und die Haut auf. Das Schicksal hingegen würde sich von ihnen nicht umstimmen lassen.

Umso strammer lief sie zurück zu Noah. Sie faltete den Zettel vor ihm auf, wobei die ältesten Kanten zu reißen drohten. Vorsichtig entblößte sie alle ihre verbliebenen Wünsche.

»Morgen um 10:30 Uhr habe ich einen Termin bei Dr. Zhou.« *Dann liegen die Laborergebnisse vor und er sagt mir, welchen Teil er aus mir herausschneidet.* Egal wie oft sie es dachte oder heimlich unter der Dusche flüsterte, laut ausgesprochen klangen die Worte unverändert bizarr. »Das heißt, ich habe knapp vierundzwanzig Stunden, um so viel von der Liste abzuarbeiten wie möglich. Hilfst du mir, Noah?«

Nur für alle Fälle. Die unausgesprochenen Worte lagen schwer auf ihrer pelzigen Zunge. Sie hatte einen Plan, aber keine Ahnung, ob er funktionierte.

»Gut. Womit willst du anfangen?«

Um seinen Blicken auszuweichen, drehte sie sich nach Azrael um. Sie streckte die Fingerspitzen nach dem samtig weichen Fell auf seiner Stirn aus. Kraulte die Stelle zwischen seinen vermeintlich fragend hochgezogenen Augenbrauen, wenn man das bei einem Hund so nennen mochte.

Sie zuckte mit den Achseln, aber die Worte in ihrem Hals wurden davon nicht gelockert. Sprechen fiel ihr wieder ähnlich schwer wie früher. Mit dem Unterschied, dass sie sich diesmal nicht davor fürchtete, sondern vor sich selbst.

»Es steht nicht auf der Liste«, murmelte sie gedankenverloren. »Aber ich muss Adela nochmal sehen.«

Ohne zu widersprechen, packte Noah Klarabell und Azrael ein. Zwischen Haustür und Wagen neckte sie ihn damit, wie viel Freizeit er neben dem Studium hatte, um sich von dem kribbelnden Gefühl abzulenken, das sich wieder unter ihrer Haut ausbreitete. Als bewegten sich darunter Milliarden kleiner Beinchen und Flügel. Sie kannte ihr Trappeln und Schlagen mittlerweile so gut, dass sie es beinahe hören konnte. Fast übertönten sie sogar, wie Noah sie anlachte. Nicht jeder habe von morgens bis abends Unterricht, wie sie im Internat. Schon gar keine Literaturstudenten, die halbherzig bei der Sache waren.

Es ist die richtige Entscheidung, versicherte sie sich auf dem Weg über die nassen Straßen bis nach Chorweiler. *Adela verdient es, dass ich mich dorthin quäle und ihr in die Augen sehe, bevor …*

Weiter kam sie nie, weil ein anderer Gedanke den vorherigen verdrängte und durch ihr Unterbewusstsein heulte: *Wozu?! Dreh um!*

Was sollte sie tun, wenn Adela herauskam? Was, wenn sie Klarabell erkannte? Wenn sie sich verriet? Wenn, wenn, wenn. Was war, wenn sie den Rest ihres unsterblichen Lebens nicht mehr ruhig schlief, weil sie versuchte, sich Adelas Gesicht ins Gedächtnis zu rufen, und es nicht schaffte? Wenn sie ihr ausdrucksloser Schatten durch die Ewigkeit verfolgte? Ein Phantom, dessen Züge sie sich nicht mehr vorstellen könnte. Verschwommen und verzerrt durch das, was sie sehen wollte, weil es erträglicher war: eine Untätowierte statt einer Mutter ohne Kind.

Bis der Wagen auf den spärlich besuchten Parkplatz eines Discounters fuhr, kämpfte sie mit sich. Am Ende war sie es leid und hatte sich selbst überzeugt, dass sie den Schmerz verdiente, den ihre Rückkehr zum Tattoo-Studio verursachte. Auch wenn das Ziehen in ihren Innereien diese auf eine harte Belastbarkeitsprobe stellte.

Doch sie blieb stehen. Ihr Kopf lehnte gegen eine Litfaßsäule, an der durchgeweichte und ausgeblichene Plakatfetzen hingen. Ihr Fuß verharrte in einer Pfütze. Klarabell merkte kaum, wie das kalte, dreckige Wasser nach und nach in ihren Schuh sickerte oder wie sich ihre Socke damit vollsog.

Sie starrte auf das Studio gegenüber, auf die Leute, die in Adelas Geschäft ein- und ausgingen. Sie versuchte das Bimmeln auszumachen, das die Tür dabei von sich gab, obwohl die Distanz viel zu groß war.

Was für Leben die Patienten wohl führten? Warum waren sie auf eine solche gemeinnützige Einrichtung angewiesen?

Was würde diese junge Mutter sagen, wenn sie wüsste, dass das Kind an ihrer Hand nicht wirklich geimpft worden war? Dass das rote Band am Handgelenk, das der Junge stolz präsentierte, ihn genauso gut schützte wie ein Abziehbild aus einer Kaugummipackung? Dass die Klarsichtfolie, die die frische Wunde schützte, keine wertvolle medizinische Farbe unter sich trug, sondern lediglich bunten Körperschmuck? Dass Adela ihre Kunden aus der Überzeugung betrog, es besser zu wissen?

War das weniger verwerflich als eine Traumwandlerin, die aus Angst vorm Sterben jemanden in einen endlosen Albtraum stieß?

Für einen Moment musste Klarabell die Augen schließen. Sie presste sie fest zusammen und drückte ihre Zeigefinger in die Augenwinkel. Jedes Kind – egal wie alt oder welche Haarfarbe – sah plötzlich aus wie Adelas Sohn.

Als sie sich nach einer halben Stunde das erste Mal regte, stand Noah von der Bank neben der Litfaßsäule auf.

»Hey.« Versehentlich ließ er sie unter der Wärme seines Atems schaudern. Alles in ihr sehnte sich danach, sich an ihn zu schmiegen, um die ansteigende Kälte aus ihrem Körper zu vertreiben.

Endlich nahm sie den Fuß aus der Pfütze.

Sie neigte sich zurück, um mit der Schulter gegen Noahs Brust zu lehnen, statt gegen die Säule. Als könnte sein kräftiger Herzschlag, der durch Jacke und Sweatshirt drang, ihrem eigenen den entscheidenden Schubs gegeben. Sie wusste nicht, ob es raste oder schon stillstand.

»Möchtest du gehen? Du hast noch viel vor, wenn du den Bucketlist-Weltrekord brechen willst.«

Klarabell nickte, obwohl sie antwortete: »Ein bisschen noch.«

Sie hörte, wie er hinter ihr Luft holte, um etwas zu sagen. Ihren Blick hatte sie aber nie von der Ladentür genommen.

Klarabells Atem stockte, als sie Adelas blonden Zopf plötzlich in der Tür stehen sah. Sie wedelte mit einer Strickjacke, die ihr gerade gegangener junger Kunde offenbar vergessen hatte. Als Adelas suchende Augen über die Litfaßsäule strichen, waren die Traumwandlerin und ihr Begleiter schon verschwunden. Klarabell presste sich gegen die Säule und hatte Noah grob mitgezogen.

Sie sollte mehr Angst vor dir haben als du vor ihr!

Trotzdem traute sie sich nicht, einen weiteren Blick über die Schulter zu werfen. Ohne eine Erklärung zu brauchen, setzte Noah sie und Azrael wieder in den nach altem Leder und Tannennadel-Duftbäumchen riechenden Wagen.

Gedanklich machte Klarabell ein Häkchen hinter diesen Punkt, der nicht auf ihrer Liste stand. Besser fühlte sie sich dadurch nicht. Aber weniger skrupellos.

Darum beruhigte es sie auf eine paradoxe Art und Weise, dass dieser Moment sie den ganzen Tag über verfolgte. Bei jedem Punkt auf ihrer Bucketlist. Selbst als Noah ihr in einem Coffee Shop das Pfeifen beibrachte oder sie vielmehr bei ihren kläglichen Versuchen herzlich auslachte.

Während sie automatisch von seiner Freude über die prustenden Töne mitgerissen wurde, fühlte sie sich im Inneren längst nicht so unbeschwert. Zu lachen machte sie schwermütig, weil sie es sich verbieten wollte. Sich miserabel zu fühlen, ließ sie dagegen hoffen, kein vollkommen verdorbener Mensch zu sein. Wenn es ihr wehtat, was sie vorhatte, und in wen sie ihre Furcht verwandelt hatte, schlummerte doch noch ein Funken Gutes in ihr. An diesen Gedanken klammerte sie sich.

Noah tat so, als merke er nicht, dass die Freude nicht bis in ihr Innerstes drang. Klarabell zuliebe. Aber immer, wenn sie wegsah, seufzte er kurz, um seiner Besorgnis Ausdruck zu verleihen. Dann atmete er wieder tief ein, damit er aus voller Kehle für sie lachen konnte. Es hätte ihn enttäuscht, wenn sie ihn darauf angesprochen hätte. Darum spielte sie mit, solange sie Punkt für Punkt abarbeiteten.

»Wohin jetzt?«, fragte er, als er den ächzenden Motor mit einem Blick auf die bald auslaufende TÜV-Plakette startete. Ohne ihre Antwort abzuwarten, tauchte er in den trägen Nachmittagsverkehr ein.

»Der Tank reicht nicht bis nach Vaals und zurück, aber wir könnten nach Düsseldorf fahren. Gilt eine Postkarte von dort als eine aus dem Ausland?«

»Fahr einfach irgendwohin. Das zählt als Roadtrip.«

Sie kauerte sich auf dem Beifahrersitz zusammen. Das Gesicht zum Fenster, damit er nicht sah, wie sie weiter das Pfeifen übte.

Eine ganze Weile tuckerten sie durch die Gegend. Zwischendurch setzte sich Noah Etappenziele, um nicht im Kreis zu fahren. Zuerst raus aus dem Zentrum. Dann vorbei am eleganten Stadtviertel, in das sein Vater immer ziehen wollte, es sich aber niemals leisten können würde. Danach raus aus der Stadt, bevor der Feierabendverkehr losging und sie darin feststeckten. Schließlich fanden sie sich auf einer Landstraße durch ein abgelegenes Waldstück wieder, deren Serpentinen Noah aus Gewohnheit folgte.

Klarabell verbuchte unterdessen ihren besten Pfeifversuch als Erfolg und strich diesen Punkt von der Bucketlist. Seitdem murmelte sie den Refrain von Liedern im Radio mit, die sie größtenteils nicht kannte. Noah veränderte den Text lieber zu Parodien, sodass sie nicht lange ernst bleiben konnten.

Als er rechts abbog, um einer blätterbedeckten Straße zu folgen, verstummten beide. Klarabell erkannte, wohin Noah sie instinktiv gebracht hatte.

»Sollen wir umdrehen?«, schlug er kleinlaut vor.

Links und rechts von dem Hügel, den der Wagen langsam hochkroch, waren nur ein Graben und Bäume, deren Äste erst weiter oben wuchsen. Wendemöglichkeiten, das wusste er so gut wie Klarabell, gab es am Ende der Straße.

»Schon gut.« Es war ohnehin höchste Zeit, wieder heimzukehren.

Als das Kiesbett der Einfahrt unter den Reifen des Golfs knirschte und er wieder ebenen Boden unter der Karosserie hatte, fühlte sich Klarabell auf den Rücksitz des Bentleys ihres Vaters versetzt. Sie roch förmlich den Gestank von Neuwagen, der selbst bei offenen Fenstern nicht verflog. Sie erinnerte sich, wie sie am Fensterrahmen geklebt und Ausschau gehalten hatte, während ihre Eltern vorne über eine Strategie diskutiert hatten, mit der sie das Familientreffen als Gewinner würden verlassen können.

Wie das Grundschulkind von damals suchte sie automatisch den Rasen nach ihren Cousinen ab, obwohl sie es besser wusste. Gedankenverloren legte sie die Hand gegen die Scheibe und hinterließ unschöne Spuren.

Auf der künstlich angelegten Wiese, die die runde Einfahrt vor dem Herrenhaus mitten im Wald einsäumte, saßen zwei Amseln mit leuchtend gelben Schnäbeln. Sie schreckten auf, als Noah an ihnen vorbeifuhr, und flatterten eilig in einen Baum nahe dem verschnörkelten, zwei Meter hohen Zaun. Die Vögel setzten sich auf einen Ast, von dem eine verwitterte Leiter aus Tau und Holz hing. Klarabell stieß sich beinah den Kopf beim Aussteigen, weil sie den halb fasziniert, halb entsetzten Blick nicht von den Überresten des nie fertiggestellten Baumhauses abwenden konnte. Nicht zu fassen, dass sie tatsächlich wieder hier stand. Scheinbar als Einzige. Außer dem alten Golf war weit und breit kein Auto in Sicht.

Dem perfekt getrimmten Rasen zufolge kam immerhin der Gärtner noch regelmäßig. Wahrscheinlich hatte er das Tor offengelassen, denn Klarabells Eltern passierte das nie. Vor allem nicht, wenn sie wieder für mehrere Wochen ins Ausland reisten.

Das Gebäude wirkte unverändert. Zeit schien keinen Einfluss auf seine creme-rosafarbenen Ziegel und den flaschengrünen Anstrich um die breiten Fenster zu haben. Selbst der Efeu, der an einer Seite die Wand hochkletterte, wuchs lediglich genau da, wo man es ihm seit jeher erlaubte.

»Klara?«, riss Noah sie aus ihrer Trance. Er kurbelte für Azrael das Fenster ein Stück herunter, der im Auto zurückblieb. »Willst du nicht reingehen?«

Nein. Das war ihr erster Impuls. *Hörst du es nicht atmen?*, wollte sie am liebsten fragen. Dabei wusste sie, dass bloß der Wind durch die Baumkronen rauschte.

Als Kind war sie davon überzeugt gewesen, eines unheilvollen Tages von dem Gemäuer verschlungen zu werden, in dem ihre Mutter und deren Geschwister neue Varianten erfanden, ihre Töchter gegeneinander aufzuwiegeln und schaulaufen zu lassen.

Ob daher das Hecheln stammte, das sie ihren Albträumen andichtete? Das nasale Schnauben erinnerte sie an das des alten Hauses. Wieso fiel ihr das jetzt erst auf? In letzter Zeit fand sie immer öfter Spuren, die ihr bislang entgangen waren. Früher schien sie einen Schleier vor den Augen gehabt zu haben, der die Welt verzerrte. Nun sah sie klarer. Fast so klar, dass sie merkte, was die letzten dreizehn Tage aus ihr gemacht hatten. Ein unruhiges Nervenbündel, das sich einredete, irgendetwas unter Kontrolle zu haben.

Immerhin ihre Füße gehorchten.

Sie setzte einen vor den anderen. Bewusst aufrecht ging sie die vier Marmorstufen hoch bis zur weißen Doppeltür mit prunkvollem Türklopfer. Versteckt unter einer Blende, befand sich dagegen ein hochmodernes Schlüsselsystem, das nur auf ausgesuchte Fingerabdrücke reagierte. Ihren eingeschlossen.

Für einen zögerlichen Moment keimte in ihr die Befürchtung auf, dass es nicht mehr funktionierte. Doch dann ertönte ein *Piiiiiep* und der Riegel im Schloss schob sich klackend auf. Sobald sich die Tür öffnete, wehte Klarabell die abgestandene Luft von drinnen um die Nase, zusammen mit den vertrauten Gerüchen aus ihrer Kindheit.

Dort hatte sie auf dem Teppich gesessen und mit ihren Cousinen Mensch-Ärgere-Dich-Nicht gespielt, bis Morgana vor Wut das Brett durchs Zimmer geworfen hatte. Da drüben war sie das Treppengeländer runtergerutscht, wenn niemand hingesehen hatte. Daneben hatte eine Singer-Nähmaschine zur Dekoration gestanden, die ihre Mutter irgendwann durch einen Beistelltisch mit Blumenvasen ersetzt hatte. Und dort, und da, und hier …

Von einigen Erinnerungen bekam sie Beklemmungen, andere hatten nur den kindlichen Zauber verloren. Vor ihrem inneren Auge erwachte das Haus, über das sich in der langen Abwesenheit ihrer Eltern eine Staubschicht gelegt hatte, zu neuem Leben.

Klarabells Blick fiel auf einen Blumenstrauß im Fensterbrett bei den Treppen, auf halber Höhe zum Obergeschoss. Der letzte Tropfen war ausgesaugt, drei blasse Kalkringe deuteten den ehemaligen Wasserstand an. Kaum ein Blatt hing noch an den verdorrten Stängeln. Ihre farblosen Gerippe lagen auf den Treppenstufen davor.

Diese Stelle zog Klarabell magisch an. Nicht wegen den toten Blumen. Sondern weil sie sich genau da versteckt hatte, wenn sie zu einem Familienfest bei ihrer Großmutter übernachtete. Von dort aus überblickte man den kompletten Eingangsbereich. Man sah durch die offene Flügeltür in den Salon und in die angrenzende, durch eine Schwingtür verbundene Küche. Auf der anderen Seite fand man das Arbeitszimmer, in dem ihre Großmutter bei Bedarf ein Klappbett aus einem Schrank gezaubert hatte.

Klarabell seufzte, als sie die Hände auf das glatte Geländer legte. Sie lauschte dem Rhythmus von Noahs Schritten, während sie exakt an der Stelle auf ihn wartete, von der aus sie ihn unzählige Male belauscht hatte.

Sie erinnerte sich an einzelne Passagen aus seinen Slam Poems, die ihr damals besonders gefallen hatten. An Sätze und Momente, wie er sich beim Telefonieren durch die Haare gestrichen oder gestreckt hatte. Aber sie erinnerte sich nicht, ob er sich jemals zu ihr umgedreht und seine Augen sie in der Dunkelheit angeblitzt hatten. Manchmal war ihr kurz so gewesen, bis sie merkte, dass er nur in Gedanken nur ihre Richtung gesehen hatte, ohne sie zu bemerken.

»Warum bist du eigentlich bei Pares aufgetaucht?«

Die Frage fiel ihr unvermittelt ein und glitt ihr im gleichen Augenblick über die Lippen.

Irritiert zog Noah eine Augenbraue hoch, als er sich neben die Vase mit den toten Blumen aufs Fensterbrett setzte und seine Krücke anlehnte.

»Ich wollte nach dir sehen. Du bist ja nicht von allein zurückgekommen.«

Er klang, als sei es selbstverständlich, weil die beiden enge Freunde waren, die eben aufeinander aufpassten. Nicht zufällig angeheiratete Stiefcousins, die jahrelang kaum miteinander kommuniziert hatten.

»Wieso hat dich das gekümmert?« *Ich muss es wissen.*

»Zufällig bin ich der Bruder deiner Cousine. Und sie hält quasi eine Standleitung zu mir aufrecht.« Er schnalzte belustigt mit der Zunge. Das war kein Geheimnis. »Um ehrlich zu sein, hat sie mich geschickt.«

»Mim?«, fragte sie, als verfügte er über eine illustre Sammlung an Stiefschwestern. Für eine Sekunde vergaß sie völlig, sich unbeteiligt zu geben.

»Na ja, auf ihre Art und Weise. Du kennst sie. Sie hätte das niemals so gesagt, aber sie war krank vor Sorge. Du hättest sie hören sollen! Cassandra genauso, glaube ich.«

»Trotzdem. Selbst wenn Mim stur ist. Warum sollten sie *dich* schicken statt Sandra?«

Sie trat einen Schritt auf ihn zu. Es fühlte sich merkwürdig an zu stehen, während er saß. Aber ihre innere Unruhe machte es unmöglich, sich zu setzen. Vorsichtshalber schob Noah dennoch die Vase zur Seite, um ihr Platz zu machen. Währenddessen antwortete er gedämpft, fast flüsternd:

»Ich wollte auch wissen, wie es dir geht, Klara, und das weißt du.«

»Ich brauche keinen Babysitter.« Warum sie plötzlich gereizt war, verstand sie selbst nicht recht. Vielleicht machten sie dieser Ort oder der bevorstehende Termin nervös. Oder die Tatsache, dass sie nie zufrieden war mit Noahs Antworten. Dabei wusste sie nicht genau, was sie eigentlich hören wollte.

»Ich kann auf mich selbst aufpassen, Noah.« Das war der Witz des Jahres. Wahrscheinlich der beste, den sie je zustande bringen würde, und Noah lachte nicht einmal. Für mehr als ein wissendes Schmunzeln reichte es nicht. *Tss, Kritiker!*

»Außerdem«, sagte er, nachdem er tief Luft geholt und den Kopf in den Nacken geworfen hatte, um Klarabells funkelnden Blicken auszuweichen. »Außerdem wollte ich für dich da sein. So wie, keine Ahnung, hast du von diesen Freunden gehört? Ich dachte, es hilft dir, wenn du jemanden hast, der dir zuhört. Wie du mir damals.«

Sein Nicken Richtung Arbeitszimmer jagte einen kleinen Schauer über ihren Rücken. Der liebevolle Ausdruck, der seine Augen umspielte, schmolz das ungewollte Eis in ihrem Gesicht und brachte sie ebenfalls zum Lächeln. Allerdings verhaltener.

Vorsichtig setzte sie sich zu ihm auf die Fensterbank.

»Was meinst du damit?« Für einen Moment glaubte sie, er würde den Arm um sie legen und sie halten.

»Ich hab nicht vergessen, dass du mich belauscht hast, Klara«, sagte er und lehnte sich dabei etwas zu dicht zu ihr vor, um ihr Herz nicht springen zu lassen.

»Du wusstest davon?« Halb schockiert und halb selig starrte sie ihn an, der verlegen auflachte.

»Gewusst? Was glaubst du, warum ich immer ausgerechnet hier geübt habe? Damit ich meine lächerlichen Alltagsproblemchen mit dir teilen konnte. Ziemlich peinlich, was?«

»Wenigstens nicht so erbärmlich, wie dich zu belauschen wie eine zweitklassige Stalkerin.«

Sie knuffte ihn sanft, fast zärtlich in den Oberarm.

»Sei nicht zu hart zu dir. Du warst eine hervorragende Stalkerin, kein Amateur. Die niedlichste kleine Stalkerin, die ich je hatte.«

Sie hatte nichts dagegen, als Noah tatsächlich einen Arm um sie legte. Für einen stillen, friedlichen Moment lehnte sie sich sogar an seine Schulter.

»Konntest du mich eigentlich sehen?«, wisperte sie nach einer Weile.

»Nein. Aber ich hab gewusst, wenn du da warst.«

»Wie das?«

Er zuckte mit den Achseln. »Deine Präsenz. Ich hab sie gespürt.«

»Mach dich nicht lächerlich«, raunte sie, wobei sie sich ein gerührtes Schmunzeln nicht verkneifen konnte. Sie wollte gerne glauben, eine solche Verbindung zu Noah zu haben. Damit diese rechtfertigte, wie ihr Herz verrückt spielte, wenn er dicht bei ihr saß. Gierig atmete sie durch die Nase ein, um seinen Geruch einzusaugen. Wie ein rothaariger Bluthund gab sich für einen Moment diesem Rausch hin. Sie konnte nicht benennen, was in ihr aufkeimte, doch sie konnte es diesem Duft zuordnen. Eisern schwor sie sich, dass dies die letzte Nase voll sein würde. Die nächste. Aber nach dieser würde sie wirklich aufhören.

»Ich würde mich nur lächerlich machen, wenn ich dir verrate, dass ich mir damals ausgemalt habe, wie es wäre, dich wirklich kennenzulernen.« Seine Stimme schlug kleine Haken zwischen Scherz und Ehrlichkeit. Klarabell brachte es nicht über sich, ihn anzusehen. Erst recht nicht, nachdem er nach einem tiefen Atemzug fortfuhr. Er sprach leiser, damit die lauschenden Wände und Möbel ihn nicht hörten, sondern nur Klarabell. In einem verlassenen Haus. Mitten im Wald. Einem der wenigen Plätze, wo jahrelang gehütete und gehegte Geheimnisse sicher waren.

»Ziemlich blöd, nicht? Als würde sich jemand wie du, der alles hat, für mich interessieren.«

»Ich war eineinhalb Jahre jünger als du.«

»Bist du immer noch, Schlaubi. Und diese Art von Interesse meine ich nicht. Nicht am Anfang, zumindest.«

Auf die Gefahr hin, sich in seinen Augen zu verlieren, sah sie zu ihm hoch. Ihr Blick ruhte hauptsächlich auf seinen Lippen, auf denen er unsicher knabberte.

»Früher habe ich viel darüber nachgedacht. Gehofft, dass du mich verstehst. Dass ich dich irgendwann, wenn wir älter wären, anders nennen würde als die Cousine meiner Stiefschwester.«

»Und wie hätten wir uns genannt?«, fragte sie heiser.

Seine Antwort wurde begleitet – wie könnte es anders sein – von seinem obligatorischen Achselzucken. Langsam machte sie die nichtssagende Geste wahnsinnig.

»Wie man Personen eben nennt, die einem nahestehen. Manchmal hätte ich dir blöde Spitznamen gegeben, die nicht lustig sind. Vielleicht hättest du aus Mitleid darüber gelacht. Vielleicht wäre mir irgendwann was Kitschiges herausgerutscht, wenn niemand zuhört … Normale Sachen.«

Was war so interessant an den verdorrten Blütenblättern am Boden, dass er sie nicht aus den Augen lassen konnte? Klarabell wollte am liebsten in ihre Tiefen hinein tauchen, um eigenhändig die Antworten auf ihre unausgesprochenen Fragen aus seinem Kopf herauszuholen.

Sie straffte ihre Haltung. Hingerissen von der Versuchung, Noahs Gedankenspielen und ihren eigenen von früher nachzujagen, schluckte sie das Geständnis herunter, das ihr quer im Hals steckte. Gleichzeitig konnte sie einen flüchtigen Kuss auf seine heiße Wange beim besten Willen nicht unterdrücken.

»Wann hast du damit aufgehört?«, flüsterte sie in einen kraftvollen Atemzug hinein, um die Fassung zu bewahren. Die Vergangenheitsform, die er vorhin verwendet hatte, war ihr nicht entgangen. Ganz im Gegenteil, sie drückte unangenehm auf ihre Speiseröhre. Sie fühlte sich, als hätte sie etwas Wertvolles verloren, bevor sie es jemals berühren durfte.

Wenn du jetzt mit den Achseln zuckst!

Mit einem unerwartet energischen Ruck stand Noah auf, sodass sie fast vornüberfiel. Den Kopf in den Nacken gelegt fuhr er sich durch sein schwarzes Haar. Er hinkte auf und ab, gab Laute von sich statt Worte. Währenddessen rutschte sie an die Kante der Fensterbank.

Irgendwann warf er die freie Hand in die Luft. Als er sich zu ihr umdrehte, leuchteten seine Wangen rot und seine Augen suchten rastlos nach Punkten, zu denen sie ausweichen konnten. Letztlich huschten sie immer wieder zurück zu ihr.

»Möglicherweise habe ich mir die Idee von uns nie richtig aus dem Kopf geschlagen.«

»Wieso nicht?«

Er schaffte es nicht, sie lange anzusehen, bis Klarabell aufstand und sein Gesicht in beide Hände nahm. Für einen Augenblick war sie sich nicht sicher, was passieren würde. Sie starrten einander an, mit leicht geöffneten Mündern und hämmernden Herzen, lauter als ihre kräftigen, erwartungsvollen Atemzüge.

Noah schüttelte den Kopf seicht, ohne es zu merken. Dabei strich er ihr eine verirrte rote Strähne hinter das Ohr. Sie schauderte wohlig unter der zarten Berührung.

»Ich wollte kein Moment in der Ewigkeit eines anderen sein, einer von vielen großen Lieben. Ich konnte nicht damit umgehen, wie alt Pares wirklich ist - und jetzt bist da du, Klara. Ein paar Tage davon entfernt unsterblich zu werden, aber ich schaff es nicht. Es geht einfach nicht.«

»Was?«

»Dir nicht sagen zu wollen, dass … Dass ich fürchte, ich empfinde mehr für dich.«

Er holte Luft, um fortzufahren. Bevor Klarabell Sätze hörte, die sie noch mehr aus der Fassung brachten, lief sie Richtung Obergeschoss. Trotz der Distanz blieben ihre Sinne voll von ihm und seinem Geruch.

Aufgeklärt hatte man sie früh, jedoch nicht darüber, wie es sein würde, sich dermaßen nach der Nähe und Wärme eines anderen zu sehnen. Wenn die ganze Welt auf einmal über einem zusammenstürzte wegen einer einzigen Person. Wie vollkommen und schutzlos man sich zugleich fühlte.

Mit weichen Knien Treppen zu steigen fühlte sich an, wie auf Pudding zu gehen.

»Nimm mich nicht ständig auf den Arm«, rief sie aufgesetzt fröhlich über ihre Schulter. Sie traute sich nicht mehr, sich nach Noah umzudrehen. »Komm, wir sehen uns oben um.«

Keine drei Stufen weit kam sie, bevor er ihren Namen rief und ihre Fassade erneut einriss. Mitten in der Bewegung hielt sie inne.

»Geh nicht.«

»Ich will nur nach oben«, bluffte sie gespielt unbedarft, während sie mit dem wachsenden Kloß in ihrer Kehle rang.

Sich umzudrehen, bereute sie sofort. Noahs Augen glänzten vor Tränen, gegen die auch sie ankämpfte. Sie knickte ein und schlurfte eine Stufe wieder hinunter, während er ihr eine entgegenkam. Nun waren sie fast gleich groß. Sie hätte sich einfach nach vorne fallen lassen und die Arme um seinen Hals schlingen können.

»Wenn jetzt alles gut wird und du weiterlebst, warum werde ich dann das Gefühl nicht los, dass ich dich trotzdem verliere?«

Weil es wahr ist. Weil ich nicht mehr die Gleiche sein werde … Bleib stark, Klara! Du bist zu nah dran, um für irgendeinen Jungen zu sterben! Selbst für Noah!

»Ich will nicht, dass das passiert«, wimmerte sie wider Willen und lehnte sich in seinen Arm. Langsam fühlte sie sich wie eine Welle man Ufer. Sie lief vor ihm davon und wieder auf ihn zu.

»Versprich mir – egal was passiert – dass du mich nicht vergisst. Bitte, Klara.«

»Niemals! Hörst du? Ich könnte dich mir auch nie aus dem Kopf schlagen«, protestierte sie in seine Jacke hinein. Mit dem nächsten Satz wurde ihre Stimme wieder sanfter. »Wir wären wundervoll gewesen, du und ich. Schrecklich kitschig. Die Kinder im Bus hätten uns *eklig* genannt. Und …«

Er zerquetschte sie fast. Aber sie gab nur einen kleinen erstickten Laut von sich, weil sie nicht wollte, dass er sie losließ. Dieser flüchtige Augenblick, in dem sie das Gleiche für einander fühlten und es zugaben, durfte nicht vorbeigehen.

Noah ließ seine Krücke fallen, um Klarabell mit beiden Armen umschließen zu können. Sein Schwanken bemerkte sie kaum, während seine linke Hand in ihrem Nacken ruhte, irgendwo unter dem wirren Teppich aus roten Wellen. Seine rechte legte er an ihre Taille, die nicht dichter gegen seinen Körper hätte gepresst sein können.

Zu dem letzten Schritt fand keiner den Mut. Dabei war sie sich sicher, dass er das Gleiche wollte wie sie.

Sich schließlich von ihm zu lösen, kam ihr staksig und unbeholfen vor. Als würde sie neu laufen lernen. Nachdem ihre Gliedmaßen wieder sortiert waren, blickten Noah und sie überallhin, außer in das verwirrte Gesicht des anderen.

Zufällig räusperten sie gleichzeitig gegen ihre Unsicherheit an. Sie schmunzelte verlegen, in der Hoffnung, damit die Worte ersetzen zu können, die sie nicht mehr fand.

Noah fuhr sich, ihr entrücktes Lächeln spiegelnd, über den zwei Tage alten Bart und streckte sich nach seiner Krücke. Klarabell kam ihm zuvor. Kleine Stromschläge prickelten unter ihren Fingerkuppen und weiter ihren Arm hoch, als sie ihm die Krücke gab und sich ihre Hände versehentlich berührten. Sie hatte vor Anspannung kaum ausgeatmet und sog dennoch überrascht weitere Luft ein.

Sie traute ihren Knien nicht mehr. Jeden Moment, den sie länger benebelt von Noah und ihren Gefühlen verbrachte, fürchtete sie, dass sie vergaßen, wie man stand. Mit einer Hand an seinem angespannten Oberarm bedeutete sie Noah, ihr zu folgen. Gemeinsam ließen sie sich auf die Fensterbank sinken, auf die durch bunt gefärbte Glasfragmente ein bezauberndes Lichtspiel fiel. Es tauchte sein Gesicht in einen gold-rötlichen Schimmer.

»Wir könnten so tun, als hätte ich nie was gesagt. Wenn es dir damit besser geht?«

»Ich habe eine bessere Idee«, hauchte sie aus Angst, ihr pochendes Herz zu verschrecken, als sie sich vorsichtig nach vorn beugte.

Ihre Finger wagten sich einer nach dem anderen auf seine Hand zu. Zum ersten Mal seit Ewigkeiten wollte sie nicht wissen, wie es weiterging.

»Mach's nicht schwerer als es ohnehin ist …« Noah wich dennoch nicht zurück. Im Gegenteil, er schmiegte seine angenehm kühle Hand an ihre glühende Wange.

»Willst du gar nicht wissen, wie es wäre? Wenigstens einmal?«

»Natürlich.« Er presste die Lider für einen Moment zu und ließ seine Stirn gegen ihre sinken. »Aber«, setzte er an, »was, wenn ich dich dann erst recht nicht loslassen kann?«

Sie schloss ebenfalls die Augen, um die faszinierenden bunten Schatten, die über sein Gesicht tanzten, nicht länger sehen zu müssen. Weil es sich im Dunkeln bekanntlich besser sprach.

»Keine Sorge. Du findest jemand anderen, damit sich alte Menschen darüber aufregen können, dass ihr zu viel Zuneigung in der Öffentlichkeit zeigt. Du kommst über mich hinweg.«

Mit diesen Worten verstärkte sie den Druck an seiner Hand, um sich festzuhalten.

Du verdienst ohnehin jemand Besseren als mich …

Wie zum Widerspruch verschloss er impulsiv ihre Lippen mit seinen. Als sie vor lauter Überschwang des zweiten Kusses sanft in seine Unterlippe biss, wusste sie eines genau: Selbst in drei bis vier Ewigkeiten würde dieser Moment niemals verblassen. Egal, was von hier an geschah - diese Erinnerung war bereits unsterblich.

Dieser Kuss ließ sie völlig vergessen, dass ihr nur wenige Tage blieben. Dass sie ihn verlieren würde, sobald sie sich von seinen samtweichen Lippen löste. Vergessen war Morganas Bruderkomplex und die Angst vor ihrer Eifersucht. Oder dass sie als Empathisch Hochbegabte in ihrem Alter mit niemandem ausgehen sollte. Besonders nicht mit Pares' ehemaliger Sommerliebe. All diese Gründe, die sie zwischen sich und Noah geschoben hatte, verpufften in den atemlosen Millisekunden zwischen zwei Küssen.

Jeder ihrer Nerven kribbelte vor Euphorie, als Noahs Daumen über ihre Wange streichelte und er sich tiefer in den Kuss lehnte. Als seine

Hand zärtlich das Shirt an ihrer Taille drei Zentimeter hochschob, um ihre bloße Haut zu berühren. Bis er im Ansatz eines weiteren Kusses innehielt.

»Ich sollte lieber gehen.« Es war nicht zu überhören, wie viel Kraft ihn diese vier Worte kosteten.

Seine Finger strichen über die wohlige Gänsehaut an ihrer Hüfte, bevor seine Hand an seine Seite rutschte.

»Ich will nicht, dass du gehst.«

»Ich auch nicht.«

Betretenes Schweigen füllte das bisschen Luft zwischen ihnen. Bei all dem Schmerz wäre der Abschied die vernünftigste Entscheidung gewesen. Wenn er blieb, nahm das unmöglich ein gutes Ende, für ihr Herz nicht und für seines noch weniger.

»Bleib. Bitte. Lass uns so tun, als gäbe es kein Morgen.«

Mit einem Kuss stimmte er zu. Sie verloren kein weiteres Wort darüber, was nach Sonnenaufgang passieren sollte. Sie spielten für diesen einen Abend ein normales junges Paar, das sturmfrei hatte.

Sie holten Azrael aus dem Wagen. Dann bauten sie sich im Wohnzimmer ein Fort aus Kissen und spannten eine Decke darüber, um die Realität auszusperren. Darin aßen sie Pizza, die der Bote kalt lieferte, während sie einander in den Armen lagen. Bis Noah diese kitzlige Stelle an ihrer Taille fand, und sie vor Lachen fast erstickte. Klarabell war sich sicher, dass man sie durch den halben Wald hörte. Doch es war ihr egal. Für diese Nacht zählten nur Noahs Finger auf ihrer Haut. Die Küsse, mit denen er ihr Lachen in Seufzen verwandelte. Die Tätowierungen auf seinem Rücken, die sie nachfuhr, bis er eingeschlafen war.

Der Morgen beendete ihr Spiel. Nach dem gemeinsamen Sonnengruß mit roten Wangen und beschämtem Räuspern, war es Zeit loszulassen.

»Kann ich dich irgendwohin mitnehmen?«, fragte Noah nach einer Weile, die sie sich einander an der Tür angesehen hatten.

»Nicht nötig. Ich rufe mir nachher ein Taxi … Danke. Für alles.«

Er gab ihr einen letzten sanften Kuss auf die Schläfe. »Viel Glück, Klara. Pass auf dich auf. So gut es geht.«

Sie umarmte ihn zum Abschied, lief ihm jedoch nicht nach, als er die Treppe hinunterging und mit seinem Schäferhund durch die

Eingangstür verschwand. Es tat weh, ihn gehen zu lassen. Trotzdem schaffte sie es zu lächeln, während sie ein paar bittersüße Tränen zurückdrängte. Denn den Moment im bunten Lichtermeer auf der Treppe, auf der sie sich vor Jahren in ihn verliebt hatte, ohne es zu merken, nahm ihnen niemand mehr. Genauso wenig wie diese Nacht.

Das dachte sie zumindest, bis sie wenig später Dr. Zhous Praxis betrat.

ZWANZIG

Zeit ist ein verrücktes Ding. Mit tausend Füßen rast sie dahin.

Trippelnd und trappelnd.

Tickend und tackend …

Klickend sprang der Minutenzeiger auf der Uhr über Dr. Zhous Kopf ein Stück weiter.

Wie Klarabell von der gegenüberliegenden Seite des polierten Schreibtisches entwischt war, wusste sie nicht mehr. Eine Flasche Cognac, dessen Geschmack sie nur vom Geruch in Pares' Wohnung erahnte, verwischte Konturen nicht so gut wie der Schock, der in ihren Knochen saß.

Den Gehweg unter ihren Füßen umringten matschige Streifen Erde, auf denen in wenigen Wochen sattes Gras wachsen sollte. Er zog sich länger und länger, je näher sie einer Reihe Bänke kam.

Den Blick zur Sonne gerichtet, die hinter den hohen Gebäuden des Mediaparks hervorlugte, saß dort eine spindeldürre Gestalt mit braunem Hut. Wahrscheinlich war es die gleiche Bank, auf der er seit hundert Jahren in den Tag hinein träumte.

Pares zog seinen dunklen Mantel mit Nadelstreifen ein Stück auf, als Klarabell sich wortlos zu ihm setzte. Es war warm in der Sonne, sodass es unter ihrer Haut zu prickeln begann, sobald sie ihre Nase ins Licht streckte.

Wie schrecklich unpassend das Wetter war. Dieser fröhliche blaue Himmel und diese Krokus-Sprösslinge, die sich vorwitzig ihren Weg aus der Erde bahnten! Nichts Zynischeres hätte dem Schicksal einfallen können als dieser wundervolle Tag, untermalt von sanftem Glockenläuten zur Mittagszeit wenige Querstraßen weiter. Hatte es nicht gestern noch gefroren?

Von innen heraus fröstelnd schlang sie ihre Jacke enger um ihren Körper und verschränkte die Arme davor. Vor lauter Schwindel und Unruhe versuchte sie, einen Punkt in der Ferne zu fixieren, um nicht von der Bank zu kippen.

»Du wirst es überleben.«

Verächtlich schnaubte sie und blitzte ihn aus dem Augenwinkel an. Sie war nicht konzentriert genug, um sich eine schlagfertige Beleidigung für ihn auszudenken. Stattdessen betrachtete sie die Gesichter der Passanten, die nicht wussten, an was sie vorbeischlenderten. Von ihnen sah sie rüber zu den nahen und entfernten Häuser, über den Teich, der einladend im Sonnenschein glitzerte. Sie strengte ihre gesamte Fantasie an, um sich vorzustellen, wie die Welt nach der OP aussehen würde. Wenn nur zwölf Stiche und ein Wundpflaster an das Stück von ihr erinnerten, das dann fehlte. Egal, wie sehr sie ihr Gehirn zermarterte, sie fand doch keine Antwort.

»Ich weiß, du denkst, ich bin daran schuld, wie du dich jetzt fühlst«, stöhnte Pares, der nach einer braunen Papiertüte neben sich griff.

Sie schüttelte den Kopf, obwohl er den Nagel auf den Kopf getroffen hatte. Es war einfacher, auf ihn wütend zu sein als auf das Universum. Er hatte ein Gesicht – dieses knochige, lange Gesicht mit den weichen Zügen um die Augen. Ihn konnte sie schütteln oder anschreien. Das Schicksal lachte sie aus der unerreichbaren Ferne aus. Spuckend wie ihr Onkel Oskar, wenn er sich in Rage redete.

Um Pares ihre wahre Einstellung zu ihm nicht aufs Brot zu schmieren, griff sie nicht nach dem Klappspiegel in ihrer Tasche. Dieses Gespräch machte den Kohl nicht mehr fett.

»Was ist in der Tüte?«

Die Buchstaben auf Pares' Fingerknöcheln zuckten, als er in die Tüte griff und bröselndes, altes Brot hervorzauberte. Wie ein Kaninchen, frisch aus dem Hut gezogen, präsentierte er es auf der flachen Hand. Er warf es den gierig schnatternden Enten zu. Klarabell zog die Füße ein, als die wild mit den Flügeln schlagenden Vögel ihr zu nahe kamen.

Pares seufzte und förderte mehr Brot zutage.

»Nicht alles, was ich tue, schadet jemandem, Klara. Nicht alles an mir ist so verdorben, wie du es dir ausmalst.«

Das Brot sah zwar nicht besonders frisch aus. Aber er hatte recht. Verdorben war es nicht. Selbst wenn, die Enten hätten es ihm dennoch aus der Hand gerissen. Unvermittelt sympathisierte sie mit dem Federvieh und betrachtete die Vögel mit wohlwollenderen Augen.

Sie entspannte ihre Haltung.

Bald wäre ihr ohnehin alles egal.

»Was glaubst du eigentlich, was ich für ein Monster bin, hmm?«, forderte der Unsterbliche sie heraus. »Fresse ich kleine Kinder? Warte ich unter ihrem Bett, bis sie schlafen, und wecke sie, damit sie merken, wie ich sie lebendig verschlinge?«

Darauf wusste sie nichts Schnippisches zu sagen.

Sie sog kühle Aprilluft durch die Nase ein, zusammen mit dem verheißungsvollen Duft einer wärmeren Zeit, der den Frühling so betörend machte.

»Haben sie dir damals etwas Belangloses herausgeschnitten?« Missmutig rümpfte Pares die Nase.

»Weder Gewissen noch Skrupel oder Mitgefühl, auch wenn du das glauben willst.« In seiner Stimme schwangen Kränkung und Melancholie mit.

Kurz sah sie in ihm keinen rachsüchtigen Schwarzmarkthändler für Kuriositäten und Übersinnliches, sondern den alten, einsamen Mann, der sich hinter einer jugendlich-glatten Fassade verbarg. Jemand, der sich Gesellschaft beim Entenfüttern wünschte. Einen Freund, um die Höhen und Tiefen der Ewigkeiten zu teilen.

»Was fehlt dir wirklich, Pares?«

»Was kümmert dich das?«

Darüber wollte sie nicht mehr grübeln. *Kümmern.* Diese sieben Buchstaben beherrschten ihren Verstand, seit Dr. Zhou mehrere Zeichen ausprobiert und revidiert hatte, bis er die Hände in die Luft warf und es mit wasserfestem Stift auf eine seiner Folien schrieb.

Kümmern.

Gerade fing sie an, darüber nachzudenken, da wollte man es ihr herausschneiden.

Instinktiv schnellte ihre Hand gegen ihre Brust. Ihre vom Wetterumschwung aufgequollenen Finger krallten sich in die rauen, groben Maschen ihres Pullovers. Sie wusste zwar immer noch nicht, wo die Menschlichkeit saß, doch der Schmerz kam von dort.

Was es sie kümmerte, wollte Pares wissen? Bald nichts mehr! Weder die Schönheit der Blüten, die sie leicht mit der Schuhspitze antippte, noch die Enten oder die Krankheiten, die sie übertrugen. Jetzt zog sie die Nase kraus und ekelte sich vor ihren zerzausten Federn. Bald würde es ihr egal sein. Und alles andere auch.

Geschmäcker, die sie nie lieben lernen würde, weil es sie nicht interessierte. Katastrophen, der gesamte Weltschmerz – eine Bürde die man gerne loswerde, hatte Dr. Zhou betont, um ihr Mut zu machen.

Klarabell schauderte bis ins Mark, wenn sie an all die Dinge dachte, die sie zurzeit kümmerten. Ihr Herz brach wieder und wieder, als sie sich die Gesichter ihrer Cousinen ins Gedächtnis rief. In ihren Ohren hallten die Gespräche nach, die sie am Abend über das Telefon geführt hatten.

Blanke Wut kochte in ihr hoch. Sie hatte die beiden gerade wieder an sich herangelassen. Morgana hatte nach Jahren den ersten Schritt auf sie zu gewagt. Ihr Lachen steckte nicht mehr in ihrem Hals fest, allerdings haftete weiterhin ein Fluch an ihr. Die Amsel lag verscharrt im Blumenbeet hinter dem Haus. Und Cassandra hörte gelegentlich ihr Zwitschern aus dem Jenseits, behauptete sie, was nicht für ihren Zustand sprach.

Kümmerte Klarabell dann nichts davon mehr? Oder nur Zukünftiges nicht? Worin bestand der Unterschied, sich daran zu erinnern, dass einem wichtig gewesen war, und dem Gefühl selbst?

Und was war mit ihren Eltern? Dem Rupert-Haus? Ihren Kindheitserinnerungen? Ihren Träumen – den wachen und ihren eigenen, den verschreckt in einer Ecke ihres Unterbewusstseins kauernden Albträumen?

Was war mit Noah und ihren bittersüßen Abschiedsküssen? Mit dem Versprechen, was sie sich heimlich im alten Herrenhaus nichtsahnend zugeflüstert hatten, einander nie zu vergessen? Wie konnte sie ihn endlich wissen lassen, was sie fühlte und sich gleich darauf diese Emotion herausoperieren lassen?

Der Schmerz in ihrer Brust wucherte. Am liebsten hätte sie sich an Ort und Stelle zu einer Kugel zusammengerollt und die Fäuste in den Bauch gepresst, dem Druck darin entgegen. Stattdessen begradigte sie ihre Haltung, faltete die Hände perfekt in ihrem Schoß. Sie zog den Mund zu einer geraden Linie, damit ihre Unterlippe nicht zitterte, und stellte beide Füße fest auf den Boden, um das nervöse Zucken ihrer Beinmuskulatur zu stoppen.

Es gab zwei Möglichkeiten: innere Leere oder der Tod.

War er tatsächlich schlimmer als *nichts* zu sein? Nichts zu fühlen, und dass sie sogar das nicht mehr kümmern würde?

Immerhin würde ich abnehmen. Keine Gefühle mehr, die ich mit Fressattacken herunterschlucken könnte. Das müssten Mamas Diätratgeber erstmal nachmachen.

Sie schüttelte den Kopf über die Absurdität ihrer Gedanken, was Pares nicht verborgen blieb.

Er schürzte die Lippen und reichte ihr ein Stück Brot. Zögerlich nahm sie es an. Für eine Sekunde fragte sie sich, ob er wollte, dass sie es aß oder nach den Enten warf. Die schnatternden Tiere zu füttern, fiel ihr als Letztes ein.

Pares räusperte sich dreimal, bevor er sprach, und massierte sich die Nasenwurzel, als könnte er sich selbst kaum fassen.

»Es ist noch nicht zu spät, um auszusteigen.«

»Wie bitte?« Ihre Stimme klang ungewollt hoch und erstickt.

»Ich sage das nur einmal und gewiss nicht um deinetwillen, verstanden?«, murmelte Pares kehlig, ohne Blickkontakt zu ihr zu suchen.

Es ging ihm ausschließlich um Noah, davon war Klarabell überzeugt. Er wollte ihn – und das war eine der wenigen unliebsamen Gemeinsamkeiten der beiden - niemals mutwillig verletzen. Weil es ihm selbst das Herz gebrochen hätte, oder was man vor wer weiß wie vielen Jahrhunderten davon übriggelassen hatte.

»Ich gewähre dir eine letzte Chance, auszusteigen.«

Mit diesen Worten begann er in seiner Umhängetasche zu kramen, die nach altem Leder roch und Klarabell an ihre Grundschullehrer erinnerte. Schließlich förderte er die Dose zutage, in der er den Vertrag aufbewahrte. Das Papier verströmte den Duft des Tees darin, als Pares es auffaltete und einen Werbekuli aus seiner inneren Manteltasche zog.

»Zerreiß ihn jetzt oder unterschreibe ihn. Aber mach mich nicht dafür verantwortlich, was danach mit dir passiert.«

Zunächst reagierte sie nicht. Der Befehl, die Hand zu heben, blieb in ihrem Ellbogen hängen. Ungeduldig drückte Pares ihr das Papier in die Hände. Er schien es genauso wenig haben zu wollen wie sie.

Völlig unerwartet bemerkte sie, dass es ihr keine Angst mehr machte. Diese paar Seiten recyceltes Papier hatten keine Macht mehr über sie. Sie wollte nicht länger ihre Sklavin sein. Geschweige denn die des Schicksals. Oder irgendjemandes sonst. Pares hatte recht gehabt, sie hatte ihre Entscheidung lange vor diesem Tag getroffen, ohne es zu wissen. Gleichzeitig hatte er sich geirrt.

Das verbliebene Gute in ihr, das einzig Rettenswerte war doch, dass es sie kümmerte, wem sie mit ihren Entscheidungen etwas antat. Wie konnte sie sich dieses Gefühl herausschneiden lassen, und damit alles, was sie noch davon überzeugte, kein vollkommenes Monster zu sein?

Stolz und gebrochen zugleich nahm sie den Kugelschreiber, den der Unsterbliche geduldig in der Luft gehalten hatte.

»Kommen wir ins Geschäft?«

Sie nickte entschlossen.

»Ja.« *Denn wenn ich es Adela nicht antue, findet er jemand anderen, der sich nicht darum schert, was danach aus ihr wird.* »Aber ich habe ein paar Änderungswünsche.«

Interessiert schmunzelte ihr Gegenüber. Er stützte sein spitzes Kinn auf seine tätowierten Fingerknöchel, wie damals bei ihrer Begegnung in dem Zugabteil. Damals hatte sie keine blauschwarzen Schatten unter den Augen getragen oder sich um Jahre gealtert gefühlt.

»Ich höre«, verkündete Pares.

»Ist Dr. Zhou im Stande, ein verwunschenes Lachen zu heilen?«

Sein verschwörerisches Grinsen wurde breiter, doch das verschlagene Funkeln in seinem Blick erlosch.

Da war er, dieser Moment, ab dem es tatsächlich kein Zurück mehr gab. Zwischen Ehrfurcht und Wehmut schloss Klarabell kurz die

Augen. Die Endgültigkeit ihrer Situation erschreckte sie nach wie vor. Aber auf diese Weise schwang auch Erleichterndes mit.

Die Selbstzweifel, die Lügen, die beginnenden Nebenwirkungen wie der Schwindel und die ständigen Kopfschmerzen: Bald hatte sie all das hinter sich. Und Morgana auch.

Sie würden beide in einem neuen Leben aufwachen. Morgana in einem voller Gelächter, Kichern und Glucksen, bis ihr der fast nicht vorhandene Bauch wehtat. Und sie selbst in einer anderen Welt, in der hoffentlich ihre Großmutter wartete und sie nicht zu sehr schalt. Immerhin dem Schicksal ihrer Cousine schlug sie ein Schnippchen. Geschah ihm recht, wenn es sie vernachlässigte, um sich auf Klarabell zu fokussieren!

Hastig, aus Angst der Mut könnte sie doch noch verlassen, strich sie Passagen des Vertrages durch und kritzelte in untypisch schlampiger Handschrift ersetzende Klauseln hinein. Bevor sie ihn unterzeichnete, überflog sie das Kleingedruckte. Mit stockendem Atem suchte sie ein letztes Mal die Zeilen ab, auf die sie ihre Hoffnung auf ein glückliches Ende für Morgana und ein gemäßigtes für Adela setzte. Nun blieb ihr nur zu beten, dass Pares ihr diesen Taschenspielertrick um Noahs Schwester Willen durchgehen ließ.

Für Klarabell wurde es Zeit, sich dem Schicksal zu fügen. Sie klackte mit der Kugelschreibermine und unterschrieb.

Wie ihr Opa damals, wenn Großmutter Edita einen ihrer Wutanfälle hatte, nahm Pares sie unvermittelt in den Arm. Er dirigierte ihren Kopf behutsam auf seine knochige Schulter und tätschelte ihre Wange zum Trost.

»Hast du daran gedacht, dir einen neuen Hund zu kaufen?«, wisperte sie kläglich.

Die Stille zwischen ihnen beiden wurde für sie nach wenigen Sekunden unerträglich intim. Sie wollte nicht spüren, dass sie ihn allein ließ. Dass sie ihm die sehnlichst gewünschte neue Gesellschaft verwehrte, die er sich von ihr versprochen hatte. Zu ihrer Erleichterung spielte Pares mit.

»An was hast du denn gedacht?«

Sie seufzte sich den Druck von der Brust. »Ich mag Schäferhunde.«

EINUNDZWANZIG

Durch ihre Adern schien kochender Teer statt Blut zu fließen. Die zähe Masse verklebte Venen und Herz, machten ihm das Schlagen schwer. Sie versuchte, sich nicht zu stark darauf zu konzentrieren, als sie sich aus dem Taxi hievte, dessen Rechnung sie mit der schwarzen Kreditkarte ihrer Mutter beglichen hatte. Schwarz wie der Rand unter ihren abgekauten Fingernägeln, versteckt unter den Handschuhen, die sie achtlos auf den Ledersessel am Eingang des Herrenhauses warf. Eigentlich war es viel zu warm für gestrickte Handschuhe. Durch den Hitzestau darunter war ihre Haut leicht schrumpelig geworden. Alles, was Klarabell ohne sie berührte, fühlte sich so nah und echt an, dass sie es kaum ertrug.

Zum Beispiel die geschmacklosen Spitzengardinen und die schweren Gobelin-Vorhänge im Salon, die sie geräuschvoll zuzog. Oder das Einschulungsfoto von ihr auf dem Kaminsims, das sie im Vorbeigehen umklappte, und der Schalter, der den Messing-Kronleuchter zum Erstrahlen brachte, den ihre Mutter aus Paris hatte einfliegen lassen. Er leuchtete jedes Detail im Raum elegant aus, von der Schale inzwischen geruchlosen Potpourris über die Skulpturen im deckenhohen Bücherregal bis hin zu den perfekt drapierten Fotografien ihrer Familie. Die dicken Bilderrahmen wirkten kitschig, aber auf eine treue Weise. Nicht wie der Schnickschnack, den Großmütter vom Land liebten, die noch wussten, welche Mittelchen sämtliche Flecken aus Teppichen entfernten.

Wenn sie das hier durchziehen musste, dann mit Stil, beschloss Klarabell. Nicht in einer schäbigen Absteige, die wackelte und ratterte, wenn ein Zug daran vorbeirauschte. Auch nicht im Rupert-Haus, das mit ihren Cousinen verknüpft war, oder in Noahs Hausboot, in das nur gute Dinge gehörten. Und schon gar nicht in Pares' Nähe!

Dieses verlassene Mausoleum ihrer Kindheitserinnerungen wirkte dagegen unpersönlich genug. Es stand für ein Leben weit entfernt von dem, was aus ihr und den makellos lächelnden Menschen auf den Bildern hier geworden war. Dieses Haus war so distanziert von ihrer Realität, wie sie es brauchte, um ihren dröhnenden Kopf halbwegs frei zu bekommen. Gleichzeitig war er beruhigend vertraut. Hier konnte sie ungestört arbeiten.

Vor dem größten der Porträts, zu denen man sie gezwungen hatte, blieb sie schließlich stehen. Darauf war ihre Mutter um einiges jünger und ihr Vater trug diesen schrecklichen Schnauzbart, der gekitzelt hatte, wenn er sie nach der Gute-Nacht-Geschichte auf die Stirn geküsst hatte. Sie versuchte gedanklich, die neuen Züge ihrer Eltern auf die gemalten Gesichter zu projizieren. Währenddessen hörte sie die Ansagen ihrer Anrufbeantworter wieder und wieder an, um sich ihre Stimmen einzuprägen.

»Das ist die Mailbox von Gloria Edita Meinhardt. Leider bin ich zurzeit nicht erreichbar …«

»Sie haben den Anschluss von Henrik Meinhardt erreicht. Bitte hinterlassen Sie eine Nachricht nach dem Tonsignal …«

Als sie endlich begriff, wie dumm sie sich bei diesem Telefonterror vorkam, brach sie den letzten Anruf ab. Am liebsten wollte sie das Handy durchs Zimmer werfen. Was, wenn einer der beiden wirklich abnahm?! Was sollte sie dann sagen?

Halt dich an den Plan. Lass dir nicht von Gefühlen den Kopf verdrehen.

Mit tausend weiteren gutgemeinten, aber schlechten Ratschlägen im Kopf setzte sie sich auf die Kante ihres Lieblingssessels in der Ecke. Auf dem kleinen Fußschemel mit den vielen Quasten, durch die er an einen Scottish Terrier erinnerte, ruhte sie ihre Beine aus.

Sie zog einen dünnen Umschlag aus ihrer Tasche, der einen modrigen Stadtgeruch im edlen Zimmer verströmte. Er roch, wie sie sich fühlte: ranzig und verschlissen aufgrund der letzten vierzehn Tage.

Wie Pares an die blonde, fast weiße Strähne gekommen war, hatte sie gar nicht wissen wollen. Es handelte sich um eine Pechsträhne, wie er ihr ungefragt erklärt hatte, als er ihr den Umschlag auf der Parkbank überreicht hatte. Just an diesem Morgen hatte Adela sie sich entfernen lassen. Was für ein herrlicher Zufall.

Das ist zu einfach, schnaubte Klarabell innerlich, während sie die Strähne, ihre persönliche Verbindung zu ihrem nichts ahnenden Opfer um ihren Zeigefinger wickelte und auf Mitternacht wartete. Zug um Zug spannte ihre Fingerkuppe mehr, bis sie durch das angestaute Blut dunkel anlief. Erst dann löste sie die einschneidenden Haare wieder. Zurück blieben eine rote Strieme, eine Delle in ihrem Finger und ein Farbverlauf, dem sie wie gebannt beim Verblassen zusah.

Die Rosenholz-Räucherstäbchen, die auf dem Kaminsims und dem gläsernen Couchtisch glommen, verströmten einen intensiven Geruch, der die Tasche und ihren Inhalt bald überdeckte. In ihrem süßlichen Dunst ließ sich Klarabell vorsichtig tiefer in die Kissen sinken. Sie spannte die Locke zwischen den Fingern ihrer linken Hand, die sie ausgestreckt an ihre Seite legte.

Ein letzter Blick auf die Uhr auf ihrem grell-bläulichen Handydisplay. Nur noch zwei Herzschläge bis Mitternacht.

Als sie die Schlaftablette trocken herunterwürgte, spürte sie einen kurzen Stich in ihrer Brust, bevor die Resignation vollends einsetzte und ihr Inneres betäubte.

Sie sollte nicht in einem wolkenweichen Sessel liegen, sondern unter Adelas Lattenrost kriechen. Unter einer durchgelegenen Matratze kauern, zwischen Wollmäusen und Kisten, die niemand jemals wieder ans Tageslicht fördern würde. In der hintersten Ecke, in Gesellschaft eines Weberknechts, der einen anderen einwickelte. Flach atmend, damit die schlafende kinderlose Mutter über ihr nichts bemerkte. Zähnefletschend, sabbernd, die Krallen am Bettpfosten wetzend. Wie die Monster unterm Bett aus den Kinderbüchern, über deren Lächerlichkeit Klarabell normalerweise die Augen rollte. Wie das Ungeheuer auf der Pirsch, das sie war.

Trotz Tablette schlief sie nicht sofort ein. Stattdessen wälzte sie sich herum, in der ständigen Angst, sie würde bis zum Morgengrauen wach bleiben oder Adela wäre nicht ins Bett gegangen oder sie würde in ein anderes Unterbewusstsein rutschen …

Sich auf die gelernten Schritte zu konzentrieren war ihr nie schwerer gefallen. Sogar der Passionsblumentee, den sie sich aufbrühte, half nur zögerlich. Ihr Verstand wehrte sich vehementer denn je dagegen, einen ihrer Befehle auszuführen. Doch schließlich …

… blinzelte sie einem verhangenen Himmel entgegen.

Hinter ihren geschlossenen Lidern sprangen flimmernde bunte Punkte auf und ab. Sie verschwammen nach und nach zu einer kargen, steinigen Landschaft. Ein Kiesbett breitete sich vor einem See aus, der die Farbe ihrer eigenen Augen nachahmte. Sein nasskalter Körper schlängelte sich zwischen zwei beeindruckenden Felswänden hindurch, die zu Bergen wuchsen. Sie kratzten kleine Schrammen in die Decke des Traums, unter der sich ein Unwetter zusammenbraute.

Es war Klarabell aus ihrem Herzen bis hier her gefolgt.

Sie warf einen ernsten Blick über ihre hochgezogene Schulter. Wie einen Vorhang schwang ihr offenes Haar darüber und gab die Sicht auf Adela frei, die malerisch am Seeufer saß. In ein blass-orangenes Sommerkleid und eine Herrenjacke gekleidet, die jemand Realem gehören musste, betrachtete sie etwas auf ihrem Schoß. Vielleicht Strickarbeiten. Vielleicht ein Buch, das sie hin und her blätterte. Zumindest bewegten sich ihre Ellenbogen in einer Art, die Klarabell nicht verstand und Adelas Rücken versperrte ihr die Sicht.

Sie wollte am liebsten einen Fingernagel zwischen die Zähne nehmen und kräftig zubeißen, bevor sie wie eine Wahnsinnige zu schreien begann. Letzteres könnte sie aus dem Traum katapultieren. Die Verbindung zwischen ihr und Adela war extrem schwach. Doch als ihre hungrigen Augen zu ihren Fingern heruntersahen, fanden sie nichts.

Nur spitze Steine und nassen Dreck.

Sie drehte und wendete ihre Hand vor dem Gesicht, tippte hektisch auf ihre leicht schweißbenetzte Nase. Nichts. Sie war nicht bloß blass, sie war beinahe durchsichtig. Lediglich, wenn sie den Arm vor die monströsen Berge und die von ihr heraufbeschworenen dunklen

Wolken hielt, konnte sie einen Schatten ihrer selbst ausmachen. Ein weiteres Warnsignal neben dem Vakuum in ihrem Bauch, wo ihre Innereien sein sollten.

Ein falscher Schritt, Klarabell Meinhardt, und du stürzt aus dem Traum, beschwor sie sich, als sie in ihre herbei fantasierte Umhängetasche griff. Gleichzeitig fasste sie in ihre eigenen Untiefen, in die verwinkeltsten Ecken ihrer windschiefen Seele. Sie suchte unter den verdächtig knarzenden Dielen ihres Verstandes nach lang begrabenem Schmerz. Quälte die Vorstellung heraus, wie es wäre, jemand Geliebten zu verlieren, um sie dem Albtraum einhauchen zu können. Verstorbene Haustiere und ihre Großmutter, die sie mehr gefürchtet als geliebt hatte, standen für diesen makabren Taschenspielertrick Modell.

Damit schuf sie den Nährboden für Adelas eigene dunkle Fantasie und ein Paradebeispiel dafür, warum Traumwandler ihre Schatten aus den Köpfen anderer lassen sollten.

Einen knappen Meter von ihrem ahnungslosen Opfer entfernt blieb Klarabell stehen. Mit ein wenig Mühe hätte sie ihr auf die Schulter tippen können. Ihr graute vor diesem Gedanken und vor der Vorstellung zu sehen, was Adela tat. Je weniger sie wusste, desto besser. Die Wahrheiten, die sie kannte, reichten aus, dass sie sich trotz fehlender Innereien übervoll fühlte.

Ein Schritt zurück. Lieber zwei, um sicherzugehen.

Hierfür gab es keinen zweiten Versuch.

Inzwischen stand mehr auf dem Spiel als Klarabells Leben. Es ging um Morgana - um Mim, ihre kleine sture Cousine. Um *ihre* Zukunft. Es war Zeit zu testen, was es gebracht hatte, eine Woche in Pares' Drecksloch von einer Wohnung herumgelungert zu haben.

Du kannst es schaffen, versprach sie sich, als sie mit zittrigen Händen das Buch aus ihrer Tasche angelte. »*Das Bildnis des Dorian Gray*« in einem rauen Stoffeinband, signiert vom Autor Oskar Wilde. Ein exaktes Abbild des Exemplars in Großmutter Editas Privatbibliothek. Solche Details halfen ihr, Gegenstände voll auszuträumen. Erinnern war leichter als Erfinden.

Du kannst es schaffen.
Du musst es schaffen.
Für Mim.

Sie riss eine Seite heraus. Zu ihrem Glück kümmerte Adela das Geräusch nicht.

Denk an Mims Lachen. An jede einzelne Nuance dieses Klangs.

Ratsch.

Eine weitere Seite trennte sich ab und hielt ihr Herz für eine Sekunde an. Das Stocken drückte hinter ihrem Kehlkopf, wo das Organ hingesprungen war.

Ratsch.

Stell dir Mims Gesicht vor, wenn sie die Verbände nach der OP abnimmt und endlich wieder unbeschwert lacht.

Ratsch. Seite vier.

Stell dir vor, sie könnte dich für eine letzte gute Sache in Erinnerung behalten.

Ratsch.

Sie kniete sich auf die spitzen Steine und legte das Buch ab. Ihre unsichtbaren Beine versagten allmählich den Gehorsam.

Ohne es jemals wach gelernt zu haben, faltete sie die eingerissenen Seiten zu perfekten Kranichen, aus denen die Buchstaben heraus bluteten. Ein Knick nach dem anderen, Letter für Letter. Wie der Teer, der Klarabell wie Tränen aus den Augen lief, tropften sie in schwarzen Perlen zu Boden. Wenn sie eine von ihren Motten trafen, wuschen sie den silbrigen Schimmer von ihren Flügeln.

Bloß nicht auf die dunklen Flecken achten! Selbst wenn sie wie Blut an den Händen klebten. Die Fingerabdrücke aus Teer auf dem Papier ließen sich möglicherweise wegträumen, indem man sie ignorierte.

Sie durfte bloß nicht daran denken, wie der Himmel über ihrem geduckten Kopf knackte und rumorte! Wie sich feinste Risse hindurchzogen. Wie der heiße Teer in ihren Augen brannte. Und vor allem nicht daran, was sie gerade tat: Sie war im Begriff zu erschaffen, was sie ihr Leben lang verfolgt hatte. Den natürlichen Fressfeind aller Traumwandler. Aber er war nicht für die Ewigkeit gemacht, genauso wenig wie sie.

In Pares' Vertrag stand, sie müsse einen Albtraum heraufbeschwören. In keiner der winzig gedruckten Zeilen wurde die Bedingung gestellt, dass der Albtraum länger als eine Nacht überlebte.

Das wurde lediglich impliziert, weil sein Ursprung es wohl voraussetzte.

Alles, was Klarabell deshalb brauchte, war eine einzige Nacht. Sobald am Morgen ihr Erfolg und ihre Fähigkeit bewiesen waren, Monster aus ihrer eigenen Seele herauszuquetschen und andere damit infizieren zu können, würde sie den Albtraum wieder verschlingen. Wie bei Noah, der sie zu diesem Schritt inspiriert hatte.

Denk jetzt nicht an ihn! Konzentrier dich gefälligst!

Unter ihren geschickten Fingern begann der Albtraum, sich zu entfalten. Sie erkannte sofort, wie überwältigend schrecklich er war. Wie grausam perfekt. Durch und durch verdorben. Er würde bereits jetzt bis an Adelas Lebensende überdauern, wenn sie ihn nicht verschlang. Die Geschwindigkeit, in der er wuchs, machte ihr langsam Angst. Wenn sie nicht aufpasste, würde sie ihn gleich nicht mehr verschlingen können.

Sie versuchte, ihr Nervenkostüm mit Notlügen und Schönreden zu flicken. Bis Donnergrollen ihr Kinn hochriss. Ein halbfertiger Papierkranich glitt durch ihre Fingerkuppe wie ein warmes Messer durch Butter. Doch statt Teer tropfte Blut heraus.

Tiefrot wie die Lippen von Adela, die sich ausgerechnet jetzt umdrehte.

Sie sah durch Klarabell hindurch, die erstarrte, als stünde sie dem Leibhaftigen gegenüber. Für den Hauch eines Moments erhaschte sie einen Blick auf das Spielzeug auf dem Schoß der Träumenden. Auf den Namen ihres Sohnes, der in Großbuchstaben quer über die bunte Lok gekritzelt worden war.

Diese paar Sekunden genügten für einen flüchtigen – fatalen - Gedanken.

Was machst du hier eigentlich?

Ab der Sekunde, in der der neugeborene Albtraum ihre Zweifel witterte, war sie nicht länger seine Puppenspielerin. Auf einmal schossen die Kraniche wie Pfeile in die Höhe. Das Schlagen ihrer papiernen Flügel mischte sich mit dem panischen Flattern der wütenden Motten, die aus Klarabells Locken schwärmten.

Schwarz, silbrig, violett. Klarabell konnte kaum eine klare Kontur ausmachen. Schimpfend, gegen das Gewirr anschreiend, sprang sie auf die Beine, raus aus der surrenden Wolke. Doch die Papierkraniche schossen sofort hinterher.

»Aufhören!«

Um ihren Kopf herum tobte ein Krieg. Drehen und wenden, winden und zappeln - nichts half. Unzählige Motten fielen zu den Füßen ihrer Königin, die auf der Stelle trippelte. Sie schlug sie weg, während sie nach den Papierkranichen zielte.

Ich kann das nicht! Ich kann das unmöglich tun!

Kreischend und fuchtelnd versuchte sie sich an irgendetwas festzuhalten. Doch die Einsicht kam zu spät. Der Albtraum wuchs und wuchs. Je mehr Papierkraniche sie und ihre Motten zerrissen, desto mehr attackierten sie. Wie von Geisterhand falteten sich die Schnipsel zu weiteren Vögeln. Asymmetrisch und fehlerhaft, aber genauso scharfkantig.

Was habe ich nur angerichtet?!

Es musste einen Weg geben, das hier rückgängig zu machen. Irgendeinen! Auf keinen Fall durfte sich dieses Ungetüm weiter ausbreiten!

Klarabell ballte die Fäuste und schloss die Augen. Plötzlich wurde sie völlig ruhig, egal wie intensiv der Kampf um sie herum tobte. Eine Option blieb - sie hatte schon mit weniger etwas anzufangen versucht. Wenn sie ihn sofort verschlang, konnte sie ihn möglicherweise stoppen. Den Vertrag mit Pares brach sie dadurch ganz bestimmt.

Mim, bitte verzeih mir …

Sie blinzelte eine letzte klare Träne weg, bevor sie den Mund öffnete. Dass sie einen Krampf im Kiefer bekam, kümmerte sie nicht. Sie riss den Mund weiter auf und atmete so tief ein, wie sie konnte. Dabei sog sie alles ein: Staub, Papierfetzen, Kraniche, Motten. Sie gab nicht nach. Weder als sie in Todesangst in ihre Luftröhre und ihren Magen bissen oder schnitten, noch als sie diese zu verstopfen begannen. Sollte der verderbende Traum doch auch ihre anderen Organe nachträglich einfügen, um sie zu quälen.

Die Sicht verschwamm, als sie zunehmend die Kontrolle verlor. Über ihren Atem wie über den Traum. Trotzdem ließ sie nicht locker. Ungeachtet dessen, was sie schmeckte: Dieser Albtraum war nicht wie Noahs. Er war bereits ein Teil von ihr, größer und stärker als das, was die jüngsten Ereignisse von ihr übrig gelassen hatten. Sie war ihm schon jetzt nicht mehr gewachsen.

Doch sie war zu stur, um aufzugeben!

Erst als sie den letzten Fetzen und den letzten Flügel eingesogen hatte, schnappte ihr Kiefer zu wie eine Mausefalle. Krampfhaft biss sie die Zähne zusammen, sodass ihr Kieferknochen knackte. Sie warf die eiskalten Hände vor ihren zuckenden, sich verziehenden Mund, gegen den die Papierkraniche von innen trommelten. Verzweifelt schluckte sie sie herunter.

Am Ende blieb es nur eine Frage der Zeit, bis sie die Kräfte verließen und der neugeborene Albtraum die Oberhand gewann. Er faulte von innen heraus bis zu ihrer ersten Hautschicht hindurch. Ihr unsichtbarer Körper fiel in sich zusammen, als der Albtraum sie aus Adelas friedlichem Traum in seine Tiefen zerrte.

Davor erhaschte sie einen letzten Blick auf Adela. Sie schien kaum einen Windhauch von dem Sog zu spüren, der Klarabell verschlang. Unbedarft zuckte sie mit den Achseln und spazierte davon, ohne zu wissen, was sie gerade entkommen war.

Binnen Sekunden sickerte der Albtraum in jede von Klarabells Schichten. Er schwemmte das Bewusstsein aus ihr heraus und brach damit ihre letzte Schutzmauer. Das Ungeheuer konnte ihr Unterbewusstsein nun ungestört fluten.

Sie wandelte bereits in seinen Tiefen, ohne einen Gedanken daran zu verschwenden, wie sie auf diesem Flur gelandet war. Oder warum ihr Puls wie verrückt raste.

Instinktiv begannen ihre Beine zu joggen. Einmal in Bewegung gekommen rannte sie bald den endlosen Flur entlang in Richtung Licht. Auf den Grund für ihre unerträgliche Panik zu.

Er lag in einem Bett, das hier nicht hergehörte, zwischen Laken aus Papier, die Morgana niemals wirklich in ihrem Zimmer in Oskars Frankfurter Wohnung zugelassen hätte. Ebenso wenig wie die Tapete mit unzähligen Kranichen darauf. Der Rest der Designermöbel stimmte, bis auf die spitzeren Ecken und schärferen Kanten. Von ihnen trug Klarabell tiefe Schnitte davon, sobald der Anblick ihrer Cousine ihr den Boden unter den nackten Füßen wegzog.

Nachtblaue ausgefranste Flecken übersäten Morganas blasse, fahle Haut. Sekunde um Sekunde wucherten sie weiter um ihre hochroten Augen und über die Hand, die sie nach Klarabell ausstreckte.

Wo die Bläschen der Fäulnis aufplatzten, verströmten sie die unverkennbare Note von Tod. Sie fraß sich durch den Ärmel vor Klarabells Nase und brannte auf ihren Schleimhäuten.

Ein hektischer Blick nach links und rechts und nach Hilfe, nach der sie unbewusst schrie, bis ihre Stimme brach.

Cassandra war Ärztin und packte sie am Ellenbogen.

»Du hast in der Quarantäne nichts verloren!«

Mit Nachdruck schob sie sie zur Tür, allem Straucheln und Toben von Klarabell zum Trotz. Sie krallte sich am Türrahmen und an Cassandras Kleidung fest.

»Wir können sie unmöglich zurücklassen! So sind wir nicht, Sandra!«

Ihr entsetzter Blick haftete an Morgana, die mit letzter Kraft die Hand nach ihr streckte. Mit flatternden Lidern und der Stirn voller Schweißperlen, die in ihren offenen Blasen brennen mussten.

Ratsch - Cassandras Ärmel riss, als Klarabell sich aus ihrem Griff befreite. Statt ihrer rosigen Haut kamen schwarzblaue Flecken zum Vorschein.

Klarabells Herz explodierte förmlich in ihrer Brust. Es fühlte sich an, als würde es den Rest ihrer Organe mit in Fetzen reißen. Dennoch fiel sie nicht tot um. Nicht als Cassandra unnatürliche Mengen Blut spuckte und nicht als die *Ärztin* mit ihrem letzten Atemzug ihre Cousine anflehte zu verschwinden, bevor sie selbst tot umfiel.

Klarabell wachte nicht auf.

Stattdessen hielt sie der Albtraum in einer Welt gefangen, in der sich eine Epidemie ausbreitete. Machtlos sah sie geliebten Menschen zu, wie sie langsam davon aufgefressen wurden. Einer nach dem anderen. Bloß nicht sie selbst.

Sie blieb zurück, mutterseelenallein.

ZWEIUNDZWANZIG

Desorientiert drehte sie den Kopf von links nach rechts. Für einige Sekunden verstand sie nicht, was sie im Herrenhaus im Wald verloren hatte.

Sie sollte im Krankenhaus sein bei …

Da begriff sie.

»Nur ein böser Traum«, flüsterte sie und schlug die Hände vor das klamme Gesicht. Sie traute sich kaum, auf die Uhr zu sehen. Hoffentlich war es Morgen! Sie raffte sich auf und schleppte sich zum Fenster. Doch hinter den zur Seite gerissenen Vorhängen hüllte sich der Garten noch in tiefste Nacht. Nicht der kleinste, bläuliche Streifen hinter den Baumwipfeln. Bloß ein paar leuchtende Augenpaare von Vögeln im Geäst.

Schlaftrunken hangelte sie sich an den Möbeln von einem Lichtschalter zum anderen, bis der Salon besser ausgeleuchtet war als jede Zahnarztpraxis. Sie musste sich fest in die Realität und ans Wachsein krallen. Egal wie vehement ihr verspannter Körper um mehr Schlaf bettelte. Sobald sie auch nur blinzelte, griff der Albtraum wieder nach ihr.

Das Licht im Salon reichte nicht, um die Schatten zu verjagen, die sie bis hierher verfolgten. Mehr, sie brauchte viel mehr! Immer schneller schritten ihre nackten, eiskalten Füße über das Parkett. Klarabell hechelte den Lichtschaltern und Kordeln hinterher, als wären sie eine Spur Brotkrumen, die aus dem Wald führten. Dabei reichten sie gerade bis zur Küche.

Ihr Puls raste, als würde der ausgebrochene Mottenschwarm aus dem Traum durch ihre Adern jagen. Unbeholfen steckte sie den Stecker der Kaffeemaschine ein und setzte Wasser auf. Beinahe rutschte ihr die dazugehörige Glaskaraffe aus den tauben Fingern.

Versagerin!

Sie drehte den Wasserhahn bis zum Anschlag auf, um diese innere Stimme zu übertönen.

Du hast in jeder erdenklichen Weise versagt!

Nein, in einer nicht. Im Kreieren von Albträumen bewies sie ein bislang unentdecktes Talent. Wie ein Rohdiamant, mit dem sie sich selbst bis auf den Knochen ins eigene Fleisch schnitt.

Wie hatte sie sich jemals der Illusion hingeben können, irgendetwas im Griff zu haben? Das Schicksal an der Nase herumführen - wie naiv konnte man eigentlich sein?! Sie hatte sich eingeredet, ihr Wunsch, den Deal kaltschnäuzig durchziehen zu können, wäre stärker als ihre Zweifel. Obwohl sie diese nie richtig hatte begraben können. Ganz zu schweigen von dem Wissen, dass ihr Zweck nicht alle Mittel heiligte.

Das alles holte sie in einem einzigen Moment ein.

Ob sie Adelas Albtraum zwei Tage später verschlungen hätte oder nicht – es wäre falsch gewesen. Sie hatte es von Anfang an gewusst. Das hier war die Quittung für ihre Ignoranz. Wahrscheinlich hätte Morgana auch nie gewollt, dass jemand anderes für ihre Operation büßen musste.

Endlich war sie wach. Sah viel zu genau die ausgetrocknete Haut auf ihrem Handrücken, die sich über ihre weiß hervorstechenden Fingerknöchel spannte. Ihre verzerrte Spiegelung in der Edelstahlspüle und dem Küchenfenster. Von überall starrten sie ihre eigenen Augen an.

Sie hatte sich verrannt und wusste nicht mehr, wohin mit sich, ihrer Schuld und dem lauernden Albtraum. Er wartete sicher darauf, wieder zuzuschlagen, sobald sie die Augen schloss und sich fallen ließ.

Niemals wieder!

Wie zur Bekräftigung dieses Schwurs schlug sie den Wasserhahn zu und pfefferte die Kanne in die Halterung der Kaffeemaschine. Esslöffel für Esslöffel schaufelte sie gemahlene Bohnen in den Filter, nachdem sie die halbe Küche danach umgegraben hatte.

Niemals wieder schlafe ich ein!

Diese Genugtuung gönnte sie ihren Albträumen nicht, dieser geschwürartige Teil von ihr, den sie in den vergangenen beiden Wochen gemästet hatte.

Mehrere Tage noch bis zu ihrem Geburtstag. Sie würde es unmöglich aus purer Willenskraft schaffen, bis dahin wach zu bleiben. Allerdings gelang es ihr mit den richtigen Mitteln vielleicht, möglichst wenig zu schlafen. Pares vertrieb allerhand auf dem Schwarzmarkt, solche Mittel dürften in seinem Sortiment auch nicht fehlen!

Vor Sonnenaufgang traute sie sich jedoch keinen Zentimeter vor die Tür und damit hinaus in die mit funkelnden Augen gespickte Dunkelheit.

Ein Blick auf ihr Handgelenk und die verblassenden roten Perlen darauf verriet, dass sie es mit ihrem achtlosen Verhalten endgültig übertrieben hatte. Das Reden hatte die Feinfühligkeit für ihre Gabe geschwächt. Die Ausrutscher in der Ernährung, ihr schlechter Schlafrhythmus und die fragwürdige Gesellschaft hatten ihre Konstitution geschwächt. Kein Wunder, dass der eigenhändig heraufbeschworene Albtraum ein leichtes Spiel mit ihr gehabt hatte.

Sie sank auf die Schachbrettfliesen in der Küche. Ihre Knie zog sie dicht heran, um sie gegen ihr hämmerndes Herz zu pressen. Hier war ein guter Platz, um in sich zusammen zu sacken. Sie konnte mit dem Hinterkopf leicht gegen den Küchenschrank klopfen und kam mit etwas Strecken an den Pott Kaffee, von dem sie die nächste Zeit kaum aufsah.

Statt sich um eine Tasse zu bemühen, klammerte sie sich an der ganzen Glaskanne fest. Bald erfüllte der Geruch von Kaffeesatz die Luft, fast wie bei Noah im Hausboot. Schluck für Schluck bemerkte sie den Duft weniger. Sie gewöhnte sich in der gleichen Geschwindigkeit daran, in der sie den Rest ihrer Fingernägel bis zum Anschlag herunterkaute. Dabei brauchte sie Ruhe und Frieden, nicht mehr Koffein.

Was hätte ich bloß um ein Haar angerichtet?! Ich bin völlig außer Kontrolle geraten …

Sie ignorierte ihr Handy, das jenseits des Flurs brummte. Kurz hoffte und fürchtete sie zugleich, dass ihre Eltern zurückriefen. Obwohl sie nichts lieber wollte, als von ihnen oder ihren Cousinen getröstet zu werden, ließ sie es klingeln.

Sie wartete auf den Morgen, der sich noch bitten ließ. Derweil hing sie ihren Gedanken nach: Sie hatte jede Chance, die sich ihr geboten hatte, ihrem Leben einen würdevollen Abschluss zu geben, versiebt. Aber immerhin hatte sie sich ein kleines Körnchen Gewissen bewahrt. Sie war noch sie selbst. Ein Mensch. Für einen kurzen Moment erlaubte sich Klarabell, stolz darauf zu sein schlussendlich doch nicht durch und durch verdorben zu sein. Sie würde niemals so sein wie Pares.

Am liebsten wollte sie Noah anrufen, um ihm das zu sagen. Aber traute sie sich noch zu sprechen? Ob es ihn verletzen würde, wenn sie Gebärden verwendete? Ob es den Schmerz linderte, wenn diese Gebärde nur aus einem tränenreichen, zweiten Abschiedskuss bestand?

Es schmerzte zu sehr, um weiter darüber nachzudenken.

Ihr Blick schweifte über den angebrochenen Wein auf der Küchentheke gegenüber, der nur zum Kochen verwendet wurde. Ob sie für den Wolff diese Flasche und ein bisschen Kuchen einpackte, wenn sie zu ihm ging? Schließlich brauchte sie nicht nur etwas, das sie wach hielt. Sie musste zudem beichten, dass sie den Vertrag hatte platzen lassen. Ob er sie trotzdem fressen würde?

Sie musste ihre verbliebene Zeit nutzen, um die Wogen mit dem Unsterblichen zu glätten! Sie musste sichergehen, dass er niemanden, den sie liebte, für ihr Versagen zur Verantwortung zog! Darum rief Klarabell beim ersten Anzeichen von Tageslicht ein Taxi zur Schildergasse.

Der Kaffee machte sie flatterig und schummrig statt wach. Sie stolperte geradezu durch die Tür des Kiosks. Als das Glöckchen darüber aufschrie, fuhr ihr der grelle Ton durch Mark und Bein.

»Wir haben geschlossen«, flötete Melodie im Rhythmus der Operette, die über die Anlage schallte. Dann sah sie von den Tarot-Karten auf, die sie beiläufig beim Durchblättern der Bedienungsanleitung einer neuen Kasse mischte. Das Styropor aus der Verpackungskiste wehte wie kleine Schneeflocken in Einzelteilen über den Boden, als Klarabell schwungvoll die Tür schloss.

»Ach, du bist es!«

Wie eine alte Freundin hüpfte Pares' Aushilfe in ihren eine halbe Nummer zu großen Pumps hinter dem Tresen hervor. Der Topas in ihrem Lippenbändchen-Piercing strahlte mit ihr um die Wette. Melodie schloss Klarabell in eine unangenehme Umarmung und plapperte los. Wie war ihre Nase geworden? Oder ach, wann war der große Tag? Klarabell ließ sie reden, während sie versuchte, sich an ihr vorbei zu winden. Ihr blieb keine Zeit für so etwas!

»Ich muss Pares sehen«, sagte sie abwesend und schob Melodie unsanft zur Seite.

»Der schläft noch«, gab diese mit einem Zwinkern zurück und bot ihr im selben Atemzug Kaffee an.

Klarabell fand den Geruch dieses Gebräus inzwischen unerträglich. Eine unterschwellige Übelkeit breitete sich in ihrem Magen aus, die ihr genüsslich den Hals hochkroch.

»Ich muss ihn sofort sprechen«, betonte sie, als Melodie ihren erschöpften Körper von der Treppe weg dirigierte, hin zum Tresen und der kleinen Teeküche dahinter. Sie wollte weiter protestieren. Doch das Wachsein kostete sie gerade all ihre verbliebene Energie.

Währenddessen setzte der Höhepunkt des Liedes im Hintergrund ein, den Melodie mit dem Mund voll Kaffee nur durch ausschweifende Armbewegungen und hingerissen verdrehte Augen feiern konnte. Erst da nahm Klarabell die Musik wirklich wahr. Sofort erkannte sie in der Sängerin die Stimme von der Mailbox-Ansprache, die sie letzte Nacht überstrapaziert hatte. Wenn sie daran dachte, wollte sie ihr Handy – das nutzlose Ding – wieder quer durch den Raum werfen.

»Ist das nicht wundervoll?!« Ungefragt drückte Melodie Klarabell eine Tasse wässrigen Kaffee in die Hand. Dabei war diese bereits wieder auf dem Sprung Richtung Treppe.

»Du magst Operetten?«, versuchte sie im Gehen Interesse vorzutäuschen.

»Seit ich weiß, dass meine leibliche Mutter die Sängerin ist.«

Mit einem überlauten Knallen zerschellte Klarabells Tasse auf der ersten Treppenstufe. Sie hielt inne und starrte ihr Gegenüber an. Melodie hob nur die Schultern und ballte die Fäuste, um ihre euphorische Aufregung zu untermalen, die in einem Cheerleader-Quietschen aus ihr heraus pfiff.

»Wahnsinn oder?!«

Wahnsinn war gar kein Ausdruck!

Klarabell hatte das Gefühl, sie steckte in einem Karussell fest. Alles drehte sich. Die Welt klappte über ihr zusammen und überschlug sich – es gab keine andere plausible Erklärung für ihren plötzlichen Schwindel! Hoffnungsvoll kniff sie sich in den eigenen Handrücken, bis ihre oberste Hautschicht einriss. Vielleicht träumte sie noch oder …

Oder sie gestand sich ein, dass sie ihre Mutter in jungen Jahren in Melodies Grinsen wiedererkannte. Dass sie das spitze Kinn ihres Vaters hatte und die Grundzüge der Haltung von Gloria Meinhardt vor ihrem Durchbruch. Bevor Berater ihr verrieten, wie man ging, stand, gestikulierte und alles schrecklich langweilig fand. Dass Melodie von Anfang an vertraut auf sie gewirkt hatte, hatte Klarabell bisher auf ein Allerweltsgesicht geschoben. Jetzt war es offensichtlich: Sie ähnelte ihren Verwandten.

»Das kann nicht sein«, lautete Klarabells letzter Versuch, sich dagegen zu sträuben.

Aber was für einen Grund hätte Melodie, mich anzulügen?

Diese Frage wiederholten die rot geschminkten Lippen ihres Gegenübers.

Klarabell nahm den linken Fuß von der Treppenstufe, von der Kaffee tropfte.

»Weil es nicht sein kann.«

»Ach, und wieso kann das nicht sein?«

Herausfordernd stemmte Melodie die Fäuste in die Seiten, zog einen zunehmend ernst gemeinten Schmollmund. Daraufhin zuckte Klarabell nur mit den Schultern und hob entschuldigend die Hände.

»Weil das Gloria Meinhardt singt.«

»Und weiter?«

Langsam wurde Melodie hörbar ungehalten. Sie schien zu bereuen, dass sie sich ihr anvertraut hatte – aber nicht so sehr wie die irritiert zur Anlage zeigende Klarabell.

»Gloria Meinhardt ist *meine* Mutter.« *Und ich bin ein Einzelkind!*

Schlagartig weiteten sich Melodies Pupillen. Sie taumelte ein paar Schritte zurück, bis sie mit dem Fuß gegen die Anlage unter dem Tresen stieß. Sofort schaltete sie die Musik aus.

»Du bist …«, wisperte Pares' Aushilfe erstickt. Sie ging einen Schritt nach vorn, woraufhin Klarabell auf die ersten Stufen der Treppe zurückwich. Sie krallte sich an Geländer und Wand fest, damit die Welt endlich aufhörte, sich wie verrückt zu drehen.

Weswegen war sie eigentlich hier? Ach ja, Pares! Der geplatzte Vertrag.

»Pares!«, kreischte sie nach oben. Wo blieb er bloß?! Sie brauchte Antworten!

»Bist du Klarabell Marie?«

»Pares, was geht hier vor?!«

»Meine kleine Schw…«

»Ich habe keine Geschwister.«

Daraufhin ließ Melodie die Hand sinken, die sie nach ihr ausgestreckt hatte. »Keine, von denen du weißt …«

Das Türschloss im zweiten Obergeschoss klackte und kündigte den Unsterblichen an, der gleich darauf im Seidenmorgenmantel die Treppe hinunter polterte. Um ein Haar hätte er Klarabell in ihrer Schockstarre umgerannt. Er hielt sie an den angespannten Schultern fest, damit sie sich nicht auf Melodie stürzte. Diese Fremde, die behauptete, ihre Schwester zu sein, hatte bereits die Hände hochgehoben, falls Klarabell gestürzt wäre.

»Was zur Hölle ist das hier für ein Lärm?«, krächzte Pares mit schlaftrunkener Stimme. Sein warmer Atem roch nach ungeputzten Zähnen und einer langen Nacht.

»Warum glaubt diese Person, dass meine Mutter ihre ist?«

»Nur biologisch.« Das schien Melodie schrecklich wichtig zu sein. Klarabell schnaubte nur, als sei sie verrückt geworden. Wahrscheinlich hatten alle in diesem Raum den Verstand verloren. Mit den tätowierten Fingerknöcheln rieb Pares sich über seine schmalen Augen.

»Beruhigt euch erstmal. Dann können wir in Ruhe darüber reden.«

Doch Melodie interessierte sich nicht für seinen Beschwichtigungsversuch. Ein Schalter schien bei ihr umgelegt worden zu sein. Mehr fuchtelnd als gestikulierend versuchte sie, über Pares hinweg Blickkontakt zu Klarabell aufzubauen, die nicht wusste, wohin sie flüchten sollte.

»Ich bin so froh, dass wir uns ordentlich begegnen«, japste sie mit zittriger Stimme. »Ich habe gehofft, dass ich eine zweite Chance bekomme, mit dir zu reden! Aber ich wusste nicht, wie ich das anstellen sollte. Ich meine, ich habe mich furchtbar gefühlt!«

Klarabell verstand nicht ein einziges Wort davon. Sie wollte es auch nicht. Sie brauchte Ruhe, um sacken zu lassen, was gerade um sie herum geschah. Warum durfte sie nicht mal ein Problem lösen, bevor das nächste auftauchte?

Melodie dagegen hatte einen anderen Plan. Ihre Zunge hielt nicht einen Moment lang still. Egal wie vehement Pares versuchte, sie zu beruhigen.

»Mir tut unser Fehlstart unendlich leid! Dieser Streich - das hätte ich niemals machen dürfen.«

»Was für ein Streich? Wir kennen uns doch überhaupt nicht!«

Melodie war für sie bisher eine Randfigur in diesem bizarren Theaterstück gewesen, die davon ausging, dass Klarabell sich die Nase bei Dr. Zhou richten lassen wollte. Sie hatte sie nie näher betrachtet oder ihr jemals ihren Namen verraten. Da Diskretion zur Arbeit für Pares gehörte, hatte Melodie auch nicht nachgefragt.

»Du wusstest bis eben nicht mal, dass Gloria Meinhardt meine Mutter ist, dachte ich?«

Das frostige Gefühl, das ihren Rücken herunter kroch, verhieß nichts Gutes.

»Nicht hier«, gab Melodie zurück. »Nicht ohne Maske und außerhalb des Instituts. Ich hatte ja keine Ahnung, wie du aussiehst.«

Verlegen zupfte sie ihren Pony zurecht. Der Rest ihres schwarzen, glatten Haares klemmte in einem unordentlichen Knoten aus mindestens zwei Haargummis.

»Lasst uns oben in Ruhe reden«, bat Pares und lotste die beiden einander fremden Schwestern mit Müh und Not in seine Wohnung.

Egal, wo dieses Gespräch geführt wurde, es änderte nichts an den Behauptungen, die Klarabells angegriffenen Verstand zusätzlich auf die Probe stellten. Tief in ihr wuchs das stechende Gefühl, dass sie der Wahrheit entsprachen.

Pares vergrub sich hinter seinem Schreibtisch wie in einem Schützengraben. Instinktiv rückte Klarabell ihren Stuhl ein Stück zurück, bis sie gegen einen Turm aus Zeitungen stieß. Im Rücken spürte sie die Präsenz des als Schrank getarnten Mausoleums für Papierkraniche und Zeitungsausschnitte. Vor ihr saß Melodie, aus deren Mund ein unendlicher Wasserfall floss, den ihre Hände untermalten.

Von Wort zu Wort quoll Melodies verzweifeltes Gesicht mehr auf. Währenddessen tat sich Klarabell schwer, etwas anderes als Apathie zu zeigen.

Vor ihrem inneren Auge sah sie die Gebärden wieder, die die Wahrsagerin vor ungefähr zwei Wochen verwendet hatte, um ihren Tod vorherzusagen. Ihre flinken Finger mit dunkelblauen Nägeln und weißen Spitzen, die vor einer schlichten Wahrsager-Robe schwebten. In der perfekten Höhe, akkurat und sauber. Nichts deutete damals auf die Melodie hin, die sie später im Kiosk getroffen hatte.

Vor zwei Wochen hatte Melodie eine andere Frisur getragen, als sie das Beratungszimmer im Internat für Empathisch Hochbegabte betreten hatte. Jede einzelne Strähne ihres rabenschwarzen Haares war geglättet gewesen. Klarabell erinnerte sich plötzlich übergenau daran, wie der dunkle Vorhang ihre Schultern und ihr Gesicht eingerahmt hatte. An die Eulenmaske aus weißer Keramik im Kontrast dazu. Nur ihre regungslose Lippenpartie ließ das Kunstwerk frei, das Wahrsager wie Empathisch Hochbegabte zu solchen Anlässen trugen.

Von der einstudierten ausdruckslosen Miene blieb nur die Erinnerung. Jetzt stand Melodies Zunge keinen Moment still. Im Gegensatz zu Klarabells Atem.

Es musste stimmen. Melodie beschrieb penibel genau den Ablauf der Stunde im Besprechungsraum des Instituts, der eigens für die Jahresvorhersagen eingerichtet worden war. Schlicht und elegant, damit Klarabells reich verzierter Aufzug besser zur Geltung kam. Spiegel überall, die das Glitzern ihres Schmucks hervorbrachten.

Sie spürte wieder die unangenehme Wärme unter ihrer barockartigen Perücke mit den eingearbeiteten Perlen. Spürte das Unwohlsein, dass sich mit jeder gelegten Tarotkarte gesteigert hatte und schließlich in nahezu körperlichen Schmerz übergegangen war.

Vor deinem achtzehnten Geburtstag wirst du den Tod finden. Sie hatte sich seither so unendlich oft gewünscht, die Erinnerung an dieses wortlose

Todesurteil aus ihrem Gedächtnis löschen zu können. *Danach sehe ich nichts mehr. Deine Zukunft endet definitiv spätestens an deinem achtzehnten Geburtstag.*

Melodie hatte damals gewusst, wer sie war. Sie hatte ihr Gesicht natürlich nicht hinter der filigran gearbeiteten Fuchsmaske erkennen können und die naturblonde Perücke statt ihrer rot gefärbten Wellen gesehen. Doch sie hatte ihre Identität gekannt. Ihrer *kleinen Schwester* dagegen hatte man wie üblich nur den Künstlernamen der Wahrsagerin mitgeteilt.

Jedes dieser Details gehörte zu den Fassaden, die sie voreinander und ihren Reaktionen schützen sollten.

Wenn ihr damals bewusst gewesen wäre, wer ihr gegenübersaß, wäre sie skeptischer gewesen? Hätte sie Verständnis gezeigt, wenn Melodie den Schleier weggerissen und sich ihr offenbart hätte? Hätte sie auch so irgendwie etwas ahnen können?

Aber wie denn?!

So sehr sie sich immer Geschwister gewünscht hatte, ihre Mutter hatte ihr nur den Kopf getätschelt. Mit melancholischem Lächeln hatte sie stets beteuert, ihre erste Tochter sei am Tag nach ihrer Geburt an plötzlichem Kindstod verstorben und sie wolle das Risiko nie wieder eingehen. Ihre begabte Tochter sei ein Segen, mehr brauche sie nicht.

Klarabell wurde schlecht von dieser Lüge.

»Sie haben mich weggeben, weil ich keine Empathisch Hochbegabte war, wie mein drei Wochen älterer Cousin.«

»Cousine. Sie heißt Cassandra.«

Melodie nickte, als würde sie nun eine tiefere Bedeutung darin verstehen, die es nicht gab. »Ich wurde zur Adoption freigegeben. In der Familie täuschte man meinen Verlust vor. Dann bekamen sie dich.«

Pares rieb sich mit den Fingern die Schläfen, die Ellenbogen stützte er auf die unordentliche Tischplatte. Durch ein Nicken bestätigte er stumm jedes gesagte Wort. Dass ausgerechnet Pares einmal der Vertrauenswürdigste im Raum sein würde, hätte Klarabell sich niemals träumen lassen.

»Sie brauchten eine Empathisch Hochbegabte, um nicht gegen meine Tante und meinen Onkel zu verlieren?«, fragte sie in seine Richtung, wobei sie ungläubig die Augenbrauen zusammenzog.

»Deine Eltern haben den Ärzten gutes Geld dafür bezahlt, um sicherzugehen, dass die eingesetzten Zygoten beim nächsten Versuch definitiv dein Potential aufwiesen. Nach dem Fehlschlag bei ihrem ersten Baby überließen sie nichts mehr dem Zufall.«

Das Wort Fehlschlag traf Melodie sichtlich hart. Sie rang kurz um Fassung. Klarabell ging es ähnlich. Trotzdem brachte sie es nicht über sich, ihre *Schwester* direkt anzusehen.

»Kannst du dir vorstellen, wie eifersüchtig ich auf dich war?«, japste diese. »Dass du alles von ihnen bekommen hast und ich bloß einen Tritt in den Hintern und meinen Vornamen? Wegen etwas, für das ich nichts kann?!«

»So viel hast du nicht verpasst«, knurrte Klarabell bei dem Gedanken an die Gesichter ihrer verlogenen Eltern.

»Sieh dich nur an. Wie hübsch du bist und was für eine außergewöhnliche Gabe du hast. Ich kann bloß mit Karten wedeln und Berichte darüber abgeben.«

»Mell, du kannst mehr als das, das hatten wir doch schon«, seufzte Pares. »Zwischen dem Talent für deinen Lehrberuf und einer Empathischen Hochbegabung mögen Welten liegen. Nichtsdestotrotz ist die Wahrsagerei fast ebenso angesehen.«

Beide Frauen ignorierten ihn.

»Als ich erfahren habe, dass meine Schwesternschaft mir ausgerechnet meine leibliche Schwester bei der Jahresvorhersage im Institut zuteilen würde, hat meine Eifersucht die Oberhand gewonnen. All der Frust der letzten Jahre kochte hoch und dann warst da du. Perfekt hergerichtet, fremd und unpersönlich. Du hast mich kaum angesehen, warst nur mit dir beschäftigt.«

»Ich hatte keine Ahnung, wer du bist.« Klarabell klammerte sich an die klebrige Sitzkante. Erstmals starrte sie in Melodies wässrige Augen, unsicher, was sie dort zu finden versuchte.

»Ich wollte nie, dass es so weit kommt!«, beteuerte diese, wobei sie ihre schwarzen Haarsträhnen hektisch zwirbelte. »Ein Aprilscherz, das sollte alles sein. Ich wusste, dass eure Mentoren eine Nachbesprechung mit euch durchführen, nachdem ich meinen Bericht zur echten Vorhersage am Abend abgegeben hatte. Am selben Tag wird das aufgeklärt, dachte ich.«

Ihre Augen flehten Klarabell an. Überflutet mit Informationen und Gefühlen spürte diese kaum mehr als überwältigende Taubheit. Zu einer äußerlichen Reaktion fehlten ihr Kraft und Mut.

»Ich wollte dich bloß erschrecken, bitte glaub mir, Klarabell Marie! Wie hätte ich wissen sollen, dass du vorher wegrennst?«, winselte Melodie mehr, als dass sie sprach. Sie erntete lediglich ein verächtliches Schnauben von ihrer kleinen Schwester. »Das Ganze ist einfach außer Kontrolle geraten. Hätte ich geahnt, dass du … Es war eine furchtbare Idee, von Anfang an. Ich bin ein Ungeheuer, ich weiß!«

Schluchzend schlug sie die Hände vors Gesicht. Genauso wie Klarabell es immer tat, um ihre vom Weinen verzerrten Züge zu verstecken. Sich in Melodie wiederzufinden zündete die nächste Splittergranate in ihrem Herzen. Der Schmerz war zu präsent und zu groß, um Mitgefühl zuzulassen. Das hätte sie nicht ertragen. Inzwischen wollte sie nur noch dieses Gespräch irgendwie überstehen.

»Was meine Eltern getan haben, war herzlos«, sagte sie heiser. »Aber nicht meine Schuld.«

Die Schwestern schwiegen, blickten einander aus geröteten Augen an. Ab und zu öffnete und schloss Klarabell den Mund, jedoch ohne ein Wort herauszubringen. Irgendwann wurde es Pares zu viel und er zog die Reißleine. Mit bemüht gemäßigter Stimme bat er seine Aushilfe, draußen zu warten. Jeder sollte einen Moment durchatmen, damit Klarabell beginnen konnte, das Gesagte zu verdauen.

Widerwillig trottete Melodie zur Tür, wobei sie mit den Absätzen über den abgenutzten Teppich schlurfte, um ihr Schniefen zu vertuschen. Klarabell versuchte angestrengt, ihr nicht nachzusehen. Wenn sie aufsah und sich ihr Schmerz in Melodies aufgequollenem Gesicht spiegelte, würde sie mehr Nähe zu ihr spüren, als sie ertrug.

Vielleicht ist das alles Teil des Albtraums.

Hilfesuchend wandte sie sich zu Pares, der sich gerade durch die ungewaschenen Haare fuhr.

»Kneif mich.«

Sie rückte den Stuhl zum Tisch heran, bis die Kante in ihren Bauch drückte. Versuch Nummer zwei, um Pares' Aufmerksamkeit zu erlangen, waren ihre übereinander gefalteten Hände auf dem

Schreibtisch. Der Unsterbliche schien kurz zu überlegen, ob er sie berühren sollte, ließ es aber.

»Schätzchen, glaub's ruhig.«

»Dann stimmt es tatsächlich? Ich muss nicht sterben?« Sie traute sich kaum, diesen Satz auszusprechen.

»Nein.«

»Ich werde leben? Einfach so? Ich bin geheilt?«

»Ach, Klara, du warst nie krank.«

Augenblicklich verpuffte der kindlich-fröhliche Schimmer, der sich in ihre Züge geschlichen hatte. Das bisschen Rosa wich aus ihren Wangen, bis nur ein blasser Ton der Verzweiflung zurückblieb.

»Alles was ich durchgemacht und getan habe … Was ich geopfert habe, der Kummer, den ich meinen Cousinen zugefügt habe, die Lügen … Das alles war umsonst? Für nichts und wieder nichts?«

Er legte seine Hand auf ihre, damit sie nicht zu hyperventilieren begann. Blitzartig zog sie sie zurück.

»Wusstest du etwa davon?!«

»Nicht, dass sie als deine Wahrsagerin praktizierte. Nein. Aber was glaubst du, von wem sie von ihrer Herkunft wusste?« Klarabell hatte sich schon gefragt, warum eine Wahrsagerin in seinem Kiosk aushalf.

Für einen Moment schloss er die müden Augen. Zu gerne wäre sie seinem Beispiel gefolgt. Für einen Moment die Rückwand der Lider und das Farbenspiel des Lichts darauf betrachten, abdriften, vergessen. Kraft sammeln. Schlafen wie ein Stein, bis ihr Unterbewusstsein seine Wunden geleckt hatte und ihre Seele nicht mehr brannte.

Doch daran war in nächster Zeit nicht zu denken.

»Ich habe einen Albtraum erschaffen«, schluchzte sie trocken und völlig unvermittelt. »Ich habe einen Albtraum erschaffen«, wiederholte sie lauter, obwohl sein Zusammenzucken verriet, dass er sie bestens verstanden hatte.

Er kraulte verlegen seinen Bart, während ihr die erste Träne über die Wange lief. Schnell schlug sie die eine Hand vor den Mund und wischte mit der anderen die kleine Salzwasserperle weg.

»Und ich habe ihn verschlungen«, wisperte sie zwischen ihren Fingern hindurch.

»Den ganzen?«

Ihr bedeutungsschweres Schweigen rang ihm ein mitfühlendes Seufzen ab. Dabei ahnte er nicht, dass sie sich als eine viel bessere Albtraummutter als eine Albtraumjägerin entpuppt hatte.

Um sich zumindest selbst ein wenig Halt zu geben, schlang sie die Arme um ihre Brust. Sie krümmte sich so weit in sich hinein, wie es ihr Stolz zuließ. Sie musste versuchen, sich irgendwie trotz Reizüberflutung und Schlafmangel zusammenzureißen.

»Ich bin sicher, das kann man wieder hinbiegen«, sagte Pares bemüht nüchtern.

Dabei konnte niemand ihre unzähligen Fehltritte in der Realität einfach auslöschen wie eine Halbschlaf-Idee beim Aufwachen. Der Gedanke daran zerriss sie in tausend kleine Teile.

Sie wollte raus hier und ihre Cousinen in die Arme schließen, bevor sie sich den Kopf weiter zerbrach.

Sie wollte heim.

DREIUNDZWANZIG

Der Mai machte es sich allmählich angenehm im Rheinland. Der Wind trug die ausgekühlte Stadtluft an diesem milden Morgen bis zum Anwesen im Wald, wo sie allmählich verblasste. Nur echte Stadtkinder wie Noah rochen ihre letzten Spuren noch. Für Klarabell überwog eindeutig die Geborgenheit, die in dem Duft frisch gewaschener Wäsche mitschwang, die man an einer Wäschespinne in die goldenen Sonnenstrahlen gehängt hatte. Wenn man von drinnen durch die Fenster schaute, wie ihr Vater und Onkel es in regelmäßigen Abständen taten, wirkte der Tag sommerlich. Ihre vom Gras feuchten Füße im sanften Wind erinnerten Klarabell jedoch daran, dass der Frühling gerade erst anbrach. Diesen Mai überhaupt zu erleben, war für sie ein Wunder. Sie hatte ihren achtzehnten Geburtstag überlebt.

Um es irgendwann fassen zu können, hob sie das Geschenkpapier in einer Schublade auf. Die allerletzte Heimlichkeit, versprach sie sich. Denn ihren neu geschenkten, wenn auch eigentlich nie verlorenen Neuanfang, würde sie nicht verschwenden.

Sie ließ die Füße locker von der hölzernen Hollywoodschaukel baumeln. Die Schaukel auf der Terrasse hinter dem Herrenhaus knarzte verdächtig unter den seichten Schwüngen, wenn sie sich mit den Zehenspitzen anschubste. Sie trug keine Schuhe, um die Natur besser zu spüren, und damit die kühle Nässe an ihren Fußsohlen sie wachhielt.

Ansonsten war sie dick eingepackt in eine schwarze, bequeme Leggins, einen Pulli und einen ärmellosen Rolli darunter. Um die Schultern und ihren Rumpf schlang sie den aubergine-blauen Überwurf enger, den ihre Mutter von einem Designer in Paris hatte. Im Stoff und dem Kunstpelzsaum hing das Parfüm ihrer Mutter. Es roch so schwer und süß, dass es Diabetes hätte verursachen können.

Damit tröstete sie sich darüber hinweg, dass Gloria ihr kaum in die Augen sah. Gerade noch hatte sie ihr einen Kuss auf die rosig geschminkte Wange gehaucht und ihr den Überwurf umgelegt. Gleich darauf war sie zum Bäcker, zur Apotheke oder sonst wohin verschwunden, um Besorgungen für ihre kranke Tochter zu tätigen. Sie wusste nicht mehr mit ihr umzugehen, seit Melodies Name wie ein Geist durch das Herrenhaus schwirrte.

Knapp zweieinhalb Wochen war es her, seit Klarabell sie mit einem halb verschluckten »Gib mir Zeit« abgewimmelt hatte.

Seitdem fragte sie sich, ob Melodie genauso wenig schlief wie sie. Ob sie sich Nacht für Nacht herumwälzte. Ob sie eine blasse Ahnung davon bekam, wie es Klarabell ging, seit der selbstkreierte Albtraum sie von innen heraus auffraß, wenn sie die Augen schloss. Sie konnte das Schlafen bis zur Schmerzgrenze hinauszögern, aber irgendwann musste sie nachgeben. Erholsam waren die Nächte nicht.

Während Noah auf seine Scrabble-Hand sah und überlegte, fuhr sie heimlich unter den Umhang, schob den Rollkragen ein Stück herunter und begann, in nahezu hypnotischer Routine mit den Nägeln über die roten Striemen an ihrem Hals zu kratzen. Es hielt sie wach. Als sie einen langen Hautfetzen von ihrem Nagelbett aus bis zum zweiten Fingerknöchel ihres linken Zeigefingers herunterzog, nahm sie den physischen Schmerz nicht mehr wirklich wahr. Nicht einmal, als ein Tropfen Blut ihre dünne Haut dunkel färbte. Ihr Körper fühlte sich taub an, während sie den Ärmel darüber zog.

»Du bist dran.«

Als Noah sie antippte, um ihre Aufmerksamkeit zu erregen, warf sie das aus dem Konzept. Ungewollt riss sie den Hautfetzen endgültig von ihrem Finger ab, womit sie sich verriet. Schnell wandte sie sich zum Fenster um, dem sie den Rücken zukehrte. Sah ihr Vater gerade heraus? Hatte jemand gehört, dass Noah mit ihr sprach?

Sie sollte nicht – gerade jetzt nicht, wo jeder der in diesem ehrwürdigen Haus versammelten Erwachsenen dachte, sie habe sich einen Albtraum bei einem unüberlegten Ausflug in die weite, instabile Welt jenseits der Internatsmauern eingefangen. In ihren Augen war sie nur ein naives Kind, das an latentem Größenwahn litt und dem das Universum einen Denkzettel verpasste. Sie sollte sich hüten, mit jemandem außerhalb ihres Inneren Kreises zu sprechen.

Es war Noahs Idee gewesen, auf dem Scrabble-Brett Nachrichten zu legen, während sie spielten. Manchmal jedoch konnte keiner von beiden widerstehen zu sprechen. Die wohligen Schauder, die seine Stimme über ihren neuerdings überempfindlichen Körper jagte, wollte sie nicht missen. Ironischerweise vor allem jetzt nicht. Die Vorstellung, dass mit ihm zu sprechen und die neu gewonnene Nähe aufrechtzuerhalten, schlecht für sie sein sollte, fand sie irrwitzig. Nur eine weitere Sinnlosigkeit.

Wie satt sie das hatte.

»Klara?«

Noah behielt sein gelöstes Lächeln bei, als er sich vom Sitzkissen auf den Terrassenfliesen erhob und auf die Hollywoodschaukel kletterte. Seine Krücke ließ er am Boden liegen.

Behutsam barg er ihre Hand aus den Falten des Umhangs. Er bemühte sich, ermutigend statt mitleidig zu schauen, als er ihre Wunde betrachtete. Ohne großes Zögern hob er ihre Finger an seine Lippen und pustete vorsichtig über das blutende Nagelbett, das eigentlich brennen sollte. Für einen Moment hoffte und dachte sie, er würde ihren Handrücken küssen wie in einem dieser wundervoll überzeichneten Märchen. Der Ausdruck in seinen Augen, die dabei zu ihr aufsahen, sandte mindestens genauso viele neue elektrische Impulse über ihre Haut.

Tut mir leid, gestikulierte sie, weil Gesprächsfetzen aus dem Haus drangen.

Sie wollte ihren schweren Kopf auf seinen Schoß legen und schlafen, während er ihr das Haar streichelte. Sie wollte sich an ihn schmiegen und darauf warten, bis der Schmerz abklang oder sie sich daran gewöhnte. Bis sie Frieden mit ihren Monstern geschlossen hatte und sie die Frage beantworten konnte, die er aus Rücksicht nicht stellen würde:

Was waren sie füreinander, jetzt, da ihr Wettlauf mit dem Schicksal vorüber war?

Wofür entschuldigst du dich? Noah gebärdete nach wie vor langsam, aber er lernte schnell dazu. Nicht dass Klarabell zu dem Punkt zurückwollte, an dem sie auf Gebärden bestand. Zumindest nicht bei ihm.

»Sieh mich an«, flüsterte sie mit einer vorsichtigen Korrektur ihrer Haltung, damit sie die Terrassentür im Augenwinkel erspähte. »Ich bin kaputt. Wie eine Schüssel mit Sprung. Ein Scherbenhaufen.«

Er widersprach mit bestimmtem Kopfschütteln. Dabei rückte er einen Zentimeter näher an sie heran, sodass sich ihre Oberschenkel und Knie berührten. Sie behielt weiter nervös die Tür im Blick. Ein Skandal pro Monat reichte dieser Familie. Ein Schritt nach dem anderen. Nur so bewältigte sie den Alltag inzwischen. Ein Tag, eine *Nacht* nach der anderen.

»Du bestehst nicht aus Scherben. Du bist bloß ein Mosaik, das nicht fertig zusammengesetzt ist. Merk dir das.«

Sie schnalzte spöttisch mit der belegten Zunge, obwohl seine Worte die Motten in ihrem Bauch zum Schwärmen brachten.

»Stand dieser Spruch in der Fernsehzeitung oder spricht da die jahrelange Erfahrung in der Glückskeksfabrik?«

Weder noch, gebärdete er und stupste sie spielerisch mit der Schulter an. Erleichtert atmete er angesichts ihres Lächelns aus. *Das hat mir mein Vater damals im Krankenhaus gesagt, als das mit meinem Fuß passiert ist. Du weißt schon, der Autounfall.*

Um das Gesagte zu bekräftigen, drückte er fest ihre Hand. Gleichzeitig achtete er darauf, keinen unnötigen Druck auf ihre frische Wunde auszuüben.

Noah legte wieder sein spitzbübisches, unbedarftes Grinsen auf, damit die Luft nicht zu schwer wurde von bedeutungsvollen Blicken.

»Tja«, seufzte er und fuhr mit den Händen fort: *Jetzt weißt du, warum er Texte für Schulbücher schreibt, statt literaturnobelpreisverdächtige Romane zu veröffentlichen.*

Er lachte mild auf und verschränkte die Arme über dem Kopf.

Wohnt ihr deshalb auf dem Hausboot?

Nein, das ist eine Lifestyle-Sache. Der geschundenen Künstlerseele zuliebe.

Sie schmunzelte, als sie bei sich dachte: *Du bist nicht der, für den ich dich früher hielt, Noah Küşat. Sondern mehr, als ich mir jemals erträumt hätte.* Momente wie diese ließen sie auf eine Zeit ohne Albträume in der Nacht und nagenden Schuldgefühlen am Tag hoffen. Auf eine Zukunft, in der sich ein neues Ich aus dem Mosaik zusammensetzte. Eines, das sich selbst nicht mehr in Frage stellte.

Der erste Schritt dieses Wegs war bereits geschafft. Sie hatte sich ihre wichtigsten Tattoos nachstechen und ihre Talismane grundreinigen lassen. Zudem hing drinnen im Flur die Terminerinnerung für ihren Therapiebeginn, neben Morganas Rezept.

Ihre jüngere Cousine, die gerade aus der Glastür auf die Terrasse trat, hatte ihr dieses Versprechen abgerungen. Wenn Klarabell die Traumtherapie durchzog, ließ sie sich auch behandeln. Sie mussten beide lernen, wie sie mit ihren Monstern umzugehen hatten. Denn los wurden sie sie niemals mehr völlig. Sie waren jetzt ein Teil von ihnen.

Ein Teil, an den Morgana seit neuestem durch eine Narbe unter dem weißen Verband um ihren Hals erinnert wurde. Der Schnitt verlief quer durch das Tattoo der bunten, von üppigen Rosenblüten umspielten Matroschka auf ihrem Kehlkopf.

Das Sprechen fiel ihr noch hörbar schwer. Ihre Begrüßung klang so heiser als seien ihre Stimmbänder entzündet, dabei war das Gegenteil der Fall. Ein Versöhnungsangebot von Pares. Sicher hauptsächlich Noah zuliebe.

»Hätte ich mal das Kleingedruckte besser gelesen«, hatte er zwinkernd bei ihrem letzten Treffen gesagt, bevor ihre Eltern in Köln angekommen waren und sie in den Wald verschleppt hatten. »Kreiert hast du einen Albtraum, der sich festsetzt. Bei wem, das spezifiziere ich nächstes Mal besser.«

Sie wussten beide, dass es das nicht geben würde. Wenn es nach Klarabell, Noah, Morgana und Cassandra ging, trafen sie sich niemals wieder. Pares schien sich nicht groß dagegen zu wehren. Um Noahs willen, vermutete sie, wenn sie daran dachte, wie sehnsüchtig er ihn angesehen hatte, als er sie vom Kiosk abgeholt hatte. Im Wagen hatte sie Cassandra und Morgana angerufen, denen sie am Internatseingang in die Arme gefallen war.

Kein Wort hatte Morgana über die Operation verloren, außer ihrem Vater gegenüber. Offiziell litt sie unter einer Kehlkopfentzündung. Denn ein Skandal reichte vorerst. Und den Cousinen war es inzwischen egal, welches Süppchen ihre Eltern kochten. Für sie zählte nur, dass sich Morgana widerwillig, aber auch wohlwollend zu ihrem Stiefbruder und Klarabell stellen konnte, ohne einen Streit vom Zaun zu brechen. Dass sie sich miteinander der Therapie stellten, statt der anderen Salz in die frischen Wunden zu streuen.

Noah verstand den wenig subtilen Hinweis von Morgana, seine Mutter wolle ihn drinnen sprechen. Er zog sich zurück, so schnell es seine Krücke erlaubte. Sein Platz wurde nicht kalt. Morgana schob ihren Bruder in geschwisterlichem Necken schier von der Schaukel herunter.

Sie bemühte sich nicht besonders um ein lupenreines Äußeres, trotz der Anwesenheit ihres Vaters, der wie der Rest seiner Geschwister nach Bekanntgabe von Klarabells Tragödie angereist war. Ihre flattrige Bluse stammte zwar von einem namhaften Label, die Stretch-Jeans dagegen stellten für Morgana einen Schritt in Richtung Schlampigkeit dar. Barfuß sein wie Klarabell, deren Name in vom Duschen verwischtem Filzstift neben Cassandras ihren Arm zierte, daran dachte sie nicht einmal.

»Scrabble?«, fragte sie mit einer hochgezogenen Augenbraue in Erinnerung an den Abend im Rupert-Haus. Er schien mindestens ein Menschenleben weit entfernt.

Hinter ihrem Rücken zauberte Morgana eine schief aufgerissene Tüte Gummibärchen hervor. Ausschließlich die roten purzelten darin herum. Sie hatte sie extra für Klarabell aufgehoben. Gemeinsam naschten die Cousinen die zuckersüßen Tierchen, die ihr beider Ernährungsplan nur vegan erlaubte.

Es war ein ungewohntes Bild, selbst für die beiden und Cassandra, die drei Gummibärchen später aus der Terrassentür ins Freie schwankte. Ihr zu luftiges, schlichtes Frühjahrskleid fächerte bei jedem Schritt sanft um ihre Knie. Cassandra rieb sich die Arme wegen der frischen Waldluft, deren Temperatur sie offensichtlich überschätzt hatte.

»Da seid ihr ja«, sagte sie und schüttelte sich im Windhauch.

Aufmerksam sahen Klarabell und Morgana zu ihrer älteren Cousine auf. Sie hatte nur luftige Sachen für dieses Wochenende eingepackt und tat nun, als sei es halb so wild, um sich keinen Fehler einzugestehen. Bestimmt nörgelte Großmutter Edita von der anderen Seite darüber und prophezeite Blasenentzündungen. Offensichtlich aber hatte sie dazwischen Atem gefunden, um Cassandra noch etwas anderes zuzuflüstern.

»Ich muss mit euch reden«, verkündete diese in einem ernsteren Ton, nachdem sie sich zwischen ihre Cousinen auf die Hollywoodschaukel gequetscht hatte. Heimlich schob sie ihre Knie unter einen Zipfel von Klarabells Überwurf und ihre Hände unter ihre warmen Oberschenkel. »Ihr zwei, ich fürchte, dass ich mich geirrt habe.«

»Klar«, lachte Morgana. »Es ist Anfang Mai und nicht Ende August. Komm, ich hol schnell einen Pulli von mir.«

Cassandra hielt sie beim Aufstehen sanft am Arm fest und bedeutete ihr, sich wieder zu setzen.

»Das meine ich nicht, Mim. Es geht um Oma. Besser gesagt, um das Reihenhaus.«

»Was soll damit sein?«, hakte Klarabell direkt hellhörig geworden nach.

»Wissen die davon?«, fragte die Jüngste mit einem Nicken Richtung Haus. Schnell winkte Cassandra ab.

»Himmel - nein! Aber … Mir scheint ein Übersetzungsfehler unterlaufen zu sein. Klärchen, nachdem du uns alles erzählt hast, fiel es mir wie Schuppen von den Augen. Wie konnte ich das nur übersehen?«

»Sag schon, was los ist«, drängelte Morgana.

Cassandra holte tief Luft und sah sich nach unerwünschten Mithörern um. »Das vierte Zimmer, es ist nicht für Musik. Sondern für Melodie.«

Großmutter Edita muss die ganze Zeit von meiner Schwester gewusst haben.

Eine Lücke klaffte irgendwo im imaginären Raum. Ein Platz, von dem die Cousinen nicht gewusst hatten, dass er freigehalten werden sollte.

»Klara, was hältst du davon?«, fragte Morgana nach einer Weile, in der sie das Diskutieren nicht vorangebracht hatte.

Klarabell schüttelte den Kopf, wobei sie für einen fahrlässigen Moment die Lider halb schloss.

»Ich weiß nicht. Ich bin einfach nur müde.«

Hatten sie und Morgana, die ihr verständnisvoll die Hand aufs Knie legte, nicht erst begonnen, ihre eigene verkorkste Eifersuchts-Tirade hinter sich zu lassen? Sie konnte schlecht behaupten, Melodies Emotionen verstanden zu haben. Sie fand es schrecklich, was ihre Eltern getan hatten, aber das war nicht ihre Schuld.

Trotzdem brachte sie es nicht übers Herz, ihre Schwester zu hassen. Mit geschlossenen Augen spürte sie deutlicher denn je, was sie aus purer Furcht beinahe in Kauf genommen hatte. Wie sollte sie da über die Charakterstärke einer anderen urteilen?

Das Grübeln raubte ihr das letzte bisschen Energie. Sie war ausgelaugt. Völlig erschöpft davon, ständig auf sich und die Welt wütend zu sein.

Sie wollte, dass das endlich aufhörte.

Damit war klar, was sie zu tun hatte.

Als sie durch die bunte Glastür trat, verteilten Melodies schmutzige Sneakers Abdrücke zwischen rot-grün-blauen Lichtflecken auf dem Parkett. Das Bild erinnerte sie an Kirchen. Genau wie die drückende, ehrfürchtige Stimmung, die sich in ihrem Brustkorb breitmachte.

Der Hintergarten erweckte den Anschein eines gutbürgerlichen, Klischee-Reihenhaustraums. Mit seinen Ginsterbüschen und dem fein säuberlich gemähten Rasen, dem Kräuterbeet und den Rosenkugeln in metallischen Farben. Lediglich die leisen Straßengeräusche jenseits der Hecke störten den Eindruck von Harmonie und Idylle.

Zwischen zwei Rhododendron-Sträuchern und Ranunkeln stand eine junge Frau vor einem Beet. Mit der leicht angerosteten Blech-Gießkanne goss sie eine zierliche Primel. Diese saß auf einem frischen kleinen Erdhügel, der sie an ein Grab erinnerte. Wie für ein Meerschweinchen. Sie wusste nicht, ob sie nachfragen sollte.

Sie wusste nicht einmal, warum sie hergekommen war.

Stumm blieb sie an der Tür stehen und verschränkte die Finger ineinander. Sie wagte es nicht, die junge, abwesend summende Gärtnerin zu stören, die exakt vierzehn Monate und siebzehn Tage jünger war als sie. Andächtig betrachteten ihre eisblauen Augen das Wasser, wie es aus der Gießkanne auf die Erde herunter rieselte und die Pflanze liebevoll tätschelte. Ihr Blick hing wie festgefroren an der Primel. Er huschte nicht zu Melodie, die versuchte, den Kloß in ihrem Hals weg zu räuspern. Ein erster Test. Als würden sie einen Zeh ins Wasser tauchen, um die Temperatur zu prüfen.

Melodie zupfte an ihrem zu warmen Pullunder herum. Sie konnte die Hände beim besten Willen nicht stillhalten. Obwohl sie sich mehrmals begegnet waren, fühlte sie sich wie bei einem Bewerbungsgespräch mit einem Fremden in Nadelstreifenanzug und Krawatte. Die Gärtnerin mit den roten Locken war nicht irgendjemand, keine Dahergelaufene, nach deren Namen sie aus Diskretion über Pares' Angelegenheiten nie gefragt hatte.

Die schläfrig blinzelnde Gestalt mit dem glasigen Blick in den erschreckend hellen Augen, die sich nun gemächlich zu Melodie umdrehte, war ihre Schwester. Ohne Perücke. Ohne Maske. Ohne Fassade. Dafür mit verrutschtem Schal, der die selbst zugefügten Kratzspuren an ihrem Hals und Schlüsselbein preisgab.

Diese erinnerten sie an ihre bisherige Rolle im Leben ihrer Schwester. Wie die Augenringe, die unter einer dicken Schicht Concealer hindurchschimmerten. Sie verdeutlichten ihr, wozu sie ihre kleine Schwester getrieben hatte, wegen ihrer Eifersucht auf ein Leben, das sich Klarabell nicht ausgesucht hatte.

Genauso wenig wie Melodie.

Immer wenn sie die Momente Revue passieren ließ, in denen sie Klarabell unwissentlich begegnet war, wurde ihr ganz anders. Sie wollte sich am liebsten auf der Stelle übergeben. Hätte sie sich doch bloß nie zu diesem morbiden Aprilscherz hinreißen lassen!

Aber dann stünde sie auch nicht hier vor ihrer Schwester. Dann hätte sie nicht gehört, wie Klarabell tief einatmete und sagte: »Schön, dass du meiner Einladung gefolgt bist.«

Aus mehr als einem Wispern bestand ihre Stimme nicht. Sie legte den Kopf schief und zwang ihren Mund zu einem breiten Lächeln. Als leibliche Schwester und Wahrsagerin wusste Melodie, dass sie durch diese Art der Kommunikation keine Albträume verursachen würde. Keine weiteren jedenfalls.

»Ich war mir nicht sicher, ob du nur scherzt.«

»Ob ich dir einen Streich spiele, meinst du?« Klarabell zog eine Augenbraue hoch.

Melodie warf einen sorgenvollen Blick über ihre Schulter. Obwohl sie vorher ahnte, dass sie zwei Augenpaare halb durchbohren würden, erschrak sie vor Cassandra und Morgana. Die beiden standen am Fenster im ersten Stock. Von dort aus beobachteten sie jede winzige Bewegung wie Raubvögel ihre Beute. Die Gedankenleserin rollte die Schultern zurück, als lockere sie die Muskeln vor dem Sturz auf eine Feldmaus. Cassandra dagegen blieb starr wie eine bildschöne Marmorskulptur, die richtend auf Melodie hinabspähte. Ihre Arme waren vor der Brust verschränkt und ihre Lippen zuckten, als wispere sie Flüche.

Sie ist ein Medium, beruhige dich, Mell!

»Die beiden haben dich eingeschüchtert.« Melodie war sich nicht sicher, ob ihre Schwester feststellte oder fragte.

»Ich hab sie angefleht, es nicht zu tun«, fügte Klarabell hinzu und stellte die Gießkanne auf dem Fenstersims ab.

Beim Hereinkommen hatte Melodie davon nichts gemerkt. In der Sekunde, in der sie über die Türschwelle getreten war, hatten die beiden ihr mehr als deutlich gemacht, dass sie sie nur um Klarabells Willen duldeten. Wenn diese ihre Schwester sehen wollte, stellten sie sich nicht dazwischen.

So sind wir nicht, hatte Cassandra gebärdet und ihr das Gefühl gegeben, sie würde eine magische Formel verwenden, die Melodie nicht verstand. Sie sollte sich hüten, das machte sie jedenfalls deutlich. In jeder einzelnen höflichen Geste.

»Nein, nein! Sie haben kaum mit mir gesprochen!«, flunkerte sie hastig, für den Fall, dass Cassandra und Morgana sie hörten.

Klarabell kannte die beiden zu gut, um ihr das abzukaufen. Das flüchtige Zwicken in der linken Schläfe für die kleine Lüge hätte Melodie sich sparen können.

»Haben sie dir wenigstens das Haus gezeigt, bevor sie versucht haben, dich lebendig aufzufressen, Mell? Oh, Entschuldige! Darf ich dich so nennen?«

»Bitte! Unbedingt!« Sie trippelte einen nervösen Schritt auf ihre Schwester zu, die sich sichtlich zusammenriss, nicht zurückzuweichen. »Sie, ähm, sie haben mir nur kurz den Weg zum Garten gezeigt.«

»Bestens.« Klarabell klatschte selbstzufrieden in die Hände. »Dann bleibt mir das Vergnügen.«

Sie brachte Melodie ins Haus hinein und kickte die Gummistiefel in die Ecke. Bad und Küche erklärten sich von allein. Warum sich keine Erwachsenen im Haus befanden oder was der falsche Name an der Klingel sollte, diese Fragen tat Klarabell mit einem Schmunzeln ab. Melodie sorgte sich kurz, sie würde direkt wieder zur Tür hinausbegleitet werden. Da bog Klarabell mit ihr in den Raum daneben. Melodie hörte eilige Schritte die Treppenstufen hinauf flüchten, untermalt von Gemurmel und Getuschel ihrer *neuen* Cousinen.

Das Zimmer, in dem ihre Schwester innehielt, lag halb brach. Die Tapeten auf einer Seite fehlten bereits, an dem Rest wurde offensichtlich fleißig gearbeitet. Kitt-Spuren füllten Löcher und Risse in den Wänden. Manche Möbel waren von Plastikfolien abgedeckt worden. Kisten – halb gepackt oder bereits mit Paketband verschlossen – türmten sich auf und unter einem Sekretär. Wenig erinnerte noch an das Musikzimmer, von dem Klarabell berichtet hatte.

Der Duft von weißem Salbei hing überall im Holz und den Möbeln, in den Decken und Ritzen des Hauses. Alles befand sich im Umbruch.

»Es wird langsam Zeit.«

Mit dieser Aussage wusste Melodie nicht das Geringste anzufangen. Aber immerhin mehr als mit der Geschichte, die ihr nahtlos und scheinbar ohne Zusammenhang erzählt wurde. Währenddessen lief Klarabell zur Ablenkung im Raum herum und um Melodie nicht ständig in die Augen sehen zu müssen.

Sie sprach von ihrer Großmutter und kramte aus einer der Kisten ein Schwarzweißfoto von ihr in den besten Jahren heraus. Sie erzählte die Geschichte dieses Hauses. Dem Refugium für ihre Enkelinnen vor der Welt, deren Eltern und ihren Machtkämpfen, die sie auf den Rücken ihrer Töchter austrugen. Ihre Großmutter hatte hier eine Parallelwelt mit vier Zimmern geschaffen.

»Hast du mich eingeladen, um mir das unter die Nase zu reiben?« Melodie seufzte, den Blick zur frisch gestrichenen Decke gerichtet, von der noch der Geruch neuer Farbe strömte. Das Weiß blendete sie beinahe. »Willst du, dass ich mich entschuldige?«

Wie oft noch, bis es zu ihr durchdrang?

»Ich habe deine Briefe bekommen, nicht nötig.«

»Verstehe … Geht es darum, dass das hier *euer* Zuhause ist? Dass ich nicht bin wie ihr? Ich meine, ich versteh's. Aber du hättest mir auch schreiben können, um mir zu sagen, dass ich mich von dir und deiner Familie fernhalten soll, weil …«

Klarabells entnervtes Schnauben unterbrach sie. Eilig wischte sich Melodie die Tränen aus den Augen. Hoffentlich war ihre Schwester zu erschöpft, um auf solche Flüchtigkeiten zu achten.

»Hör doch einfach zu, Mell. Unsere Großmutter erklärte Sandra, wo die Papiere und Schlüssel für das Reihenhaus aufbewahrt wurden. Welches Zimmer für wen gedacht war. Dass dieses Haus ein Symbol unserer Loyalität einander gegenüber darstellt. Je ein Raum für Sandra, Mim und mich. Und ein Musikzimmer. Bloß, dass es keines ist.«

»Was ist es dann?«

»Ein Zimmer für dich, *Melodie.*«

Ergriffen legte sie die Hände vor den Mund. Jetzt waren die Tränen auch egal. Die Übelkeit wandelte sich in hoffnungsvollen Taumel. Sie hatte so viele Fragen! Aber keine war so wichtig wie die alles aufwiegende Gewissheit, dass ein Mitglied ihrer leiblichen Familie sie nicht vergessen hatte.

Ihre Schwester gab ihr Raum und Zeit, um das Gesagte sacken zu lassen. Überwältigt sank sie auf eine der Kisten, die prompt verdächtig knarzte. Andächtig setzte sich Klarabell zu ihren Füßen auf den Boden, als wäre es das Normalste der Welt.

»Wieso?«, fragte Melodie durch ihre Finger hindurch. »Wieso erzählst du mir das, nach allem, was du wegen mir durchgemacht hast?«

Ihre Schwester musste darüber kurz nachdenken und die Worte mit Bedacht wählen, auch wenn sich ihr übermüdeter Verstand gegen diese Aufgabe sträubte.

»Weil es Großmutters letzter Wille ist. Und weil ich wissen muss, dass man eine zweite Chance bekommen kann. Dass man reparieren kann, was man eingerissen hat … Weil ich müde bin, ständig sinnlos zu kämpfen. Diese Destruktivität führt zu nichts als Leid auf allen Seiten. Ich will Frieden, verstehst du?«

»Also kein böses Blut mehr?«

Melodies Blick versprach Hoffnung, dass sie Klarabell glaubte. Dabei traute sie ihren Ohren nicht mehr als Klarabell wahrscheinlich ihrer eigenen Zunge.

»Kein böses Blut mehr«, versicherte diese und bot ihr den kleinen Finger an. »Auf zweite Chancen?«

»Ja«, hauchte sie und hakte ihren eigenen Finger ein.

DANKSAGUNGEN

Ohne den Beitrag vieler wunderbarer Menschen wäre »Die Mottenkönigin« nicht die Geschichte geworden, die Du gerade in den Händen hältst. Dafür möchte ich mich von Herzen bedanken.

In erste Linie danke ich meiner Familie für ihre bedingungslose Unterstützung und ungeschönte Kritik.

Danke auch an Annabel (die natürlich nicht weniger zur Familie gehört). Die erste Fassung dieses Buches ist in einer Umbruchphase meines Lebens entstanden, zu deren guter Entwicklung sie erheblich beigetragen hat. Meine Schreibbuddys in dieser Phase dürfen natürlich auch nicht fehlen: danke Alex, Carina, Steffi und Ina.

Ein ebenso herzliches Dankeschön geht an Melanie Rocker. Nicht jede Lektorin kann man mitten in der Nacht noch über Telegramm nerven oder die absurdesten Buchideen mit ihr durchspinnen. Du bist die Beste, Mel!

Dieser Absatz wäre jedoch mehr als unvollständig ohne die Dritte im Bunde: Nadine Wahl, der ich das Cover zu verdanken habe - und so viel mehr.

Tausend Dank außerdem an Nicole Gozdek für ihre mehr als hilfreichen Anmerkungen, und an Benjamin Verwold für seinen wertvollen Input zur Fassung vor der Neuveröffentlichung.

Abschließend möchte ich meinem Dominik, Bini und Sophie danken, die mich emotional oder mit einem zweiten Paar Augen für Details am Cover und Buchsatz unterstützt haben. Das Abenteuer Selfpublishing zu wagen, hat mich viel Mut gekostet. Umso glücklicher bin ich, die Motte jetzt in die Welt flattern lassen zu können.

➤━━━➤ M O T T E N K Ö N I G I N ◄━━━◄

ein Gedicht von Ella K. Valentine

Wie ein Schatten fliegt sie durch die Dunkelheit
sucht nach dem Licht, das sie vielleicht befreit.
Ein ferner Schimmer, ein Funkeln, ein Gesicht,
sie fliegt darauf zu - und doch fasst sie es nicht.

Denn der Schein ist vergänglich, nicht zu greifen,
und dann; ihr Herz, ihre Glieder - sie versteifen.
Für eine Sekunde ist alles so wunderbar perfekt,
bis eine grausige Finsternis das Licht verdeckt.

Sie schließt die Augen, in ihr rauscht das Blut,
durchspült ihre Adern - eine stürmische Flut.
Ein letzter Atemzug, nur ein Zentimeter zu weit,
sie ist es, die im Licht vor Schmerzen schreit.

Ihre Seele verblendet durch gleißende Strahlen,
die ihr am Ende auch die letzte Unschuld stahlen.
Eine künstliche Sonne verbrennt sie zu Staub,
die Augen geschlossen, die Ohren sind taub.

Sie fällt hinab und aus Licht wird der Schatten,
in dem sich Herz und Seele verfangen hatten.
Verfangen in schimmernden Ketten aus Schein,
niemand kann sie hören, sie ist ganz allein.

Ein flüchtiger Traum in leuchtenden Farben,
es war eine schwarze Königin, für die sie starben.
Tausende Motten liegen stumm auf den Wegen,
die Flügel gebrochen und benetzt vom Regen.

Auch sie liegt dort ganz leblos und still,
weil die Königin den Glanz für sich nur will.
Sie, die Motte, ist nichts, es zählt nur die eine,
jene, die ist wie alle und dann doch, wie keine.

Das könnte Dich ebenfalls interessieren:

Der Auftakt zu der mitreißenden High Fantasy-Saga
Bist du bereit für die Unendlichkeit des Himmels?

Gleich bei ihrer ersten Mission als vollwertige Reiterin fällt Rayna mit ihrem Greifen Ferril in die Hände der Nanjok, einem unbarmherzigen Volk des Nordens. Was dieses weit im Süden zu schaffen hat, weiß Rayna nicht – genauso wenig wie Hyron, der ebenfalls gefangen gehalten wird, wenn auch nicht durch Ketten. All ihr Denken ist auf Flucht ausgerichtet. Doch was beide nicht einmal erahnen, ist, dass ihr Treffen und ihr gemeinsamer Überlebenskampf bei den Nanjok erst der Anfang von etwas viel Größerem bedeutet.

Lass dich von der großartigen Welt Teharis, Raynas Abenteuern und ihrem tierischen Begleiter Ferril mitreißen!

Nachts fallen Sterne. Sie mutieren zu Monstern, die Städte vernichten und Menschen töten. Nur besondere Menschen können sie aufhalten: Stellae.

Anna und ihre Schwester Nina wollen zu einer Party aufbrechen, als ein Lichtschweif ihre Ausgelassenheit unterbricht. Sternenmonster machen sich über das Zentrum ihrer Heimatstadt her.

Wie einst ihre Mutter wird nun auch Anna in einen Kampf gezogen, der mit Blut und Hoffnung gefochten wird.

Von männlichen Jungfrauen und unweiblichen Hexen – so könnte der Titel von Lukas Leben lauten.

Wäre da nicht Robin.

Verflucht, verhext und zugebissen – wäre passend, wenn es nur um Robin ginge.

Doch diese Geschichte – ein Märchen, das über alle Dimensionen reicht – handelt von beiden. Von Luka und Robin, einem Zwillingspaar, so unterschiedlich wie Hexen und Drachen, Feuer und Wasser, Luft und Erde. Es ist ein Märchen, das von (un)talentierten Hexen erzählt und in dem das Geschlecht (k)eine Rolle spielt. Wenn es um fressen oder gefressen werden, verzauberte Drachen und verfluchte Hexen geht, ringt die Ewigkeit mit dem Ende und es stellt sich eine Frage: Entsteht Liebe aus Hunger, oder Hunger aus Liebe, während eine Seele verzweifelt „Friss mein nicht!" schreit.

Schon ihr ganzes Leben lang ist Lea anders als ihre Mitmenschen.

Von ihren Mitschülern wird sie gemobbt und Zuhause steht sie stets im Schatten ihres Zwillingsbruders. Wieso sie nirgend reinzupassen scheint, weiß sie nicht – bis der geheimnisvolle Niklas auftaucht und ihr eröffnet, dass in ihr ein uraltes magisches Erbe schlummert. Denn Lea ist eine Feuerelementare.

Diese Tatsache eröffnet ihr nicht nur eine ganz neue Welt, sie trifft auch Gleichgesinnte und fühlt sich endlich nicht mehr als Außenseiterin. Doch ihre Gabe hat nicht nur gute Seiten. Während ihrer Ausbildung kommt sie einem düsteren Geheimnis auf die Spur, das sie schließlich vor eine schwere Entscheidung stellt: ihr neues Leben oder der Mensch, der ihr am meisten bedeutet?